少年小说面面观

方卫平／主编 张子樟／著

海峡出版发行集团｜福建少年儿童出版社
THE STRAITS PUBLISHING & DISTRIBUTING GROUP｜FUJIAN CHILDREN'S PUBLISHING HOUSE

图书在版编目（CIP）数据

少年小说面面观 / 方卫平主编；张子樟著 . —福州：福建少年儿童出版社，2024.1

（台湾儿童文学馆 . 理论馆）

ISBN 978-7-5395-7374-8

Ⅰ . ①儿… Ⅱ . ①林… Ⅲ . ①儿童文学—文学创作研究—中国 Ⅳ . ① I207.8

中国版本图书馆 CIP 数据核字（2020）第 211986 号

台湾儿童文学馆·理论馆
SHAONIAN XIAOSHUO MIAN MIAN GUAN

少年小说面面观

主编：方卫平　　**著者：**张子樟
出版发行：福建少年儿童出版社
http://www.fjcp.com　e-mail: fcph@fjcp.com
社址：福州市东水路 76 号 17 层（邮编：350001）
经销：福建新华发行（集团）有限责任公司
印刷：福州德安彩色印刷有限公司
地址：福州市金山浦上工业园 B 区 42 幢
开本：890 毫米×1270 毫米　1/32
字数：301 千字
印张：12
版次：2024 年 1 月第 1 版
印次：2024 年 1 月第 1 次印刷
ISBN 978-7-5395-7374-8
定价：60.00 元

如有印、装质量问题，影响阅读，请直接与承印者联系调换。
联系电话：0591-28059365

总　序

方卫平

许多年前,我在一部有关儿童文学理论发展历史著作的"后记"里,曾这样提到过自己在书中留下的遗憾:"由于手头资料极为有限,本书未能评述台湾、香港儿童文学理论的历史进程。"20世纪90年代初,由于可以想见的原因,两岸儿童文学学术交流尚处在酝酿、启动阶段,留下那样的遗憾,大抵也可算是正常的情况。

很快,这种交流的到来及其热络度、频密度,大大超出了我曾经有过的预期和想象。自1996年开始,我先后应台湾的"中国海峡两岸儿童文学研究会"、联合报系文化基金会、台东大学、"中华发展基金会"等单位的邀请,多次赴台出席学术会议、做短期研究、给研究生上课,或因学校派出,做校际或学科间的交流。其间四下寻访、收集台湾儿童文学理论批评史料,逐渐积累了丰富的相关专业书刊。

特别令我难忘的是,1998年3月、1999年6月至7月间,在桂文亚女士的牵线联络下,我两次应联合报系文化基金会邀请,赴台做台湾儿童文学理论批评发展的短期项目研究。在许多台湾同行朋友的帮助下,我陆续收集了许多相关资料,包括一些珍贵的史料。记得在台东大学,林文宝教授向我敞开他在学校研究室和家里书库的大门(1999年6月的台东之行,我就住在离林先生家不远、他专门用来藏书的一座共有三层楼的书库里),让我几乎完整地接触了台湾儿童文学理论发展的历史资料；在国语日报社大楼，总编辑蒋竹君女士听了我的课题介绍，立即慷慨向我赠送了《国语日报》"儿童文学周刊"自1972年4月2日创办以来的全部一至十辑合订本；学者、出版人邱各容先生陆续赠送了由他主持的富春文化事业股份有限公司出版的一批重要学术著作；作家谢武彰先生专门把他珍藏的一度已经脱销的朱介凡著《中国儿歌》带给了我；诗人林武宪先生也是研究者和理论资料的热心收藏者，特别把他富余的一套共两辑的《儿童读物研究》送给我——这是1965年、1966年由《小学生杂志》《小学生画刊》为纪念该刊创刊十四、十五周年而出版的纪念特刊，收入了当时许多著名作家、学者的百余篇长短儿童文学论述文章（第二辑为"童话研究"专辑）……

对于我来说，有关台湾儿童文学理论批评资料的收集、阅读，已经持续了二十余年，其间也产生了一些思考和心得，甚至有过写一本相关著作的计划。但是由于一些原因，这一写作计划一直未能实施。

我们知道，二十多年来，海峡两岸儿童文学界交流日益频繁，两岸儿童文学理论同行也建立了密切、持久的学术交流和互动关系。但是，迄今为止，台湾儿童文学理论研究的独特成果，一直未能在大陆得到系统的介绍、呈现和研究。福建少年儿童出版社以其独特的文化和地缘关系，多年来致力于两岸儿童文学交流和台湾儿童文学读物的出版，硕果累累，其与台湾儿童文学理论界也有着广泛、深入的交流和联系；经过深入的调研和准备，拟推出"台湾儿童文学理论书系"共十册。2012年春，该社向我发出了主编这套丛书的邀约，使我未能完成上述写作计划的遗憾，多少得到了某种程度的弥补。

理论批评作为一定时代、社会人们文学心灵和智慧的组成部分，总是会以自己的方式，参与、展示、建构着特定时代的文学生活与美学世界——儿童文学的历史发展同样如此。当代台湾儿童文学在其半个多世纪的发展历程中，也一直表现出了对于儿童文学理论批评的不同程度的自觉和关注——

1960 年 7 月，台中师范学校改制为师范专科学校（1987 年 7 月九所师专一次改制为师范学院），"始有'儿童文学'一科"（林文宝语）；

1960 年代中期，前述两本小学生杂志纪念专辑的出版，"是台湾儿童文学界相关人士对儿童读物及童话议题的首次文集，开风气之先，足见五六十年代关心儿童文学现状与发展的大有人在，而且不乏往后在台湾儿童文学创作与儿童文学理论研究大放异彩者"（邱各容语）；

1972 年，《国语日报》"儿童文学周刊"创办；

此后，"中华儿童文学学会"（1984 年成立）、"大陆儿童文学研究会"（1989 年成立，1992 年扩大为"中国海峡两岸儿童文学研究会"）等社团陆续成立；

各种学术研讨会（如静宜大学文学院主办了八届儿童文学与儿童语言学术研讨会，原台东师院、现台东大学主办的各类儿童文学研讨会）、研习营（如慈恩儿童文学研习营）陆续举办与推进；

《儿童文学学会会刊》（1985 年创办）、《儿童文学家》（1991 年创办）、《儿童文学学刊》（1998 年创办）等批评与学术交流园地先后面世；

1997 年，台东师院儿童文学研究所的成立，更是台湾儿童文学研究在教育和学术体制建设方面的一次重要提升。

上述未必完整的若干时间节点和事件，构成了台湾儿童文学批评和学术发展的重要背景和历史动力。在几代儿童文学学者、作家的持续耕耘、努力下，台湾儿童文学界逐渐积累起了比较丰富的理论批评资源和成果。

这套"台湾儿童文学理论书系"收入了台湾老一辈著名儿童文学作家林良先生的名著《浅语的艺术》等两部个人文集。作为一位创作体验浩瀚深刻、童心文心璀璨灵秀的作家，林良把他在儿童文学写作、阅读、思考过程中迸发、闪现的思想灵光、真知灼见，以亲切温暖、娓娓道来的文字，分享、传递给读者，常常令我们在不知不觉中，领受儿童文学写作、阅读的真谛和美好。他关于儿童文学作为一种"浅语的艺术"的条分缕析，无疑已成为台湾儿童文学界最具灵感、智慧的文学论述之一。

丛书还收入了林文宝教授的《儿童文学故事体写作论》、张子樟教授的《少年小说面面观》、张嘉骅博士的《儿童文学的童年想象》、黄怀庆硕士的《儿童文学与暴力的三个侧面检视》四部专著或论文集。我以为，这四部著作产生的年代稍有不同，但在一定程度上可以代表目前台湾儿童文学界老中青三代学者的研究面貌。四部著作的研究论题、方法、体例、行文风格等各有特点，其中林文宝、张子樟教授的著作均曾出版或发表过，张嘉骅、黄怀庆的著作分别是作者的博士学位论文和硕士学位论文，收入本丛书之前均未公开出版过。这样的书目选择和安排，只是想在本丛书设定的篇幅和框架内，尽可能多样地呈现台湾儿童文学研究的概貌。

本丛书原计划收入十部具有代表性的台湾儿童文学学术专著。但是，我在阅读、搜寻、思考丛书选目、框架的过程中发现，如果忽略数十年来台湾儿童文学研究在大量报刊、文集中发表的单篇论文、评论文章，我们对台湾儿童文学理论批评发展的了解和认识将留下一个很大的缺憾。固然，那些代表性的学术专著和个人文集的重要性，我们无论如何强调都是有道理的。可是，我也逐渐发现并深深感到，那些四下散落、论题发散、理趣、风格不一的单篇文章，为我们保存、提供了另外一些也许更为多样、细腻的历史过程和思想信息。收入这些论文，可以进一步扩大整套书系的学术覆盖面和作者的广泛性。从总体上看，这些论文的写作时间跨度长，论题观点和研究方法等代表了半个多世纪以来台湾儿童文学研究不同的时代风貌和理论发展脉络。尤其是近十余年来，台湾儿童文学理论界在文化研究、童玩游艺、童书文化消费、儿童文学网站、后现代童话、儿童文学与语文教学、台湾"原住民"儿童文学等话题方面所进行的研究和思考，向我们呈现和提供了较为丰富、独特和新颖的学术话题和理论研究动向。于是，我把丛书的整体构架做了调整，整套丛书由六种个人文集、专著和四册论文合集组成。虽然这样的调整耗费了数倍于原计划的时间和精力，而且，也使我们和出版社一起面临着更复杂、艰巨的著作权使用授权工作，但是我认为，这一切，对于这套丛书更好地反映当代台湾儿童文学研究的学术状况，对于更好地向我们大陆儿童文学界呈现台湾同行的理论成果，都是十分值得的。

这套"台湾儿童文学理论书系"能够编就，我要感谢多年来在我收集、研究有关资料、课题过程中给我以巨大帮助的人们。台湾儿童文学界的学者、作家、出版家林文宝、桂文亚、蒋竹君、张子樟、林焕彰、马景贤、许建崑、陈正治、洪文琼、邱各容、杜明城、陈卫平、谢武彰、林武宪、洪文珍、陈木城、刘凤芯、张嘉骅、管家琪、柯倩华、游珮芸、蓝剑虹等前辈、友人，还有已故作家李潼先生，或为我多次赴台交流牵线搭桥、悉心筹划，或慷慨赠送珍贵资料，提供相关线索，或不辞辛劳为我答疑解惑，与我切磋探讨。在丛书框架、选目大体确定后，林文宝教授、张子樟教授、张嘉骅博士分别就选目等提出了宝贵意见，也给予了温暖的鼓励。借此机会，我要对多年来台湾儿童文学界诸位前辈、友人所传递的热情和友善，所给予的支持和帮助，表达我最深切的思念、谢意和祝福！

丛书部分书目确定过程中，我也征询了大陆儿童文学研究界一些同行的意见；福建少年儿童出版社此次筹划出版这一套台湾儿童文学理论丛书，本人应邀参与，与有荣焉，特此一并衷心致谢。

2015 年 10 月 7 日

于浙江师范大学丽泽湖畔

自 序

一

经济富裕、思想解放、信息的快速传播及读者的多样化需求等因素，促使出版业十分蓬勃。出版业者为了挤入热卖的排行榜，绞尽脑汁出奇制胜，所以爱情小说、女性小说、男性小说，成长学、规划学、生死学……各领风骚，童话、故事、绘本，单册、套书、精装、平装抢占市场。尤其是各类奖项的设立，更带动风潮，对读书人口的量及质的提升，有一定的贡献。对作家、读者与评论者而言，少年小说是一种值得关注的文类。到目前为止，作家撰写、结集出版的少年小说不少，评论文字也日益增多。事实上，社会急速变迁，青少年的生活日益复杂，面对的冲击更是五花八门。他们的需要值得我们关切，他们的思想值得作家执笔关照，为时代留下一些动人的轨迹与感人的记录。除了刻画当前的社会变迁实况这一部分题材之外，作家也可以检视与追溯历史，揣摩以往的青少年生活。作家还可以想象未来世界青少年的实况，虚拟现实，揣想他们如何在不可知的未来面对生活。总之，作家可以在过去、现在与未来之间不断穿梭、记录、筛选，描绘、记录不同年代的青少年生活。

本书重点即在反思有关少年小说的一些论点，希望能对少年小说的阅读、创作、评论与出版提供一些浅见。因此，本书提及的几个讨论重点，都以中外现有的作品作为实例来检验理论。

二

第一篇讨论的是少年小说永恒的主题——启蒙与成长。谈主题前，先界定少年小说与儿童小说的不同。少年小说设定适读年龄层为 10~18 岁。这一年龄段的孩子正处于快速成长的转变期，面临许多困惑与期待。启蒙与成长并非少年小说的专用主题，但少年小说的内涵却可用启蒙与成长全部概括之。本篇重点在深入探讨启蒙与成长和少年小说的密切关系，并依据作品内容予以分类，略加介绍。

第二篇从作者、文本与读者三者的互动，谈论青少年读者的阅读行为。阅读是传播的一种方式，人人都有自己的阅读方式，每个人的阅读过程都无法避免预存立场，意见领袖与守门人也同样出现在阅读行为中。因此，读者如何阅读是第二篇的讨论重点。在读者反应方面，本篇特别强调阅读时的填补、延伸与偏离、背叛的过程。

少年小说与成人小说一样重视人物的刻画。尽管少年小说的人物较为单纯，但在人物塑造、人物冲突、人物类型方面，与成人小说一般考究。少年小说的人物塑造，可从角色的动作、长相、言谈、他人的评估与作者的描述等方面表现出来。少年小说的人物冲突虽不像成人世界那样惨烈，但还是可分为个人与自我的冲突、个人与社会的冲突、个人与个人的冲突、个人与自然的冲突四类。人物类型上也许平面人物与静态人物较多，然而立体人物与动态人物也不少。第三篇即针对上述内容重点讨论。

青少年成长的过程深受家庭、学校与社会的影响，其中与家庭的关系尤为密切。从出生到长大成人，青少年绝大多数的时间必须与家人互动。父母除了提供养育的场所之外，还担任儿女的学习对象。现当代少年小说常以男孩为主角，父亲为配角，两人亲密与疏离的过程，成为小说中主角成长的基调。第四篇的重点在探讨少年小说中的父子关系，细读中外现当代作品，梳理出几种父亲形象的类型，详加分析比较。当然，中外父亲都是凡人，具有凡人的优缺点，才有故事的演化，也才有笑有泪。作品中父子之间的互动，即使大环境有了重大的变迁，也同样是依据人性而反映在每个人的行为举止上。

虽然许多儿童文学作品曾触及生死问题，但并未以其为最主要探索对象。笔者发表论文《未知生，焉知死——浅析少年小说中的死亡叙述》（1997）之前，也未见评论者谈及少年小说中的生死问题。实际上，生死问题常常成为少年小说里，角色启蒙与成长过程中，最难以克服的关卡。作品中的青少年勇敢面对死亡后，得到某种启示，往往能脱胎换骨，远离青涩的青春阶段，成为自立、自主、自强的成人。《未知生，焉知死——浅析少年小说中的死亡叙述》的主要内容为分析少年小说中的死亡呈现。我们发现，青少年对心爱的宠物、好友与亲人的死亡以及不死的幻想，依其性格及生长环境而有不同的反应，有些稍微年长的青少年甚至漠视死亡。生死问题对不知人间疾苦的少年造成的煎熬与困惑，使作品中的青少年终能摆脱天真，认识现实，迈入成熟。

以上数篇分别列举出中外作品来讨论人物角色的塑造、父子关系的分类及生死问题的影响，本书接着以两篇专篇讨论台湾一位重要作家李潼的作品。他的作品一向保持较高的水平。《从历史与阅读趣味看少年小说——浅析〈少年噶玛兰〉》一文对笔者有重要意义：它是笔者从事儿童文学研究的第一篇论文，《少年噶玛兰》的作者李潼先生把历史小说的概念和魔幻写实的技法带进台湾少年小说的创作，令人耳目一新。另外，他的"台湾的儿女"系列以近百年的台湾历史作为大背景，试图以有限的篇幅呈现台湾某些年代的生活实录，构想宏伟、架构明晰。本书《发现台湾人——试论李潼关于花莲的三部少年小说》这一篇，只选择其中与花莲有关的三册来讨论。李潼以"爱"来阐述人与人之间的关系，也刻画了台湾人的某些特殊性格，20世纪六七十年代的台湾社会百态充分展现于他生动活泼的笔下。他与所有具有良知的人一样，希望台湾摆脱数百年来族群争斗的情绪，为这片土地贡献力量。

第八篇讨论的作品是当前问题小说的一部代表作。《嗑药》这部争论性颇高的得奖小说，在大西洋两岸议论不断，主要是因为它的内容与形式都可以大做文章，衍生不少问题。内容不仅叙述毒品对青少年的伤害，还谈到现代父母难为、同伴压力、青少年藐视法律、疏离现象等。在形式方面，也有许多问题值得深入探讨，例如多重人称叙述法的应用、适读年龄的确定、其他媒体的配合等。这本书以说实话、不说教赢得青少年的喜爱，超逸的笔触确实传达了部分徘徊法律边缘的青少年的问题及其苦闷与迷惘。

至于少年小说的功能与欣赏作用及其文化现象，则以"九歌现代儿童文学奖"得奖作品为例。这个奖项创办于1992年，作者均来自华人地区，在台湾儿童文学创作方面深具影响力。借其内容分析少年小说的功能与欣赏作用及其呈示的文化现象，我们多少可以了解现当代青少年的心态和社会变迁。

少年小说以写实起家，写实作品一向最多。但20世纪末，奇幻文学重整旗鼓，加上图像媒介的推波助澜，"少年小说童话化"变成一种时尚，无人能够抗拒，成为青少年文学不可忽略的一支。于是，所谓的"少年小说"不再局限于写实，比较宽阔的视角是熔写实与幻想于一炉，这种文类也就没有任何限制，作者可以随心所欲，尽情遨游于想象世界。因此加上《真真假假的幻想世界——漫谈奇幻文学》一文略谈奇幻文学，使内容更为充实。

谈少儿文学的翻译，往往不能略过创办将近百年的纽伯瑞大奖。这项大奖的华文译作早已超过200本，影响两岸青少年的创作方向及主题的取舍。《少儿文学阅读之旅——细读纽伯瑞奖小说》一文尝试以细读文本方式勾勒该奖项得奖作品的内涵。

文本研究必须透过大量的阅读，而阅读的材料不外是理论和文本。二者如何结合，完全仰赖作者对理论的熟悉度与对文本的敏感性。最后一篇《从"阅读"到"文本研究"——浅述文学理论与批评的应用》就是希望借由众所周知的浅显理论来诠释文本的意涵。

<h1 style="text-align:center">三</h1>

随笔的书写不像"专文"那般严谨，但也不是随心所欲、无所不谈，还是有所依据的。应根据多年的阅读加上对现况的观察，写下心中的真实感受。人在台湾工作、生活，关注所在地的出版现象是理所当然的。《青少年小说的阅读与文本》《是奇幻还是科幻——台湾本土奇幻少年小说的发展》和《摆荡于图像与文字之间——绘本教学功能的省思》这三篇是笔者多年观察台湾少儿文学发展的反思。

多年来台湾少年小说的出版以外国作品的译本为主，目前仍然占70%左右。大陆儿童文学作品进入台湾，在同行的刺激下，台湾作家有了模仿与比较的对象，因此产生撷取和学习的作用，在积淀之后，或许另有一番作为。笔者身为评论者，也同样参与了各类作品的评析工作。《符码的撷取与积淀——浅谈大陆儿童文学作品在台湾》和《灯下的深思——我的大陆儿童文学之旅》回溯往事的种种，也是一段美好的记忆。

李潼先生至今仍然是本土少年小说最有分量的创作者，虽然他已过世多年。在2005年11月5日、6日举办的"永远的儿童文学作家李潼先生作品研讨会"上，笔者作专题演讲，回顾他潇洒短暂但发光发亮的一生。讲稿《是逃避，也是征服——李潼的时间与叙事》与检视他作品的短文《在内容与形式之间摆荡——检视李潼作品的另一种角度》作为一种追念的方式纪念李潼先生。

《阅读的反思》《亲情、伦理、人性》和《少年小说中的"他者"——以纽伯瑞奖得奖作品为例》三篇均从阅读的角度去回顾作品的意涵。第一篇在于回顾文字阅读的变迁及其隐忧；第二、三篇则试图从不同角度去检视优秀作品的外延及内涵意义，依旧不离文字阅读的深度探讨。

四

本书的研究方法主要使用历史法与内容分析法。除了根据中外文学理论来解说作品的诸般现象外，也借助部分教育学、社会学、传播学、心理学和哲学的观点来剖析作品内容。现当代的儿童文学作品已成为许多学科的共同产物，唯有从各个角度来省察，才能做到全方位的观照，也才能显示儿童文学主体的真正价值。

本书有三篇以个人作品为专题研究，其余各篇均以研究作品中呈现的共同现象为主，属于多方面的专题性深入研究，也可以说是反映少年小说历史发展线索的综合性专题研究，希望借助同一代人对同一问题从不同角度来观照，经过相互印证、辩驳与补充，可以掌握其中蕴含的时代深刻特质。

当前社会最大隐忧在于声光色动使读书人口流失，功利思想严重影响青少年的价值观。许多青少年沉迷于对名牌的追求，耽恋于逸乐的生活，因而不计代价追逐金钱。这种迷思的导正只有靠多管齐下，提升社会人文的层次，才能成就富而好礼的社会。作家如何在五光十色的声色刺激中，担当社会责任、引导消费市场，有赖于智慧的考验。尤其少年小说作家要说教而不惹人厌，要趣味又兼有哲思，这样的境界确实值得努力以赴。

2017 年 9 月

于唭哩岸

目　录

随　笔

专题

启蒙与成长

——少年小说的永恒主题

什么是少年小说

就文类而言，少年小说是儿童文学中比较特殊的一种：它的文字不如童诗、童话那样浅显易解；它比较接近现实问题，不需借助童话中常用的拟人法；它也不需要像童话、儿童小说那般注重故事性；它往往强调表达手法。广泛说来，少年小说的适读年龄涵盖面较大，几乎是老少咸宜。少年小说在表达时，可以在文字叙述中加入优美动人的童诗；为了加强故事性，刺激青少年读者的想象力，可以适度地使用推理侦探的情节，也可以加入科幻小说的手法，使其内涵更为深广。一部少年小说是否成功，完全看作者如何经营构思而定。

就内容来说，少年小说与儿童小说不尽相同。依适读年龄而分只是这二者的一种粗略划分法。有人认为，儿童小说适合于小学中、高年级学生阅读，少年小说的适读对象应该是中学生。"适读年龄"这种分法当然有它的道理，因为年龄的差异，适读作品观照的范畴自然不同。三年级以上的小学学生，对于周遭的环境刚刚有粗浅的认识与体验，阅读的作品最好是上进的、快乐的，强调人生中的光明面。风趣幽默的对白、乐观进取的情节与冒险的精神，是儿童小说不可或缺的基调。如果作者在生动有趣的故事进展中，融入一些浅易的做人处事道理，这类小说的目的也就达到了。

少年小说由于阅读年龄层比儿童小说高，作品不仅要展现人性中的光明面，也得显现出阴暗面。作家不能也不应该避开现实社会的种种矛盾、问题冲击及人世间的阴暗面，而只是一味在作品中塑造虚无空泛的美丽世界。作家应真实地呈现这些矛盾、问题与阴暗面对青少年心灵的影响和触动，以及它们造成的困惑、痛苦、不安、压力等。这样的少年小说才能与青少年的现实生活贴近，并且有浓烈的时代色彩。青少年读者在阅读这类与他们实际生活息息相关的作品时，不仅会感到十分亲切，心灵也会产生某种程度的契合，开始正确思考自己的种种切身问题，学习慎重对待言行与调整生活态度。由于适读年龄层的提高，作家不妨在作品中更进一步地加入一些哲理性的探讨，使青少年对生命的未来能有更深入的思考。

也许有人会质疑少年小说中的阴暗面是否必定多于光明面。实际上，少年小说并不刻意描绘阴暗面。反映部分社会真相的目的，是要让青少年在面对抉择时，能有所慎思、有所警惕。换句话说，少年小说的作者只是想借作品的阐释，给青少年读者一些适当的"抗体"，让他们知道，社会上危机重重，陷阱处处，行事必须小心翼翼，才能安然度过尴尬的青春期。所以明辨是非与善恶是少年小说的重要主题之一。

然而，好的少年小说即使负有明辨是非与善恶的教育重任，也绝不会在作品中直截了当地将是非与善恶二分，严加挞伐。相反地，作家总是胸怀慈悲，俯瞰社会，开阔视野，然后才曲笔侧写，婉转道来，以巧思妙法为读者不动声色地提供一幅幅细腻、逼真、可触可摸的感性画面。高超的艺术必须超越对善恶的裁定，不能落入类似好人好事表扬这类单纯惩恶扬善的拼凑故事中。

少年小说的永恒主题

不论少年小说如何分类，它的基调永远是启蒙与成长。换句话说，启蒙与成长是少年小说的永恒主题。类型的区分只是从主题扩散或延伸的子题。

少年小说的分类没有绝对的标准，往往见仁见智，各有优劣。一般评论者为了方便研究起见，将少年小说略分成校园小说、科幻小说、成长小说、动物小说、冒险小说、运动小说、女性小说、历史寻根小说等。这种按照表达的内容或时空的分类，最后还是回归到启蒙与成长的永恒主题上。我们可以十分肯定地说，任何一种企图把浅显或艰深的奥义传播到青少年之间的少年小说，都可以用启蒙与成长概括之。作者的本意也十分清楚，无论采用何种表达方式，他们总是希望自己的作品能给那些面临心理与生理转型期的彷徨青少年一些启示，有助于他们的成长。

小说作者通常思考细腻敏锐，观察入微，对人性了解比一般人深入用心。他们洞察成长的条件之一就是要"认识世界"。一般人的童稚世界总是欢乐多于悲苦。但人无法拒绝成长，总得尝试去认识更广阔的世界。然而认识的结果往往是种不愉快的经验，因为我们发觉这世界的真相与我们期盼的，经常并不一致；我们的力量又这般薄弱，对真相世界的一切常常是无奈又无能为力的。描绘一个人如何在挫折中认识真实世界，在酸楚中蜕变成长的过程的故事，就可称之为"启蒙故事"。这类故事"通常是指故事中的青少年主角在很短的期间内，遇到一个重大的生命上的抉择、存在的危机，或者遇到一系列的事件，这些遭遇，使得青少年在事后，对自己、对人生、对世界，有一份新的认知、顿悟，将来进入社会后，可以成为一个比较成熟的人"[1]。这种认知、顿悟的过程，有如人类学里的各种成年礼仪。换句话说，故事中主角认知、顿悟的过程，就像参加了一个为他举行的"启蒙仪式"（initiation）。经过这些仪式的洗礼，他便正式成为人类社会的成员，进而对人生的奥秘有更深一层的领会，有自己的思想和主张，不再完全受他人或社会环境所左右。对于启蒙的功能，佩克（David Peck）的一段话可作为补充说明。他说：

> 启蒙在人的发展中是一种基本的过程，因为启蒙使我们离开童年受保护的、理想的世界，进入真实和经常令人沮丧的成人世界。在成人世界中，觉醒与失望是很普遍的。我们在启蒙过程中发现我们的童年幻想多么有限。经由启蒙过程，我们确实认清哪些是我们能像成人一样达成的目标，哪些是我们应该抛弃的价值和行为模式。[2]

启蒙故事也是一种"成长故事"（growing-up or rite-of-passage stories）。成长故事是指关于从儿童成长为成人时所遭遇的考验与试炼的故事。过去人们相信童年是天真纯洁、无忧无虑的，儿童文学也就被认为是洋溢着真善美的文学。由于社会科学与医学的快速发展，现代人越来越相信童年的经验并不是完美无缺的。儿童迟早必须成长，变成大人。童年是无法停顿的，它只是人生中一个必经的过程。生命永远不断成长、不断发展、不断走向成熟，这种现象在青少年时期更为明显。因此，我们可以认定，青少年的生命主轴是成长，以青少年为基点的少年小说的永恒母题也是成长。

就题材来细分，成长小说脱离不了以下的这些范围：成长的坎坷、成长的见闻、成长的喜悦、成长的苦恼、成长的困惑、成长的得失等。通过这些题材的编织，作家以不同的悲喜表达手法，情思收纵自如，把一个典型的青少年成长过程，活灵活现地展现给读者。由于这类成长故事中的涵盖面相当宽广，对于青少年而言，它的最大贡献是借着书中情节的呈现，刻画出成长过程的种种酸甜苦涩，使青少年能够产生心灵相通的贴近感。

青少年的成长，往往得借着多种力量，通过不同的表层形式，力图窥视生命深远蕴藏的特质。阅读这种对客观世界精微描写的文字是其中一种比较实际的力量。青少年阅读少年小说可能出于"乐趣""了解"及"信息的获得"，[③]却同时得到体验生活及潜移默化的作用。阅读使他们不自觉地有了认同、洞察、净化、移情和顿悟等不同感受，也可能凭借虚拟扮演超越年龄局限的角色，达到成长的愿望。

少年小说的类型

每个青少年都有他独特的成长时空，不同的生活遭遇形成不同的成长故事。优秀的作家常能凭借想象，探幽钩沉，锐意拓伸，撷取适当的生活素材，加以筛选、提炼，写成不同类型的感人故事。这些故事虽然是以曲折动人的情节来呈现文中主角生命的种种转折，但其主题始终离不开启蒙与成长。类型的区分是形式，而启蒙与成长才是作品极力想表达的内容。从类型可以联想到更广阔的内容。内容和形式互相交错、互相传递，是不可剥离的。因此，可以肯定，启蒙与成长是少年小说的"内涵"（connotation），不同类型的故事只是担任诠释启蒙与成长过程的"外延"（denotation）而已。由于不同类型故事从不同角度切入，对启蒙与成长的诠释也就显得特别圆满与周全。这些类型故事有如一面面镜子，青少年站在不同的镜子前，仿佛看到自己成长的过程，从中汲取他人的经验，便慢慢学习到如何调适自我、超越自我。为讨论方便，以下将现当代少年小说归纳为 11 种类型，每种类型列举数篇写得很用心的作品。

1. 辨认善恶。成人小说常常描绘人在善恶之间的挣扎与抉择，少年小说也常在善恶分际处着墨。青少年在经历一件涉及善恶之分的事件后，常能得到重大启示，一夕之间，变得成熟稳重。

近年以中学生为主角的少年小说日益增多，但是写得出色并不容易。中学生正面临成长问题及来自课业与人际关系、家庭与社会变迁的种种压力，作家要了解与掌握，须加倍用心。《两本日记》④以母亲与念中学的儿子小龙之间的互动为主，以一些中学生的不法行为作为故事进展的引线，写两代人对事物观察的不同角度与同时成长的过程。《陌生爸爸》（*Somewhere in the Darkness*）⑤中，对生命感觉茫然、浑噩度日的高一学生吉米，在与多年不见的父亲短暂相处期间，发觉他只能同情父亲无奈的生命际遇，谈不上尊重与爱，但他从父亲的一生中，明白了善恶的分野与生命的意义。

2. 体验爱情。少男少女情窦初开，对爱情有了朦胧的期待，也跃跃欲试。少年小说对这方面的描绘常以没有结果收场，留给读者一丝惋惜之感。其实青少年的爱情只是成长路上的偶然，结局并非重点，可贵的是相互的激荡和淬砺。《红葫芦》⑥中的湾与妞妞一段仲夏恋情由于误会而夭折，但双方因此抛弃对人的成见而对成长有了更深入的体认，使这段恋情虽然轻淡朦胧却值得回忆。《山羊不吃天堂草》⑦中的明子与轮椅少女紫薇之间不可能的爱情，让明子在无数挫折后，挣破了成长的茧，也让明子更体认到人间阶级的牢不可破。《少年噶玛兰》⑧中，潘新格对彭美兰的爱慕一样没有结局，一段回到过去之旅，让他把个人的小爱化为关怀族人的大爱。

3. 经历考验。严酷的考验常常能使人脱胎换骨。对于青少年而言，严酷的考验更是挣脱无知与幼稚的良方。《小吉姆的追寻》（*Kim*）⑨描写小吉姆与喇嘛僧一起流浪。小吉姆经历了一连串惊天动地的考验，逐渐体认了生命的真义。借着这段奇遇故事，作者探讨了东西方不同的生活态度与生命认知。《勇敢船长》（*Captains Courageous*）⑩介绍了一位16岁不到，任性、跋扈与傲慢的富家子失足落海后的种种遭遇。他在被迫放弃傲人的家世、调整待人处事的态度后，深刻体认到现实生活中的种种辛酸。平常人家虽然认命，但依然朝着生命既定目标迈进，这点给富家子的启示最多，他终于变成面目全新的另一个人。

4. 友情试炼。同伴的力量也是青少年成长的原动力。友情的激励会使青少年更成熟。《蓝鸥小勇士》[11]的主角伊伍为了完成父亲的遗愿，领导小同伴们乘蓝鸥号驶向陌生且令人敬畏的大海，经过狂风巨浪的洗礼，与杀人不眨眼的海盗、走私贩子周旋，目睹成人世界的善恶面目，在冒险中通过成长的考验。

5. 战争洗礼。人生历练方式很多，最残酷的莫过于战争的洗礼。《六十个父亲》（*The House of Sixty Fathers*）[12]以抗日战争时的汉阳为背景，叙述一名男孩的烽火奇遇。他在逃难中与父母失散，强忍饥寒，走上寻亲的迢迢长路，无意中与一位受伤的美军飞行员结成莫逆之交。在战争阴影中，小男孩虽一时失去父母，却能自立，给人深深的感动。《爱尔兰需要我》（*Torn Away*）[13]以国仇家恨及战争为主轴。主角戴伦失去父母、妹妹后，加入"圣战恐怖组织"，从事暴力破坏的恐怖血腥行动，不幸被捕，被驱离祖国，移居加拿大的叔叔家。他不屑于叔叔的懦弱与逃避。等叔叔透露父亲的真正死因是因出卖同志被处死而非殉难时，他又处于内心交战的状态中。书中暴力倾向与慈悲胸襟的强烈对比，使戴伦的成长过程有波涛，也有和风。

6. 死亡威胁。以死亡为主题的少年小说不多，也不容易写，因为死亡涉及的层面比较深广。但是，《想念梅姨》（*Missing May*）[14]却写得十分温馨醇美。主角小夏认为梅姨与欧伯给予的爱是她生命中唯一的真爱。梅姨突然去世，欧伯与小夏便深陷于无奈与哀怨的追忆中。两人如何挣脱亲人逝去的伤痛的过程便成为本书的基调。从逃避到面对，从伤感到再生，两人逐步成长，终于走出哀伤。相对地，《爱尔兰需要我》的主角漠视死亡，愿意燃烧生命换取国家独立的情怀，是对死亡威胁的一种鄙视态度。《老蕃王与小头目》[15]则是讲述被平地人收养的少数民族小头目回族里寻根的故事。面对老酋长的病逝，虽然颇为悲伤，但继承了父亲的勇敢与坚强的小头目，依然勇于面对现实，因为老酋长生前的教诲，使他体认到他对少数民族的文化身负保存与传承之责。

7. 面对恐惧、克服恐惧。在成长过程中，青少年必须面对无数挑战。大部分少年小说都描绘主角如何面对恐惧与克服恐惧。《龙门》（*Dragon's Gate*）⑯就是讲述一个深远而感人的异乡客居的故事。19世纪末，华人参与美国铁路兴建工程的悲欢离合是本篇的背景。主角癞皮目睹华人奴工的悲惨遭遇，又觉得中国人无法团结，本想参加炸雪的危险工作后便一走了之。但舅舅为保护他牺牲了生命，使他不得不扛起重担。在种族歧视与同族互相排挤之下，从逃避恐惧到勇敢面对恐惧，努力克服恐惧，主角性格的刚毅及心路历程的转折，为青少年做了很好的示范。

8. 环保与自然生态。经济的过度发展，使自然生态惨遭破坏，环保已成为全球的共同难题。近几年，少年小说也逐渐关切这个问题。《辛巴达太空浪游记》⑰虽是科幻小说，却点出当代青少年应如何保护地球这个重大的课题。主角五次航行，在五个星球上遭遇到的怪异现象——滥杀野生动物、滥砍树木、污染空气、人口膨胀与浪费资源，实际上都在暗喻自然生态与环保问题日趋严重的地球。《"阿高斯"失踪之谜》⑱强调要保护野生稀有动物。戴在稀有鸟类丹顶鹤头上的小卫星"阿高斯"讯号消失，野生保护工作者无法追寻，证明丹顶鹤出了状况。主角力力和伙伴们便展开一场保护濒临绝种鸟类的追踪之旅。在紧张有趣的追逐中，作者间接告诉青少年如何尊重并爱护大自然。

9. 历史寻根。本土意识抬头，寻根问题便成为作品的好题材，少年小说也找到另一个发挥的空间。《少年噶玛兰》以平埔人少年潘新格回到过去的经历，叙述了平埔人在台湾历史舞台消失的主因。一趟生命中的奇遇，让潘新格与祖先共同度过了一段美好的日子，使潘新格找到新的生命定位。《少年龙船队》[19]的现代感较重，但也点出了对习俗的尊重及团结的重要。《落鼻祖师》[20]以艋舺祖师庙里的祖师爷"落鼻示警"作为伏笔，描述先民们为争地盘、夺利益而集体械斗的残酷画面。祖先筚路蓝缕、胼手胝足的辛苦创业过程，让青少年读者缅怀与感激之余，对生活及生命的态度会有新的领悟。

10. 人性的折射。动物小说虽以描写动物为主，但作家常借用动物世界的行为来反映人类的现实社会，让读者反思生活中某些人性、人情和人道主义等方面的内涵。马与狗不再是现代动物小说中的要角，《野地猎歌》（*Summer of the Monkeys*）[21]中的猴子与《尖嘴路第》[22]中的小猪路第都十分传神、有趣。相较之下，沈石溪的动物世界的血腥味较重，人与动物皆凶悍无情，人性与兽性常形成强烈的对峙与冲突，对"恶"的挖掘较深。[23]或许青少年读者能从他的部分作品中体认到人世间可能的种种际遇，从而得到启发。

11. 爱的寻觅。男女之间的爱属于小爱，关心社会、国家甚至整个宇宙的爱才是大爱。一些好的科幻小说常以光怪陆离的高科技为背景，以检讨人性为主题，其中又以爱的寻觅居多。《及时的呼唤》（*A Wrinkle in Time*）[24]强调邪恶永远抵不上爱的力量，主角玛格用"爱"唤回弟弟，脱离邪恶的掌握。《记忆受领员》（*The Giver*）[25]中的乔纳斯发现记忆中的喜庆场面令他有一种强烈的感觉，是他一辈子所未曾拥有的，这种感觉就是"爱"。为了让爱的记忆回归村民，他走上不归路。这两部科幻小说的主旨除了发扬"大爱"之外，同时强调青少年在面对抉择时的顿悟。玛格在拯救父亲与弟弟的过程中，逐渐学会不再去找寻可依赖的力量，自己挺身面对难题；乔纳斯在接受记忆传授时，领悟到唯有牺牲自己，才能让呆滞停顿的小区恢复生机。

以上这些类型的归纳只是为了凸显少年小说的启蒙与成长的内涵意义，并不是诠释启蒙与成长的唯一方式，例如以少年小说的取材角度同样可以衬托出启蒙与成长的意蕴。如果认定形式与内容是相辅相成的，则少年小说的形式（包括表达方式、类型、取材、功能、欣赏层次等），无一不是直指启蒙与成长。

结　语

1976 年"国际安徒生奖"的得奖人丹麦女作家瑟希·包德克（Cecil Bodker）在颁奖典礼上说了一段十分感人的话。她说："青少年时期是生命长河中一个关键性的转折点，是人生观、价值观逐渐成形的重要时刻。青少年思想单纯，接受力强。探索如何去引导、怎样去关怀，是社会不容推卸的责任。而文学创作正是达到此一目标的最佳途径。"[26]这段话对少年小说的启蒙与成长功能作了有力的说明。虽然在电子媒介发展蓬勃的今天，印刷媒介逐渐失势没落，但优秀的文学作品永远不会湮没无闻。

柏斯曼（Neil Postman）在《童年的消失》（*The Disappearance of Childhood*）[27]一书中指出："印刷术强化了人类思维的复杂度，改变了心智的内容；书写与印刷文字为人类的文明带来了新的社会组织，产生逻辑、科学、教育与文明人。"文学一向代表文化传统的光谱，作品在印刷媒介中不仅重要而且超然。当前它的重要性或许不如柏斯曼所强调的，但类似少年小说这类文学作品对青少年的成长具有潜移默化的作用，是不容置疑的。如何善用少年小说引导青少年迈出生命中的风暴，应该值得儿童文学作家深思。

原载《认识少年小说》，天卫文化图书股份有限公司，1996 年版

【注释】

① 这段话是郑树森教授在"世界华文成长小说"征文决审会议上引用的新批评学者提出的"启蒙短篇"小说的观念。参阅《寻找写的潜力和脉络——"世界华文成长小说"征文决审会议录》,《幼狮文艺》第 510 期,1996 年 6 月,第 8 页。

② David Peck, *Novels Of Initiation: A Guidebook for Teaching Literature to Adolescents*（N.Y.: Teachers College Press, 1989）.

〔大卫·佩克:《成长小说:青少年文学教学指引》,纽约,师范学院出版社,1989。〕

③ Rebecca J. Luckens & Ruth K. J. Cline, *A Critical Handbook of Literature for Young Adults*（N.Y.: Harper Collins College Publishers, 1995）Preface ix.

〔瑞贝卡·卢肯斯、露丝·克莱恩著:《青少年文学批评手册》,纽约,哈珀·柯林斯大学出版社,1995,序文 9。〕

④ 莫剑兰:《两本日记》,台北,九歌出版社,1996。

⑤ 沃尔特·迪安·迈尔斯（Walter Dean Myers）著、吴淑娟译:《陌生爸爸》（*Somewhere in the Darkness*）,台北,智茂图书文化事业有限公司,1995。

⑥ 曹文轩:《红葫芦》,台北,《民生报》出版社,1994。

⑦ 曹文轩:《山羊不吃天堂草》,台北,《民生报》出版社,1994。

⑧ 李潼:《少年噶玛兰》,台北,天卫文化图书股份有限公司,1992。

⑨ 吉卜林（Rudyard Kipling）著、谢瑶玲译:《小吉姆的追寻》（*Kim*）,台北,天卫文化图书股份有限公司,1994。

（编者注:即大陆版:吉卜林著,耿晓谕、张伟红译:《吉姆》,杭州,浙江文艺出版社,2018。）

⑩ 吉卜林（Rudyard Kipling）著、姜恩妮改写:《勇敢船长》（*Captains Courageous*）,台北,天卫文化图书股份有限公司,1995。

（编者注:即大陆版:吉卜林著,张长英改写:《勇敢的船长》,沈阳,辽宁少年儿童出版社,2016。）

⑪ 塞利什克（Salisek）著、陈思婷改写:《蓝鸥小勇士》,台北,天卫文化图书股份有限公司,1994。

⑫ 迈德特·狄扬（Meindert Dejong）著、招贝华译:《六十个父亲》（*The House of Sixty Fathers*）,台北,智茂图书文化事业有限公司,1994。

⑬ 詹姆士·黑勒格汉（James Henegham）著,褚耐安译:《爱尔兰需要我》

（*Torn Away*），台北，中唐志业有限公司，1995。

⑭ Cynthia Rylant, *Missing May*（London: Orchard, 1992）．

〔辛西亚·赖伦特：《想念梅姨》，伦敦，果园出版社，1992。〕

⑮ 张淑美：《老蕃王与小头目》，台北，九歌出版社，1995。

⑯ Laurence Yep, *Dragon's Gate*（N.Y.: HarperCollins, 1993）．

〔叶祥添：《龙门》，纽约，哈珀·柯林斯出版社，1993。〕

⑰ 刘兴诗：《辛巴达太空浪游记》，台北，天卫文化图书股份有限公司，1994。

⑱ 卢振中：《"阿高斯"失踪之谜》，台北，九歌出版社，1996。

⑲ 李潼：《少年龙船队》，台北，天卫文化图书股份有限公司，1993。

⑳ 余远炫：《落鼻祖师》，台北，天卫文化图书股份有限公司，1994。

㉑ 威尔森·罗尔斯著、朱华钧等译：《野地猎歌》（*Summer of the Monkeys*），台北，中唐志业有限公司，1994。

㉒ 乌韦提姆著、林蕙香译：《尖嘴路第》，台北，允晨文化实业股份有限公司，1995。

㉓ 沈石溪的《狼王梦》（台北，《民生报》出版社，1994）和《第七条猎犬》（台北，《民生报》出版社，1994）均是这方面的好例子。

㉔ 马德莱娜·朗格朗（Madeleine L'engle）著、江世伟译：《及时的呼唤》（*A Wrinkle in Time*），台北，智茂图书文化事业有限公司，1995。

㉕ 露易丝·劳里（Lois Lowry）著、招贝华译：《记忆受领员》（*The Giver*）台北，智茂图书文化事业有限公司，1995。

㉖ Cecil Bodker, translated by Solomon Deressa & Gunnar Poulsen, Leopard（Oxford: Oxford UP, 1977）．

〔塞梭·波德克著，所罗门·德瑞莎、甘纳·波森译：《豹》，牛津，牛津大学出版社，1977。〕

㉗ 尼尔·柏斯曼（Neil Postman）著、萧昭君译：《童年的消失》（*The Disappearance of Childhood*），台北，远流出版公司，1994。

（编者注：即大陆版：尼尔·波兹曼著、吴燕莛译：《童年的消逝》，北京，中信出版社，2015。）

作者、文本与读者

——从少年小说谈青少年读者的阅读行为

阅读即传播

广义说来，阅读（reading）是传播行为的一种。作者是传播者，文本是符码，读者是传播对象。传播者使用不同符码（不论是口头、画面还是书面）①传递信息给传播对象时，传播管道并非一般人所想象的那般完全畅通无阻。传播者的"所知""所见"或"所感"，必须顺利通过每一道关卡，才能变成传播者与传播对象的"共知""共见"或"共感"。

传播时，传播者首先要确定自己计划传出的数据是否完整、明确。他必须把这数据所构成的音频，制成正确且完整的符码，变成可以传递的信号；他必须克服其他信号的干扰与竞争，②迅速正确地送出信号，使信号安全传给接受传播的人。另一方面，传播接受者则必须把信号中的符码正确还原为传播者原来的"意思"，他必须有能力处理这则还原后的音信，才可能产生对方所预期的反应——共享对方的"所知""所见"或"所感"。

在这样的传播过程中，如果任何一道关卡出现严重的障碍，传播就无法完成。传播者制造符码的过程、符码的可接受性、传播者对传播对象的憧憬、传播对象的接受能力、接受传播时的态度（主动参与、欣然接受或悍然拒绝、冷漠排斥等）、干扰与竞争信号的强弱等，都会形成层层的障碍关卡。这些可见与不可见的关卡往往决定了传播效果。换句话说，一份信息的传播，需要传播者与接受传播者的充分合作，而且双方必须使用共同的符码。

如果把上述的这种传播过程应用于讨论青少年的阅读行为，我们也许会发现，青少年的阅读行为在某些方面与成人颇为相似，仍然不脱作者、文本与读者三者之间的互动。差异性较大的可能是接受能力与接受态度方面，因为青少年的行为常受外力的制约与干预。本文重点强调作者、文本与读者这三者的关系，并尝试以这三者的关系来诠释青少年读者的阅读行为。

各有各的阅读方式

比较起来，青少年的阅读行为比幼儿、儿童更为深入、复杂，不仅范畴较广，内容也较深。这种差异自然与阅读方式有关。由于生理与心理发展的限制，幼儿阅读行为常以亲子活动来呈现。幼儿不具识字能力，多半要借聆听方式来接触印刷媒介（包括简易的图画书、绘本等）。幼儿的亲人或保姆常以朗读方式来达成知识的传递。这种聆听式的阅读往往会因朗读者的声调、语气、肢体语言等的搭配运用，而产生差异性颇大的效果。7~10 岁的儿童对一切事物的反应都是直觉反应，抽象思考能力比较弱，接触的作品形式应该浅显、直接，角色与情节偏重趣味性。儿童识字不多，仍需父母帮忙，[3]因此，父母的阅读引导常常左右儿童阅读能力的成长。青少年具备逐渐发展成熟的认知、推理和抽象思考的能力，个性倾向独立，凡事均有自己的想法，同时智慧发展，已能在短时间接受多种信息，并深入了解复杂的抽象事物，[4]当然也有认同与角色混乱的困扰。[5]在阅读方面，青少年开始能接受多样化的文学形式，对纯文本的文学作品，也可以接受，不再畏惧。

尽管青少年在生理与心理方面的发展较迟，但在阅读行为方面与成人读者的差异却十分有限，这点在文学作品的阅读上更为明显，诚如卢肯斯（Rebecca J. Lukens）所言："文学为所有读者打开了新的发现与了解的领域。"⑥既然文学为所有读者所共享，我们不妨从作者与读者、读者与文本、作者与文本这些方面来剖析青少年的阅读行为。

读者的分类

读者在阅读过程中担任角色的重要性是不可言喻的。普莱（Georges Poulet）说："书是物，书在桌上，在书架上，在书店的橱窗里，等待人们将它从物质的、静止的状态中摆脱出来。"⑦文本唯有通过阅读，才能摆脱物质的与静止的状态。换句话说，读者赋予文本生命，赋予文本意义。伊瑟尔（Wolfgang Iser）说："如果要检验文本，也必须经由读者的双眼来研究。"⑧

由于阅读习惯的不同、阅读能力的高低、阅读目标的差异，产生了不同类型的读者。有趣的是，即使作者撰写作品时，完全没想到读者，他本身也是作品的第一位读者，而且这位原初读者的批判性最高，意见也最多。一篇优秀的作品往往必须经过这位原初读者的反复修改，斟酌再三，才能问世。但作家对自己作品的阅读与读者截然不同，因为作家在写作行动里就包含着阅读行动。这种写作行动所包含的是一个隐藏的准阅读过程。萨特（Jean-Paul Sartre）说：

> 当一个又一个的词奔凑到作者笔尖底下时，他当然看到这些词。但是他并非用与读者一样的眼光看待这些词，因为他在还没有写下来之前就预先知道它们了⋯⋯他的眼光和职能只在于检查书写下来的符号⋯⋯作者既不预测也不臆断；他在计划。⑨

这段话说明了作者写作时全神贯注的模样，但绝不能断言，作者在写作时完全不在意自己的作品被读者接受的情形，因为事实上并非如此。

有些作家在创作时，确实不一定有特定的对象，同时也有"真正的艺术家们不考虑他们的读者，他们为自己写作"[10]的说法，但绝大多数的作者写作时，对读者总有某种程度的憧憬。伊格顿（Terry Eagleton）说："作家心目中可能毫无特定的读者，他对于谁读他的作品可能漠不关心，可是某种读者已经被纳入写作的行为本身，成为文本的一种内部结构。"[11]伊瑟尔也提出了"隐含的读者"（the implied reader）的说法：

> 隐含的读者体现了一部文学作品发挥其效果所必不可少的所有那些部署——这些部署不是外在的经验现实设定的，而是由文本自身设定的。理所当然，作为一种概念，"隐含的读者"的本质牢固地存在于文本的结构之中；它是一种结构，决不能把它和任何真实读者等同起来。[12]

这就是说，"隐含的读者"是作者通过对文本结构的创造性安排而实现的一种对未来读者的预设和召唤。这种预设和召唤，通常展现在作者的表达手法中。无论是用字遣词、情节安排还是主题确定，都是针对未来读者的。读者也因此可以间接牵制作者的构思、造词、语态。但读者何止千万？要确立读者并不是一件简单的事，作者只能揣摩特定读者的可能需求。

在作者心目中，特定读者的标准相当高，因此便有了理想读者（ideal or idealized reader）的说法。伊格顿说："理想的读者必须具备所有破解作品的重要专门知识，正确无误地运用此一知识，而且不受任何干扰限制。此一模式假如要发挥得淋漓尽致，他或她必须超越国界、阶级、性别，不受种族特征局限，不具有限定性的文化假说。"[13]明眼人立即看出这种超级读者即是从事理论研究的专家学者，也就是费希（Stanley E. Fish）

心目中的"有知识的读者"（informed reader）："多少有点像沃德霍（Ronald Wardhaugh）所说的'成熟的读者'（mature reader），米尔顿（John Milton）所说的'合适的读者'（fit reader）"，是"具有足够的阅读经验，能把文学话语的各种特性——从最局部的技巧（比喻等等）到整个体裁等等——全部内在化了"[14]的读者。但这种读者毕竟是少数，所以费希不得不承认："我的读者是一种思维的产物，是一种理想的或理想化了的读者。"[15]这种有知识的读者"既不是一个抽象的概念，也不是一个实际存在的读者，而是一种混合体——一个竭力要使自己获得知识的有阅读经验的读者。"[16]这类读者如果不是批评家、导读者、狂热的文学研究者，也是具备丰富文学知识的工作者，绝不是一般读者。

普兰斯（Gerald Prince）依据接受同一册文本的各种读者的不同情况，把读者区分为三种：真正的读者（real reader，手里拿着书的人）、实际的读者（virtual reader，作者认为自己是为他而写的，并具备一定的质量、才智和审美能力的那种读者），以及理想的读者（ideal reader，他对文本的理解达到完美的程度，并对文本中每一个细微变化都能欣赏）。[17]这种理想读者与前面提到的特定读者类型有重叠之处。吉布森（Walker Gibson）也根据文本功能提出冒牌读者（mock reader）的说法：

> 照作品语言所规定的去采取一套与自己不相符的态度和质量，充当作者假想的或作品所要求的那类读者，亦即冒牌读者。他由真实的读者扮演，以便体验作品的语言。他是一种人工制品，听人支配，是从杂乱无章的日常情感中简化、抽离出来的。依吉布森看来，为了体验文本，真正与艺术成品交融，每一个实际的读者都必须按照作品语言所规定的去采取一套与自己不相符的态度和质量，充当冒牌读者。[18]

从上述这些读者的分类来分析，我们至少可以得到两点初步结论：一是读者在阅读时，并非完全被动，有时甚至主动情形高于被动；二是所有读者的阅读行为并不是我们想象中那般单纯，读者除了会受到自己的"预存立场"（Predesposition）的影响外，还会被他人（如意见领袖或"守门人"）所左右。

预存立场、意见领袖与"守门人"

文学作品的传播效果并非完全受操控于作者，读者的接受态度更是带有主导性的作用。20世纪50年代末，史奎尔（James R. Squire）曾直接以学生为对象，进行关于阅读反应的实验与定量分析。他指出："尽管青少年的阅读反应表现出某种群体性倾向，可是每个读者的能力、本质和经验背景的独特影响，仍然造成了个别的变化。"[19]这等于说，读者的反应是主观性的，它制约着作品的意义。霍兰（Norman N. Holland）说："年龄、性别、民族与阶级的差别，以及阅读经验的不同，都会对解释中的差异起一定作用。"[20]罗森布拉特（Louise Rosenblatt）也曾提到，读者会把个性特征、往事的回忆、现实的需求和成见、当时的特定情绪以及特定的生理状态等带入作品中。[21]伊格顿更直截了当地指出："读者接触文本之初，并非文化的处子，先前毫无社会和文学的纠葛，是极其超凡脱俗的灵体或白纸，文本可将自身的铭文移置其上。"[22]这些学者的看法给我们相当广阔的思考空间，让我们充分体认到青少年读者在阅读文本之前，已存有不少关卡——过去的种种经验与原有的态度。

以传播理论来诠释，每个人的阅读行为必定会受到他的"预存立场"的影响。所谓的"预存立场"，是指一个人在暴露于传播之前，原先已有的意见、兴趣、经验和精神状态的总和。换句话说，一个人的需求、情绪、过去的经验和记忆的因素会影响理解。卡勒（Jonathan Culler）的看法与此十分接近。他说：
"把一部文本当作文学作品来阅读，并不是要把读者的脑子变
一片空白，毫无先入之见地去读它；读者必定会带着他自己对
文学论述作用的理解去读它，这种理解告诉读者应该去寻找什
么。"[23]预存立场成为读者自我把关的第一道关卡。

其次，批评家（或导读者）的意见同样会影响青少年读者
的阅读行为。由于青少年的心智尚未完全成熟，在阅读文本之
前，常会有批评家担任"监看"角色。杜夫润（Mikel Dufrenne）
认为，一般批评家的任务有三：说明、解释与评断。[24]对青少
年而言，说明的层次就够了，因为"说明就是指导读者大众
去得出作品的意义"。[25]实际上，批评家可能是另一种形式的
"意见领袖"。在传播过程中，意见领袖是个颇具争议性的角
色，信服他的说法的人会盲从他的选择；有疑虑的人会怀疑他
的公正性。在"监看"过程中，批评家会把许多书籍予以过
滤、筛选与淘汰，只剩下他认为适合青少年阅读的。我们不否
认，批评本来就是一件稍带偏见的工作，因此，批评家成为意
见领袖时，要尽量保持超然，不偏不倚，行事公正、公平。但
这种态度往往只是理想，不容易完全做到，因为批评家也有他
自己的预存立场。

既然身为意见领袖，批评家难免会被人怀疑他是否过度干
预传播过程，因为他除了扩大传播媒介到达的范围，加入个人
的影响力之外，他还是传播过程中的"守门人"，可能妨碍传
播的效果——他可能只"转播"他所"喜欢"的那一部分。他
会把媒介中不符合他的兴趣、立场和团体规范的部分，截留下
来。"守门人"这样做，可能是基于他的特别兴趣或知识，也
可能是由于无意中受到他对事物作"选择性的注意与理解"的
限制。任何一个批评者的专精项目都有其极限。在儿童文学众
多的类型中，没有一位批评者敢说他对于童话、童诗、儿歌、
图画故事、绘本、少年小说等都非常熟悉。因此，他在过滤、

筛选与淘汰过程中，往往会不知不觉有了选择性的注意与理解，这种不自觉的主观当然会影响到他的抉择。

另外，青少年虽有选择阅读书籍的自由，但对书籍优劣的辨认能力却略显不足，而且又缺乏经济能力，因此，他们的阅读范围除了受批评者的影响之外，也常受父母或师长的约束。这些长辈心目中认为适合青少年阅读的作品，其制定依据经常是一种纯主观的看法。他们推荐或称许的作品，也许正是他们当年曾经阅读过，也确实对他们的成长有所帮助的作品。另一种可能是，他们曾经听闻过某些好作品，自己却一直没机会细读，但有人大力推荐，结果他们担任"二手传播者"，也想把心目中的好书介绍给下一代。但是在这种过程中，推荐者却常常忘了时空差距对青少年的影响。

批评家与家长、师长推荐的好书，多半偏向于众所公认的经典作品。我们也深信，经典作品禁得起时空的检视，永远是经典作品。可是他们忽视了一个事实："不同年代的不同读者，经常对文本有不同程度的了解，即使一般现象相同。"㉖当代青少年的胃口不一定容得下所谓的"经典作品"，尤其在偏爱、耽溺于"轻薄短小"的年代更是如此。在传播媒介爆炸的年代里，青少年愿意接触印刷媒介，已经相当不容易，我们似乎不应再苛求。或许我们只能期待他们能在"轻薄短小"的作品里，发现文学作品的永恒之美，继续徜徉于文学殿堂而不舍离去。

另一个有趣的问题是，如果我们把批评家归类为吉布森所说的"冒牌读者"，则不知接受批评家意见的读者要算是哪一类的读者？

读者如何阅读

向读者（包括批评家）展现的文本，必须经过阅读，才具备生命。伊格顿说得好："没有读者，就不会有什么文学文本。

文学文本不是存在于书架上，它们是阅读实践中具现出来的显义过程。"[27]书本本身只是白纸黑字，其意义必经意识予以实现，才有生命的迹象，这也就是伊瑟尔所说的："所谓作品并不等于印制好的书，因为后者一定要通过读者的阅读和意识，方能有生命，成立为作品。"[28]殷格顿（Roman Ingarden）认为，文学作品是他律的，它等待主体的活动来促使它实现。[29]所谓的主体活动就是指读者的主动参与。费希也指出："读者是一切可能的正确意义的来源，因为能使一本书具有意义或没有意义的地方，是读者的头脑，而不是一本书从封面到封底之间的印刷书页或空间。"[30]至此，我们可确定，读者是阅读行为的主体，这一事实是无可辩驳的。

　　本质上，阅读是一种独自沉思的活动，读者担任的是诠释文本的角色。文本只是"成品"，必须经过阅读，经想象力（或意识）去重新构筑其世界，才能提升为真正的艺术品或"美学客体"。但通过不同的阅读主体，就会有不同的"美学客体"出现。卡勒说："所有真正的创造性工作都是由读者完成的，他们有巧妙的加工这些句子的方法。"[31]读者除了完全掌控文本的生命外，还进一步协助文本创造意义："读者可借着将自己的经验、态度与情绪带入文本，来帮助创造文本的意义。"[32]

　　究竟读者如何主动阅读文本呢？霍兰强调每位读者对同一部文学作品的阅读方式都不尽相同："作为读者，我们每个人都会施加不同的外在信息，每个人都要寻求与他个人相关的特殊主题，每个人都会用不同的方式将文本转化成一种令人满意的、有意义的、一致的经验。"[33]然而，在转化文本过程中，每位读者为了凸显自己的预存立场，给予文本不同的诠释，难免在作品的主体意识方面有所分歧。尽管见解不同，但在某些方面，读者的阅读过程似乎又非常相似。我们先听听萨特的意见：

　　　　阅读过程是一个预测和期待的过程。人们预测他们正
　　在读的那句话的结尾，预测下一句话和下一页；人们期待
　　它们证实或推翻自己的预测；组成阅读过程的是一系列假
　　设、一系列梦想和紧跟在梦想之后的觉醒，以及一系列希
　　望和失望；读者总是走在他正在读的那句话的前头，他们
　　面临一个仅仅是可能产生的未来，随着他们的阅读逐步深
　　入，这个未来一部分得到确立，一部分则沦为虚妄，正是
　　这个逐页后退的未来，形成文学对象的变幻的地平线。㉞

　　我们从这段话可确定两点：一、阅读是归纳、（为原文）
增补文字和推论；㉟二、文本是一个多层面的立体构造物，其
艺术组织包含着许多潜在的空白和未定点。㊱

　　在阅读过程中，读者随着浮现在眼前的文句，依据自己的
文学能力和经验，便可对文本所提供的艺术信息进行相应的选
择、填补、提炼和重组。但这些文本重建的成败必须视读者的
阅读经验、视野而定外，文本给予的空间大小也是一种变量。
关于后者，罗兰·巴尔特（Ronald Barthes）曾提出他的看法。
他把文学分为两大类：一类是赋予读者一种角色、一种功能，
让他去发挥，去做贡献；一类是使读者无事可做或成为多余
物，"只剩下一点点自由，要么接受文本，要么拒绝文本。"㊲
第一类文本的空白大小和未定点多寡各有不同，但读者仍有发
挥的空间；遇到第二类完全无法置喙或介入的文本，读者根本使
不上力，只得放弃，更谈不上与作者合作、共同著述的乐趣了。

　　根据普莱的见解，阅读不是为了感知作品的结构与风格的
特点，而是使读者沉浸于作家体验世界的方式之中。他认为文
学作品的意义绝不依赖读者，然而其"命运"或存在的方式则
确实依赖读者：

> ……在未翻开书本前，读者始终拥有如何对待文本的最高权力，但是一旦他开始阅读，就变为作家的意识的俘虏。读者要获得经验，就必须忘记自己、超越自己，不妨说先让自己死去，这样，文本才能活起来。㊳

基本上，普莱的看法趋近于被动，读者可能受控于作家与文本。伊瑟尔的见解与普莱有了出入，他主张读者要主动参与制造文本的意义：

> 读者必须补充文本中没有写出但是做出暗示的那部分，担当作品的共同创造者……文本的"具体化"，在任何特定的情况下，都需要读者的想象力发挥作用。每个读者都以各自的方式填补文本所未写出的部分，或"缺口"和"游移未定"的区域。㊴

虽然普莱与伊瑟尔两人的见解有被动、主动之分，但两人心目中的读者在阅读时，依然不知不觉会填补文本中的空白和未确定点，如果他想充分发挥想象力的话。

填补、延伸与偏离、背叛

青少年的阅读行为可略分为主动与被动两种。主动的阅读是指青少年完全不受外力所左右，基于兴趣与爱好，自动自发地去接触文本；被动的阅读则指青少年往往受家长、师长的驱使，不得不去接触"意见领袖"或"守门人"推荐的文本。基本上，主动阅读的效果应属于潜移默化型，青少年从阅读之中得到的乐趣、理解的经验与不同的信息，汲取一些宝贵的生活经验与智能，并且从中获得认同、净化、洞察、移情与领悟；相对的，被动的阅读会产生耳提面命式的效果，同样具有上述的三种功能、五种作用，然而功效上会有折扣与落差。但不论是主动或被动的阅读，读者只要打开文本，文本空白与未确定点的填补作用就开始进行了。

作者为了让读者有参与感，往往在作品中留下一片广阔的想象空间与无数的未确定点，让读者去发挥、去填补，少年小说作品亦是如此。下面的几个例子便足以说明读者如何填补文本的未书写部分。青少年读者欣赏《强盗的女儿》（*Ronja Rovardotter*）时，如果他对莎士比亚剧作略有所知，马上就明了这部作品是《罗密欧与朱丽叶》（*Romeo and Juliet*）的现代版。阅读时，读者除了享受书中风趣的对白与动人的情节外，还会不知不觉比较二者的异同之处，并且根据情节的安排，断定结尾必定是喜剧收场。翻阅《少年噶玛兰》时，看到女主角彭美兰在龟山岛的斜坡上拍广告，弯腰之际，拾起一块两边串着玛瑙珠的桑叶形青玉项链，读者马上联想到这条项链就是另一女主角春天原本要回赠潘新格的，虽然作者没有直接点明。《山羊不吃天堂草》里的明子对深居电梯大厦的紫薇因同情而产生爱意，但善于揣摩的读者马上可填补作者尚未写出的"缺口"，认定明子的爱情不会有结果。果然，白马骑士徐达一出现，整个局势就扭转了。这几个例子都证明读者能够依照故事情节的起伏而预先猜测出故事的结局，不论是明示或暗示。另外，也有一些少年小说作品在结尾时，没有点出作者意图表达的结局，留下空白让读者去填满。如《爱尔兰需要我》（*Torn Away*）的主角在知道父亲的真正死因后，坚定的信念开始动摇，一时陷于两难，不知何去何从。他对父亲的忠诚度起了怀疑，会不会因此改变自己对父亲的崇拜态度？《记忆受领员》（*The Giver*）的乔纳斯冒着生命危险，逃离了他熟悉的安全却冷漠的小区。他逃到哪里？成功还是失败？小区的人是不是从此过着有变化的日子？远方突然跃现的亮光是什么？面对《斗牛王德也》[40]中提出"人球灌篮"特技的这种疯狂创意构想，读者的直接反应不会一样。有人会怀疑，狭窄的篮框容纳得下德也修长的体型吗？从高处直接跳下去，双脚、双腿不会受伤吗？身体不会被框边点燃的蜡烛烧伤吗？一时冲动而扭伤身子、摔断双腿，值得吗？《最后一班南下列车》[41]中的三位生涩青少年为了救女同学美美，几度面临危机。最后，几位警察出现，吓跑了持刀的歹徒，终于救回美美，他们正等候最后一班南下列车。故事似乎结束了，其实不然。作者苦苓留下一大片空白让读者去填补，例如：美美是否能继续上学？家中债务如何解决？三位救美英雄如何以实际行动来协助美美？这些故事结局没有交代清楚，作者将答案留给读者，让不同的读者去填写和延伸。这些故事结局没有标准答案的问题，也提供读者与作者共同创作的机会。

另一方面，读者对文本的接受常受预存立场之不同而呈现多义解释，常常脱离作者或评论者原先之意图与判断。这种没有遵循文本的制约与牵制的现象，在青少年阅读行为中并不少见。这种情形当然与青少年的不稳定情绪、冒险、叛逆、寻求自我认同的心态有关。我们同样可以举几个例子来说明青少年读者对文本意义的偏离与背叛。李潼的《白玫瑰》写的是飙车少男少女悲壮、悲凉的故事。认真细读全文的，可能是从来不飙车的一般读者（包括成人、青少年）。他们读完后，更加深了永不飙车的想法。真正热爱飙车的少男少女恐怕不一定读过这篇作品。即使读了，说不定他们还会称赞故事中男女主角的豪勇之情，不然就是嘲笑作者写得不够深刻动人。《守着孤岛的女孩》（*The Island Keeper*）刻画富家女欧丽儿如何挣脱家中的不幸，克服自己的缺点，调适自我，寻找自我。但有的读者看到的却是欧丽儿家中富裕生活的描绘，而忽视了她欠缺亲情之爱，也忽略了她在孤岛上独自求生过程的象征意义。这种只见部分"外延"而忽略"内涵"意义的情形，也可能同样会发生在《勇敢船长》这本书上，因为书中的主角也是出身富豪之家。《通往泰瑞比西亚的桥》（*Bridge To Terabithia*）中，作者借一对天真无邪的少男少女的交往来衬托发展亲密友情的重要，但有"心"之士读到的却是这本书的情节处理死亡不当，不应该让纯净的少男少女过早接触"死亡"这个严肃的命题，因而这本书一度被查禁。对文本意义的扭曲或误解，证明读者对文本诠释的多义化。读者从不同的角度切入，当然得到不同的诠释。但无论是对文本空白、未确定点的填补、延伸或偏离、背叛，我们都不必过度忧虑，因为至少青少年读者已经接触到文本，而且对文本有了某种程度的兴趣，才会产生这些现象；何况还可能有第二次阅读的机会来修正原有的想法，并且产生与第一次阅读不同的印象，这是因为读者是从不同的透视角度来观看文本。

回 到 未 来

在详细剖析作者、文本与读者之间的互动对阅读行为的相互关系后，我们可以发现，阅读行为并非想象中的那样简单。读者没有打开文本之前，已经面临种种不同程度的关卡，何况我们还得考虑读者本人的阅读意愿，因为阅读意愿才是决定阅读行为的关键。与一般成人读者比较，青少年读者似乎在阅读方面遭受到更多的限制。批评者（或导读者）的把关、"守门人"的管制与筛选，往往会让青少年读者觉得碍手碍脚的，说不定在不断干预的过程中，干脆放弃阅读。

等到读者欣然或勉强接受"意见领袖"的种种建议，把眼前的文本打开后，面对无穷无尽的文字、词语的挑战，读者仿佛在观赏舞蹈一般。舞蹈者的所有肢体动作都能组合成点、线、面的不同意义，文本亦是如此。字是点，句是线，文是面。在阅读时，任何点、线、面都不能忽略，因为文本的意义全部就在眼前浮现的点、线、面中，让读者去追逐、捕捉，而读者的组合力便决定了意义诠释的范畴。等意义形成后，还得设法将其化为意旨（significance），因为"意义是文本所包含的各个方面所蕴含的指涉全体（referential totality）。意旨是读者之把意义吸收到他自己的存在之中。这两者合起来，才能保证令读者建构成一个以前完全陌生的实在来构成自己的那种经验之效能"[42]。

意义与意旨是理解的两个分离的阶段。从意义到意旨，自然会涉及文本空白、裂缝、未确定点的填补与延伸。这时是读者应用想象力的最佳时机。当然，意见领袖与"守门人"施加的压力，加上由读者个人的条件形成的预存立场，会影响对文本的诠释，但不同的诠释角度往往会使文本的意义更为丰盈。空白与未确定点的填补如果合乎作者原来的意图或判断，是一种预料中的良好结果。但是如果有了对文本意义的偏离或背叛，我们也不必惊讶，相反地，我们应乐于接受，因为这些偏离与背叛的想法，往往构成文本本身另一层次的丰富面。换句话说，读者发挥了潜伏已久、酝酿多时的生猛想象力，找到了更多的另类诠释面，这对文本的多义性何尝不是另一收获？

也许青少年读者无法充分领略到推断作者立场时的三种快感：破译的快感，合作的快感，秘密交流、共谋与合作的快感，[43]但还是可经由某些现代作家提出的一个共同目标，领略到阅读的美好滋味。这个共同目标是布斯（Wayne C. Booth）所说的："带领读者，使他完全沉浸在一种'状态'之中，既不意识到他正在阅读，也不意识到作者的身份，这样最后他会说——并且也相信，'我去过（那里），我确已去过了。'"[44]青少年读者确实需要优秀作家的带领与提携，才能在文学殿堂里遨游。

在媒体充斥的年代里，阅读文学作品早已成为一件相当奢侈的事，成人如此，青少年亦是如此。如何把青少年从荧光幕前、计算机游戏前拉回到书桌前，让他们把桌上的书（文本）

打开，津津有味地逐页阅读，似乎已经成为我们这一代的一件极为艰巨的大工程。我们不会也不应逃避这件"希望工程"，因为我们深信书是一种无法取代的叙述形式，没有任何其他的形式可以像书本一样深刻、细腻、详尽、广泛、复杂而又多层次地表达一个故事、一个意念。唯有经由阅读，读者才能从作品中找到不熟悉的自我，从而肯定自我。同时我们也深信，阅读是终身行为，及早在青少年时期培养良好的阅读习惯，将使人终身享用不尽。

本文为台东师范学院主办之"儿童文学与教育学术研讨会"论文，1997 年 3 月 13、14 日。上海《儿童文学研究》第 97 期（1998 年 8 月）转载

【注 释】

① 录音带、电视画面、电影影碟、光盘都应列为传播符码。

② 收音机的音乐、电视机的有趣画面等，都是干扰竞争的来源。

③ 宋维村：《放眼世界少年文学——让孩子学习拇指精神》（序言），《汉声青少年拇指文库》，台北，汉声出版社，1994，第 5 版。

④ 同③。

⑤ David L. Russell, *Literature for Children*（N.Y.: Longman, 1991）, p. 24.
〔大卫·罗素：《儿童文学》，纽约，朗文出版公司，1991，第 24 页。〕

⑥ Rebecca J. Lukens & Ruth K. J. Cline, *A Critical Handbook of Literature for Young Adults*（N.Y.: HarperCollins College Publishers, 1995）, p. 5.
〔瑞贝卡·卢肯斯、露丝·克莱恩：《青少年文学批评手册》，纽约，哈珀·柯林斯大学出版社，1995，第 5 页 。〕

⑦ Georges Poulet, "Criticism and the Experience of Interiority," Jane P. Tompkins, ed., *Reader–Response Criticism*（Baltimore: The Johns Hopkins UP, 1980）, p. 41.

〔乔治·普莱：《文学批评与内在感受》，简·汤普金斯主编：《读者反应批评》，巴尔的摩，约翰斯·霍普金斯大学出版社，1980，第41页。〕

⑧ Wolfgang Iser, *Prospecting: From Reader to Literary Anthropology*（Baltimore & London: The Johns Hopkins UP, 1989），p. 4.

〔沃尔夫冈·伊瑟尔：《期待：从读者到文学人类学》，巴尔的摩及伦敦，约翰斯·霍普金斯大学出版社，1989，第4页。〕

⑨ Jean-Paul Sartre, "Why Write?" Hazard Adams, ed., *Critical Theory Since Plato*（N.Y.: Harcourt Brace Jovanovich, Inc, 1971），p. 1060.

〔让-保罗·萨特：《为什么写作？》，阿查尔·亚当斯主编：《柏拉图以来的批评理论》，纽约，哈柯特·布雷斯·朱文诺威基公司，1971，第1060页。〕

萨特（1905~1980）为法国哲学家、小说家、剧作家。他所有的小说都是用来处理他的哲学论题。1964年获诺贝尔文学奖，但拒绝领奖。

⑩ Wayne C. Booth, *The Rhetoric of Fiction,* 2nd ed.,（Chicago: The University of Chicago Press, 1983），p. 89.

〔韦恩·布斯：《小说修辞学》，芝加哥，芝加哥大学出版社，1983，第2版，第89页。〕

⑪ 泰利·伊格顿（Terry Eagleton）著、吴新发译：《文学理论导读》，台北，书林出版有限公司，1993，第108页。

⑫ W. 伊泽尔（Wolfgang Lser）：《审美过程研究》，北京，中国人民大学出版社，1988，第45~46页。

⑬ 同⑪，第152页。

⑭ Stanley E. Fish, "Literature in the Reader: Affective stylistics," Jane P. Tompkins, ed., *Reader-Response Criticism*, p. 87.

〔斯坦利·费希：《文学在读者：感情文体学》，简·汤普金斯主编，《读者反应批评》，巴尔的摩，约翰斯·霍普金斯大学出版社，1980，第87页。〕

⑮ 同⑭，第86页。

⑯ 同⑭，第87页。

⑰ Jane P. Tompkins, "An Introduction to Reader-Response Criticism," *Reader-Response Criticism*, p. 7.

〔简·汤普金斯：《读者反应批评引论》，简·汤普金斯主编，《读者反应批评》，巴尔的摩，约翰斯·霍普金斯大学出版社，1980，第7页。〕

⑱ Walker Gibson, "Authors, Speakers, Readers, and Mock Readers," Jane P. Tompkins, ed., *Reader-Response Criticsm*, pp. 1~2.

〔沃克·吉布森：《作者、说话者、读者和冒牌读者》，简·汤普金斯主编，《读者反应批评》，巴尔的摩，约翰斯·霍普金斯大学出版社，1980，第1~2页。〕

⑲ David Bleich, "Epistemological Assumptions in the Study of Response," Jane P. Tompkins, ed., *Reader-Response Criticism*, pp. 138~139.

〔戴维·布莱奇：《反应研究中的认识论假想》，简·汤普金斯主编，《读者反应批评》，巴尔的摩，约翰斯·霍普金斯大学出版社，1980，第138~139页。〕

⑳ Norman N. Holland, "Unity Identity Text," Jane P. Tompkins, ed., *Reader-Response Criticism*, p. 123.

〔诺曼·N.·霍兰：《整体 本体 文本》，简·汤普金斯主编，《读者反应批评》，巴尔的摩，约翰斯·霍普金斯大学出版社，1980，第123页。〕

㉑同⑲，第144页。

㉒同⑪，第144页。

㉓ Jonathan Culler, "Literary Competence," Jane P. Tompkins, ed., *Reader-Response Criticism*, p. 101.

〔乔纳森·卡勒：《文学能力》，简·汤普金斯主编，《读者反应批评》，巴尔的摩，约翰斯·霍普金斯大学出版社，1980，第101页。〕

㉔杜夫润（Mikel Duterenne）：《文学批评与现象学》，郑树森编，《现象学与文学批评》，台北，东大图书有限公司，1984，第61页。

㉕同㉔。

㉖同⑧，第5页。

㉗同⑪，第98页。

㉘郑树森：《现象学与文学批评》，台北东大图书有限公司，1984，第10页。

㉙同㉔，第64页。

㉚同⑰，第xvii页。

㉛同㉓，第105~106页。

㉜ John Fiske, *Introduction to Communication Studies*（N.Y.: Routledge, 1988），p. 43.

〔约翰·菲仕各：《传播研究引论》，纽约，罗特列支出版社，1988，第43页。〕

㉝同⑳。

㉞同⑨，第1060页。

㉟同⑨，第1064页。

㊱ 方卫平：《儿童文学接受之维》，武汉，湖北少年儿童出版社,1995，第139页。

㊲ 同㊱，第152页。

㊳ 同⑰，第15~16页。

㊴ 同⑰，第15页。

㊵ 李潼：《斗牛王德也》，张子樟编，《俄罗斯鼠尾草》，台北，幼狮文化公司，1998。

㊶ 苦苓：《最后一班南下列车》，张子樟编，《俄罗斯鼠尾草》，台北，幼狮文化公司，1998。

㊷ 乌夫岗·衣沙尔（Wolfgang Iser）：《阅读过程中的被动综合》，郑树森编，《现象学与文学批评》，第107页。

衣沙尔与⑫的伊泽尔为同一人，两岸译法不同，现通常译为伊瑟尔。伊瑟尔为接受美学专家。

㊸ 同⑩，第300~304页。

㊹ 同⑩，第30页。

典型的塑造

——少年小说人物研究

前　　言

严格说来，少年小说的结构和一般成人小说并无二致。专家学者对少年小说的研究，也几乎完全沿用成人小说的模式。不论是从写实小说、奇幻小说、科幻小说或从历史小说的角度来探研少年小说，都会觉得它的仿造轨迹依稀可寻，不免让人质疑，究竟少年小说是不是成人小说的少年版？因为二者的主题、情节、人物、故事、叙事观点等，表面上的差别并不大，当然难免造成混淆。

实际上，少年小说与成人小说之间的差异性颇大，阅读对象的不同就是其中最明显的差别。成人小说作家可以随心所欲地表达与剖析自我的理念。在人物刻画方面，作品中的角色可以涵括世间各种不同类型的人，故事可以极尽曲折离奇、怪诞荒谬或凄婉唯美，甚至灰败颓废。成人小说对作品的阅读对象并不需严格的考虑，成人可以尽兴阅读，也有不少青少年基于好奇，作选择性的阅读。当然，在成人小说中，我们发现有相当数量适合青少年阅读的作品，但文中的主角、主要配角均非青少年，所以通常不归类为少年小说。一般说来，少年小说的内容不像成人小说那样丰富，少年小说的阅读对象不如成人小说的读者多样化；当然也有成人喜爱看少年小说，但毕竟是少数。可以说少年小说的阅读对象是青少年，所以作品内容自然与成人小说产生区隔。

由于阅读对象的不同、预期功能的差异，少年小说常让人觉得有载道的意味。其实真正优秀的少年小说，绝不会沦为令人讨厌的说教读物，但作者总是希望自己辛苦经营的作品，具有潜移默化的功效，达成认同、洞察、移情、净化与顿悟等作用，对青少年的成长有所帮助。因此，少年小说对人物的设计与刻画，便与成人小说有较大差异。能让青少年乐于接受的作品，通常把故事架构的重心摆在青少年的生活上，主角、配角也以青少年为主，成人只担任辅助性的角色，描绘的是书中这些主角、配角的启蒙与成长的过程。作品能吸引青少年阅读，才能给他们带来阅读的乐趣，协助他们了解自己、了解别人，也了解所生活的环境。总而言之，"乐趣"与"了解"是少年小说的两大功能。①

从文学作品的阅读中得到乐趣并不会直接涉及载道或说教。"寓教于乐"大家都认为可行，但能否发挥实际效果，则视作者的功力而定。大部分儿童文学工作者都承认，少年小说还是以人性为依归的，作品的主要目的在于反映人性。深入研究就会发现，虽然作品中的每个青少年角色成长环境与际遇的差异性很大，但反映或解决生活上不同情境的方式，还是依循人性；生活中不同情趣的获得，人与人之间的互动、沟通和了解，也合乎人性的发展。这些角色都是青少年读者可以观摩和学习的对象。

据上所述，青少年阅读少年小说确实可以得到乐趣，并且学习了解自己、他人及世界。那么究竟少年小说如何引导"乐趣"与"了解"两大功能的完成？这个问题的答案就要从文学作品的元素来探讨。文学作品内容的主要要素有六，即人物和时间、空间、事物、原因、方法（也就是新闻学中的 5w1h: who, when, where, what, why, how，也就是所谓的六何：何人、何时、何地、何事、为何、如何）。这六项中，尤以人物最为重要，文学作品的目的往往在塑造人的形象、表达人性；时间、空间为其背景；事物、原因、方法亦只是说明与衬托人的形象而已；没有人物，其他五项便失去重心。少年小说与成人小说一样，凡是生动活泼的角色都成为一种典型，受到每个年代青少年的喜爱。既然人物刻画是作品的骨干，因此，本文计划以讨论少年小说中的人物为主，尝试对作品中的角色作比较深入的分析。以青少年为主角、配角的作品为本文论述的依据，全文从人物塑造、人物与冲突、人物类型、人物的发展等方面加以探讨。取样的作品以中长篇的写实、历史与科幻作品为主，除了几本经典作品外，其余举例说明的作品都是现当代少年小说。

人物塑造

人物塑造（characterization）是指作者协助读者认识人物的方法，也是作者介绍人物出场的方式。通常，作者能做的最简明的方法就是刻画人物的长相与个性。描绘人物的情绪与道德特点，或呈现他与其他角色的关系，则是较为精细、有效的方法。[2]换句话说，在小说阅读中，读者可以借助下列方式来认识作品中的人物：人物的动作或作为、相貌、言谈，故事中人物相互的评价与作者的直接描述。[3]

一、动作（actions）

动作或作为可帮助读者了解人物。以动作或作为来呈现人物是一种间接的方式，其目的在使读者通过人物的动作或作为来了解主配角的内心想法、处世态度及能力等。动作或作为并非单一的，往往是连贯的、重要的一系列事件。以《山羊不吃天堂草》[4]为例，主角明子从贫瘠的农村来到繁华的大都会，面对的是城乡差距与贫富不均的压力，而这些压力促成的行为反应是他成长过程中不可缺少的挣扎。明子对残障少女紫薇朦胧之爱的失败、师徒三人在饭馆中进餐得到的差别待遇、在澡堂中的阶级之分等事件的发生，使明子对自己先前的谦让、坚持起了怀疑，因此，他把身边仅有的钱花在不可能中奖的抽奖上、私藏一张早已作废的外国纸币、接了工作定金一千元却想一走了之。这些作为凸显明子在善恶之间的徘徊，合理传介明子成长过程中思想的转变。

《黑鸟湖畔的女巫》（*The Witch of Blackbird Pond*）[⑤]中的吉蒂以一连串的"叛逆"行为颠覆了 17 世纪清教徒对女性的看法。她为了逃避不正常婚姻，从加勒比海的巴贝比前往康涅狄格去投靠姨妈。吉蒂携带的七箱华服、所受的开明教育及拙于家务却擅长游泳，都成为当地清教徒敌视她的主因。但是她以不流俗的作为破除了这些不友善的歧视态度。她用新的教学法带动学生，不被校长、牧师接受。她逛到大草原，认识了"女巫"杜汉纳，改变了自己的行事方式。后来，她又不断去拜访杜汉纳，并在她那儿教导小女孩小谨识字，打开小谨闭锁已久的智慧之窗。突然而来的瘟疫让当地人将其归罪于"女巫"杜汉纳，准备去逮捕她，吉蒂赶去营救。然后吉蒂又被控耍巫术，关在拘留所。一大堆的罪名加在她身上，幸好小谨出面当庭写字、读圣经，证明吉蒂的教学是正确的。这些作为凸显了吉蒂固执、求真的个性。

二、相貌（appearance）

"以貌取人"的成见不止在日常生活中令人存疑，使用在小说中，说服力也不足。虽然如此，人的情绪变化会从脸上泄露，仍是不争的事实。人物相貌的描绘近于平面化、呆板化，自然会影响作品的深度。有些现代少年小说中的角色刻画依然沿袭通俗小说的写法，例如《"阿高斯"失踪之谜》[⑥]。基本上，这是一本可读性相当高的作品，故事悬疑性强、情节扣人心弦，又强调环保的重要，颇能呼应现实问题。可惜它的人物刻画有些僵化、八股化，削减了全书的说服力。作者写主角力力见到女主角夏梦岸时，"力力惊奇地发现，梦岸是个极漂亮的女孩。她那清如潭水的眼睛，秀美的脸庞，裙裾下两条白藕般修长的腿……"这种描绘依然没有挣脱王子公主故事的套路。同一书中,作者对故事中反派人物伊伯伯的刻画也太过于"黑白分明":"他四十几岁样子,矮矮胖胖像一尊大肚子弥勒佛。最引人注意的是圆胖脸上那双不停眨动的眼睛,闪烁的目光就像风中的烛光飘忽不定。"这样的刻画等于间接说出伊伯伯不是好人,读者只有等待他"恶有恶报"的下场了。

比较之下,《Love》[⑦]一书的作者对主角游毅璃与于瑗友的刻画虽是简单几笔,却为读者塑造出较鲜明的人物,作者描绘的确实是现代网球女选手的模样:

> 亮丽鲜明的球场上,有两个穿着洁白短裙的女孩在打网球。她们一样留着俏丽短发,只是粉色上衣的那个,发型水亮有层次,是几十年前曾风行世界的赫本头;天蓝翻领球衣的另一个女孩,则是清汤挂面,不过看得出来刘海的地方卷过、整理过。

三、言谈(speech)

角色的言谈经常会透露自己的想法、表现个性的优缺点。虽然我们无法明确断定说话者是不是语出内心,或者故意说迂回的话,但听其言、观其行,两相对照,虽不中,亦不远。许多作家常用言谈来补充叙述的不足。以《一道打球去》[⑧]为例,作者对主角萧义夫的刻画虽显得他有些过分成熟、懂事,但对萧义夫的爷爷的言谈却掌握得恰如其分。矮小的萧义夫是躲避球校队队员,信心不足,爷爷常给他打气,借躲避球比赛来阐释解决人生的问题:

> 当萧义夫怀疑冠亚军赛的得胜机会时,问题就好比是那个穷追不舍的球,不论漠视或屈服,都同样是在逃避。任凭你球技再精,若处在只有被打、全无还手余地的局势,

结局只有一个：被击中后出局。你千万不要被躲避球的名字给唬住了，实际上，躲避球的制胜之道在攻击，在掌握主动优势。

爷爷再度强调攻击的重要性："打了这么久躲避球，还是只会'躲避'？真是脑袋不清楚。"爷爷的两段话对萧义夫有如当头棒喝。爷爷的言谈完全体现了他的人生体验与不服输的个性。

《第三种选择》①的主角陶晓春的月考成绩不理想，非常懊恼。卖水果的父亲大清早便带她去做生意，让她领略"拼命"的滋味，同时还适时加一段生活教育。晓春不懂得为什么在街角卖西瓜，要去皮切块，一袋一袋装好。她父亲便滔滔不绝地说：

> 黄昏市场的客人大都急着赶回家做饭，水果不是马上要吃的；这里的客人大部分是吃饱来逛街的人，或是还要加班的上班族，水果买了就吃，不在乎多加一点工钱。在不同的地方做生意，要配合不同的顾客要求，生意才会好呀！

晓春的父亲接着告诉她，为什么西瓜、莲雾都是一袋50元："价钱一样，忙的时候就不必注意客人拿的是什么；50元要找钱的话也好找，而且大部分的人干脆再拿一袋不要找钱。这样我们就比较早卖完哪！"晓春这时才知道父亲其实不笨，自己的功课不好，不能埋怨父母。作者以这两段话衬托出晓春父亲的用心与苦心——辛苦工作是为晓春提供更好的生活空间，同时也传达了父亲务实的人生观。

四、他人的评价

少年小说作者可以通过角色的闲话家常或臧否人物，塑造角色性格。使用第一、第二、第三人称叙事视角的作品，作者通过文中某位主角或配角来叙述整篇故事时，则人物的描述完全是这位主角或配角的观察、理解或批判的结果。作者可借用文中人物彼此的评价，来凸显角色的个性。被评价者的个性从评价者的口中可以得知一二；评价者的为人也可从他评价别人的态度、语气、用字遣词等，泄露讯息。《Love》的主角游毅璃是网坛的明日之星，在车祸中失去了一只脚。经过一番挣扎与调适后，球场上的"敌人"于暖友适时伸出援手，毅璃再度现身球场。林姓女记者看了毅璃重执球拍，把柯教练对毅璃的看法重述一遍：

> 游毅璃不是一般的女孩，她可以吃别的球员不肯吃的苦。多少孩子练到一定程度就打退堂鼓了，可是这女孩有毅力，从小到大练球她从不缺席。我知道她，给她一段休养的时间，她一定还会回来的。

这段话勾勒出毅璃的好强个性与超人一等的毅力，读者看了，便能预期她势必东山再起。

《河豚活在大海里》（*Blowfish Lives in the Sea*）⑩的叙述者是"我"（凯莉）。她对她的同母异父哥哥贝恩的观察十分细腻：

> 每次想到贝恩，或者是晚餐桌上和他面对面，我都是看到一个瘦瘦的高个穿着一件松垮垮的外套，领子竖起来，两手插在外套口袋里。衣服纽扣不见了，只留着五颜六色的线头。走路的时候，两只眼睛老是盯着那双沾了泥巴的破鞋。

贝恩展现的是毫不造作的颓废态度。读者能感受到他不在乎穿着，不在乎别人对他的看法，所以紧跟其后的"一脸风霜，而且忧郁""有些颓丧，没精神的样子"的描述，是一种必然的结果。作者借此凸显贝恩心中有解不开的结。

五、作者的描述

作品采用全知观点时，叙述者便是作者的化身，作者操控整个叙述的过程。在《正午的朋友》（*The Noon Friends*）一书中，主角法兰妮与好友西蒙谈到人的漂亮问题时，作者担任叙述者，以旁白方式代替法兰妮说出西蒙的模样：

> 西蒙自己长得已经够漂亮了。她的样子很飘逸，眼睛很迷人，法兰妮从没看过这么美的眼睛。西蒙有七个兄弟姊妹，加上奶奶和父母，全家都有长睫毛和水汪汪的黑色大眼睛。[11]

这样的叙述已经给了读者相当明晰的轮廓，脑海中浮出的西蒙模样自然是正面的。

马景贤的《小白鸽》[12]也采用全知观点。作者并没有直接描述主角阿龙。他利用故事情节来展现阿龙的个性。阿龙在半路上捡到一只优良血统的赛鸽，受不了冒牌失主的骚扰，干脆听父亲的话，放了鸽子。为了买只爱鸽，他帮邻人采水果，双手尽是伤痕。同学阿森的父亲把一只受伤的鸽子和一只菜鸟送给他，他高兴得不得了，替伤鸽疗伤。后来，他目睹阿森的父亲作弊，不忍心说实话。为了救脚上绳子绕在高压电线上的小鸽子，他恳求电力公司的工程人员帮忙。阿龙在整篇故事中，代表台湾转型社会中的大多数具有善心、孝心的男孩。他了解家里的困难，虽有某种欲望，也不敢造次，总是把欲望压制下去。他处处为人着想，总认为别人有苦处，稍微得到一些协助，就感激得不得了。像他这种人容易满足，从无非分的想法。

综合上述的五种方式，我们对故事人物的塑造有更清晰的概念，可以帮助我们作较深度的阅读。这五种方式的运用完全操之于作者，作者可以通过叙事观点的应用，根据实际需要，调整人物刻画的角度及轻重的拿捏，根据情节的发展，决定用哪几种方式来凸显人物的特性。可以断言，人物刻画是否成功，完全是作者的责任。以人物的相貌、言谈、动作或作为、他人的评价与叙述者的描述这些方式来塑造人物，其主要目的在于凸显作品中人物的主从关系，而主从关系则又影响到冲突的对象与层次，也涉及人物的类型。

人物与冲突

冲突是情节最重要的特征。有了冲突，人物的个性便能充分展现。布鲁克斯（Cleanth Brooks）与沃仑（Robert Penn Warren）说："冲突与人物的关系最为密切，因为我们对非人之间的冲突，无法维持长期的兴趣。"[13]为了凸显人物的个性，作家常安排不同对象、不同程度的冲突来带动故事的情节。少年小说中的冲突与成人小说类似，通常分为四种。

一、个人与自我（person-against-self）的冲突

许多受青少年欢迎的成长小说都以刻画这类冲突为主。书中的主角经历大小事件后，对周遭的一切有新的了解，或达到某种成熟的标准。个人与自我冲突主要描写主角内心的自我挣扎，在这种类型的故事中，主角为了达成某个目标，对抗内在的冲动与个人的倾向。有关青春期的作品常把这种冲突当作故事问题的基础。贝茨·拜雅（Betsy Byars）的《第十八号紧急措施》（*The Eighteenth Emergency*）[14]是个很好的例子。主角老鼠班吉把全校个子最大、拳头最硬的马铁拳的名字写在猿人壁画下，因而马铁拳到处找他算账。班吉东躲西藏，一直不敢面对现实，既没有勇气道歉，也不敢跟马铁拳打一架。他只觉得悲哀、绝望，没有人能救他。在两难的情况下，他不断与自己的良知挣扎，但又一直拖延着，不肯早早了断这件与荣誉有关的冲突。经过一番深思熟虑后，他终于舍弃面子，单枪匹马去见马铁拳，挨了五拳，双方都保住了荣誉。事情解决后，班吉脱胎换骨地成长了，甚至死党艾西都觉得他变得比从前高大。同时他的不雅绰号"老鼠"也在不知不觉中消失。

《讨厌艾丽丝》（*Hating Alison Ashley*）[15]中的朱小梅是个处于尴尬年龄的小女生，一向对自己普通的家境不愿启齿，有时甚至有点厌恶自己的家人，因为他们不懂她的困境，不能给她带来实质的协助。虽然她在学校表现不错，但她心里明白，那是因为缺少真正的对手。一旦出现像富家女艾丽丝这种心目中的好对手，她的行为就变得有些怪异，不断展开一场场与自我的冲突。因此，艾丽丝莫名其妙变成朱小梅的"敌人"。艾丽丝的长相、谈吐、衣着、仪态都是朱小梅羡慕的，但嫉妒与羡慕只隔了一道墙。艾丽丝是朱小梅渴望亲近的对手，然而，为了巩固自己原有的"地位"，朱小梅却不得不开始"攻击"艾丽丝。朱小梅的膨胀自我、说谎、威胁对方，表面上是讨厌对方，实际上是羡慕与渴望亲近。一直到她发现艾丽丝并非无忧无虑、十全十美，朱小梅才脱离与自我的冲突，才找到一个避开这类冲突的好办法：那就是发掘自己的长处，也欣赏别人的长处。有了这层领悟，朱小梅发现，真正的对手是她自己。她终于战胜与自我的冲突。

二、个人与社会（person-against-society）的冲突

个人与自我冲突的故事常会延伸为个人与社会的冲突。由于生活环境的不适与压力，故事中的主角常彷徨两难之中，在内心一番挣扎后，转而变成个人对抗社会。这类冲突主要是主角（有时是主角的家人或亲密伙伴）对抗社会主流的习俗和价值观。冲突的内容常常是关于被新科技或变迁中的时代所毁灭的环境（如《记忆受领员》中的未来世界），或有关于被类似

战争这种政治动乱影响而失去理智的孩子的故事（如《爱尔兰需要我》中参与爱尔兰共和军对抗英军的戴伦）。

《记忆受领员》（*The Giver*）⑯的主角乔纳斯原本十分热爱他所生活的乌托邦式小区，但是在目睹小区的残忍真相（将老弱以注射毒药方式予以"解放"）后，决心逃亡，不愿再承担他被派任的记忆受领员，他要把所有好坏的记忆归还给小区的每一个人，让人人亲自体会人生的悲欢离合。他与整个小区为敌，因为他破坏了小区原有的运作轨道，尽管他的出发点是善意的。《爱尔兰需要我》（*Torn Away*）⑰中的戴伦，在父亲死后，母亲与妹妹又丧生于一次爆炸中，他便对抗当时的社会主流——英军，要为父母与妹妹报仇。他的报仇对象是英军，但整个社会为他的疯狂行为付出相当大的代价。

此外，种族偏见与类似疏离这种社会问题同样会造成个人与社会的冲突，有时其冲突性更高，例如《龙门》（*Dragon's Gate*）⑱中的中国筑路工人与白人之间的矛盾与冲突。

三、个人与个人（person-against-person）的冲突

这类冲突是指两个角色力争同一个目标，或者角色之一决心阻止另一角色达成目标。同伴之间的冲突、兄弟姐妹的敌对行为、反叛大人的孩童故事亦属这类冲突。《老蕃王与小头目》⑲中的玛乐德与戈德之间的纠葛是这类冲突的范例。戈德是具有排湾人贵族血统的都市少年。抚养他的白教授在暑假时，把他带回部落交给老蕃王玛乐德。起初，戈德无法认同玛乐德的一切作为。几次冲突后，他终于接纳了玛乐德，开始学习打猎、耕种，融入族人的生活。他还与玛乐德站在一边，共同为维护部落古物而对抗那些贪婪的族人。

柯尼斯博格（E.L. Konigsburg）的《天使雕像》（*From the Mixed-up Files of Mrs. Basil E. Frankweiler*）⑳叙述一双姐弟冲突的故事。姐姐克劳蒂家事做厌了，准备离家出走，但身上没钱，只好说服既爱冒险又是小富翁的弟弟杰米同行。两个人个性上

的差异便成为这篇小说的冲突源头。克劳蒂做事一板一眼，先经过多日观察，才定下离家计划。她是个都市女孩，一心一意追求自我，想耍点小脾气，却不愿吃苦，因此便选了免费、有水、有暖气的博物馆作为暂居之处。弟弟爱幻想，他随姐姐离家出走，是想过一段冒险的日子。他小气，严格控制姐姐的用钱，认为冒险就得领略刺激与艰苦，所以他不坐出租车，省吃俭用。两个人相处一周后，从争论中学会彼此尊重，更重要的是，两人都找到新的自我，肯定了自己。

四、个人与自然（person-against-nature）的冲突

这类冲突描写主角在荒原、极地挣扎求生，常出现大难不死的故事，主要叙述主角与自然力量的抗争。《守着孤岛的女孩》（The Island Keeper）[21]一书中的孤独女孩欧丽儿独自在孤岛上，凭着自己的双手，在原始的大自然里度过难熬的夏、秋、冬三季。她面临木屋烧毁、食物遭窃、船毁和冬天来临这些连续性的打击，始终没有倒下去。她学会对抗大自然强加在她身上的种种残酷的考验，在饥寒交迫、寂寞无助的困境中，体会生命的真义。司卡特·欧德尔（Scott O'dell）在《蓝色海豚岛》（Island of the Blue Dolphins）[22]这部作品里，则塑造了一位非常出色的人物——卡拉娜。卡拉娜是一位坚毅的印第安女孩。全村迁移时，为了陪没来得及上移民船的弟弟拉莫，她跳入大海，游回岸边。然而不久拉莫却丧生在野狗群下，留下她一个人在孤岛上18年。18年中，她的生命充满着各种挑战与转折，她一一克服。为了求生，她违反族人禁忌，自制武器，打猎维生。等她目睹动物中的种种生命奇迹（如小鸟孵生、海獭教养下一代的耐心等）后，她珍惜生命，不再捕杀动物。她也曾一度与回来猎杀海獭的俄国女子为友，宽恕战胜了仇恨。18年后，她终于回到人群，重新领略社会人的滋味。

这四种冲突类型是主角在人生过程中可能面临的影响较大

的冲突。除了主要的冲突之外，主角亦可能面临无数的次要冲突。这些冲突虽不至于扭转整个人生方向，却常常可以彰显人物的个性。

除了上述的四种冲突外，另外有一种冲突很少在少年小说中出现。这种冲突是"个人与上帝的冲突"（person-against-God），也就是个人对宗教信仰的疑惑。这类冲突较少被提及，或许因青少年的宗教信仰尚在摸索阶段，对各种宗教的教义了解不深，未达到怀疑与诘难的地步。

人 物 类 型

依据上述作者对人物塑造与冲突的安排，可以把人物加以分类，让人物的性格更为明确、更加突出。半个世纪前，福斯特（E. M. Forster）在《小说面面观》（*Aspects of the Novel*）㉓一书中讨论人物时，将人物分成立体（round）与平面（flat）两种，为人物研究立下标准。虽然有人认为这种分法有些过时，但一些少年小说理论书籍讨论人物时，依然采用这种分法，然后再延伸至其他的说法。本文在论及人物类型时，将以"立体"与"平面"两种分法为主，因为这两种分法几乎可概括所有人物类型。

一、立体人物

立体人物有如雕像，有棱有角，读者可以从不同的角度观察和检视，得到不同的结果，然后加以综合，便能获得一个清晰完整的形象。基本上，立体人物是描绘细腻的复杂个体，与真实的人一样拥有善恶两端的特征，也是具有充分发展的性格的人物。这种人物具有各种情绪变化——喜悦、悲伤、忧虑、信心、沮丧、得意扬扬等。马克·吐温（Mark Twain）的《小哈克奇遇记》（*Huckleberry Finn*）㉔中的小哈克即属此类型。作者借"探索"（quest）的旅程来展现人物性格的发展。故事叙述个人的流浪，强调个性与崇尚自由。主角小哈克虽无人管教，但心地善良、正直无私，一向厌恶所谓的文明和礼法。他帮助黑奴吉姆乘木筏由密西西比河顺流而下，想逃入废奴地区。这段旅程拓展了小哈克的视野。他目睹当时社会对有色人种的不公平待遇，因而极力排斥"文明"的污染。在他得知吉姆获得自由，他的旅程告一段落后，他的性格也有了极大的转变。小哈克不是绝对的完美，但是他的纯良正直却鲜活得令人难忘。

瑟希·包德克（Cecil Bodker）的《豹》（*Leopard*）[25]披露了另一个探索生命之谜的故事。小牧人狄贝为了寻找赶走花斑豹的秘诀，离家出走，步上探索人性善恶的未知之旅。他先是陷入恶人铁匠设下的圈套，在大人身上，他观察并体验到人性的善恶；与书中不同角色互动后，他更进一步发现：人没有绝对的善恶。这个准则变成他日后为人处世的主要方向。这段探索人性善恶的启蒙之旅展示两段实虚旅程：表面上是狄贝追逐花斑豹与铁匠的实质探索旅程，但同时也是他尝试除去内心深处的恐惧感的内在旅程。这个艰巨、危险、无法规避的旅程将要结束时，铁匠与花斑豹两恶搏斗，同归于尽。现实中为害乡民的人兽，得到了报应，小牧人同时除去了萦绕于心的隐形"豹"——恐惧感。狄贝经过启蒙之旅的考验后，善恶之分在无邪的心中渐渐凝聚成形，他已跨越成长的门槛，变成一个有智慧的小大人。

动态（dynamic）人物也是立体人物，这种角色在故事过程中性格有所改变，同时必须经历某种重大的个性调适。在少年小说中，这种调适往往是一种成长。以《戏演春帆楼》[26]为例，书中的阿亮只是个学生，没有经过战火的洗礼，也不确切知道《马关条约》对台湾真正的影响，因此，他到日本旅游时，"迷迷糊糊走到春帆楼，像个最俗气的观光客在楼里晃一圈，又毫无感想地晃出来"。等到下定决心要演出《春帆楼纪事》时，他开始整理相关史料，与同学们协调、商量，终于让这出戏圆满地呈现在舞台上。在筹划、编剧与排演的过程中，他学会了妥协、力争与让步。饰演73岁的李鸿章更使他完全融入历史，让他更成熟、更稳重。《勇敢船长》（*Captains Courageous*）[27]中的富家子豪文是另一个动态人物。他恃财傲物，目中无人。一阵海浪让他从邮轮上掉落在一条小渔船里，船上没有一人相信他的话，他只好听人摆布。他的莽撞、粗鲁、无礼和他的缺乏生活能力，在渔船上一一得到纠正。渔船上强调的是人人平等，人人都得做事才有饭吃。豪文在一个与他原来的生活空间截然不同的世界生存着，他只好调适自己，学习新的技能，与船上的伙伴打成一片，坚强勇敢地迎接新生活。一趟海上之旅彻头彻尾改造了豪文。这段意外的旅程奇妙地改变了他的一生，让他知道生命中总会有逆境，让他接受艰巨的考验，也让他更加珍惜生命。

二、平面人物

平面人物只展示个性的一面，是刻板人物。这种人物有如嵌入墙内的浮雕，只能观察一面，而无法从不同角度仔细观看。通常这种人物只是促进情节需要的非主角的人物。例如《一道打球去》中萧义夫的爷爷，他在萧义夫需要协助时出现，把自己不服输的个性展现出来，让萧义夫上了人生重要的一课。《小吉姆的追寻》（*Kim*）[28]中的喇嘛对宗教的执着与狂热始终如一，他追寻的救赎目标也不曾改变。朝圣之旅发生的大大小小的事，更坚定他的信心——寻找圣河。他的沉着稳健衬托了主角小吉姆的机警灵敏。

平面人物像绿叶扮演陪衬（foil）角色，[29]与主角并列，衬托主角的特色。它虽是只有少数特色的次要角色，拥有的个性特征与另一人物正好相反，但有助于强调主角特色的充分发展。例如《老蕃王与小头目》里的嘎企赖是一个典型的陪衬人物。他趁着老蕃王玛乐德与小头目戈德返回新拉坝村参加五年祭时，把拉坝石板屋所有的古物、宝物劫走。他的卑劣与贪婪衬托了主角之一玛乐德的正直与维护古物之心。值得注意的是，陪衬人物虽归类为平面人物的一种，但也可能是立体人物。《金银岛》（*Treasure Island*）[30]中的薛尔法就是一个最明显的例子。薛尔法残缺的身躯、狡猾与狠毒的个性恰与主角杰姆健全的身心、率真与执着的态度形成强烈的对比。

静态（static）人物的性格在故事进行中始终维持不变。静态人物没有引人注目的发展，却也包含简单与复杂的典型，简单的属于一些次要平面角色，复杂的如果不是主角的对手，也是故事中一个极为重要的角色。例如《金银岛》中的薛尔法便是立体型的静态人物，是恶人的典型。从一出场，他的伪善、狡猾、狠毒、善变就表露无遗。等到上了金银岛后，他露出本性，率领海盗与吉姆、医生、船长等人对抗。他善用计谋，应付自如，面临众叛亲离时，又能委曲求全，保住性命。故事快结束时，还给人一种他会改过自新的错觉。等他卷走一部分钱，读者才恍然大悟，他的性格根本始终一致，不可能改变的。

人物的发展

人物的发展是指在故事发生重大事件的过程中，主角所经历的种种变化给自身带来的影响。这些变化是不论善恶的。[31]在成长的过程中，故事主角会因某件重大事件或这件重大事件衍生的一些大小不一的事，而在以后的为人处世方式、对世事的看法等方面，有了巨大的改变。所谓的重大事件并不一定意味着战争、天灾、空难、海难、外星人入侵等这类骇人听闻或改变世界均衡状态的事。对于一般青少年而言，父母离婚、家庭破产、家中遭劫、兄弟姐妹不和、挚友的离去、宠物的走失等，就是他们心目中的大事。这种现象是十分自然的，因为他们的身心发展还没有达到成熟的境界，对生活环境的认识与成人有相当大的落差。成人饱经沧桑，对世事极可能抱着容忍、圆融或默默承受的态度，比较禁得起严重的打击；青少年则不然，他们的生命之花刚刚开始绽放，对未来充满不同程度的期许，自然会把成人心目中认为不甚重要的事，视为重要。也就因为青少年的这种人生态度，使得少年小说的内容有更大的发展空间。

《小吉姆的追寻》的"追寻"实际上是一种探索，探索生命的根源。吉姆深信父亲临终时的遗言，因此他的探索目标是生命中的红牛——在绿野上的红牛。结果，他莫名其妙地卷入一场情报战。一位来自西藏的喇嘛成为他生命中的贵人。吉姆被他奇特的装扮和玄妙的言谈所吸引，心甘情愿当他的弟子。经过无数的惊险行动后，吉姆达成他身为英国人的任务，却因身心过度劳累，生了一场大病。病中，他开始怀疑他的追寻行动，禁不住自问："我是吉姆，我是吉姆，但吉姆是什么呢？"喇嘛给了最好的答案：吉姆与他同时解除了一切罪恶，吉姆帮他找寻圣河，他也帮吉姆完成追寻。喇嘛还发现圣河是无所不在的。吉姆在追寻过程中，目睹成人世界的争夺、狡诈、易变、凶残，接受短暂的教育后，超越成长的藩篱，变成一位有担当、有智慧的大男孩。他的追寻行动达成了心灵洗涤的作用。

人物的发展其实也就是人物的成长。《不杀猪的一天》（*A Day No Pigs Would Die*）[32]中的罗勃是人物发展的另一个例子。虽然他 12 岁时已经习惯于农场上的各种工作，喂养家畜、挤奶样样行，但他不脱童稚，喜爱与宠物粉红猪在草地上打滚、在森林中漫游、在溪水里嬉戏。一年后，他不得不面对残酷的现实——他的宠物粉红猪无生育能力，必须宰杀当食物。他帮父亲动手宰杀宠物，边哭边做。父亲告诉罗勃，自己可能撑不过寒冬。不久，罗勃发现父亲死于谷仓，他亲自为父亲挖掘墓穴，料理葬礼。面对紧跟而来的重大打击，他没有倒下，而在不利于他的种种改变中持续成长。他的用字遣词不同于从前，他取代父亲，成为农夫们的同辈，邻居也把他当作同辈看待。

如果就人物发展的深远层面来观照的话，或许《海狸的信号》（ *The Sign of the Beaver* ）③这本书的内容更值得探讨。13岁的白人男孩麦特和父亲到遥远的缅因区森林中盖了一间小木屋。父亲回去接母亲、妹妹，麦特必须照顾新家、保护自己、料理三餐，面对寂寞与恐惧是最大的考验。最糟糕的是，父亲留给他的枪被人偷了，使他几乎陷入绝境。幸好他在意外中认识了海狸族的印第安男孩阿廷，学会靠着双手活下去。

故事最重要的部分是麦特如何赢得阿廷的尊重。阿廷一向不屑于白人的生活方式，麦特手忙脚乱时，他常冷眼旁观。但在爷爷的逼迫下，他只得跟麦特学习白人文字。麦特以身边仅有的《鲁滨孙漂流记》作为教材。讽刺的是，故事的情境与自己的处境刚好相反。鲁滨孙救了星期五（原住民），但阿廷却是麦特生活上的老师，因此阿廷一直不把麦特当朋友看待，这点是麦特最介意的。等阿廷族人准备北迁，邀麦特同行，麦特坚持留下来等待家人。没想到这个决定让阿廷称呼他是"白人兄弟"。这时，麦特才了解印第安人心目中"英雄"的定义，以及对生命真诚的态度。父母妹妹来了后，麦特发现自己变得更坚强、更独立。尤其重要的是，他在这几个月中，从阿廷身上了解到成长与尊重的新义。

几 点 感 想

从上面的分析来看，我们对少年小说的人物刻画，有了初步的认识与了解。这些认识与了解可以帮助我们在阅读少年小说时，更进一步去研究作者在人物刻画与情节设计方面的功力。基本上，这类研究大半是针对个别作者。如果从少年小说的整体发展来检视，在人物刻画方面，还是能找到不少可继续探讨的空间。

第一个值得关切的是少年小说的篇幅问题。少年小说的角色，不论是主角或配角，一向不多，这主要是受制于篇幅。一般少年小说每册很少超过 10 万字。字数有限制，作者挥洒的空间变得狭窄，只能发展一小部分的角色，通常包括一位主角、一位主角的对手和几位配角。这几乎成为许多少年小说作者的共识。这也许是少年小说的平面人物多于立体人物的主因，也是部分少年小说让人觉得言犹未尽或过分松散的缘故。如果少年小说能与成人小说一样不受字数限制，它的人物刻画会不会更理想？或许届时我们又得担心，在多种媒体充斥的今天，少年小说的读者会不会因作品篇幅过长、欠缺立体感而流失？依据笔者的阅读经验与长期观照，少年小说虽然在深度与复杂性方面不同于成人小说，但二者的文学质量却是一样的。篇幅不长也可以写出一流的作品。作者的创造力与对文学纯度的坚持才是决定作品质量最重要的因素。

其次，人人都承认少年小说具有启蒙的功能，专家学者强调阅读少年小说有助于成长。但作品的启蒙与成长作用并非绝对万能。从来没有阅读过少年小说的青少年，照样会从其他事物得到启蒙，照样成长。因此，少年小说的人物刻画只在于铺陈哪种人生比较健康，比较值得学习。青少年可以从书中人物的行为举止中，得到某种启示，减少成长过程中不必要的犹疑与摸索，避开不必要的障碍。如果从比较宽广的角度来考虑，或许借由阅读作品来刺激想象力与创造力，可能是鼓励青少年阅读少年小说的另一个有力的诱因。青少年因为长期接触少年小说这种静态的传播媒介，就会减少触碰电子媒介的时间。如此一来，印刷媒介的功能才能彰显。

第三，随着近代不同种族的融合与"地球村"观念的普遍被接受，现代少年小说的人物不再拘泥于成为某一种族、某个族群叙述的偏狭代言人。多元化的人物呈现会使少年小说的叙述空间变得无限宽广。这种以全人类为主角、抛弃种族优越感、没有偏私、不再歧视的叙述内容，对于促进人与人之间的和谐、社会的进步，应会有极大的帮助。借着阅读这类作品，青少年的心灵得到适当的洗涤，胸襟会更加开阔，视野也会更为深远，能承受多元文化的冲击，也能充分领会其他文化的奥妙，懂得互相尊重与容忍。

第四，从人物塑造的研究中，发现大部分少年小说的整体结构比一般小说来得简单，这种情形是作者的自我斟酌还是顺应读者的要求，我们不得而知。这点同时衍生出另一个问题——作品的适读年龄层的问题。文学作品的分级一向不严格，目前只有关心儿童文学发展的人，才用心于作品的适读问题，多数人不是漠视，就是根本不关心。长期漠视的结果，造成今日青少年适读作品的断层现象。断层现象又再引发另一个疑问：青少年不具备阅读有深度作品的能力吗？实际上，今天由于知识爆炸与传播媒介的多样化，青少年接受能力之强是不需要怀疑的。因此，有心的少年小说作家可以针对某些特定对象（例如16~19岁）撰写比较富于哲理、需要思考的作品。

最后一点是从人物刻画谈中外少年小说的质的问题。或许因为西方少年小说发展较早，教师、家长、图书馆人员比较关心青少年的阅读问题，阅读人口较多，总让人觉得国外作品在质量方面略胜一筹，西方作家对人物刻画也远比国内作家来得生动活泼，生活层面的取材也较国内作品来得宽阔深广。他们关怀的不仅仅是青少年的现实生活，更常常能从历史中汲取丰富的题材，也能想象未来世界可能给青少年带来的冲击。从过去、现在与未来作全方位的考虑与观照，作品自然会显得饱满、踏实、细腻、精致、洗练，并富于说服力。这方面是值得国内作家借鉴的。

读者欣然接受作者的邀请，翻开书本，进入作者的想象空间时，他正准备与作者分享作者所提供的一种对世界的新视野，而作者同时要求读者反应、反思。读者当然不用完全同意作者的新视野，但必须动脑思考，检视这种新视野与自己生活的关系，然后再作明智的抉择。少年小说最有价值的地方是，它能引导青少年去思考、去想象，而书中的人物恰恰是他们调整思维、拓宽视野的参考对象。

本文为静宜大学主办"第二届儿童文学与语文学术研讨会"论文，1997 年 12 月 5 日

【注释】

① Rebecca J. Lukens & Ruth K. J. Cline, *A Critical Handbook of Literature for Young Adults*（N.Y.: HarperCollins College Publishers, 1995）, p.1.
〔瑞贝卡·卢肯斯、露丝·克莱恩:《青少年文学批评手册》,纽约,哈珀·柯林斯大学出版社, 1995, 第 1 页。〕

② Carl M. Tomlinson & Carol Lynch-Brown, *Essentials of Children's Literature*, 2nd ed.（Boston: Allyn & Bacon, 1996）, p. 29.
〔卡尔·汤林逊、卡罗尔·林齐-布朗:《儿童文学本质》,第 2 版,波士顿,艾林贝肯出版公司, 1996, 第 29 页。〕

③ 同①,第 9~13 页。

④ 曹文轩:《山羊不吃天堂草》,台北,《民生报》出版社,1994。

⑤ 斯匹尔（Elizabeth George Speare）著、赵永芬译:《黑鸟湖畔的女巫》（*The Witch of Blackbird Pond*）,台北,天卫文化图书股份有限公司,1996。
（编者注: 即大陆版: 斯皮尔著, 舒杭生译:《黑鸟水塘的女巫》, 北京, 人民文学出版社, 2004。）

⑥ 卢振中:《"阿高斯"失踪之谜》,台北,九歌出版社,1996。

⑦ 赵映雪:《Love》,台北,九歌出版社,1997。

⑧ 李民安:《一道打球去》,台北,九歌出版社,1996。

⑨ 陈素宜:《第三种选择》,台北,九歌出版社,1997。

⑩ 葆拉·福克斯（Paula Fox）著、蔡美玲译:《河豚活在大海里》（*Blowfish*

Lives in the Sea），台北，时报文化出版企业股份有限公司，1996，第20~21页。

⑪ 玛丽·斯托尔兹（Mary Stolz）著、吴祯祥译：《正午的朋友》（*The Noon Friends*），台北，智茂图书文化事业有限公司，1994，第26页。

⑫ 马景贤：《小白鸽》，台北，天卫文化图书股份有限公司，1996。

⑬ Cleanth Brooks & Robert Penn Warren, *Understanding Fiction*（Appleton-Century-Crofts, Inc., 1979），p. 110.
〔布鲁克斯、沃伦：《小说鉴赏》，阿波顿 – 世纪 – 格洛浮特公司，1979，第110页。〕

⑭ 贝茨·拜雅（Betsy Byars）著、蔡濡淇译：《第十八号紧急措施》（*The Eighteenth Emergency*），台北，汉声出版社，1990。

⑮ 萝冰·克兰（Robin Klein）著、李文瑞译：《讨厌艾丽丝》（*Hating Alison Ashley*），台北，汉声出版社，1989。

⑯ Lois Lowry, *The Giver*（N.Y.:Bantam Doubleday Dell Publishing Group, Inc., 1993）.
〔露蕙丝·劳瑞：《记忆受领员》，纽约，本顿出版公司，1993。〕（本书的大陆版本译名为《记忆传授人》，后同。）

⑰ 詹姆士·黑勒格汉（James Heneghan）著、褚耐安译：《爱尔兰需要我》（*Torn Away*），台北，中唐志业有限公司，1995。

⑱ Laurence Yep, *Dragon's Gate*（N.Y.: HarperCollins, 1993）.
〔叶祥添：《龙门》，纽约，哈珀·柯林斯出版公司，1993。〕

⑲ 张淑美：《老蕃王与小头目》，台北，九歌出版社，1995。

⑳ 柯尼斯博格（E.L. Konigsburg）著、吴淑娟译：《天使雕像》（*From the Mixed-up Files of Mrs. Basil E. Frankweiler*），台北，智茂图书文化事业有限公司，1994。

㉑ 哈利·梅瑟（Harry Mazer）著、姜庆尧译：《守着孤岛的女孩》（*The Island Keeper*），台北，汉声出版社，1981。

㉒ 司卡特·欧德尔（Scott O'dell）著、张凤珠译：《蓝色海豚岛》（*Island of the Blue Dolphins*），台北，智茂图书文化事业有限公司，1994。

㉓ E. M. Forster, *Aspects of the Novel*（Aylesbury: Hazell Watson Viney Ltd., 1979）.
〔福斯特：《小说面面观》，艾尔斯伯里，赫热尔·华生·维尼有限公司，1979。〕
福斯特为著名的英国小说家。

㉔ 马克·吐温著、周乐改写：《小哈克奇遇记》，台北，天卫文化图书股份有限公司，1996。

（编者注：即大陆版：马克·吐温著，潘庆龄译：《哈克贝利·费恩历险记》，北京，商务印书馆，2015。）

㉕ Cecil Bodker, translated by Solomon Deressa & Gunnar Poulsen, *Leopard* (Oxford: Oxford UP, 1977).

〔瑟希·波德克著，所罗门·德瑞莎、甘纳·波森译：《豹》，牛津，牛津大学出版社，1977〕

㉖ 李潼：《戏演春帆楼》，台北，圆神出版社，1999。

㉗ 吉卜林（Rudyard Kipling）著，姜恩妮改写：《勇敢船长》（*Captains Courageous*），台北，天卫文化图书股份有限公司，1995。

㉘ 吉卜林（Rudyard Kipling）著、谢瑶玲译：《小吉姆的追寻》（*Kim*），台北，天卫文化图书股份有限公司，1994。

㉙ 扁平人物同时也是陈腐（stock）人物或定型（stereotyped）人物，他们具有某一群人的典型特征，以具体表现一群人的特色来代表一群人。

㉚ 史蒂文森（Robert Louis Stevenson）著、卢洁峰改写：《金银岛》（*Treasure Island*），台北，天卫文化图书股份有限公司，1996。

㉛ 同②，第 2 页。

㉜ 罗伯特·牛顿·派克（Robert Newton Peck）著，陈芝萍译：《不杀猪的一天》（*A Day No Pigs Would Die*），台北，汉声出版社，1989。

㉝ 斯匹尔（Elizabeth George Speare）著，郑荣珍、陈蕙慧译：《海狸的信号》（*The Sign of the Beaver*），台北，智茂图书文化事业有限公司，1995。

（编者注：大陆版为：斯皮尔著，徐匡译：《海狸的记号》，石家庄，河北教育出版社，2010。）

平行或交叉

——少年小说中的父子关系

父 与 子

在家庭成员的互动中，家世是左右父子关系的重大因素之一。贫苦之家如果三餐张罗不易，做父亲的每日忙于喂饱家中的每一张嘴，疲于奔命，经常无法仔细考虑孩子的教养问题，在这种环境成长的男孩与父亲的关系，极可能是两种极端。一种是父亲完全不在意孩子的教养，也不曾考虑到其本身就是儿子仿效的对象，仿佛孩子他日成就之有无完全是孩子自己的事，因此父子关系总是淡淡的，说不上是好是坏。这类父亲也可能不擅长表达自己的感情，表面上总是让人觉得冷冷的。另一种是父亲虽穷虽忙，但十分注意与关心孩子的未来，希望孩子将来会有比自己更好的成就。因此，父子可能又会产生两种不同关系：亲密或疏离。如果父亲对儿子事事给予适度的关心与约束，儿子本性善良，能体会父亲的苦心，则父子关系必定良好，儿子感激父亲的教诲，铭记于心，自己也会成为另一个成功的父亲。如果父亲对儿子期望过高，给儿子的压力超过他所能负荷的，则父子关系可能会违反父亲的期待，疏离取代亲密。因为儿子的能力有限，无法承受过多的压力，他日即使有成就，也不见得会感激父亲。

如果是豪富门第或显赫世家，由于传统社会的规范与继承制度的约束，父子关系常常会处于紧张状态。父亲的形象多半是严肃、冷酷、专制的。基于期待之心切，这类父亲对儿子永远是"恨铁不成钢"。他要求儿子受控于以他的意志为转移的兴趣和信心；他一手包办儿子的事业和婚姻，儿子只有顺从，往往毫无置喙的余地。由于牵涉到继承问题，每个儿子的权力、义务也不尽相同。如果传统社会中父亲妻室不止一人，则不同母亲的儿子之间的纷争必定不断，父子关系也可能时好时坏。在历史上，我们看到许多这种出身的儿子活在能干出色的父亲阴影下，终其一生，无法挣脱。同时也有不少胸怀大志的儿子，不受其颟顸无能的父亲的约束与妨碍，终能成就一番事业。一般说来，在无数不同程度的压力下，这种家庭成长的儿子虽锦衣玉食，婢仆呼拥，却不见得活得很愉快。

文学作品中不乏父子关系的刻画。希腊悲剧《俄狄浦斯》（*Oedipus*）与莎士比亚名剧《哈姆雷特》（*Hamlet*）是大家耳熟能详的；卡夫卡的《变形记》（*The Metamorphosis*）间接叙述了他对父亲的不满；屠格涅夫的《父与子》与王文兴的《家变》是描绘父子矛盾的杰作。这些作品均倾向于负面陈述。当代的少年小说则依家世之不同、父亲性格之差异、父子关系之描绘，正面、负面参半。在《陌生爸爸》（*Somewhere in the Darkness*）[①]中，我们读到一位不成才父亲的悲惨下场；在《雪地菠萝》里，我们看到一位有外遇的父亲的绝情。但我们也读到了《不杀猪的一天》（*A Day No Pigs Would Die*）[②]与《咱们是世界最佳搭档》（*Danny: The Champion of the World*）[③]中那样热爱子女、深受敬爱的父亲的故事。

无论是写实、历史还是科幻的少年小说，主角人际关系的互动范围，除了同伴、心爱的宠物（因宠物而与他人互动）之外，关系最密切的就是家人了。家人之中，又以父亲对男孩的影响较大，因为父亲往往是男孩学习的主要对象。父子在某些方面有时似乎也比较容易沟通，但有时又容易对立，甚至反目。在某些特殊家族中，男孩常常要担负家族兴衰重任，因此，男孩在少年小说中的角色十分吃力，却又不讨好。

少年小说多以青少年为主角，父亲通常为配角。就理论上来说，青少年的成长过程中，父亲的言传身教，应该是具有相当影响力的。从实际作品对父亲形象的刻画中，或许我们可以得到一个更清晰的概念。本文尝试经由细读中外现当代少年小说，梳理出几个父亲形象的类型，借以诠释父亲与儿子的互动。类型略分为成功的父亲、失败的父亲、边做边学的父亲、考验型的父亲、另类的父亲、虚无的父亲。然后再把类型的讨论予以归纳、综合，得出结论。这种分类纯粹是为了方便讨论，类型的划分并非一成不变，因为同一篇作品并不一定只适合一种类型。

父亲的角色并不局限于亲生父亲，随着社会形态的改变，家庭、婚姻制度的调整，养父、继父担任的角色，有时候其重要性并不亚于亲生父亲，许多当代的少年小说赋予他们与亲生父亲同等重要的地位。他们与养子、继子之间的互动、冲突，也同样值得探讨。因此，本文将养父、继父一并纳入讨论。

成功的父亲

古今中外，家庭始终是维系社会正常运作的重要力量，而教养儿女也一直是父亲角色的重大职责。子女在正常的家庭成长，不论贫富，父亲行事公正，事事为表率，则子女有仿效的好榜样，将来必定身体力行，也成为自己子女的表率。所谓"身教重于言教"，这种身教的功能常常超越一般人的想象。

父亲是否伟大并不在于他的地位或财富，而是他在教养儿女的过程中，给了儿女值得永远遵循与回忆的珍宝。《不杀猪的一天》（*A Day No Pigs Would Die*）里，罗勒的爸爸是个不识字的贫苦农夫，但并没有忘记做爸爸应尽的责任。他教罗勒好农夫应有的本事：如何预防果树的虫害、筑篱笆、喂养牲畜。他同时教罗勒如何看待人生。当时，不识字的人没有投票权，罗勃问他爸爸是否难过。爸爸说："我不难过，孩子，因为我很富有。"他告诉罗勃，家人、土地、雨水、阳光和风声，都是他们的财富。他对罗勃说："因为我们的世俗需求和欲望比别人少，所以我们受到的痛苦也比别人少。"他的观念引导罗勃去体会淡泊朴实的快乐。为了养活一家人，他除了照顾农场外，每天大清早还去帮人杀猪。即使病重时，依然冒着冬雨在山上苦等猎物。他从不抱怨，他传递给罗勃的是勤奋、负责任的生活态度。因此，他一过世，罗勃马上接棒，扛起养家重任。父亲的务实精神成为罗勃学习的第一要事。

父亲在教养子女时，必须坚持一些原则，孩子才能知所进退，应对得体，而不至于是非不明，长大后成为社会的负担。《超级脑袋》（*The Great Brain*）④中的丹迪是个绝顶聪明的孩子。他在学校与老师起冲突，挨了十大板，便设计陷害老师。他叫人把空酒瓶放进老师的房间，让家长们认为老师酗酒，准备辞退他。丹迪爸爸知道实情后，十分生气地说："毁掉一个人的名誉是所有行为中最卑鄙的了，你妈妈和我将永远不会原谅你。"他坚持丹迪出席学校董事会做证，说出事实。丹迪不肯，说他发过誓。爸爸教训他："每个男子汉在他一生中，总有为了帮助人而违背誓言的时候。"这句话让丹迪哑口无言，他只得出面做证。但爸爸依然对丹迪实施一星期的沉默处罚。这件事证明丹迪爸爸是个是非分明的人，儿子做错事，一定要认错，他不会一味祖护犯错的儿子。

另外，子女在成长过程中，难免会遭遇挫折或伤痛。这时，为人父亲的如何适时伸出援手，给予适当的安慰，是证明自己有没有尽到父亲责任的一种方法。《通往泰瑞比西亚的桥》（*Bridge to Terbithia*）⑤中的杰西与新来的女同学柏斯莱因赛跑而结成好友。两人共同创立了泰瑞比西亚王国——他们的梦想之国。后来柏斯莱因荡绳过溪，绳断人亡。她的意外死亡重重地打击了杰西，他无法接受这个事实。他十分伤心，几乎难以恢复。这时，父亲了解杰西的伤痛，便带他挤牛奶，并且带他参加柏斯莱的葬礼。杰西为了发泄心中之痛，把柏斯莱送他的画纸和颜料全丢进溪里，他的父亲没有阻止，只是说："你做了一件大傻事。"在儿子心情最恶劣、行为最怪异的时候，父亲不但没责怪他，而且以感同身受的态度站在儿子这一边，让儿子不再有其他压力，慢慢平静下来。杰西在父亲与家人的关怀下，渐渐恢复正常。

失败的父亲

每个子女都希望自己有一个健全的家，有一个成功的父亲，但他们往往忘记父亲也是凡人，一样会犯错，一样会失败。天底下没有一位父亲愿意变成失败者，在子女面前抬不起头来。对失败的父亲来说，不论是子女给予的评价，还是社会大众的评估，或自己给自己打的分数，都是非常残忍的。这类的父亲可能无法赢得子女的尊敬，但无可否认的是，他们的失败还是会给子女带来一些启示。

《陌生爸爸》（*Somewhere in the Darkness*）中的父亲是一个典型的失败者。在父亲没出现之前，吉米与珍妈同住。读到十年级，吉米开始感到彷徨，他不知生命的意义何在。终日在贫民窟里打滚，吉米的人生一片茫然，所以父亲的出现并没有带给他任何喜悦。他不了解父亲把他从珍妈那里带走的理由。随着父亲开车横越数州，吉米从父亲的言行中，慢慢体会到他的苦心。原来父亲是想证明自己是无辜被害入狱，希望赢得吉米的尊敬。然而父亲言行不一，越狱、沿路偷窃、说谎，这些行为无法让吉米认同，反而让吉米提早接触到社会的阴暗面。他厌恶父亲的一切作为，但也逐渐明了父亲悲哀的执着。最后，做父亲的到临死时，依然没有获得儿子的尊敬与爱，只得到儿子的同情与谅解。吉米与父亲短暂相处后，终于找出生命的意义。他发现自己的未来完全要仰赖自己，身为黑人，更须尊重自己。

另外一个故事和《陌生爸爸》有异曲同工之处。《河豚活在大海里》（*Blowfish Lives in the Sea*）⑥中的主角贝恩的父母离婚，母亲再嫁，贝恩跟随母亲。贝恩与养父之间的摩擦一直无法避免。养父虽然给他良好的成长环境，但无法进入贝恩的内心世界。贝恩的亲生父亲是一个逃避现实的人。他跟儿子贝恩多年不见，一通电话便把贝恩叫来与他见面。等约定的时间到了，他却临时毁约，避开不见。贝恩不死心，设法找到他，亲自问他一些问题，才体会出自己的问题，因为他从父亲身上看到他自己。他发现他与父亲恰如两只河豚。他的父亲想成就一番事业，但个性上的缺陷使他在现实生活中一再受挫，只得夸耀自己来编织美梦，借吹嘘来塑造虚无的成功形象。这类吹嘘有如河豚膨胀鼓鼓的肚子。贝恩思念父亲，无法发泄心中情绪，也无法与养父、母亲、异父妹妹沟通，一切只能闷在心中，让自己变得像只大肚河豚，随时会爆炸似的。一趟波士顿寻父之行使贝恩豁然开窍，找到自己的方向，决心与父亲同甘共苦，一起努力经营汽车旅馆。这种认同与顿悟，使得贝恩的成长有了柳暗花明的转折。

边做边学的父亲

父亲的角色扮演并非天生就会，也是需要不断学习的。现实社会中有相当多的父亲，对于自己角色的扮演，模糊不清，也没有把握，总是边做边学。问题是，等学会了，孩子已经长大，根本来不及用上花费许多岁月辛苦学来的"为父之道"。《小子阿辛》⑦中的父亲便是一个边做边学的父亲。他在艰苦的环境中成长，缺少父爱，没有学习的对象，担任的工作又是收入微薄的军中雇员，始终不知道儿子阿辛心里在想什么。他虽然想好好管教阿辛，却不知如何使力。儿子知道自己的成绩，不愿参加联考，做父亲的一再要他去考，当然两人之间的摩擦就无法避免。父亲又欠缺耐心，不能坚持原则，父子之间形成了无法舒解的心结。《两本日记》⑧中的父亲还是传统型的父亲，脾气火暴，大呼小叫，话没讲三句，手已经伸过去打人了。结果，儿子在学校被同班同学勒索，也不敢告诉他，只得暗中偷家里的钱，最后离家出走，差点酿成悲剧。《没劲》⑨中的李戈发觉自己管教儿子李小乔的方式出了问题，竟抬出祖先来。他带儿子上坟，自己先在坟前跪下号啕大哭，然后按着李小乔的头，要他跪在阿爷、太爷、太公的面前"检讨自己，表明决心，列出打算"。李小乔不跪，他与妻子便把李小乔一个人留在那儿守墓苦想，"静静思过"两小时。不巧起了狂风暴雨，等李戈夫妻赶回时，李小乔已经全身湿透而发高烧。

　　父亲对儿女的管教照顾应该要及时，因为儿女的成长只有一次，在适当的时刻没有给予适当的管教，时过境迁，再回头已经太晚，后悔莫及了。《俄罗斯鼠尾草》⑩中的儿子 13 岁时，被三名高一年级的同校女生诬告，做父亲的认为只有他的儿子被叫进密室单独问话，是要吓吓身材矮小的黄种人，心中便留下一个疙瘩。但"他一直没有仔细想过这个问题。他的背景限制了他，他觉得自己没有管教好儿子，他觉得儿子这样下去，怎么得了！他被自责和厌烦所笼罩。然后，时间抹去了心里的这个疙瘩"。四年后，少数民族受歧视的命运再现，儿子成绩虽然优异，但领导才能、社区服务表现、体育运动能力等方面却不甚理想，只得放弃申请一流大学的机会。儿子在懊恼之中，决定不上大学，主动入伍当兵，另找一条出路。做父亲的终于发现儿子"最需要他保护的时候，他却陷在自责与厌烦的无聊情绪里"，没有给儿子适时的照顾，问题最后浮现了。

考验型的父亲

由于男孩往往日后要成为一家之主，父母对他们的期许较高，男孩常常得接受一些严酷的考验。这些考验可能是父亲刻意安排的，也可能是偶然发生的。无论如何，做父亲的都与这些考验有关，甚至担任关键人。

《海狸的信号》（*The Sign of the Beaver*）[11]中的父亲带着13岁儿子麦特到缅因州去开垦荒地。两人通力合作，盖了一间小木屋。然后父亲必须回去接妈妈和妹妹来团圆。他让麦特一个人留下来照顾这个新家，保护自己，亲自料理三餐，并且得面对好几个月的寂寞。麦特父亲的这种安排是逼不得已的，因为当年的垦荒历程多半是依循这种模式。麦特毫不埋怨，心甘情愿接受下来，学习如何在森林中生活，如何与印第安男孩相处。父母亲因生病和天气恶劣，无法及时赶回，心中十分焦虑。等他们见到麦特，才松了一口气，并且父亲以麦特为荣。这种教导孩子如何在艰难环境求生存的例子，在垦荒时期很普遍。

《老蕃王与小头目》[12]中的白教授虽不是小头目戈德的亲生父亲，却视戈德如己出。他可以继续把戈德留在身边，让戈德平地化、都市化，完全忘记自己的来历。但他为了让戈德了解自己的身世、文化及身负的重任，便带他回归山林，接受老蕃王玛乐德的教诲与训练。戈德起初不懂白教授的苦心，也不满玛乐德的生活方式。等他逐渐了解排湾人的特殊文化后，他的荣誉感与信心使他接纳玛乐德给予的一切训练，进一步开始关心排湾人的未来，并与玛乐德一起对抗不肖乡人出卖祖先遗物、破坏环境的种种行为。等白教授一年后回来接他时，他甚至不愿离开家乡。尽管他无力扭转整个局势（如排湾人的汉化等），但他依然衷心感谢白教授的安排和玛乐德的训练，让他彻底了解自己的族人。这两位父执辈长者的细心引导，使戈德的成长史中，有了值得回忆的一页。

类似上面这两本书所叙述的情形，假他人之手来教诲自己子女，也发生于富豪之家，但常常是偶然发生，不是刻意安排。这类家庭的父亲角色似乎很难扮演。一般人对这类角色的评价，多半责难多于称赞。他们忙于事业、忙于交际，很少有时间与子女相处，何况还有特殊的家规要维系。因此，富豪之家的父子、父女关系往往不甚融洽，冲突也多。《勇敢船长》（*Captains Courageous*）[13]中的父亲对于儿子的任性、随便和霸道，一直束手无策；不满意太太的溺爱放纵，却只能气在心头。因为自己事业太忙，没尽到管教的责任，也就没有发言的权利。幸好母子一趟海上之行，发生了儿子失足掉海事件，别人狠狠地修理了他儿子一顿，让不知人生甘苦的富家子目睹社会中勤奋工作者的实际生活，才让他体会到谋生之不易。儿子终肯接受教训，社会上也少了一个花花公子。

有的作品以青少年为主角，叙述他们如何脱胎换骨，成为受人称赞的勇者，父亲角色只用来担任陪衬与激励他们的角色。《海上小勇士》（*Call It Courage*）[14]中的马法图无法忘记母亲死于大海的经过，对大海一直十分恐惧。他可以不理会众人的讥笑与嘲弄，但无法面对父亲的沉默。"马法图"意为"勇敢"，但他在海上却一无用处，所以无法在族里得到应有的地位。他感受得到，他父亲叫他名字时，内心多么苦涩。为了改变自己的未来，他带着最忠实的黄狗犹里出海，在无人岛上独自生活，设法面对大海。他杀死双髻鲨、挑战山猪、潜入海底与章鱼搏斗，找回自尊。最后，他以勇气挑战海神，获得成功，达成父亲对他的期待。

另 类 父 亲

描述父亲角色并不一定要正经八百，以诙谐、幽默、调侃的口吻来刻画一样可以生动感人，《咱们是世界最佳搭档》

（*Danny: The Champion of the World*）就是一个很好的例子。这部作品描述一对住在一辆破旧吉普赛人大篷车的父子的故事。儿子丹尼四个月时，妻子过世，父亲身兼母职，照料他长大。为了惩罚当地缺少善行的阔佬维克托·黑叟先生，父子联手，展开了一段趣味性甚高的猎鸡行动。儿子提议把安眠药放进鸡爱吃的葡萄干里，父亲大为赞赏，认为计划可行，果然收获丰硕，两人共逮到一百二十多只鸡。两人原本计划将猎物分给相关人士（这些人平常对这位阔佬的作为都有意见），但人算不如天算，安眠药作用消失，鸡从放置的婴儿车里飞出，只留下少数几只。依据作者的有意安排，全书的主题在于彰显父子的亲密关系，描述一位可爱的父亲如何照顾自己的儿子。涉及道德层面的问题似乎变得不重要。

科幻小说中，父亲的角色往往是不甚讨人喜欢的人物，因为他们如果不是所作所为未能获得儿女的认同，就是他们变成没有能力的人，根本无法帮助儿女，甚至需要儿女的救援。《记忆受领员》（*The Giver*）[15]中的未来世界不强调亲情，主角乔纳斯的父母并非亲生父母，但长期生活在一起，还是培养了十分浓厚的亲情。表面上，一家人过着美满的生活。乔纳斯虽然对自己生活的小区有些不解，但人人都满意，他也就无话可说。等乔纳斯被选为"受领员"后，目睹父亲"解放"（"谋杀"的代名词）不适合养育的婴儿时，乔纳斯几乎崩溃。他不敢相信所谓的"解放"就是如此这般可怕，对父亲的感情与期待完全幻灭。于是，他接受"传授人"的意见，逃离"乌托邦"式的小区，让人类原有的记忆（包括喜怒哀乐、生离死别等），重新出现在小区里每个人身上，让每个人再度领略"爱"的滋味。

《六十个父亲》（*The House of Sixty Fathers*）[16]叙述了六十位美国轰炸队飞行员准备共同收养在中国战场上走失的天宝。天宝与他们结缘，是因为天宝无意中救了其中一位飞行员。这些飞行员以实际行动表达爱心，给予天宝非常舒适的照顾，愿意协助他寻找父母。作者是美国人，虽然在中国住过一段时间，对中国的了解还是有限。他一厢情愿地凸显美国人的友善、天真、乐于助人，与传统的喜欢责备小孩的天宝父亲形成强烈对比。实际上，天宝父子关系是数年累积的结果，而60位飞行员愿意收养天宝，主要是回报天宝。这么多人收养一个异国小孩，极可能只是金钱方面的资助，双方真正感情的交流，受到时空的限制，恐怕很难达成。另一种看法是，作者塑造的角色过分强调美国人对所有的人种都一视同仁。只要不是敌人，他们都会伸出援手。

虚无的父亲

　　社会的急速变迁改变了家庭结构，单亲家庭的大量增多已经使传统的双亲角色起了重大变化。父母离婚，子女虽然只能选择跟随其中一人与其生活，但孩子与父母的关系却是永远存在的。《雪地菠萝》[17]以十二岁的"我"为叙述者。他目睹母亲如何委曲求全，如何郁闷成病。"我"的父亲是个司机，在外地工作，认识一位卖水果的小姐，两人有了关系后，因为名分问题，女的要求司机处理。司机回家要与"我"的母亲离婚。这位母亲是个传统女性，懦弱认命，但心中不平之气难消，终于积郁成疾。过世前，她要吃菠萝，"我"便跑到城里去买。他不知道卖菠萝的是父亲的新欢。钱不够，他去找父亲。父亲丢给他一张十元钞票。他觉得被羞辱了，也看到了父亲的绝情与冷酷。在这过程中，"父亲"在他心中激发了一系列不成熟的感情：敬畏、仇恨、恼怒、失望，又夹杂着孩子对父亲天生的爱。他长大后，当了书记员，处理父亲的再离婚事，冷漠得一如陌生人，没有表露一点亲情。

　　有些作品刻意模糊与淡化父亲的角色，让父亲成为可有可无的角色，甚至于消失。如果是情节需要，这种情形可以理解，例如父亲死于意外，寡母角色的重要性当然凸显出来。但作者若故意避开不写父亲，则往往不易诠释。《少年龙船队》[18]写的是一群青少年如何以划龙船的方式化解了两个村庄的心结。两村庄的老老少少都一一登场，青少年与他们的爷爷在互相体谅的心情下，握手言欢；但青少年的父母却闪开一边，袖手旁观，完全不介入。原本可以出面协调的两村庄的"中流砥柱"（夹在中间的父亲），竟然都成为无声者。

有时候，由于主题的要求，父亲的角色变成隐形人。《我们的秘魔岩》[19]写的是三个青少年寻找父亲的故事。主角阿远的父亲王医生死于白色恐怖，阿远一直到十四岁时，才由临死的阿嬷那儿听到实情。他思念父亲，想知道实情，便展开一连串的追寻行动，将得知的点点滴滴加以拼凑，终于了解父亲的冤情，稍微纾解他的渴慕之情。另一位少年毛毛是美国黑人大兵的骨肉，但做父亲的并不知情，他的寻父之举注定枉然。欧阳的父亲还在人间，但得了间歇性的失忆症，发作时，便成为家人的负担。对于无法获得的父子之情，三位好友各有各的心酸处。

在《爱尔兰需要我》（*Torn Away*）[20]这部作品中，成长于北爱尔兰共和军家庭的戴伦，于父亲战死、母亲与妹妹又在一场爆炸中丧生后，便加入"圣战恐怖组织"，从事暴力破坏恐怖血腥的行动。父亲是他心中永恒的偶像，他认为，追随他父亲的路线绝对是正确的。他被逮捕后，几次伺机逃脱，都没成功。后来他被当局递解出境，送往加拿大叔叔家。他始终无法理解叔叔的懦弱与逃避。叔叔终于选了适当的时机对戴伦讲出实情。原来戴伦的父亲被捕后，为了保护妻小，竟出卖了同志。后来，组织查出真相，便处死他。他是死于自己人手中，而非英军之手。叔叔的一番话使父亲美好伟大的形象顿时破灭，戴伦不相信自己心中树立的偶像倒塌。他根本无法接受这个残酷的事实。

几 点 发 现

我们不妨把父亲与儿子的关系比喻成两条直线。父子关系淡薄时，就像两条平行的直线，保持等距前行，没有机会交集在一起，也没机会产生任何亲情的火花。父子互动良好，有如两条会在某个定点交会的交叉线，互持互助，互放光芒。交叉的岁月就成为父子亲情交会的高峰期，也许留下刻骨铭心的记忆，也许带来终身受用的影响，也许只是记忆的填补。不管社会如何变迁，少年小说中的父亲角色也许会改变，却不会消失。父子的关系，在小说中，在现实中，永远值得关注。根据上面所列举的作品，我们有几点发现：

第一，乱伦、贩卖子女、虐待子女、弑父、忤逆不孝的故事至今还没有出现在少年小说中，与其说这是少年小说的缺憾，还不如说这是值得庆幸的事。尽管萨特说过"真正的文学是叫人不舒服的"，但真正的文学依然有其光明的一面，尤其给青少年阅读的作品更应注意这个问题，至少社会阴暗面的揭露与光明面的呈现要维持平衡。揭露社会阴暗面的目的在于告诉小读者，这世界有"恶"的一面，让他们产生抗体，对人性之恶有所警惕。呈现光明面是要小读者明了，即使作品中有善恶对立的现象，最后获胜的必定是"善"的化身。让青少年阅读作品后，会产生一种共识：不论周遭的世界如何转变，人性中绝对有善的一面、有希望的一面。

其次，少年小说虽以青少年为主要阅读对象，但主角以男孩居多，本文列举的作品也是如此。不过，现当代少年小说描写父女关系的作品已逐渐增多，以女孩为主角的作品，重心多放在描写家庭成员之间的互动。父女之间的矛盾、冲突并不少见，如国外的《守着孤岛的女孩》（*The Island Keeper*）[21]、《强盗的女儿》（*Ronja rovardotter*）[22]、《及时的呼唤》（*A Wrinkle* in Time）㉓，台湾地区的《第三种选择》㉔与《Love》㉕等。但与刻画父子关系的作品数量相比，则显得太少，这点对少女与母亲不甚公平。如果基于两性平权的论点，作家也应多关怀家中的另一性别。女性与家人的互动与冲突，一样可提供不少写作题材。奇怪的是，男作家喜欢撰写以男孩为主角的故事，女作家也是如此，会不会是因为男孩比较富于冒险、叛逆不驯，可以提供较丰富的题材？这个问题有待进一步研究。

第三，父亲是男孩的主要学习对象，父亲形象的塑造也考验作者的功力。作家基于人性的阐释，并没有把父亲的角色刻画成十全十美的圣人。绝大多数的父亲都是凡人，拥有凡人的弱点。虽然他们想力争上游，出人头地，给儿女立下一个好榜样，却受到能力的限制，多半只能游走于成功的边缘。除非是十恶不赦的父亲，否则做儿子的都应该有包容之心，因为自己也会成为别人的父亲，成为自己子女的表率。

第四，父亲与子女关系的好坏似乎与相处时间长短有十分密切的关系。不论贫、富家庭，子女若以父亲为学习对象，则必须要有相当长的时间来观察与模仿，才能辨识父亲的举止行为，哪些方面值得学习，哪些方面应该避免。如果父亲的言行只是由他人（如母亲、祖父母或亲友、朋友）来转述，效果会大打折扣。另外，父亲对母亲的态度也是影响儿子习得的因素之一。儿子长期观察父母相处的结果，常常会影响他未来的婚姻态度。

最后一点是有关作品的表达形式。基本上，不论呈现何种主题，少年小说的表达形式大同小异。本文列举的作品也是如此，绝大多数的作品都是由作者亲自担任叙述者，使用全知观点，所有情节都由作者出面交代，说明父子之间如何互动，不同的只是介入的深浅而已。部分作品从儿子的角度来观察，展现儿子心目中理想父亲与实际父亲的落差。绝少部分是父亲本人的忏悔录或自我检讨与省思。不论以何种形式表达，父子关系自古以来似乎变化不大，所有变化依然不离"人性"二字，不同的只是人、时、地而已。

随着女性主义的盛行与女权运动的坚持，必须改变传统的父母角色来反映当前角色扮演的较少差异。由于母亲角色地位的提升，父亲在家中的传统地位便相对日趋式微。传统家庭的解体，加速父亲角色的没落。试管婴儿的诞生更局部调整了父亲的功能。换句话说，父亲已丧失了家中原有的舞台。这种急速转变或许有朝一日会颠覆整个家庭制度。

依据当前社会的变迁，父亲的角色功能或许会起重大变化，但仍不至于消失。一般而言，每位父亲都想扮演好他的角色，却由于先天性格的缺陷和周遭环境的限制，往往尽了力，仍无法达到自己或家人的期许。这种心有余而力不足的无奈，将会继续发生在每个世代的父亲身上。青少年通过仔细观察与大量阅读，也许可以从自己的父亲与别人的父亲的一举一动中，学会一些良好的"为父之道"。千万不要等自己当了父亲后，才手忙脚乱，甚至重蹈覆辙。

原载《儿童文学学刊》第 1 期，台东师范学院儿童文学研究所出版，1998 年 3 月

【注释】

① 沃尔特·迪安·迈尔斯（Walter Dean Myers）著，吴淑娟译：《陌生爸爸》（*Somewhere in the Darkness*），台北，智茂图书文化事业有限公司，1995。

② 罗伯特·牛顿·帕克（Robert Newton Peck）著，陈芝萍译：《不杀猪的一天》（*A Day No Pigs Would Die*），台北，汉声出版社，1989。

③ 罗尔德·达尔（Roald Dahl）著，冷杉译：《咱们是世界最佳搭档》（*Danny: The Champion of the World*），台北，志文出版社，1997。

（编者注：即大陆版：凯瑟琳·佩特森著，庄细荣译：《通向特拉比西亚的桥》，北京，人民文学出版社，2004。）

④ 约翰·费滋杰罗（John D. Fitzgerald）著，钟瑢译：《超级脑袋》（*The Great Brain*），台北，汉声出版社，1989。

⑤ 凯瑟琳·柏特森（Katherine Paterson）著，钟瑢译：《通往泰瑞比西亚的桥》（*Bridge to Terabithia*），台北，汉声出版社，1989。

⑥ 葆拉·福克斯（Paula Fox）著，蔡美玲译：《河豚活在大海里》（*Blowfish Lives in the Sea*），台北，时报文化出版企业股份有限公司，1996。

⑦ 木子：《小子阿辛》，台北，九歌出版社，1997。

⑧ 莫剑兰：《两本日记》，台北，九歌出版社，1996。

⑨ 班马：《没劲》，台北，《民生报》出版社，1997。

⑩ 刘大任：《俄罗斯鼠尾草》，《幼狮少年》第225期，1995年7月。

⑪ 斯匹尔（Elizabeth George Speare）著，郑荣珍、陈蕙慧译：《海狸的信号》（*The Sign of the Beaver*），台北，智茂图书文化事业有限公司，1995。

⑫ 张淑美：《老蕃王与小头目》，台北，九歌出版社，1995。

⑬ 吉卜林（Rudyard Kipling）著，姜恩妮改写：《勇敢船长》（*Captains Courageous*），台北，天卫文化图书股份有限公司，1995。

⑭ 阿姆斯特朗·斯佩里（Armstrong Sperry）著，何修译：《海上小勇士》（*Call It Courage*），台北，智茂图书文化事业有限公司，1995。

⑮ 露易丝·劳里（Lois Lowry）著，招贝华译：《记忆受领员》（*The Giver*），台北，智茂图书文化事业有限公司，1995。
本书新译本《记忆传授人》由东方出版社出版。

⑯ 迈德特·狄扬（Meindert Dejong）著，招贝华译：《六十个父亲》（*The House of Sixty Fathers*），台北，智茂图书文化事业有限公司，1994。

⑰ 陈曙光：《雪地菠萝》，台北，九歌出版社，1994。

⑱ 李潼：《少年龙船队》，台北，天卫文化图书股份有限公司，1993。

⑲ 李潼：《我们的秘魔岩》，台北，圆神出版社，1999。

⑳ 詹姆士·黑勒格汉（James Henegham）著，褚耐安译：《爱尔兰需要我》（*Torn Away*），台北，中唐志业有限公司，1995。

㉑ 哈利·梅瑟（Harry Mazer）著，姜庆尧译：《守着孤岛的女孩》（*The Island Keeper*），台北，汉声出版社，1981。

㉒ 阿丝特丽·林格伦（Astrid Lindgren）著，张定绮译：《强盗的女儿》（*Ronja rovardotter*），台北，时报文化出版企业股份有限公司，1996。

㉓ 马德莱娜·朗格朗（Madeleine L'engle）著，江世伟译：《及时的呼唤》（*A Wrinkle in Time*），台北，智茂图书文化事业有限公司，1995。

本书新译本《时间的皱纹》由缪思出版社出版。

㉔ 陈素宜：《第三种选择》，台北，九歌出版社，1997。

㉕ 赵映雪：《Love》，台北，九歌出版社，1997。

未知生，焉知死

——浅析少年小说中的死亡叙述

文学中的生与死

英国著名小说家福斯特（E. M. Forster）在《小说面面观》（*Aspects of the Novel*）一书中说："人生中的主要事件有五，出生、饮食、睡眠、爱情、死亡。"[①]这五件事其实也可概括为两件大事，即生与死，因为饮食、睡眠、爱情三件事的主要目的就在于延长生命、避免死亡。说得更确切些，"食"与"性"本来就是"生"与"死"的基本条件。文学作品要刻画人物、表达人性，自然也离不开"生"与"死"这两个主题。作家往往借人的动物式的求生欲望（主要是食欲与性欲）、求死欲望（主要是侵犯欲与攻击欲）与爱美之心、亲子之情等来充分表现人性。这个准则适用于各种类型的文学作品。其实，仔细深入探讨，就会发现，许多儿童文学都曾触及生死问题，只是没有以其为最主要的主题。

中国人往往视"死亡"为禁忌，避而不谈。即使偏重人间现实生活的孔子都曾说过："未知生，焉知死。"先把生、老、病的问题照顾妥当，再谈死的料理吧。实际上，每个人都很清楚，在人生必经的生、老、病、死的轨迹上，人人都在一刻一刻迈向这条往而不返的旅程，诚如海德格所说的："人是向死的存在。"换句话说："人在求生的历程中，同时逐渐归结于死亡。"[②]既然如此，我们就没有逃避的必要，相反地，我们应该直面死亡的课题，才能维护死亡的尊严，阐扬生命的意义。杨国枢对死、生这两大话题便有简明的诠释，他说："生与死的意义是相互发明的，了解了生便可更了解死，了解了死便可更了解生。"③我们可以谈"未知生，焉知死"，那么，谈"未知死，焉知生"又何妨？在探讨死亡的问题时，同时也要一并讨论生命的问题，因为生与死实是一体不可分离的两面。诚如郑石岩所言："只有深知死的意义的人，才有智慧和勇气去承担一切的挑战和痛苦，而让自己活得有尊严。"④

文学艺术对于死亡的种种探讨，是死亡学的一个有趣而值得研究的课题。古今中外名著无一不探讨到"生"（to be）与"死"（not to be）的问题。这些作家以敏锐的观察和感受写下死亡繁复细致的面容，逼迫大家正视及思考死亡的必然，重视提升生命的尊严，从而去思考人生的真谛和深邃的哲学意蕴。精研生死学的傅伟勋说：

> 在唐诗宋词，在古典音乐，在绘画，在现代雕刻，等等，也处处可以欣赏涉及死亡的高度艺术表现，不但有助于深化或充实我们对于死亡的真实性、精神性或宗教性的了解，也同时能够帮助我们自己借以提升我们的精神层次，把对于死亡的恐惧不安化成艺术性的美感。⑤

这种对艺术性美感的追求，唯有把面对死亡的态度从被动的"受威胁"转化成主动的"挑战"，才有可能完成。

因此，如何在文学作品中呈现死亡是相当严肃而值得关注的。这个问题在少年小说中格外值得探讨。因为儿童文学作品一向以启蒙与成长为其永恒的主题，而少年小说更常以宏观的态度来诠释生命的意义，拓宽生命的范畴。也许有人会担心，在文学作品中加入死亡的叙述，是否会影响青少年对于生命意义的怀疑。其实这层顾虑是多余的。我们应把青少年的死亡意识视为一个值得深入探讨的研究课题，先了解不同年龄层对死亡的看法，再剖析"作品对死亡的诠释"来印证，则这些忧虑都是可以避免的。

　　儿童与青少年对于死亡的了解认知、面对死亡的态度和心理反应，的确不同于大人。傅伟勋认为："六七岁的幼童还不太知道'死亡'是什么，父亲或母亲离开人间时，常幻想为他（她）在做一次短期旅行，不久就会归来。但到了十岁左右小孩就开始懂事，开始多少了解到'死亡'即是一去不归。"⑥这种差别自然会影响他们对文学作品中死亡描绘的理解与认知。就学习的过程而言，儿童通常先从图画故事、童话、寓言中接触死亡的笼统样貌，对死亡有了基本的概念，青少年则再深入研读纯粹以青少年为阅读对象的作品，对死亡的真相才有深刻而具象的认识。

　　关于儿童文学作品中对死亡的叙述可略分为下面数种：一、主角对宠物死亡的反应（包含杀生）；二、主角对自己亲人、朋友死亡的反应；三、主角对一般死亡（包含人与动物）的反应。与成人文学比较，儿童文学较少谈到自杀或罹患绝症面对死亡的威胁。在上述这些类型的作品中，可看出大多数作者的共同想法。他们认为，生死问题是文学生命的永恒题材，死亡不是不能写，但必须十分慎重。毕竟少年儿童阶段是生命刚刚开始的黄金岁月，春花尚未盛开，如果就刻意强调生命的终结，似乎太过于消极、阴暗，会使小读者心生畏惧，对未来丧失信心。作品如果涉及死亡，也应以平常心处理，不必刻意重描，因为生命之歌的吟唱有其一定的顺序，人生的起伏、成败、荣辱、盛衰及消长等，都是生命循环的表征，并非人力所能完全掌控的。既然死亡是生命中无法规避的沉重问题，也就不必避讳不谈。适当的讨论反而有助于对其进行深入了解和健康面对。基于此，本文尝试把儿童文学作品（以少年小说为主）中的死亡叙述加以归纳梳理，再深入分析。

"生命之歌"的开始

如果我们能坦然面对死亡，认为死亡是种自然现象，则儿童文学作品也就无须避开"死亡"的问题。只要撰写的人用心，从适当的角度切入，可以把"死亡"的尊严诠释得非常圆融得体，让小读者的情绪不至于惊恐，甚至造成心理障碍。图画故事《生命之歌》（*Lifetimes*）⑦就是一部朝这方向努力的作品。它开章明义地指出：

> 每一种生物绝不是凭空出现，总要先有个开始；它们也不会无故消失，一定有个结束。从开始到结束之间的历程，我们叫它"生命"。只要我们张大眼睛注意看看身边的世界：生命的开始和结束，一直在进行。生命就是这样不断地继续。所有的生物都得乖乖遵守这个自然法则。花草、人们、鸟儿、鱼类、树木和动物都一样，连体积最小的昆虫也不例外。

它简洁委婉地接着说："'生命之歌'对每一个人都很重要，因为它教我们了解，让我们记得，并帮助我们去解释，死亡，就像诞生一样，都是生命的一部分。"我们可以发现，几乎所有儿童文学作品都是根据这种生命循环不已的理念来诠释死亡。这种对死亡有尊重、对生命的再发有期待的理念，最能慰藉人心。

通常，儿童对童话中有关死亡的描写，会有同情或怜悯的感情，但不至于有过分激动或情绪化的表现。这种情形可能是下面两种原因造成的。第一，儿童秉性纯真善良，认为童话是虚构的故事，绝不会发生在现实世界中。阅读如安徒生的《卖火柴的小女孩》《小美人鱼》等作品，自然会产生同情、怜悯的高尚情怀，但心灵上的伤痛不至于十分严重。第二，浓烈的宗教氛围降低了死亡的恐怖，如王尔德的《快乐王子》《自私的巨人》等，故事中的主角死后都回归神的怀抱，小读者阅读时的感动会多于悲伤。例如，在《快乐王子》中，王子的塑像与燕子之间的对话，会让小读者觉得王子虽死犹生，最后燕子冻死在塑像旁，作者让它与王子同登天国；《自私的巨人》中的巨人痛改前非，开放花园给所有小朋友分享，终被耶稣化身的小男孩带到天上的乐园。小读者对这类死亡的描述，不会有恐惧的感觉。比较之下，《年轻的国王》（*The Young King*）应属例外。国王加冕前一晚的三场噩梦给他带来不少启示，让他懂得如何体恤民情。第二场梦对潜水员冤死的刻画具有相当大的震撼力量，成人读者会判断那是现实社会的反射，但小读者可能依然认为那只不过是一场梦而已，虽然有些残忍，还能接受，何况文末的圣迹又把死亡淡化了。

特别要讨论桑杰思·希尔瓦的《耶稣你饿了吗》。[⑧]这是一篇十分感人的故事。方济会的修士捡到一位弃婴，命名为马塞黎诺，用羊奶喂大。五岁多时，马塞黎诺在阁楼上见到耶稣钉在十字架上的雕像。他认为耶稣饿了，每天便偷偷拿了一些食物给耶稣吃。耶稣与他谈彼此的事、谈母亲，两人建立了非常微妙的友情。院方对于每天缺少的一份粮食，虽感不解，但并未深究。一日，耶稣吃了马塞黎诺拿来的面包和酒后，"喊他来到面前，两手扶着他消瘦的肩膀，对他说：'好，马塞黎诺，你是一个好孩子，我真想将你最喜欢的东西奖赏给你。'"接着耶稣便说了许多可以选择的事物，马塞黎诺都不要。

> "那你要什么呢？"耶稣问。
>
> 马塞黎诺注视着耶稣的双眼，专注地答道：
>
> "我只要看看我的母亲，然后再看你的母亲。"
>
> 耶稣将他抱在怀里，让他坐在他赤裸而坚硬的膝盖

上，然后将手放在他的眼睛上，温柔地对他说：

"那你睡吧，马塞黎诺。"

等院长与其他修士涌进小阁楼时，发现"马塞黎诺似乎沉睡在靠背椅的扶手上，并未醒来……院长走近他，摸摸他的手，叫大家都下楼去，仅仅说了一句：'天主将他带走了，至圣的天主。'"像这样宁静美丽的死亡叙述，不可能会让小读者感到畏惧。

寓言式故事中的死亡叙述也同样不至于造成小读者的不适，相反地，如果作者的文笔优美，故事情节常常会产生意想不到的共鸣作用。马齐的《最初的晚霞》⑨就是一个将死亡美化的寓言。一生致力于与人为善的鄂立克医师虽历经折磨，但对人依然充满信心。他对六岁的亚尔伯特说了一个在耶稣降生以前许久许久的故事。主角瑟德不苟同于族人的残暴行为，畅言正义、厚道和仁慈，被族人逐出。为了改变同胞的思想，他决心把那毫无生气的灰色天空用颜色涂起来。他拔下自己的黄色长发，挖出心肝与蓝眼珠，放到水桶里，变成黄、红、蓝三种颜料，把天空涂成一面彩霞。结果，瑟德被杀后，还被石磨碾成末，撒到空中，但他的"美""仁慈""爱"的理念，随着他的骨灰散布在人间。亚尔伯特听了这样的故事后，并不觉得死亡的恐怖，他反而愿意与瑟德的骨灰接触，成为瑟德的子孙。小读者也会认同亚尔伯特的抉择。

方素珍与仉桂芳的图画故事《祝你生日快乐》⑩对死亡这个严肃的话题提出了一个相当圆融的诠释。它没有避开死亡，却能以一种开朗、认命的态度来面对不知何时会出现的死神。全书只有两个角色——小丁子与得了癌症的小姐姐。小丁子帮小姐姐捡回飞走的帽子，小姐姐便解释她为什么没有头发："我有癌症，常常打针、吃药，所以头发已掉光了。"小丁子的直接反应是："会不会死啊？"小姐姐倒是十分勇敢，不逃避敏感的问题："只要我不怕，挨得过去，就没事了。我也不知道会不会死。"接着，小姐姐教小丁子玩"数花瓣"来预测"会不会死"。小丁子又问她怕不怕死，她回答说："怕呀！但是我妈妈说，小朋友死了，都会变成小天使。"妈妈的角色在故事中变得十分重要，因为她必须强忍心中的悲伤，寻找美丽的期待来安慰病中的女儿。后来的"开心锁"的说法（把"开心锁"挂在大树上，大树爷爷就会保佑）是另一个美丽的期待。小丁子与小姐姐约定，在小姐姐生日那一天，一起把"开心锁"打开。但小姐姐始终没出现，小丁子替她庆祝：小丁子伸出双手，把手指头撑开，围成一个圆圆的"蛋糕"，手指头当作蜡烛……这时候，正好有几只萤火虫飞过来，停在他的手指头上……小丁子为小姐姐许了一个愿，然后，用力一吹："呼——"萤火虫飞起来了……小丁子轻轻地说："小姐姐，生日快乐。"小姐姐的命运并没有刻意描写，留给小读者自己去想象、填补。整篇故事的营造趋向于事实的陈述，但作者却避开悲观的角度，以甜甜的童言童语，交代生命无常，唯有坦然面对。它虽不是呼天抢地的悲哀，却是入骨的酸恻。

孩童与动物之间

孩童与宇宙的和谐性远超过成人。他们喜欢与大自然接触、对谈，他们以天真无邪的心拥抱大自然，聆听大自然的吟唱与呼唤，在大自然的怀抱中，也发出动人的呢喃。在孩童的心目中，大自然的一切都是完美的，他们也将这种对大自然的热爱加注于生活在其中的动物。

由于人类的智慧高于其他动物，在宇宙的生死事中，人主宰了不少动物的生命，甚至善于利用动物的天生属性，借用一种动物去猎杀另一种动物。孩童与动物的互动则比较像强者保护弱者。他们以爱心对待动物，动物也以爱回报，两者之间的爱纯净无私。孩童对心仪动物的关爱，绝非成人所能想象。不过，孩童对动物的关爱，还是有选择性的。基本上，他们偏向于选择比较易于驯服的动物，如牛、马、狗等，如此，他们才能展现强者的风范。这些现象都呈现在文学作品中。

从孩童对动物的亲密态度来看，我们就不难理解儿童与青少年的死亡意识，不仅针对自己的亲人与朋友，甚至还包括心爱的宠物。儿童与成人最大的不同，在于他们把宠物与人一视同仁，没有高低之分。他们对宠物付出的感情，有时候甚至不逊于他们给予亲人与朋友的感情。在一般成人看来，宠物毕竟还是"物"，而且现实生活的压力沉重得已使他们失去热爱宠物之心，无法了解与接受孩子对于宠物死亡的非"理性"态度。许多作品中，谈到死亡时，成人与孩童的看法截然不同。孩童与动物之间的感情是十分微妙的，往往无法用常理来判断或说明。在这种奇特的关系组合中，孩童由于付出许多感情，常常把自己心爱的动物视为第二生命。如果自己的宠物的性命面临危险，他们伤心的程度、反应之激烈，经常超越一般成人的想象，让大人无法接受。这种真情的流露，正是孩童的纯真可贵之处，试举数例来说明。

一、家畜之死

农家饲养的家畜虽然是农村小孩成长过程中的伴侣，但家畜的死亡是必然的命运，故事中小主人公的表现是理性地对待家畜的死亡，而不是非理性地抗拒。杨茨的《牛》[11]是描绘台湾美丽田园的抒情小品。主角小牛仔阿留天真活泼，在大自然的熏陶下，他对大自然一切变化的感受，处处都表现出他的伶俐与智慧。他天天放牛，对家中唯一的牛自有一份特殊的感情，不忍见它死，不忍吃它的肉。他不小心弄断了牛的尾巴，牛无法再耕作，只得卖掉，最终的下场是不说也明白。阿留能体会家中的困境，因此，对牛的"离去"，虽觉不舍，但能接受。难舍难分之情不是很强烈，情绪化的动作当然不至于发生。作者以散文式的手法叙述"牛"这种角色在农村中的地位已逐渐被"铁牛"所取代，不把重心摆在残忍的屠牛画面上，自然不会造成文中主角或小读者的过度反应。

有些作品刻画的是动物的死亡，但却可给故事中的主人公和读者一些启示、导正或警惕的作用。曹文轩的《山羊不吃天堂草》⑫中的主角明子与师父流落在大城市，以打零工为生。一日，他私自接了别人的工作定金一千元，却不想干活，准备一走了之。他徘徊在教堂外，钟声让他想起家中那些不吃天堂草的羊：

> 当明子看到羊死亡的姿态时，他再次想起船主的话："种不一样。"这群山羊死去的姿态，没有一只让人觉得难看的。它们没有使人想起死尸的形象。它们或侧卧着，或曲着前腿伏着，温柔、安静，没有苦痛，像是在做一场梦。夕阳的余晖，在它们身上洒了一层玫瑰红色。楝树的树冠茂盛地扩展着，仿佛要给脚下那些死去的生灵造一个华盖。几枝小蓝花，在几只羊的身边无声无息地开放着。它使这种死亡变得忧伤而圣洁。
>
> 无以复加的静寂。唯一的声音，就是父亲的声音："不该自己吃的东西，自然就不能吃，也不肯吃。这些畜生也许是有理的。"

父亲的话响在耳边，犹如暮鼓晨钟，把明子从犯罪的边缘唤回，不至于在成长的过程中留下任何污点。

二、宠物之死

上述的两篇小说以家畜之死来说明社会的变迁与警示作用，但是动物之死并非故事的主干。细读下列三部描写宠物之死的故事，小读者更能领会对动物那种刻骨铭心的感受。

罗琳斯（Marjorie Kinnan Rawlings）的《鹿苑长春》（*The*

Yearling）⑬是一部讨论儿童与饲养的动物互动的感人故事。主角乔弟不仅把他的玩伴小鹿当成朋友，也把它当成需要多加照顾的小弟弟。在他心目中，小鹿是弱者，他有保护的责任，这种想法使他走出孤独，迈向成长。等小鹿长大后，问题就来了。小鹿是大自然的一部分，虽然长期由乔弟饲养，但野性仍在，因此，小鹿长大之后，对乔弟家而言，反而变成一种威胁。乔弟别无选择，必须亲自持枪射杀朝夕相处的宠物。虽然是非常残忍的事，但乔弟唯有经过这种痛苦与熬炼，才能从少年蜕变为成人。

帕克（Robert Newton Peck）的《不杀猪的一天》（*A Day No Pigs Would Die*）⑭与《鹿苑长春》有异曲同工之处。故事中的主角"我"帮邻居接生了小牛，邻居送他一只小猪，"我"便有了自己的宠物。这只小母猪长大后，无法发情交配，而且吃得太多，没法再被当宠物养，担任杀猪工作的父亲决定把它宰杀当食物。那一年秋天，苹果收成不好，父亲又没猎到鹿，"我"别无选择，只得当杀猪的帮手："爸爸将铁棍高高地举起来。我闭上眼睛……那是一种沉重的撞击声……当我听到这声音的那一刻，我好恨好恨，我恨爸爸，我恨他杀了粉粉……"

尽管如此，"我"还得继续帮忙宰杀心爱的宠物："我想跑开，想大声哭，想大声叫，可是我只是站在那儿抓住它，不让它乱踢乱动。四周像圣诞节早晨一样安静，我拉着粉粉的脚，爸爸握着尖刀继续切。血，还是不停地涌出来，汩汩的热血染红了我们脚下冷冷的雪地。我感觉得到我脚踝间的身体在颤抖，在慢慢死去。我不敢看……我将脸别开……"

面对一堆血泊中的肉块，"我"终于放声大哭：

> "爸爸，我的心碎了。"
>
> "我也是。"爸爸说，"我很高兴你是个大人了。"
>
> 我整个崩溃了，爸爸让我把心里的难过都哭出来。

　　　　"当一个大人就得这样，孩子，你得做你必须做的
事。"

　　　　爸爸的大手摸着我的脸，这不再是杀猪的手，而是
跟妈妈一样温柔的手……这只手刚刚杀了粉粉，因为他必
须这么做。他讨厌做，可是不得不做。

在整个杀猪的痛苦过程中，"我"终于能体会父亲"当一
个大人得做必须做的事"的难处，也了解成长的不易。感情在
父子彼此体谅、疼惜中交流。

《红色羊齿草的故乡》（*Where the Red Fern Grows*）[15]讲述
的是另一种动物的故事。十岁的主角比利像个恋狗狂，花了
五十元买了两只小猎犬——老丹与小安。比利领着它们一起到
山林里去狩猎，对象是既狡猾又凶悍的浣熊。勇猛的老丹与细
心的小安在小主人比利的带领下，逐渐成为浣熊的克星。后来，
比利甚至带着它们参加猎浣熊比赛，经过无数的危险与挑战，
赢得金杯与三百多块钱，成为许多猎人羡慕的对象。最后一次
狩猎，它们遇到最凶残的山狮。一番苦斗，老丹牺牲了，小安
拒绝进食，死在老丹墓上。比利无法接受两只爱犬的死亡：

　　　　老丹似乎知道离别的时候到了。它深深吸了一口气，
长尾巴微弱地动了动，然后，温和的灰眼轻轻阖上。它死
了？我不相信，绝对不相信……它（小安）趴在老丹的墓
上……我以为它睡着了，于是轻声叫它，但它毫无反应……
小安已经死了。

他不能接受妈妈的说法："每个人一生中都会有受苦的时
候，连上帝在世时也受过苦。"他也不肯相信爸爸的解释："有
时小男孩必须像大男人一样坚强，现在就是这个时刻。"
　　　故事最后以狗儿坟上长出一株美丽的红色羊齿草作为结

束："上帝是要借红色羊齿草来告诉比利，为什么狗儿会死。"红色羊齿草的传说给比利一个新的启示：死亡是人生的一部分。比利终于接受了这个残酷的事实。

人的死亡叙述

一、他杀与自杀

死亡叙述并非漫无限制，过度写实与残酷的叙述则不适合孩童阅读。有人认为白先勇的《玉卿嫂》⑯可列为成长小说，因为文中的主人公容容小小年纪就体验了成人世界的情爱善恶，但文末玉卿嫂杀死情人庆生然后自裁的场面，却十分不适合孩童阅读。事情发生后，容容不但"在床上病了足足一个月，好久好久脑子才清醒过来"，而且"不晓得有多少夜晚……总做着那个怪梦"。所谓的"怪梦"，其实就是杀人场景的重现。

在目前的儿童文学作品中，对死亡的叙述，很少从自杀的角度切入，《少年维特的烦恼》⑰这本书中对维特自杀的场面却描述得十分深入，也相当血腥：

> 他从右眼上射穿了自己的头，脑浆流出来了。虽然明知无效，医生还是给他在腕脉上放血，血流出来，他还在呼吸……他是在写字台前面自杀的，然后倒下来，在椅子周围抽搐乱滚的……维特已被移在床上，额部缠了绷带，脸色已如死人，四肢全然不动。肺部还在可怕地霍落霍落地响着，有时强，有时弱，大家都知道他快完了。

上面这些文字究竟适合不适合儿童与青少年阅读？如果适合，究竟适合哪一个年龄层？这是一个值得斟酌的问题。如果就其当时造成不少青少年模仿而自杀的事实，似乎对某些较敏感的青少年就不是十分合适的读本。

海明威的《尼克的故事》⑱中的印第安人受不了妻子生产时之苦，竟然割喉自杀，尼克在现场看到了相当残忍的场面："那个印第安人脸朝着墙卧着。他的喉头自两耳之间割开了，躺卧的地方血流成池。他的头歪靠在臂上，一把打开的剃刀放在地毯上。"尼克的父亲后悔带他来，但尼克父亲的言谈也给了尼克适度的启发。父亲告诉他，这世上会自杀的人并不多，死并不难，很容易。这些话让尼克对生命的尊重有了更深一层的体认。

二、好友与亲人之死

每个孩童的成长过程不尽相同，但渴望友情的滋润是一致的，帕特森（Katherine Paterson）的《通往泰瑞比西亚的桥》（*Bridge to Terabithia*）⑲就是从悼念好友之死而对人生有了新的体认。主角杰西原本是个怯懦羞涩的男孩，柏斯莱却为他的密闭世界打开了一扇宽阔的大窗子，改变了他的一生。柏斯莱是个女孩，头发剪得比男生还短，穿着褪了色、剪掉半截裤管的牛仔裤以及蓝色汗衫。两人因赛跑而认识，逐渐脱离孤独，共同建立了泰瑞比西亚这个新世界。他们以深挚的友情、天真的想象力和良好的默契构筑的"泰瑞比西亚"，是人与人之间真挚情感的象征。柏斯莱也替杰西打开了知识和想象的世界，他们合力去打败现实和想象中的敌人。然而，死神却无情地拆散他们，通往泰瑞比西亚的绳索突然断了，柏斯莱摔死了。

杰西刚听到不幸的消息时，他的"脑袋昏昏沉沉，好似天旋地转。他张大了嘴，但喉头干涩，发不出一点声音"。他不相信，他不能接受。他十分激动地冲出门外，几乎与车子相撞。夜间梦中尽是与柏斯莱的对话。第二天清晨，他忘了该做的家务，早餐时，没有知觉地猛吃煎饼。等他跟着父母慰问丧家后，随着时间的消失，他慢慢恢复正常，开始回顾他和柏斯莱的感情：

假如不是柏斯莱努力推倒他心灵上那道高墙，即使在泰瑞比西亚国那安全、幽暗的城堡里，他也无法走出现有的世界，到另一个多彩多姿、巨大、恐怖而又万分脆弱的世界去探索。他必须勇敢、机警、小心地应付啊，就连专吃动物为生的肉食者也要细心保护。现在是该出发的时候了。柏斯莱已经不在，所以他必须代表两个人前进。柏斯莱带给他的广阔视野和力量，他将靠它来关爱这美丽世界。

因此，他决心造一座桥，来协助任何想通往泰瑞比西亚的人，如果这些人真心把爱献给朋友的话。

《不杀猪的一天》中的主角"我"料理父亲后事的冷静令人不敢相信他只是一个十三岁的小男孩。对于父亲的过世，他心中早有准备。他知道父亲的病情，所以当他发现父亲死在谷仓时，他说："爸爸，没关系，你睡你的，今天早上不必起床了，杂务我会做，你不用再做什么事了，好好休息吧。"

然后，他喂牛、挤奶、喂鸡、拾蛋，用平淡的语气把父亲过世的事告诉母亲与嘉莉姨，镇定地安抚她们。他独自安排一切，在果园的家族墓场挖了墓穴。他拼命找事做，不让自己闲下来。他不是不悲伤，只是强忍着，因为他是家中唯一的男孩，必须扛起一切重任。在整理家里时，发现"每一把工具的把柄，都被爸爸那双辛勤工作的手磨出了光泽，变成漂亮的金色"，"我突然有种冲动，想伸手摸摸每一把工具，我想要像爸爸一样握着它们，看看我的手够不够大，是不是已经能够握牢"。他以父亲为荣，学习父亲的勤奋与淡泊。父亲的死，让他成长。整篇故事描写家庭悲欢，笔法细腻，充分刻画穷人子女如何勇敢面对最亲密的人的去世。读到悲伤处令人不胜唏嘘。

《守着孤岛的女孩》（*The Island Keeper*）[21]中的欧丽儿是位富家女，但人生际遇却非常坎坷。幼时丧母，十六岁时唯一的妹妹又出了意外，她从高贵的祖母与冷漠的父亲处得不到任何亲情的爱，只好离家出走，设法超越自己的弱点，调适自我和寻找自我。

欧丽儿的母亲驾车撞上一匹奔逃的马，死得莫名其妙。她把永远牢记在她的脑海中的死亡记忆告诉妹妹："莉玫，我只记得那匹马，它的头从挡风玻璃冲进来……我忘记当时怎么被抛到车外的，我只记得那时候是冬天，下着雪，好多的雪，妈妈坐在地上，鲜血从她嘴里流出来。她的手在动，想要说话，有人在尖叫……"妹妹是家中唯一能沟通的对象，与她无话不谈，却突然在夏令营的湖里出事，使欧丽儿的世界一下子完全崩溃，因为妹妹是她的一切。在葬礼上，"欧丽儿没哭，她觉得自己已被紧紧封闭，全身没有一丝缝隙，眼泪流不出来。"面对两位最挚爱亲人的死亡，她几乎想自我了断。她躲到孤岛去逃避一切世间的烦恼和痛苦。然而在孤岛的磨炼却让她挣开心结。面对生命中的种种考验，最后勇敢地回到现实世界，她已经成为一个思想独立、懂得料理生活的女孩。

《想念梅姨》（*Missing May*）[21]是一部深刻表达生者追忆死者的作品。它的重心并非死亡场面的刻画，而在生者如何熬过追念死者的悲伤岁月的经过。主角小夏认为梅姨与欧伯的爱是她生命中的唯一真爱。梅姨突然去世，欧伯与小夏都深陷于无奈哀怨的追忆中。欧伯几乎崩溃，终日处于幻想状态，常常以为梅姨会再出现。他逃避梅姨已死这个残酷现实的心态与行为，小夏可以深刻感受，因为小夏在被他们收养之前，原本就生活在日夜惶恐的不安全中。她不忍心看到欧伯消沉与自暴自弃，虽努力想填补梅姨离去留下来的空洞，但于事无补。后来灵媒蝙蝠夫人之死的启示，终于让欧伯挣脱伤感，勇敢面对死亡，再获重生。"是什么力量让一个人想继续留在人世间，而且因为活着而承受着巨大的痛苦？"小夏找到了一个永恒珍贵的答案：

我一直猜想，那是因为人们怕死。可是现在，我不这样认为了。我现在有了新的体会：人之所以愿意留下来，那是因为人们不能忍受跟亲爱的人道别。

简单地说，爱的力量使人勇敢。小夏与欧伯再一次相依为命，梅姨永远是他们最怀念的人。

三、狂飙的年代

狂飙年代的青少年，普遍感到苦闷、疏离与彷徨。《十四岁的森林》[22]与《龙门》（*Dragon's Gate*）[23]两部少年小说讨论到青少年面对生死关头时的态度。董宏猷的《十四岁的森林》描写在动乱的年代中，一群青少年在森林里与强悍的大自然斗争。最后发生森林大火，主角刘剑飞拼死进入火场，想要救回心爱的林秀英，结果双双死于大火。惊心动魄的叙述，是少年小说中不多见的。作者在故事将结束时的一段话，表达了他的生死观：

> 他们走进森林又消失在森林里了。他们化作森林里的一株幼松、一朵野花、一股山泉、一阵轻风。他们走进森林又与森林融为一体了，他们的生命与青春变成另外一种形式的生命与青春。森林不畏惧死亡，森林中的死亡对于生命是必需的。没有死亡也就没有新生。森林也不需要墓碑，因为墓碑只能记录生命的一段历程，而不能记录生命的永恒循环。

也许我们会问：在动荡不安的年代里，青少年如何度过狂飙的岁月？是洁身自爱、逃避现实，还是全力以赴、流血流汗、积极参与改革？如果亲人丧生，自己的态度又如何转变？变得更激烈还是更萎缩？叶添祥（Laurence Yep）的《龙门》给了我们部分的答案。主角癞皮是 19 世纪末参与美国铁路兴建工程的华人之一。这些中国人远渡重洋，为了喂饱肚皮，过着奴工般的悲惨生活，却又无法团结。癞皮无可奈何，本想参加某次炸雪的危险工作后，脱离同胞，另寻出路，但舅舅为保护他而牺牲了宝贵的生命。他从舅舅的死亡得到启示，终于扛起了重担，面对现实，克服恐惧。

比较之下，詹姆士·黑勒格汉（James Henegham）的《爱尔兰需要我》（*Torn Away*）㉔就显得激烈、火爆。主角戴伦面临抉择的困扰。他幼时，身为北爱尔兰共和军一员的父亲死了，那时他年纪太小，没有什么感受。他十三岁时，母亲与妹妹在一次爆炸中丧生，给他带来国仇家恨的极端痛苦。虽然在葬礼中，他并没有情绪化的动作：

> 眼前两具黝黑的棺木，躺着他的妈妈和妹妹。爱尔兰共和军人员抬在肩上，其中一具显得很小，很小。在早春的冷阳中，他的脸一阵青白。他所承受的痛苦，实在难以负载，但是他要呵护这份锥心之痛，让它茁壮、长大，终有一天，痛苦将引爆狂飙……他没有哭。

心中只有恨的戴伦，终于加入"圣战恐怖组织"，向英军投掷石头，在夜色中向巡逻车丢汽油弹，平时制造土炸弹，遵守组织的种种规定，过着野蛮、残酷的生活，成为令英军头痛的人物。支持他的行动动力完全来自他亲身经历的死亡，这种经历造成他漠视死亡。等他被遣送到加拿大叔叔家后，经过一段相当长时间的调适，在亲情爱抚下，及了解父亲死亡的真正原因后，他的恨才慢慢消退，最后决定留在加拿大，与叔叔一家人共同生活。

但"漠视死亡"并非全然是国恨家仇造成的。有时候，这种玉石俱焚的死亡态度是整个大环境（包括社会、学校与家庭）

促成的，它反映了某些人对现实环境的抗议。此外，当事者与旁观者对某些行为的认定与判断，常因年龄、立场、背景等的不同，而呈现南辕北辙的差异。李潼的《白玫瑰》[25]中的少男少女热衷于飙车的程度，绝非局外之人所能想象。旁观者认为，飙车是一种非常危险的游戏，是一种近乎自杀的行为，不但破坏青少年的形象，而且危害社会的治安。飙车族的想法却完全不同，他们不认为飙车行为是一种自杀式的动作，而认为只能算是一种冒险，虽然接近死神，但并非人人都以死亡收场。他们对死亡表现出的冷静、淡漠、茫然与不动声色，会使读者感到阵阵寒意自心底冒起。故事一开始，潘威志和淑玲死于飙车，双方父母正给他们办冥婚典礼，主角美华出现在典礼中，没有丝毫伤悲，甚至有时还嘻嘻哈哈。她和其他参加典礼的飙车"同志"，谈的依然是速度、荣誉、过瘾和美，绝口不谈死亡。美华甚至还自问："淑玲要出嫁了，十六岁，算是早婚吗？"碰到这种完全无惧于死亡、敢于向死神挑战的青少年，如何谈论生命的永恒与不朽呢？

四、科幻小说中的死亡

科幻小说虽然难免涉及高科技的奇幻，但基本上它的基调依然没有背离人性的阐扬，即便死亡的叙述亦是如此。有些科幻小说虽论及死亡，但文中的死亡叙述并非最主要的目标，作者常将其淡化或作为主题的陪衬，而模糊了死亡意义。约翰·克里斯托弗（John Christopher）的《白色的群山》（*The White Mountains*）[26]、《金与铅之城》（*The City of Gold and Lead*）[27]与《火潭》（*The Pool of Fire*）[28]这三部科幻小说就是个例子。这三本书预言未来人类的特殊遭遇，描绘的是未来世界被三脚所统治，地球人如何起而反抗的经过。书中有不少篇幅描写地球人与三脚互相杀戮的场面。由于故事宗旨在于善恶之争，传统的好人、坏人的观念早已深植于孩童心灵深处，他们认为三脚是死有余辜，没什么好惋惜的。读者最关心的是，三位小主角如何脱离危险，三脚的死亡是在给小主角开路。最后，主角之一亨利牺牲小我，达成任务，是烈士行为，只会赢得小读者的赞赏，没有悲伤哀痛。这种类似传奇的科幻小说虽有另一层的意义，但就死亡的叙述而言，并非十分深厚。

相较之下，《记忆受领员》（The Giver）[29]中的死亡叙述就显得特别需要思考。这本书设定的时间是不可知的未来，空间是一个幼有所养、老有所终的小区。没有罪恶，没有战争，人人分工合作。在这样一个几乎没有镜子，一切讲究平等化的小区里，"不同的事物最好别提，以免凸显差异，制造分化和不安。"主角乔纳斯在被选为受领员之前，颇能接受这种生活方式，但他始终不知小区的人遭到"解放"后的去处。在"传授人"的解说下，他才领悟到小区的"黑暗面"。

在他了解十年前另一个受领员罗丝玛莉请求"解放"的经过后，他目睹自己的父亲执行"解放"的镜头：

　　……父亲转过身，打开储藏柜，拿出一根针管和一个小瓶子。他小心翼翼地把针头插进瓶塞，瓶子里透明的液体慢慢流进了针管……当那支针管移向婴儿前额的刹那，乔纳斯惊骇得瞪大了眼睛。尖尖的针头迅速戳进婴儿脆弱的脑门，周边脉搏的鼓动清清楚楚地映入眼帘。婴儿像反抗似的扭动身子，咿咿呜呜哭了起来……父亲关切地望着男婴，安抚的语调又轻又柔："行了，没那么可怕嘛！"父亲将针管扔进垃圾筒，神情十分愉快。"我知道好疼喔！马上就好了。打静脉比较不疼，可是你的脖子太细了。"父亲小心翼翼地推挤针筒，透明的液体愈来愈少，缓缓注入男婴的头顶。床上的男婴突然不哭了，细小的手脚经过一阵抽搐后，也瘫了下来。只见他的脑袋往旁边一瘫，微张着眼睛，再也不动了……

　　父亲摊开备用的纸箱，把男婴瘫软的小身子塞了进去，随后封住箱口。他拎起纸箱走到墙边，推开墙上那扇小门。门的那一头黑漆漆的，就像学校里倾倒垃圾的斜槽。父亲将装着男婴的纸箱放上门台，用力往下一推。

乔纳斯的第一个直接反应是：父亲杀了人！接着他的情绪几近失控："乔纳斯……双眼净是狂野和愤恨……愤怒的情绪再次崩溃，化为悲切的呜咽。"在受领员的解释与安抚下，他决心逃亡，离开冷漠的小区，不再回头。目睹死亡，让他知晓他一向生活的世界的阴暗面，也让他找出小区最欠缺的"爱"，改变了他的一生。

五、少数民族的死亡态度

死亡虽是世间的共同问题，但不同族群对于死亡的处理方式也有差别，习俗是最大的关键。台湾岛上少数民族对于死亡的态度也与汉人不尽相同。我们可以从李潼的《少年噶玛兰》[30]与张淑美的《老蕃王与小头目》[31]这两部作品的比较中得知。《少年噶玛兰》的主角潘新格回到从前，与祖先生活在一起，碰上族里酒量最好的帝大醉死在他沼泽边的小屋。女巫呼吧赶去作法，要趁帝大的遗体没硬化前，送去埋葬。呼吧要巴布与潘新格帮忙抬遗体。潘新格吓了一大跳，不想做这件工作，却依然被捉了回去。"在加礼远社族人护送下，帝大的遗体抬到了坟场，六个男人合力将他安坐在沙坑中。以倔强和强健在加礼远社闻名的帝大，死后似乎仍不肯让人摆布。六个人好不容易才将他僵直的四肢弯曲，让他屈膝弯肘，蹲成适合将来可以再投胎转世的姿势。"

死者不是潘新格的亲人，他没有特别感到哀伤，而且对帝大遗体处理之迅速，也没有觉得讶异，因为这是他们族里的习俗，再加上帝大怀有身孕的妻子此时也要生产及无情洪水的出现，悲伤全被冲淡了。

《老蕃王与小头目》中的主角排湾人小头目戈德的双亲在

戈德半岁时，死于山崩。戈德十五岁时，养父白叔带他回山上交给拉坝战士玛乐德，接受训练。两人经过一番调适后，互相接纳对方，戈德也认同山居生活，努力学习打猎、耕种。一日，戈德种完芋头回来，发现玛乐德已死：

> 戈德冲进石板屋，跪倒在床边，颤抖的手拼命地摇着玛乐德，可是玛乐德还是一动也不动地躺着。一股巨大的恐惧与震惊打击着戈德……一种恐惧与无依的失落感，像雨点般向他的四周落下。他全身抖个不停，仿佛刚从冰河里爬起来一样……戈德哭着、喊着，语无伦次地喃喃说着。说着，说着，便伏在床边又哭了起来，哭累了就像一尊雕像般守在玛乐德身边，直到他昏昏沉沉地睡去。

第二天，戈德终于确认玛乐德已经离开世间，准备依习俗把他埋在石板屋的石板下。这时，戈德变得非常冷静，一举一动都不慌不忙，对于冰冷的尸体一点也不畏惧，完全不像一个才只有十六岁的青少年。他勇敢地面对现实，独自耕作、收获与狩猎，展现了他在重大灾难后的成长。

六、不死的滋味

上面所讨论的都是儿童或青少年面临宠物或亲人死亡的反应，如果他们巧遇长生不老的机会，他们会有什么样的抉择？《永远的狄家》（*Tuck Everlasting*）㉜里的十一岁女孩丁葳就面临这样的问题。这是一个特别有趣的故事。自古以来，长生不老一直是人类梦寐以求的。如果能长生不老，人们就有无限时间去追求他所想要的东西，不再害怕因年岁增长而无力去实现理想，或因突然死亡而灭绝了希望。可是，故事中拥有这种能力的狄家人却想放弃这个能力。他们认为长生不老的人，只能算是存在，不是活着。狄家的主人狄达就做了个轮子的譬喻，来表达他对生命的看法："太阳从海洋吸了些水上去，变成云，接着又变成雨。雨水落到溪中，溪水不断前行，又把水送回海洋，这就好比一个轮子。"

任何东西都好比轮子，"转了又转，从来不停。青蛙是轮子的一部分，小虫、鱼、画眉鸟也是，人也是。"从没有一刻与上一刻相同，总是在成长、更新、运转，而且总是有新的东西在交替。这是万物万事运行、生生不息的法则。参与这法则本是一种福气，只是这份福气却跳过了狄家，使狄家退出了这轮子。难怪狄达要说："如果我知道如何爬回转轮的话，我会马上爬回去。你要活着，就不能脱离死亡。"因为"死亡也是转轮的一部分，就在诞生的旁边，一个人不能只挑选他喜欢的那些，而不管其他部分"。

丁葳无意中获知长生不老的泉水秘密，而被狄家人绑架，进而有机会去了解这具有长生不老能力的狄家人的内心世界。丁葳的心路历程分为四个阶段——惊讶、惊喜、恐惧与同情。丁葳先是感到惊讶，这世上居然有长生不老的人，随之而来的是惊喜，因为长生不老的泉水就在她家的土地上，只要她愿意，她随时可以去喝。然而她却从狄家人那儿听到，长生不老带给狄家的是无穷无尽的痛苦和危机，她开始恐惧了。她终于转而同情狄家人，为他们的命运难过。最后，她并没有饮用长生不老的泉水，她遵循了生命运行的轨迹，成长、结婚、生儿育女，然后在适当的时刻寿终正寝。这样的结局很明显地表达了作者的生命观。自然界有花开花谢，人生有生生死死，与其追逐不可求的长生，不如珍惜有限的生命。

几点归纳

仔细检视上述这些作品中的死亡叙述后，我们可以发现几点有趣、有意义的共同之处。

1. 以"爱"为阐述主题。本文取样的作品，虽然均论及死亡，但是基本上依然在于阐述人类永恒的"爱"，不论是"大爱"还是"小爱"。有爱，人生才有意义，生者才会追念死者；也由于有爱，"杀生"才成为这些作品隐约批判与挞伐的主题之一。人与人之间关系的维系，仰赖爱为润滑剂。缺少爱，常会造成自杀或杀人。人之爱恋红尘，不舍离去，也是因为不想与最挚爱的亲人告别。

2. 从"威胁"到"挑战"。每部作品谈论到死亡时，都特别强调死亡是无法逃避的自然现象，有如瓜熟蒂落，有生就有死。"生命之歌"的吟唱经过本来就是如此。每位作者都想借着作品的阐释，让小读者更深刻认识一下"死神"的面目，更珍惜尘世短暂的生命。他们也希望，这些动人的故事能提醒年轻的一代更严肃地思考生命的真谛。每一个人来到这个世界，都应该有勇气接受挑战，不要辜负上苍赋予的才情，在人生的旅途上，做一个坚强的长跑者，坚持到终点。

3. 年龄层决定了作品的内涵。适读年龄是儿童文学作家考虑作品内涵的一个重要因素。从本文讨论的作品中，可以很明显地看出这种趋势。对于七八岁的读者，类似《快乐王子》《自私的巨人》《耶稣你饿了吗》《最初的晚霞》《祝你生日快乐》等，都是十分理想的好读物。这些作品虽触及死亡，但内容温馨感人，不会给小读者留下无法承受的沉重感。针对十岁以上的读者，作家的选择有相当大的空间。作品内容不但多元化，而且现实化，所谈的主题都是当前社会存在的难题，如贫苦孩童的艰辛成长过程、政治的阴暗面、社会的重大困扰、对未来的恐惧等，都成为重要的表现素材。这种渐进式的作品内涵，考虑得相当合理。

4. 心理描写范畴不够深入：从艺术性的角度来评估，这些作品的作者并没有尽情挥洒。由于作者考虑阅读对象的了解力、推断力，这些作品中很少有深刻透彻的心理描写，即使有的话，也往往"说明性"（telling）高于"叙述性"（showing）。

如《想念梅姨》，心理描写虽不少，但缺少像托尔斯泰（Leo Tolstoy）《伊凡·伊里奇之死》（*The Death of Ivan Ilyich*）这样以心理刻画为主、动人心弦的文字。托翁这篇作品呈现的死亡历程可以作为个人成长和启示的标记。其次，基于对小读者理解力的考虑，几乎所有少年小说作品都是描绘主角对于周遭死亡现象的情绪反应，没有论及主角本身的死亡叙述。或许这是难度更高，更具挑战的题材。

本文讨论的这些作品借死亡的叙述，记录儿童与青少年的成长、蜕变，由苦涩直至成熟的心路历程，字里行间闪烁着作者的生活智慧。小读者从这些故事的启示中可得知：死亡是人生必经的过程，是无法逃避的一部分。与其终日忧心忡忡，不如好好地珍惜青春，充分发展自己的才华，成就一番事业，才不虚此生。

值得关注的问题：作家应该如何处理死亡问题，才能让小读者有最大的收获？叔本华说："动物在死亡的那一刻才知道死亡的到来，人却知道死亡逐渐逼近，因而生命里有不确定的感觉。即使暂时忙碌于俗事，终不免意识到自身即将陨灭。主要因为这个理由，我们才会有哲学和宗教。"或许作家可以参考叔本华的观点，在叙述死亡时，融入适当的哲学思考，使青少年读者无须恐惧与威胁，以"平常心"面对死亡。生命变成一种尽责及考验，生命的过程也充满欣赏与分享，而不是贪得无厌或急于结束，这才是"生死智慧"的真正意义。这样，青少年读者对于死亡一事，会更觉得释然，更懂得珍惜生命。

本文为"花莲师范学院庆祝创校 50 周年学术研讨会"论文，1997 年 4 月 15 日《儿童文学家》第 21 期（1997 年 6 月）转载

【注释】

① E. M. Forster, *Aspects of the Novel* （Aylesbury: Hazell Watson Viney Ltd., 1979）。

　　〔福斯特：《小说面面观》，艾尔斯伯里，赫热尔·华生·维尼有限公司，1979。〕

② 郑石岩：《生死大事》，傅伟勋：《死亡的尊严与生命的尊严》，台北，正中书局，1993，第9~18页。

③ 杨国枢：《一个不平凡的人，一本不平凡的书》，傅伟勋：《死亡的尊严与生命的尊严》，台北，正中书局，1993，第2~8页。

④ 同②。

⑤ 傅伟勋：《死亡的尊严与生命的尊严》，台北，正中书局，1993。

⑥ 同⑤。

⑦ 布莱安马隆尼著，林海音译：《生命之歌》（*Lifetimes*），台北，格林出版社，1996。

⑧ 桑杰思·希尔瓦著，王安博译：《耶稣你饿了吗》，台北，时报文化出版企业有限公司，1995。

⑨ 马齐著，陈绍鹏译：《最初的晚霞》，台北，远景出版社，1976。

⑩ 方素珍文，仉桂芳图：《祝你生日快乐》，台北，《国语日报》，1996。

⑪ 杨茷：《牛》，殷张兰熙编：《寒梅》，台北，尔雅出版社，1993，第405~430页。

⑫ 曹文轩：《山羊不吃天堂草》，台北，《民生报》出版社，1994。

⑬ Marjorie Kinnan Rawlings, *The Yearling*（N.Y. : Scribner's, 1938）.

　　〔罗琳斯：《鹿苑长春》，纽约，斯克瑞伯公司，1938。〕

⑭ Robert Newton Peck, *A Day No pigs Would Die*（N.Y. : Knopf, 1973）.

　　〔帕克：《不杀猪的一天》，纽约，克诺普夫出版公司，1973。〕

⑮ Wilson Rawls, *Where the Red Fern Grows*（N.Y. : Doubleday, 1961）.

　　〔罗斯：《红色羊齿草的故乡》，纽约，双日出版社，1961。〕

⑯ 白先勇：《玉卿嫂》，殷张兰熙编，《寒梅》，台北，尔雅出版社，1993，第215~261页。

⑰ 歌德：《少年维特的烦恼》（部分），曹永洋编著，《死的况味》，台北，志文出版社，1995。

⑱ 海明威：《尼克的故事》（部分），曹永洋编著，《死的况味》，台北，

志文出版社，1995。

⑲ Katherine Paterson, *Bridge to Terabithia*（N.Y. : Crowell,1977）.

〔凯萨琳·帕特森：《通往泰瑞比西亚的桥》，纽约，克洛威尔出版公司，1977。〕

⑳ Harry Mazer, *The Island Keeper*（N.Y.: Delacorte, 1981）.

〔哈利·梅瑟：《守着孤岛的女孩》，纽约，德拉科特出版社，1981。〕

㉑ Cynthia Rylant, *Missing May*（London: Orchard, 1992）.

〔辛西亚·赖伦特：《想念梅姨》，伦敦，果园出版社，1992。〕

㉒ 董宏猷：《十四岁的森林》，台北，国际少年村，1995。

㉓ Laurence Yep, *Dragon's Gate*（N.Y. : Harper Collins, 1993）.

〔叶祥添：《龙门》，纽约，哈珀·柯林斯出版公司，1993。〕

㉔ 詹姆士·黑勒格汉著，褚耐安译：《爱尔兰需要我》（*Torn Away*），台北，中唐志业有限公司，1995。

㉕ 李潼：《白玫瑰》，李潼：《屏东姑丈》，台北，远流出版社，1991，第 141~158 页。

㉖ John Christopher, *The White Mountains*（London: Macmillan, 1967）.

〔约翰·克里斯托弗：《白色的群山》，伦敦，麦克米兰出版公司，1967。〕

㉗ John Christopher, *The City of Gold and Lead*（London: Macmillan, 1967）.

〔约翰·克里斯托弗：《金与铅之城》，伦敦，麦克米兰出版公司，1967。〕

㉘ John Christopher, *The Pool of Fire*（London：Macmillan, 1968）.

〔约翰·克里斯托弗：《火潭》，伦敦，麦克米兰出版公司，1968。〕

㉙ Lois Lowry, *The Giver*（Boston: Houghton, 1993）.

〔路易丝·劳瑞：《记忆受领员》，波士顿，霍顿·米夫林出版公司，1993。〕

㉚ 李潼：《少年噶玛兰》，台北，天卫文化图书股份有限公司，1991。

㉛ 张淑美：《老蕃王与小头目》，台北，九歌出版社，1995。

㉜ Natalie Babbitt, *Tuck Everlasting*（N.Y. : Farrar, 1975）.

〔娜塔莉·巴比特：《永远的狄家》，纽约，法拉出版社，1975。〕

从历史与阅读趣味看少年小说

——浅析《少年噶玛兰》

历 史 小 说

历史是一面镜子，可以鉴古知今。照理说，历史应该能正确无误地反映人生。但实际上，由于历史学家有意的扭曲或无意的过失，历史往往变成一面哈哈镜，反映出来的令人啼笑皆非，不仅有欠真实，而且常常成为一种吊诡式的"定型"（stereotype），这主要是因为真实的东西未必尽入历史，已经改成文字的历史未必全都真实。当历史的假象如迷雾般消散后，留下来的才是历史的本质。

在丘吉尔（Winston Churchill）的眼里，历史更为微小。他说："历史执着摇曳的灯，沿着往昔的小径蹒跚前行，试行重建往昔的景况，恢复它的回声，并且以灰暗的微光来点燃起昔时的热情。"[①]灯光灰暗微弱，只能照射到极少数的人，这也就呼应了卡莱尔（Thomas Carlyle）在其名著《英雄与英雄崇拜》（*Hero and Hero Worship*）一书中所说的："世界历史不过是部伟人传记。"[②]一般贩夫走卒难以载入史册，除非参与造反或革命。史书上的"烈女传"，绝大多数只有姓氏，而无本名。连完整的符号也吝于给予，卑微的人自然也就只有成为所谓的"伟人"的陪衬者了。

也许我们会想到，在传播媒介十分发达的今天，可否用电子媒介或印刷媒介中的"新闻"来弥补历史的不足？有"未来历史"雅称的新闻传播在近代世界舞台上，的确发挥了十分惊人的记录功效，但熟悉传播理论的人依然了解，"新闻"并非有闻必录。新闻刊录的内容早已经过滤、筛选、处理。因此，新闻刊录的内容依然不足以反映整个社会。另外，新闻欠缺心理描写，根本无法充分展现人性。就当前历史、新闻与小说这三种记录人类活动利器而言，能完整描绘心理转化、展现人性之善恶的，非小说莫属。

历史与小说究竟有何不同？我们不妨听听法国批评家阿伦（Alain）的说法。阿伦发现，每个人都有两个面，相当于历史和小说。在某人身上所能观察到的——他的外在活动及可从其外在活动推论而出的内在精神状态——属于精神范围。另外一面则包括"一些纯粹之热情，如梦想、喜乐、悲伤，和一些不便出口或羞于出口的内省活动"。③表达此一浪漫或神秘的人物面是小说的主要功能之一。福斯特（Edward Morgan Forster）指出："小说中的虚构部分，不在故事，而在于使观念思想发展成外在活动的方法，这种方法在日常生活之中永不会发生……历史，由于只着重外观的来龙去脉，局面有限。小说则不然，一切以人性为本，而其主宰感情是将一切事物的动机意愿表明出来，甚至热情、罪恶、悲惨都是如此。"④

福斯特根据阿伦的说法，更进一步说明小说人物与历史人物的不同。福氏说："……但小说中的人物，假使作家愿意，则完全可为读者所了解，他们的内在和外在生活都可裸裎无遗。这就是他们看起来比历史人物或我们自己的朋友较可捉摸的原因——我们已尽知其人其事，他们对我们已无秘密可言，即使他们不完美或不真实。"⑤

福氏对于人类的交往保持悲观的看法。依他看来，人与人无法互相了解，亲密关系只不过是过眼烟云，完全的相互了解只是幻想，但他肯定人们可完全了解小说人物。他说："……除了阅读的一般乐趣外，我们在真实生活中的缺憾于此找到了补偿……小说比历史更真实，因为它可超越可见事实。"⑥换句话说，人生的真实无法在历史的叙述中完全找到，反而呈现在对人性刻画毫无保留的小说作品里。小说可以补偿历史的不足或遗漏之处。基本上，小说这种艺术可以而且应当体现历史的本质，但不一定是具体的真实。

尽管历史与小说之间有些差异之处，杰出的作家仍然可以超越差异，把二者糅合在一起，创造出以历史为时空背景，但感性十足的小说。李乔认为，无论短篇或长篇，"小说都是处理'过去'的素材……都离不开'历史'，都属于'过去'的。"⑦我们可以进一步把利用历史作为材料的小说分成"历史小说"与"历史素材的小说"两类，⑧例如《三国演义》属于"历史小说"，钟肇政的《台湾人三部曲》与东方白的《浪淘沙》则属于"历史素材小说"。但"历史素材小说"的内涵并非一成不变，它的范畴似乎有较广阔的一面。关于这一点，我们可借用史蒂文森（Robert Louis Stevenson）的代表作《金银岛》（*Treasure Island*）一书来加以说明。18、19 世纪是英国大力拓展海权的年代。为了配合国策，文学作品不乏鼓励年轻人向海洋发展生命的杰作，如《金银岛》与笛福（Daniel Defoe）的《鲁滨孙漂流记》（*Robinson Crusoe*）便是其中的代表作。这类作品借用历史时空，以诠释某一历史事件为主题，但人物、故事与情节均以"虚构"为主，人物性格鲜活，个个生命力强，又富于冒险精神，常能让青少年认同，并激起他们不屈不挠的精神。⑨这类以青少年为阅读对象，融合历史、冒险与虚构的作品，也可归类为"历史素材的少年小说"。

也许有人会问，这类以"历史素材"写成的少年小说究竟有什么价值？会给少年朋友带来什么好处？沙永玲在《给现代儿童看的历史小说》一文中，列出了下面这几个参考答案：

    1. 能帮助孩子走进时光的长河，去体验过去，亲身感受前人的喜乐、痛苦与冲突；

2. 不但能激发孩子去感受，还能引导他们去思考；

3. 提供孩子自己批评与思考的机会；

4. 可以帮助孩子更清晰地判断过去的错误；

5. 能让孩子看清时代的变迁，国家的兴衰，但人性中永恒的渴求，未因时光的流转而有所改变；

6. 可以使孩子看清人与人之间互相依存的关系。⑩

放眼细察，少年小说能够真正做到这几点的并不多见，《少年噶玛兰》是少数的例外。这部少年小说不能只归类为历史素材的小说，因为它不但做到了作者李潼本人所要求的从少年气质着手、浮凸个别差异，⑪还确实反映了当代少年的生活和心态。强调阅读趣味的冒险精神、科幻技巧与浓烈的历史感，使少年更能认同书中的少年主角潘新格，与其悲欢共浮沉。本文将以历史与阅读趣味为探讨的角度，继续讨论这本书的主题、人物与技巧等特色，而结语的重点将放置在分析它的优点与缺点上。

糅合历史、冒险与科幻的少年小说

这些年来，在台湾文坛上，李潼是一位相当引人注目的作家。他写小说、写歌词都有非凡的成就。他写少年小说，让青少年体验到人生的某些共同层面；他写历史为素材的少年小说，更融合了历史与小说的本质。他能以成人小说的技巧而婉转道出历史的部分真实面。《少年噶玛兰》就是一部企图处理过去、现在、未来三度时间中永远流转不居的人世人事的艺术作品。

李潼常能撷取现实世界中的某一事件而发展成一篇感人的作品。《屏东姑丈》暴露了台湾地区选举中的部分事实；《白玫瑰》刻画了青少年飙车心态与对现实的不满；《魂魄归来》

描绘了凡人在战争中的无力与无奈。[12]《少年噶玛兰》一书必然是1991年花东地区噶玛兰后裔返回加礼远社探亲的故事，给他带来启示与灵感的创作结晶。

《少年噶玛兰》以主角潘新格的一段冒险经过，铺陈出噶玛兰人在过去加礼远社的生活情形。诚如李乔在《历史素材的运用》中所指出的，李潼虽然"选定一段时代，配以当时的风俗习惯、服饰、特殊景观等作背景"，但他"借重历史素材的可能性和可信性，重点放在'虚构'的经营上；主题偏重于历史事件的个人阐释。"[13]因此，严格分类，《少年噶玛兰》应属于史诗型的寻根小说，又以少年为主要阅读对象，自然可列为少年小说，但读者应不只限于青少年。

长久以来，噶玛兰人是被人遗忘的台湾少数民族。1991年在宜兰举行"吴沙开兰195周年纪念"，花东地区噶玛兰后裔纷纷返回加礼远社探亲，噶玛兰人的故事才再度引起人们的注意。李潼是个有心人。他挖掘、搜集了相关的历史资料，并加以判读，加上感性的笔触、闪烁的机智和精练的用字，塑造了一个栩栩如生、光华夺目的现代噶玛兰人——潘新格。

如果作者只是平铺直叙地描绘潘新格如何返乡探亲，如何从祖先原来居住过的地方与自己长辈的口中来挖掘事实，达成寻根的目标，可能会写成一本毫无新意的小说。但李潼却借用了魔幻写实的技巧，让现代与过去糅合成一片，让潘新格回到从前，与自己祖先度过一段活生生的典型族人生活。他亲身体验了族人特殊的建屋、捕鱼、狩猎的方法；他面对死亡与生产；他也与祖先携手抗拒洪水。也许有人会认为，把过去与现代融合在一起，是否会给少年读者造成阅读上的困难。这个疑问未免低估了现代少年读者的能力。一个天天面对无数传播媒介"疲劳轰炸"的少年读者，早已对此耳熟能详，算不上什么惊天动地的事。然而，这种技巧的应用，在本地的少年小说写作上，可算得上是种创举。

从素材的取用来看，《少年噶玛兰》是历史素材小说；从技巧的表达来看，它融合了科幻小说与现实小说的手法；从情节的演变来看，它又是一部充满惊奇、刺激的冒险小说。主角潘新格是个粗鲁不驯的中学生，敢恨敢爱。他为了想见心里一直爱慕不已的女同学彭美兰一面，攀铁门、跳月台、赶火车。这些动作都具有浓烈的冒险意味，让少年读者一路读来，兴致勃勃，手不释卷。

潘新格在一次偶然的机会来到了历史的交叉点——草岭古道最高点的隘口。为了躲避雷雨，他躲入一处凹洞。当闪电雷雨交加，眼前的"虎"字碑和"雄镇蛮烟"碑消失时，他来到过去时空，亲身体验了族人心酸生活的一面，知道了噶玛兰如何在恶劣的大自然环境中依然保持乐观的心态，并且提早接触成人世界的善良与邪恶。这一切都有助于潘新格的成长。

作者把惊奇又刺激的冒险重心安插在潘新格回到从前。潘新格与书生萧竹友、商贩何社商同行途中，救了春天（潘新格并不知道她是高祖父巴布的姐姐）。一连串的冒险行动紧跟而来：何社商在"抢孤"中得胜，拔走顺风旗；旺欉伯划着篷盖木船，带着他们四人离开乌石港；回到加礼远社后，潘新格加入祖先的工作行列，参加牛车上把番茄、莲雾当作武器的一场混战，同时经受了生死的考验等（如洪水的侵袭、山猪的捕获、帝大的死亡、帝大妻子的生产等）。这些紧凑又不失有趣的冒险经过给本书增加不少的阅读趣味，尤其潘新格突出的个性，更能赢得少年读者的认同，因为这些读者正好与潘新格的年龄相仿，也正同样面临类似的困境（如感情问题、与同学相处问题、种族的回归问题等）。

角色的塑造

福斯特指出："小说的特殊之处在于作者不但可以使用人

物之间的言行来描述人物的个性，而且可以让读者读到人物内心的独白。"[14]这本书人物的塑造完全合乎福氏的要求，因此，角色塑造的成功是本书的另一特色。

林良认为："少年必须先有较坚实的善的基础。"[15]他对于少年小说的文学信念是："用人生的光明面来滋润少年的心灵。有了为爱所滋润的孩子，人类就会有光明的未来。"[16]依照他的说法，《少年噶玛兰》的确达到了这一要求。全书找不到一位穷凶极恶的角色，也没有触目惊心的暴力行为。当然，全书的主题在于潘新格的返乡寻根，每个角色都是善良的。部分汉人（如陈社商、林社商）的为非作歹，也只有口头上的叙述，没有实际行动的描绘。角色刻画的重点在于双生（潘新格与巴布）双旦（彭美兰与春天）这四位隔绝了将近两个世纪的少年男女身上。萧竹友、何社商、旺欉伯、潘新格的阿公和巴布的父亲札亚、母亲呼吧、哥哥九脉以及彭美兰的母亲，都成为不可或缺的配角。这些人物，彰显了常人想象不到的人生复杂真相，其可读性也跟着提高。

主角潘新格的一举一动最为抢眼。作者也花费最多心思在他的性格塑造上。小说角色的塑造最忌讳善恶分明、黑白判然。我们担心的是把潘新格塑造成一个乖顺、事事遵循规律教条与父母指示，完全没有自己主张的平面角色。然而，在李潼的笔下，潘新格与常人一样有血有肉，绝对不是零缺点的圣人。他的大恨大爱凸显了他的特殊个性。他打架闹事；他以各种不同的方式向心目中的女友彭美兰表达爱慕之意；他在游泳池里展现他的泳技来争取彭美兰的好感；他恨别人提到他那有折痕的指甲；他回到从前与祖先相处时，表现出他的豪爽、乐于助人的个性等，处处细腻地刻画出一个青春叛逆期的中学生形象。少年读者在阅读本书时，必然会爱上潘新格这个角色，因为潘新格可说是他们心中某些事的代言人。从他身上可觉察出自己的投影，"移情"（empathy）之感更不必说了。这些作用恰恰呼应了施常花所指出的小说欣赏的三步骤：认同、净化与洞察。[17]

巴布是另一个成功的角色。他平日爱吹芦笛、爱唱、爱笑。他虽与哥哥九脉同父同母，但个性截然不同。他早熟懂事，家中、社中诸事他都勇于参与。他体贴爱家，不辞辛劳照顾病中母亲。他勇敢过人，九岁就抓到山猪。在面临洪水侵袭时，他一无所惧地与大人一起协助乡人避难。他与潘新格一见如故（这当然是血缘的作用）。他深信每个人，包括汉人在内，这是后来他能成为头目的主要原因之一。他虽向往成人世界，但不失稚子之心。在他接受了潘新格的万能弹簧刀后，姐姐春天不让他再拿潘的口琴，他却"突然将口琴夺走，拔腿就跑"，表现出少年对自己一直向往之物的取舍之难。

双旦彭美兰与春天的塑造也不输于潘新格与巴布的刻画。彭美兰是个心地极为善良的女孩子。她能感受到潘新格的那种朦胧的爱意，她也不排斥，但只能默默地深藏于心。由于妈妈望女成凤心切，她不得不担任电视广告模特儿。她关切潘新格的失踪，但碍于妈妈，不能形之于外。靠着潘新格日记传达的信息，她对他的寻根之行也略知一二。她利用传真把潘新格的一切转告同学陈威龙，请他尽快送去给潘的祖父。彭美兰角色的塑造，传达了现代少女的成长心声。在当今传播媒介发达的年代，许多人急盼早日成名，但在成名的过程中，又非得牺牲不少心爱的东西，包括青春的喜悦。

春天是全书最富于浪漫气息的角色。她机灵能干，所有家务都做得来，也有胆识和男人一起去猎水鹿。"肤色稍黑，五官异常美丽"的春天一心一意只想去龟山岛看千百朵百合花，结果被心谋不轨的社商带去头围，卖给酒馆。她偷偷跑走，幸好在山路上遇到潘新格、萧竹友、何社商三人。经过一番艰险的旅程，春天终于回到加礼远社，但仍然忘不了龟山岛上的百合花。潘新格要离开加礼远社时，她低声叫唤他，说道："我真想到龟山岛看看那些野百合。要是有一天，你能带我去，该有多好。明天，你会经过那里，请用你的眼睛，代我看一看，好吗？"她这种浪漫的情怀终于造成她第二次失踪，从此未归。然而，她的浪漫意愿后来还是实现了。她确实到过龟山岛，因为彭美兰在岛上斜坡拍广告，弯腰之际拾到的那一块两边串结着玛瑙珠的桑叶形青玉项链，就是春天原本要回赠潘新格的。时间相隔将近两百年，项链的重新出土叙述了这段浪漫往事。

一个成熟的作家常常能借着角色的塑造来凸显人物的性格，同时，在以叙述与对白来强化人物的个性时，常常不着痕迹地把作品的主题轻轻点出。《少年噶玛兰》在李潼灵巧双手的抚爱下，塑造出一座一座为噶玛兰人控诉的雕像，让汉人见了不知所措。

魔幻写实的情节

技巧纯熟的成功作家都知道情节在作品中居于十分重要的地位。它关系着人物刻画的成败，而且作品的深刻、独特、广阔、新颖亦由情节的安排来决定。《少年噶玛兰》在反映现实的叙事和描写中，使用或者插入神奇而怪诞的情节，以及一些超自然的现象。这种独特的风格不仅是一种高超手法的展现，而且必然会引起读者强烈的兴趣。

多年前，电视上曾放映过一部科幻剧集《时间隧道》。剧中的两位主角热衷于探研史实。每次遭遇百思不解的历史难题时，他们总是利用"时光机器"（time machine）回到从前，亲身经历现场的一切，来验证史实。《少年噶玛兰》全书的架构虽与此剧集不尽相似，但现在与过去重叠叙述，这种手法在少年小说的创作上已经十分新颖。"魔幻写实"（realism magico）的应用，更提升了读者的阅读趣味，扩宽了读者的想象空间。

叙事糅合了现在与过去，对于日日与电影、电视接触的少年读者来说，并不是一件新鲜事。李潼拥有丰富的想象力，再加上熟练的虚实不分的笔触，把读者慢慢引导到旧时空里，往事与今事并列，交叉进行，并不让人感觉突兀难解。这些情节的设计也令人击掌称好。

潘新格躲在草岭上的凹洞里避雨。一阵电闪雷鸣后（电闪雷鸣是现在与从前的分界碑），眼前的"雄镇蛮烟"碑不见了，萧竹友与何社商两位古人出现了。周遭的山景、草木、石板路均起了变化："潘新格看表，指针重叠，退到 12 点整，秒针弹跳着，他看仔细，居然是由左而右地逆转！"紧跟着而来的是潘新格与萧、何二人对时光认知差异之辩。这部分的描写颇有雷·布莱贝里（Ray Bradbury）的短篇小说《2002 年 8 月：夜遇》（*August 2002: Night Meeting*）[18]的味道。这篇小说中的两位主角在夜里相遇，但两人来自不同的时空，因此两人对周遭景色的感受截然不同，起了争辩。一个见到的是朝气蓬勃、欣欣向荣的情景，嘉年华盛会般的灯光，美女如云，小舟处处。另一个见到的却是劫后废墟：崩塌的巨柱，海上空无一人，运河干枯，美女憔悴，百花已谢。最后，两人停止争论，双方妥协的结论竟是：谁是过去谁是未来并不重要，只要活着就好。潘新格与萧、何二人面临同样的情境。

潘新格回到过去与自己的祖先过了一段奇特的生活后，虽不能确定札亚、呼吧、春天、巴布与九脉这家人与自己的亲密关系，但脑中不时浮起阿公曾经说过的话，慢慢地他也觉察出自己与这家人似乎密不可分。他借着日记本，把他在"过去"的探险经过传达到"现在"的彭美兰身边：

> 彭美兰的眼睛没眨一下，直直看着日记本上的字迹，一字一字，软软地沉陷进米黄色的纸张里；每个字消失的同时，又浮现另一个字。

　　　　"大清嘉庆五年，这是夏天，经过了一夜的航行，我和萧竹友、何社商，还有开船的旺欉伯，我们来到了春天的家乡。他们说，这里叫加礼远。"

　　　　……

　　　　她在折线划了一下，就这样看见一道泉水，涌出来，向两旁扩散，一艘有着蓬盖的木船，从日记本的顶上划下来，像一艘精巧的模型玩具，摆荡向芦苇密布的河岸。

　　彭美兰偷看日记，让妈妈发现了。妈妈不高兴，将日记夺过去，却发现日记上无半个字。

　　潘新格与萧竹友、何社商、春天三人坐在旺欉伯的船上，驶向加礼远社时，突然想起自己没回家的事，老妈一定到处找人。他想打开"随身听"，听听是否能听到有关自己的消息：

　　　　潘新格把随身听的天线抽长，拨到调频台，先找"中广"音乐网……潘新格继续转动旋钮，指针滑动，一路是嚓嚓声，警察广播电台、"中广"第一调频网、第二调频网，所有讯号都收不到。电源的小红灯，在煤油灯的照射上，仍明亮地显示着，电池没问题，是电波有问题？或许，真的时空错乱，根本没有电台存在？

　　用口述的方法描绘"现在"已经存在的新奇发明物，可以吓倒古人，但担任传播重任的电子媒介当然不会也不应该不可思议地出现在"从前"。然而，潘新格对于录音的功能依然深信不疑。为求实证，在旺欉伯的"蟒甲"驶近加礼远河口时，他又按下"随身听"的录音键，录下这段话："大清嘉庆五年，这是夏天，经过了一夜的航行，我和萧竹友、何社商，还有开船的旺欉伯，我们来到了春天的家乡。他们说，这里叫加礼远。"

　　如果潘新格回到从前一事认定是一场梦，则暴风雨袭击加礼远社，造成部分灾情，众人抵挡一阵后，在雨打风号声和隔邻木架屋的产妇哀叫声中，由于过度疲劳，众人纷纷打瞌睡，潘新格也睡着了，这时，他的阿公突然出现，手中提着一串热粽子和一条绳子，警告潘新格说洪水即将来临一事，能不能把它归之为"梦中梦"呢？这些精心设计的情节，处处透露出作者的巧心与慧心，故事的趣味性自然随着主角的一举一动而渐渐升高。

结　语

一、两个启示

李潼撰写这本书，对于噶玛兰人相关历史资料的挖掘、搜集与研究，必定花费了不少时间，但相对地，他的收获也是十分可观的。《少年噶玛兰》的问世，不仅为少年小说的艺术表现手法打开了一道新门，更为少年小说的创作素材注入一股新血。在艺术方法方面，这本书告诉有志于撰写少年小说的人，成人小说应用的各类技巧，照样可以使用在少年小说的创作上，先决条件是要用得纯熟适当。所谓的新血是创作题材范围的扩大。周遭环境的一切都是创作的素材。历史轶闻、民间传说、风俗民情、当今新闻，无一不可转化为绝佳的创作题材。但创作的关键还在于有心者是否能凭着自己的生花妙笔，充分截取、收录与传达某个时代的部分风貌，记录历史片断，凸显人性表征。李潼敏锐的历史感使她掌握了噶玛兰人以往一切的生活记录。

《少年噶玛兰》给我们的第二个启示是，戏剧与小说这两种文类可以互动与互补。许多剧作家常把世界名著改写成电影或电视剧本，但我们很少看到从剧本改写成小说的。在情节方面，这本书很多地方深受电视剧《时光隧道》、电影《回到未来》（*Back to the Future*）的影响，如糅合过去与现在、预示未来等。

在主题呈现方面，作者有意成为噶玛兰人的代言人，控诉历史与汉人给予噶玛兰人的不公平待遇，颇有《与狼共舞》（*Dance with the Wolf*）里面诺亚方舟（Noah's ark）的故事。但李潼手法高超，能将引用模仿的东西完全消化吸收，别创一格，没有留下多少结构上的缺失，让评论者有挑剔的余地。

二、文化寻根

读者还可以另一个角度来阅读《少年噶玛兰》，这个角度使得本书更突出。我们不妨把这本书归类为"文化寻根"小说。在经过"轻、薄、短、小"这种急功近利的短视文化连续冲击之后，"文化寻根"不失为台湾文坛扩展小说新领域的一条路。

《少年噶玛兰》的寻根精神包括两层次。一是对原始生命力的追寻，挖掘少数民族文化，展现并歌颂一种非文化的原始精神，同时也否定少数民族不良习俗。例如书中歌颂了噶玛兰人的勤劳有礼、和善好客、乐天知足、注重亲族伦理和风俗礼节，也详细描述了噶玛兰人的生活概况，如捕鱼、猎取山猪、饮食习惯、丧葬礼仪等，但作者也同样以淡淡的笔触批评了噶玛兰人的部分生活习惯，如生食、迷信巫术、"打拉酥"酒的酿造方法等。

二是对中国传统文化的追寻。作者刻意塑造了萧竹友这位十分传统的书生。他温文儒雅，深信"行万里路，胜读万卷书"，不畏艰险，勇于身体力行。他的一举一动都代表了中国传统的典型儒生。另外，作者花费不少篇幅来详细叙述何社商如何在"抢孤"中获胜，19世纪初汉人如何在宜兰、罗东一带讨生活的概况，也是给传统文化留下部分记录。这些"文化寻根"的过程大大地增加了本书的阅读趣味。

三、现代用语的引用

李潼的文字流利，用字遣词恰到好处。但也许考虑到作品的脉动必须与时代的节奏同步，因此，他在书里引用了许多现代流行用语。如果就文学作品的普遍性与恒久性而言，这点似乎有再斟酌的必要。

每个时代都有其特殊言语。文字的应用当然不是一成不变的。但作品如果刻意迁就流行语的应用，可能会对其艺术本质造成伤害。世间万物，自古至今，唯有人性不变。因此，文学作品为求恒久与普遍，必诉诸人性之探讨。用字遣词的真正目的依然在于凸显人性。作家有权利创造新的词汇，但表达的依然应是恒久的、共同的意义与经验，而不是刻意创新，否则无意中反而破坏了原有的文字之美。如果用字遣词过分迁就某一时代的流行用语，固然可以说充分展现了该时代的风貌，但也可能会对后来的读者造成某种程度的负担与隔阂，自然更谈不上有没有影响力了。

《少年噶玛兰》用了不少十分现代化的流行词汇，其中与电影、电视、流行歌曲有关的最多，例如"第六感生死恋""黛咪摩儿头""星妈""张曼玉""超人第三集""NG""百战天龙""霹雳虎""向前走，什么都不怕"等；与时事有关的有"山老鼠"等；带有讽刺意味的有"自然美""庄敬自强，处变不惊"（标语）等；由英文转化的"艾迪儿"（idea）。这些词语也许对当今的大多数青少年不会造成困扰，但如果想让这本书拥有更多的后起读者，也许必须在书后把这些词语加以诠释一番，以方便了解。但这种处理方式，对于耐心不足的少年是否适当，仍然是未知数。读者一面要阅读正文，一面又得不时翻阅书后的批注，这对于阅读趣味而言，无疑将是一种严重的伤害。当然，就全书的整体架构来说，这点小缺点是瑕不掩瑜的。这本在艺术表现手法与素材选用范围两方面为少年小说开启了多扇大门的作品，它的整体价值还是值得我们肯定的。

尽管少年小说在台湾的创作空间不大，但一个有志于从事儿童文学创作的人绝不会在意报酬的多寡。他所在意的应该是如何扩展自己的视野，拓宽创作题材的领域，以别具一格的艺术表现手法，将人生的"片断"与"整体"记录下来，写成感人的短篇或长篇作品，充分反映少年的生活和心态，给予成长的启示，引导少年认识人生和人性，体验人生中真正的"真、善、美"。

历史没有序幕，也没有尾声。但每一段历史既可是尾声，也可是序幕。《少年噶玛兰》这部少年小说，究竟是噶玛兰人历史的序幕还是尾声，端赖聪明的少年读者来作明智的判断。更重要的是，这本书的问世，已经揭开了台湾历史素材少年小说的序幕。作家如何在这写作的新舞台上一展身手，那全视作家的学养、写作天赋与对历史挖掘的程度而定。

原载《国语日报》，1992 年 10 月 11、18、25 日

【注释】

① 吴奚真译：《英语散文集锦》，台北，大地出版社，1985，第 8 版，第 60~61 页。

② 施铁民审订：《英语名句赏析辞典》，台北，牛顿出版股份有限公司，1990，第 304 页。
  另外乔艾斯（James Joyce）在《尤利西斯》（*Ulysses*）中说："历史是一场梦魇。"法国诗人拉弗尔格（Jules Laforgue）在《遗稿集》（*Me, langes posthumes*）中也可看到"历史是恶魔"的说法。

③ 福斯特（Edward Morgan Forster）著，李文彬译：《小说面面观——现代小说写作的艺术》，台北，志文出版社，1976，第 39 页。

④ 同③。

⑤ 同③，第 39~40 页。

⑥ 同③，第 55 页。

⑦ 李乔：《小说入门》，台北，时报文化出版企业股份有限公司，1986，第 221 页。

⑧ 同⑦，第 22 页。
  李乔指出：作者选定一段时代，配以当时的风俗习惯、服饰、特殊景观

等作背景，以一或数件历史事件或人物为中心，依大家认同的常识为主线，创设以相配的情节，使事实的面貌和虚构的部分重叠进行，这样构成的作品便是"历史小说"。作者借重历史素材的可能性和可信性，重点放在"虚构"的经营上；主题偏重于历史事件的个人阐释；更重要的，它仍然是出乎历史的，亦即归趋于文学的纯净上，这样构成的作品便是"历史素材的小说"。

⑨ 傅林统在讨论《金银岛》时指出："它（《金银岛》）以18世纪英国海权极盛时代为背景，而以向海外雄飞的人为角色，以海洋、太阳和无人岛为舞台，展开一出戏剧性浓厚的故事。"参阅傅林统：《儿童文学的思想和技巧》，台北，富春文化出版公司，1990，第239页。

⑩ 沙永玲：《给现代儿童看的历史小说》，《国语日报》，1992年1月26日第8版。

⑪ 李潼：《少年小说的气质》，《认识少年小说》，台北，儿童文学学会，1986，第42页。

⑫ 这三篇小说收于李潼的《屏东姑丈》一书内。参阅李潼：《屏东姑丈》，台北，远流出版社，1991。

⑬ 同⑧。

⑭ 同③，第74页。

⑮ 林良：《论少年小说作者的心态》，《认识少年小说》，台北，儿童文学学会，1986，第7页。

⑯ 同⑮，第8页。

⑰ 施常花：《论少年小说欣赏的教育心理疗效功能》，《认识少年小说》，第23页。

⑱ Ray Bradbury, "August 2002: Night Meeting," James H. Pickering, ed., *Fiction 100: An Anthology of Short Stories*（N.Y.: Macmillan Publishing Company, 1985）, pp. 132~136.

〔雷·布莱贝里：《2002年8月：夜遇》，匹克英编，《小说100：短篇小说选》，纽约，麦克米兰出版公司，1985，第132~136页。〕

发现台湾人

——试论李潼关于花莲的三本成长小说

一

如果把阅读文学作品当作一种人生体验，则不同年龄阅读的作品层次不应相同，因为不同年龄的人的生活体验不太可能相同。一般而言，成人可以阅读纯粹属于成人的作品，12岁以下的儿童可以接触翱翔梦幻世界的现代童话或图文并茂的图画故事，但似乎不太容易找到适合13~19岁的青少年阅读的好作品。根据专家的说法，13~19岁是一个人成长中最重要的年龄阶段，情感和情绪都需要良好的疏导，而文学作品在这方面常常扮演极为关键的作用。宋维村说："文学对少年人格成长的功效，在于透过文字，激发孩子的感觉和想象力，借着融入书中角色、经历情节而拓宽经验领域。文学因此不只成为少年发泄情感、情绪的管道，同时也使它们因为文学情节的历练，进而开发自我潜能、学习到尊重他人以及与自然万物和谐共处的品德。"①这种说法是假定阅读的作品的确是适合少年阅读的，同时并没有赋予特别范畴。另一种功能的论说就比较具体。主张者认为，如果在这段吸收力强、模仿力强的年龄，没有机会阅读一些有关描绘成长经验的文学作品，未尝不是一件很可惜的事，因为对青少年来说，阅读成长故事，不但可从中汲取乐趣，作品本身有助于他们了解自己、了解他人、了解世界，而且作品内容还可以提供各种信息，帮助他们解决在成长过程中遭遇的种种难题。②

无可否认的是，成长故事有其特殊的功能，但对于台湾的青少年读者而言，整个大环境提供给他们的相关作品太少，图书馆、书坊陈列的尽是外国经典作品。我们发现，这些舶来品的人性刻画，依然符合文学普遍性与恒久性的要求，但时间与空间与我们的背景差一大截。结果，青少年见识到的全是异国情节与他乡梦境。实际上，属于青少年阅读的本土作品出现了严重的断层现象。

关于造成这种断层现象的原因有各种不同的说法，与作品的多寡、发表的园地有关却是众所公认的。台湾报纸、杂志几乎从不刊登类似"少年小说"这类的文字。台湾教育部门主办的"儿童文学创作奖"每隔一年为"儿童小说"（或称之为"少年小说"）颁奖，"九歌儿童文学奖"也以小说为主，但这两种奖项获奖作品的阅读对象几乎都是8~12岁的儿童，真正适合青少年的少之又少。《幼狮少年》刊载的成长小说不少，但以短篇为主。《幼狮文艺》举办的"世界华文成长小说"征文得奖作品质量高，但内容远超过青少年的理解范畴。[③]另外，台湾专注于少年小说创作的作家屈指可数，大部分作品都是玩票的结果。屠佳在他的得奖作品《蓝蓝天上白云飘》的代序里这样说："10年前，我还在台北的宏广公司画卡通，工作之余发现一个怪现象：整个台湾竟然只有一位李先生在为难以计数的少年朋友们写小说。你说奇怪不奇怪？"[④]其实一点也不奇怪，因为10年后，整个台湾为少年朋友写小说的绝对不超过10人，而这位李先生在创作的质与量方面，依然遥遥领先。这位李先生就是本文要讨论的李潼。

李潼左手写成人小说、散文，右手写少年小说、童话，都有相当不错的成就，曾经获得多次文学大奖。近几年来，他把全副精神投注在16册少年小说"台湾的儿女"系列[⑤]上。他以近代台湾历史为大背景，所有曾在近百年的台湾舞台上出现过的人物都是他撷取、梳理与描绘的对象。由于他认定所有的人、事、物都可成为作品的主轴，他的故事主角没有限定非中国人不可，所以传教士马阶医师的故事也在其内；也没有限定非人不可，因此大象林旺也是主角之一。故事内容丰富，凡与台湾社会变迁有关的都成为他取材的来源，达官贵人、贩夫走卒都化成他笔下鲜活的角色。他尝试以生动厚实的笔调，充分地截取、收录与传达台湾近百年来的风貌，记录历史片断，凸显人性表征；他企图以有限的篇幅全面刻画台湾某些年代的生活实录，并塑造他心目中的"台湾人"。从作品来验证，他的野心部分实现了。

"台湾的儿女"这一系列的作品虽然仍未达到尽善尽美的地步，但已经十分可观。这16册少年小说的重心在于诠释近代台湾人的悲欢离合，借历史素材烘托新的典型，每本作品都可归类为历史小说。这一系列小说的时间上起甲午战争，下至20世纪七八十年代，前后约百年。就空间而言，16册作品的故事发生地以台湾东部居多，李潼目前落户的宜兰比例最高，有七册之多，其次是他的出生地花莲，有三册，台东最少，只有一册。花莲的三册为《我们的秘魔岩》《白莲社板仔店》与《寻找中央山脉的弟兄》。这三册也就是本文要讨论的。除了叙述这三部作品的主题、内容与技巧外，本文将深入探讨它们共同呈现的一些相关情节，讨论其优缺点，最后以其表层与深层意义作为结论。

二

在讨论这三部作品之前，我们对于"历史小说"与"成长故事"的界定必须先有明确的概念。卡尔（Carl M. Tomlinson）与卡罗尔（Carol Lynch-Brown）把适合青少年阅读的历史小说分为三类。最普遍的一类是故事中的主角纯属虚构，但几位次要角色却是历史中真实存在的人物。第二类是在书中充分描写某个时期的社会传统、风俗、道德观、价值观等，但不提及真正的历史大事，也不把真正的历史人物作为故事角色，只为读者重建那个时期的真实空间。第三类是历史幻想，这类作品出现时间的扭曲与超自然角色，主角回到过去的年代去寻访、去探险。⑥

按照上述的分类法，《寻找中央山脉的弟兄》属于第一类，主角沈俊孝是虚构人物，次要角色陈段长与蒋先生是确有其人。《我们的秘魔岩》与《白莲社板仔店》属于第二类。虽然《我们的秘魔岩》曾提及"二二八事件"，但那是时空的需要，而不是故事的重心。《白莲社板仔店》提到的1967年的地方选举，也是同样的作用。两本书主要在于重建某个特殊年代。另外，李潼也曾写过第三类的历史幻想故事，《少年嘎玛兰》为其代表作。⑦

如果按照李乔的说法，这三部作品应属于"历史素材小说"。他认为："小说都是在处理'过去'的素材……都离不开'历史'，都属于'过去'的。"⑧他进一步把利用历史作为材料的小说分成两类：

> 作者借重历史素材的可能性和可信性，重点放在"虚构"的经营上；主题偏重于历史事件的个人阐释。作者选定一段时代，配以当时的风俗习惯、服饰、特殊景观等作背景，以一或数件历史事件或人物为中心，以大家认同的常识为主线，创设一相配的情节，使事实的面貌和虚构的部分重叠进行，这样构成的作品便是"历史小说"。更重要的，它仍然是出乎历史的，亦即归趋于文学的纯净上，这样构成的作品便是"历史素材的小说"。⑨

根据这样的说法，则《三国演义》应属于"历史小说"，钟肇政的《台湾人三部曲》与东方白的《浪淘沙》则属于"历史素材小说"，因为这两部是只以部分事实为大纲、背景而写作出来的小说，拥有非常自由的想象空间。但"历史素材小说"并不局限于成人小说，类似《金银岛》（*Treasure Island*）与《鲁滨孙漂流记》（*Robinson Crusoe*）这类作品，借用历史时空，以诠释某一历史事件为主题，人物、故事与情节均以"虚构"为主，人物性格鲜活，生命力强，又富于冒险精神，常能让青少年认同，并激起他们不屈不挠的精神。这类以青少年为阅读对象，融合历史、冒险与虚构的作品，也可归类为"历史素材的少年小说"。

严格说来，李潼的这三部成长故事虽然"选定一段时代，配以当时的风俗习惯、服饰、特殊景观等作背景"，但作者"借重历史素材的可能性和可信性，重点放在'虚构'的经营上；主题偏重于历史事件的个人阐释"。因此，《寻找中央山脉的弟兄》《我们的秘魔岩》与《白莲社板仔店》这三本书的性质与《金银岛》颇为相近，同样是融合了历史、冒险与虚构的作品，也属于"历史素材小说"。

其次，在了解少年小说的素材后，我们应进一步探讨它的基调。少年小说的基调永远是启蒙与成长。换句话说，启蒙与成长是少年小说的永恒主题，任何一种企图把浅显或艰深的奥义传播到青少年之间的少年小说，都可以用启蒙与成长概括之。

成长的条件之一就是要"认识世界"。童稚的世界欢乐多于悲苦，但人无法拒绝成长，总得尝试去认识周遭的世界。然而认识的结果往往是一种不愉快的经验，因为我们发觉这世界的真相与我们期盼的经常并不一致，而且由于我们的力量薄弱，我们对世界的一切也常常是无能为力的。如果一篇故事描绘这种认识世界的过程，也就是一个人如何在挫折中认识真实世界，在酸楚中蜕变成长的过程，就可以把它称之为"启蒙故事"。当然，它"通常是指故事中的青少年主角在很短的期间内，遇到一个重大的生命上的抉择、存在的危机，或者遇到一系列的事件。这些遭遇，使得青少年在事后，对自己、对人生、对世界，有一份新的认知、顿悟，将来进入社会后，可以成为一个比较成熟的人"。⑩这种认知、顿悟的过程有如人类学里的各种成年礼仪。换句话说，故事中主角认知、顿悟的过程就像参加了一个为他举行的"启蒙仪式"（initiation）。经过这些仪式的洗礼，他便正式成为人类社会的成员，进而对人生的奥秘有了更深一层的领会，有了自己的主张、看法，不再完全受他人或社会环境所左右。

成长故事（growing-up or rite-of-passage stories）是"启蒙故事"的另一种说法，因为成长故事就是指关于从儿童成长为成人时所遭遇的考验与试炼的故事。过去人们相信童年是天真纯洁、无忧无虑的。由于社会科学与医学的快速发展，现代人越来越相信童年的经验并不是完美无缺的，因为童年是无法停顿的，它只是人成长中的一个必经过程，在现实世界中，儿童迟早必须成长，变成大人。生命不断成长、不断发展、不断走向成熟，这种现象在青少年时期更为明显。因此，我们可以认定，青少年的生命主轴是成长，以青少年为基点的少年小说的永恒母题也是成长。

就题材来细分，无论刻画的是哪一类青少年生活，总是脱离不了以下的这些范围：成长的坎坷、成长的见闻、成长的喜悦、成长的苦恼、成长的困惑、成长的得失等。通过这些题材的编织，作家以不同的悲喜表达手法，情思收纵自如，把一个典型的青少年成长过程，原原本本地展现在读者面前。由于这类成长故事的涵盖面相当宽广，对于青少年而言，它的最大贡献是借着书中情节的呈现，刻画出成长过程的种种感受，使青少年能够产生心灵相通的贴近感。

青少年的成长往往得借着多种力量，通过不同的表层形式，力图窥视生命深远蕴藏的特质。阅读这种对客观世界的精微描写是其中一种比较讲求实际的力量。青少年阅读少年小说可能出于"体验生活"的好奇和欲望。阅读使他们不自觉地有了认同、洞察、净化、移情、顿悟等不同感受，也可能扮演超越年龄局限的角色，这都充分表示了"成长"的愿望。

三

在评析这三本作品之前，我们必须先要充分了解其背景与内容，才能登堂入室，目睹其精髓。就空间而言，《寻找中央山脉的弟兄》只有一小部分涉及花莲。开拓东西横贯公路当然与花莲有关，但作品主要空间是在尚未完工的路上。《我们的秘魔岩》与《白莲社板仔店》的所有大小事情全部在花莲市演出。花莲市说小不小，说大不大，虽比不上台湾西部大城市那样繁华，但它一直是台湾东部观光的重要据点，人来人往，"乡村都市化"的味道颇浓。当地人与台湾其他正在转型的小城镇的人一样，尽管周遭的大环境已经急速变迁，他们多数人依然拥有传统乡里的固有美德，例如乐于助人、热心公益等。表面上，这是一座宁静平和的好地方，但还是依然有它荒谬、阴暗的一面。它无法逃开白色恐怖的危害，有时也照样笼罩在狂欢化的荒谬中。至于时间方面，这三篇故事发生于 1957~1967 年之间。[11]这十年是台湾史上政治口号最多的年代，人人都遭遇不同程度的"关心"。但台湾的经济成长也在这段时期逐渐成形，每个人开始关注周遭的一切，民智渐开，小孩有了深造的机会，整个社会充满活力。三篇故事发生时间相差不到 10 年，对于 20 世纪 60 年代的描绘，颇具代表性。

一、《白莲社板仔店》：台湾式的嘉年华会

荒谬的年代必须经由无数的荒谬剧来烘托，才能凸显其荒谬性。荒谬剧的演出往往仰赖狂欢化的行为。[12]《白莲社板仔店》这出戏完全透过主角阿祥机灵的双眼来观照。他与数位同学跑到棺材店去游学做功课，店主阿涂师不怕忌讳，躺在样品

棺木里睡午觉，这两件事都是新鲜事。阿祥的妈妈到棺材店找阿祥，被从棺材猛然坐起的阿涂师吓晕了。有人提议，用阿涂师所谓的祖传秘方收惊特效药（口水）来治疗阿祥妈妈的失魂，这当然是一种现代人难以接受的荒谬疗法。荒谬情节就此开始。紧跟着的提灯游行、政见发表会等活动，都是类似广场性质的狂欢场面。一个高潮紧随着另一个高潮，荒谬的层次不断升高。

提灯游行等是荒谬的延伸。为了抢第一个报到，清晨七时小朋友就得在广场上晒太阳。在小朋友心目中，"重要人物"展开的马拉松式没营养演讲比赛，还不如"礼成"两个字来得有吸引力。阿祥发现班上提灯游行准备得比别班差，临时异想天开，借用阿涂师编好烧给死人的别墅、电视、汽车，改成其他颜色的灯笼，上街游行。阿祥妈妈与好友秋月躲在由板车改造的"航空母舰"内大谈选情，引出另一高潮。游行时，有人不小心，把火把歪伸到"航空母舰"，一场大火营造了游行的最高潮，但同时也终结了游行。

县"议员"选举与学校选"自治镇长"再把故事推往另一高潮。钟家父亲选"议员"，儿子选"自治镇长"，两人都懂得撒钱买票。阿祥不耻贿选举动，想出方法来制止，因为这种卑劣行为会影响参与竞选的妈妈的成败。作者以巧思破解了阿祥的困境。他让中风后复原情况欠佳的钟"议员"出现在政见发表会上，结果二度中风，永远退出政坛。阿祥妈妈的竞选经费不足，阿涂师便捐了一副上等棺木。钟"议员"的去世刚好用上这副棺木，终于让阿祥妈妈干干净净选上"议员"。

政治嘉年华会结束了，每个人回到自己岗位继续奋斗。阿祥他们也从绚烂回归平淡，继续接受课外辅导，继续在板仔店游学。由于面对的是初中入学考试，所以术科全免了，结果，他"还是看不懂乐谱，不太会唱歌，不喜欢图画和不太会做灯笼"。

二、《我们的秘魔岩》：亲情的呼唤

在《我们的秘魔岩》中，作者借三位少年对父亲的怀念、寻觅与无奈，掀开了台湾现代史上埋藏多年的某个特殊空间与时间的荒谬与黑暗。主角阿远的医生父亲死于白色恐怖。"无言"的父亲在遗腹子14岁时才浮出。阿远四处找人询问、探听，才能勉强拼凑出从未见过面的父亲的模样。他从阿裕伯口中知道父亲是位热血青年，"想以自己所学扶持社会的软弱者，攻击利益的霸占者，对于政治体制的腐败提出改革的意见"。这种想法基本上是正确的，但在特殊年代碰上"政治"这只老虎，结果理想主义便被吞食。阿远的父亲就这样牺牲了。

阿远日思夜想，把心中的不平表现在秘魔岩上。他想象与模仿当年父亲被执行死刑的模样，用童军绳绑死结，加手铐，两脚踝打个脚镣，中间加上大石头，自我强迫地跪在秘魔岩的最前端。这些动作把好友毛毛、欧阳给吓坏了。阿梅姨告诉他，王医师得到三名外省兵的协助，坠落悬崖后被船接往福岗博德港。这项传言也曾让阿远激动过，希望那是真的。但在林桑的照相馆里，他听到林桑的悲痛叙述，亲手抚摩父亲的眼镜与怀表，让他不得不相信，父亲已经远去。

与阿远同样失常的毛毛是中美混血儿，他的黑人父亲永远不知道在这岛上有他的骨肉。由于母亲的特殊行业，毛毛不断搬家、转校。在现实生活的磨炼下，毛毛成长为坚强、独立的青少年。他对于形式上的后父（老荣民）没有成见，但他想念从未见过面的亲生父亲。因此，在花岗山上公园纪念碑旁，他不断追问来台度假的美国大兵；他向着海洋赤裸倒立，说希望自己从悬崖摔下去，变成化石；他以浑厚、悲凉的调子吟唱《老黑爵》，宣泄他久藏于心的痛苦。他终究还是必须面对现实，认同台湾，因为"无知"的父亲不可能接纳他。

欧阳生活在比较正常的家庭，天天见得到逐渐失去记忆的父亲。他的父亲绝不是十恶不赦的人。时代的特殊背景与僵化的意识形态把他塑造成一个永远活在已经消失的岁月中的老人。他是只记得"检举匪谍，人人有责"，得了间歇性健忘症的可怜老人。这位时代小人物"无奈"地执行逮捕匪谍的工作，甚至于在完全开放的年代里，也依然沉湎于过去的英勇事迹，继续把虚有罪名滥扣在他人身上。

阿远、毛毛与欧阳的三位"无"字辈父亲（无言、无知、无奈），给三位"无辜"的少年带来永远无法弥补的追忆与怀念。

三、《寻找中央山脉的弟兄》：落地为兄弟，何必骨肉亲

两个来自舟山群岛的 17 岁双胞胎兄弟沈俊仁、沈俊孝，随着军队撤退到完全陌生的台湾，落脚在苏澳。俩人想自力更生，跑到宜兰鱼市去找工作。没想到语言上的差异、当地居民的成见与小哥举止行为的慌乱，竟造成严重的误会，兄弟失散。沈俊孝风闻小哥参加开路工作，便加入文化工作队，在深山峻岭之间寻找失踪的小哥。从东势直到太鲁阁入口处，一路下来，没几个月，周遭的天候变化、生死挣扎与纯纯的爱，使得沈俊孝完全变了一个人。

沈俊孝的启蒙之旅的特色之一是强调在"无常"中寻求"随缘"。来自大江南北、五湖四海的这一万多人，成员复杂，龙蛇杂处。他们不惧艰难危险，在深山里开路，生命经常朝不保夕。地震与风雪、出没的野兽、爆破的施放，随时威胁着这群把生命托付给冥冥之中的神的开路者，他们难免会有一切随缘的想法。这种置生死于度外的生活态度并非消极，反而是智慧的圆融转化。沈俊孝在亲身接触了"板凳老梅"之死与好友陈日新遇难后，终于体会到何谓"随缘聚散"的"无常人生"。

一路走下来，沈俊孝诚心受教，不断地仔细观察他人的言行，不停地接纳周遭的人给他的意见。除了这些言传身教外，还有两段话给他的影响最大。蒋先生训导一群外役重刑犯，强调人性本善，人人都应发挥善良和仁爱的本性，让沈俊孝对人生的是非与善恶，有了新的看法。陈段长亲自告诉沈俊孝，他

绝不后悔选择开路这件工作，重新选择，还是一样。这点让这位 17 岁男孩了解人活着的真正意义：施比受有福。蒋先生与陈段长从不同角度诠释人生的价值，给他的未来旅程带来无限活力与希望。几番生死考验加上善意批评，使他脱胎换骨，不再畏惧未来。

四

这三部作品虽然在时空、主题、情节、人物等方面有极大的差异，但在某些层面却又非常相似。这些层面支撑着故事的进展，并间接呈现作品的意义。深入讨论每个层面，将有助于更进一步了解其内容。

一、探索

仔细推敲，这三本书的主角最后都走上了"探索"（quest）的旅程，不论是朝向某处远地的实质旅程，或是主角内心深处的内在旅程。但他们的探索并非是单纯的磨炼或考验，而是都有一定的目标。他们的旅程终点放置了某件贵重物品，它就是促使主角走上这段旅程的目标。探索目标可略分为名誉（honor）与荣耀（glory）、胜利（victory）、社会秩序（social order）与爱（love）。[13]这些目标是推动与发挥主角本色的原动力。一般而言，主角必须走完此段探索目标的旅程，方能说探索已告结束，目标是否达成并不十分重要。详细阅读后，读者会发现，三位主角最后也都达成部分探索目标。

沈俊孝年少不懂事，他的目标不涉及名利，因此绝非名誉、荣耀、胜利与社会秩序这些比较抽象的目标。他的唯一目标是找回双胞胎小哥沈俊仁。他所追求的是兄弟之爱、亲情之爱。虽然他没找到失踪的小哥，但他的"小爱"却变成"大爱"。他的探索是成功的，一趟艰难的考验后，他满载而归。魏叔、刘老爹、伙房阿嫂、陈段长夫妇、蒋先生、活张飞、陈日新都以不同的人生体验给他带来不同程度的启发，让他的启蒙之旅变得多姿多彩。

阿远、毛毛与欧阳三人的探索目标都是"父爱"。经过一番各自追寻后，结果都不圆满。阿远发现父亲冤死的原因与经过，肯定了父亲的名誉与荣耀，但令他难过的是，名誉与荣耀无补于亲情的丧失，他这辈子注定与父亲无缘，只能在梦中相会。毛毛的遭遇也同样悲惨，肤色是他的永恒疤痕，一生无法磨灭。他知道父亲是黑人，也许可以揣摩拼凑父亲的模样，但即使双方见了面，父亲会承认他的身份、会接纳他吗？欧阳父亲是活着，而且也生活在一起，但得了"失忆症"，行事不按常理，日后病情恶化，将成为欧阳家的重大负担，探索的结果只是让自己提早面对人生的困境。

在政治嘉年华会结束后，阿祥的母亲当选县"议员"，达成"胜利"的目标，名利也是可期待的。阿祥自己可能只有短暂的胜利感觉，这并非是他的探索的主要目标，也不是他的最大收获。在竞选过程中，他看到不同种类的"爱"的不同形式的呈现，这包括夫妻之爱、朋友之爱、乡土之爱等。他学会如何分辨这些借不同形式呈现的爱，见识了人生的真实与虚伪。短短一年中，他的生命步伐是以跳跃方式向前迈进的，看尽了人生的喜怒哀乐。

二、阴柔之美

三本书的主角都是青少年，书中描绘的一切也都分别通过沈俊孝、阿远与阿祥的眼睛来观察。横贯公路开路英雄的豪勇；阿远的父亲一介书生，却敢于批评时政；阿涂师不惧迷信，竟以送往生者的灯笼权充"国庆"游街之用。这些都展现了阳刚的力量。但仅有阳刚之气依然不足以凸显人间真善美。三部作品中的女性虽非主角，但在重要时刻却表露了一股不可忽视的力量。阿远的阿嬷、母亲，在挚爱的儿子、丈夫遇难后，默默苦撑家计，她们虽经历苦难的往事，仍然具备吞吐痛苦的雍容气度。阿嬷临终时，才说出真相。阿远不断挖掘拼凑，母亲依然不想追究往事，她宁愿选择时间来治疗一切。毛毛的母亲被迫操贱业，抚养混血儿；欧阳的母亲整日为家事操劳，从不知埋怨。"小妇人"楼婷早熟乖巧，处处为别人设想，举止言谈都显示出良好的教养与天生气质。她知道阿远、毛毛与欧阳三人的心酸事，一一设法帮他们化解，尤其是帮阿远解了心中之魔，没有做出后悔一辈子的傻事。这几位女性给《我们的秘魔岩》添加了无数的光彩。

《寻找中央山脉的弟兄》是一本男人的故事，但书中的女性依然十分抢眼。"现代孟姜女"陈段长夫人不畏艰辛，千里寻夫，她虽不是主角，但讲的话一言九鼎，影响了陈段长对陈日新半路脱逃一事的处置，也给在一旁聆听的沈俊孝另一种人生启示。卖鱼妇人与伙房阿嫂都有令人尊敬的一面，她们热爱人生，肯定自己，也不歧视任何人，在必要的时候会伸出援手去帮助别人。只有15岁的台湾少数民族小姑娘沙莺更穿梭了全书。她的行事方式、言谈、生活态度表达了她的豪爽、不扭捏与干脆。她与汉人截然不同的健康人生观更凸显了少数民族一向乐观、与世无争的天性。

比较之下，《白莲社板仔店》中的女性就显得十分强悍难缠。阿祥的母亲与姐妹淘年轻时就曾"领导台湾女生参加消防演习，担任第一泼水手，击败日本籍女生队"，所以"国庆"提灯游行，火把烧着了"航空母舰"（卡车）时，也是她们奋勇浇灭的。后来，阿祥母亲被秋月姨说动，参加县"议员"选举，那种狂热投入，让男性目瞪口呆，阿祥的父亲只有从旁协助的份。甚至在政见发表会，手捧下了药的绿豆汤要送给阿祥母亲喝的也是一位女性。强悍作风不让须眉，凸显了阴柔的力量并不输给阳刚之气。

三、爱与死

文学作品常以阐释"爱"为其主题，这三本书也不例外。《寻找中央山脉的弟兄》中的沈俊孝的"探索之旅"原本追寻兄弟之爱、亲情之爱，是"小爱"，随着时空的转移，故事结束时，"小爱"却变成"大爱"——"同胞之爱""乡土之爱""民族之爱"，而且还附带了"男女之爱"。《我们的秘魔岩》中的阿远对父亲的思念，激起他追溯往事；毛毛想见一见从未见过的美国父亲，行为举止上有些失常；欧阳宽容他那位失忆症日益严重的父亲，因为有爱。书中所有女性展现的也是人间至爱。《白莲社板仔店》虽是嘉年华式的荒谬剧，但"爱"的阐释依然为其主旨之一。因为心中有爱，书中的娘子军热衷于参与地方选举，想改善贿选风气。阿祥的林老师常冒出惊人的口头禅，实际上他非常爱护学生。

这三本书并没有刻意逃避青少年比较敏感的"死亡"问题，事实上，死亡的启示往往有助于青少年的成长。[14]《寻找中央山脉的弟兄》中的沈俊孝一路走下来，目睹了许多死亡事件，"板凳老梅"之死让他触目惊心；好友陈日新不幸遇难，给他带来更多的感慨与领悟。故事结束时，他仍然没找到"失踪"的哥哥，成为他的终生憾事，因为"失踪"常常是"死亡"的代名词。《我们的秘魔岩》更是以阿远追溯父亲冤死的经过作为故事的主线，这种死亡是坦荡荡的、光明正大的。悲到尽处竟无言，阿远的阿嬷、母亲早已克制了这场至亲死亡的悲痛，只是阿远一时不能接受。等他知道一切真相后，他已成长，变成一个成熟的人。《白莲社板仔店》直接以棺材店作为书中几位男孩"游学"出没的地方，淡化死亡的可怕。钟"议员"死于二度中风，作者借阿祥父亲的说法，表明了他对死亡的态度："亡者已去，生者仍要努力，人只要一口气，就是要认真打拼。"这种说法十分理性化，阿祥与其他在场角色，甚至读者，都是可以理解、可以接受的。

四、族群的融合

这些年来，"解严"后的台湾社会正受困于族群冲突的高涨。在李潼笔下，族群关系并不特别显得紧张。他无意严厉批评或介入族群冲突。在三本书中，他都以宽容的胸襟、正面的刻画，来叙述他对岛上不同族群之间的矛盾的感伤与不满，淡淡的笔触勾勒出他对族群融合的期盼。《白莲社板仔店》从头至尾没有涉及族群问题，因为书中的少数民族与汉人（包括河洛人、客家人、1949年后来台的外省人）打成一片。大人都卷入选举的狂热，有的一起助选，有的一起送礼，有的一起受贿；孩子们也被大人传染了，把在现实社会观察的心得也搬到学校的自治镇长选举里。"国庆"游行时，各族群都热烈参与。孩子们到板仔店"游学"，也无族群之分，只知寻找兴奋与刺激。

《寻找中央山脉的弟兄》中的开路队与文化工作队更是族群大融合。来自四面八方的各路英雄豪杰心中只有共同的愿望：把路筑好、把表演做好，哪有时间与心情去管族群的事？沈俊孝与沙莺后来的结合，当然是族群融合的一种方式，但陈段长的一段话已足以说明这些人对于族群的看法："……自古以来，台湾人都是各世代移民组成的。我和一群弟兄全力开凿一条路，就像别的弟兄在他专长的行业，也能为台湾开出不同的路。我们对自己有交代，对后代的移民弟兄和小孩们有交代……不论谁从哪里来，来早来晚，总要对自己落脚的任何地方，贡献一点体力，贡献一些智能才好。"

《我们的秘魔岩》中王医师冤死，应该是族群关系最恶劣、族群冲突最严重的一环，但作者把族群关系升华了。阿远的父母都是没有省籍情结的人，王医师"对待患者是大家都一样，不管你是阿山、半山，不管芋仔、地瓜，不管你是唐山过台湾，还是台湾过唐山，谁来求医，他都医治"。阿远的母亲亦是如此："妈妈为所有不同种族的母亲接生，迎接的每个阿美人孩子、山东孩子、客家孩子、台湾孩子，都能健康啼叫地来到这个世界，长成健康活泼的台湾儿女。妈妈的那只手，是世界最宽厚的手。"欧阳的客家母亲与阿山父亲的结合也说明这一点。即使走过白色恐怖阴影的阿裕伯与林桑，也没有强烈的排斥"外省人"心态。阿远他们这一代的族群关系更为驳杂。阿远是土生土长的台湾人，毛毛的父亲是洋黑人，欧阳是历史特殊环境凑成的姻缘的后代，楼婷则是典型的阿山。虽是如此，这四位青少年之间的感情与友谊，谁也无法用族群关系来分化，因为在他们心目中，族群间的恩恩怨怨早已升华。

这三个成长故事刻画了书中主角的启蒙过程与部分成长经验。主角体验了成长的坎坷、喜悦、苦恼、困惑、得失后，明了这个世界并非想象中那般美好，但也不是只有阴暗的一面。他们同时还发觉，每个人在成长过程中，都需要爱的滋润，随时要面对死亡的挑战。这种书中人物对现实生活的共同感受，可以给青少年读者一些启迪作用，让他们在面临抉择时，能有所慎思、有所警惕。

五

这三部与花莲有关的少年成长小说是作者长期思索与细心筛滤的结果，充满从现实生活爆发与升腾的生命气息，呈现了人世与时代的复杂风貌，鲜活隽永。他以犀利的笔法捕捉了青少年生活的真相，暴露了成人世界的阴暗面。他翔实记录了20世纪60年代具有代表性人物的追寻与梦想，给后来者留下了十分清晰的社会轮廓。他并没有搬弄深奥难解的叙述技巧，展现的却是让人掩卷沉思，思维深处遭受冲击时的刹那回响。

作者写这一系列作品的主旨是希望能带给读者阅读的乐趣。他说："我在书写过程再三提醒自己的，仍是'如何为读者创造阅读小说的最大乐趣'，也就希望这一系列小说，能写得有趣、有情、有义，让正巧和它相识的读者，感到可读、可亲、可爱。"[15]实际上，这三部小说给读者的不仅仅是"乐趣"（pleasure）与"了解"（understanding），同时还显示了"信息的获得"（efferent）[16]的功能。青少年读了之后，对于 20 世纪 60 年代的种种，一定会有相当程度的认识与理解，知道当年曾有一批人冒险，为台湾留下一条永恒之路，同时也了解白色恐怖的意义与伤害、嘉年华会式的选举给台湾社会的冲击等等。

深入梳理会发现，这三本书里的主角很凑巧地代表了三个不同求学阶段的年龄层。《白莲社板仔店》的阿祥是小学六年级学生，《我们的秘魔岩》的阿远是初中生，《寻找中央山脉的弟兄》的沈俊孝的年龄应该是读高中了。不知是作者有意的安排，还是无意的巧合，这三位叙述者由于年龄上的差异，时空的不同，想法自然不会一致，三本书表达的笔调也就有了出入。《白莲社板仔店》以荒谬剧呈现，充满欢乐，言语俏皮，讽刺性强；《我们的秘魔岩》叙述过去一段不幸事件，挖掘现实的冷峻与阴暗，笔调哀伤凝重，凄凉低沉，令人感慨；《寻找中央山脉的弟兄》感觉上是借成人的言行来催化与加速主角的成长，从东势走到太鲁阁，沈俊孝不晓得加添了多少岁。不同年龄层有了适当的展现，作者在这方面的努力，是值得称许的。

此外，这三部作品的空间虽局限于花莲，但仍深具普遍性。1949 年国民党军队撤退来台，有多少大陆人像沈俊孝兄弟一样，由于语言、习惯的隔阂，在一处陌生地方遭人误解，而转变成心结？有多少大陆人像中央山脉的开路英雄一般，上山下海，为这块土地奉献自己的心力？又有多少人因为政治立场的不同，而长年生活在白色恐怖中，株连之广，让人心生畏惧与厌恶？阿远家族只是一个比较幸运的例子。推行地方自治，选举泛滥成灾，选贤变成选钱，成为台湾光复后的一大奇观，有多少人得了"选举癌"？《白莲社板仔店》所刻画的只是比较"善良"的一面。近年来，每逢选举，动刀动枪的黑暗面，不忍听闻。初中免试升学的长期"效果"已逐渐浮现，青少年犯罪率居高不下，部分初中班级甚至成为培养少年犯的温床。

李潼对于人物的经营掌握得恰到好处。在《白莲社板仔店》与《寻找中央山脉的弟兄》中，他放手描绘每个角色，主角占了较多的篇幅，因为他们是故事的叙述者，配角也有了恰如其分的刻画，如刘老爹、魏叔、活张飞、阿涂师、林老师等。在《我们的秘魔岩》里，他改变了对配角的处理。为了凸显其沉重、悲凉，他淡化几位关键性的配角。他让配角躲在幕后，一言不发，即使是阿远的母亲也没有几次跳出来说话的机会。毛毛与欧阳的母亲也没出声过，毛毛的后父更只是一个模糊的身影，读者知道有这么一个人，却不知他的模样。读者或许会纳闷不解：这样的一位老荣民为什么要娶一个声名狼藉的吧女为妻。作者刻意地压缩、模糊与淡化角色，反而给读者更大的想象空间。

另外，作者相当讲究语言。他擅长以散文笔法写景、写场面，《寻找中央山脉的弟兄》与《我们的秘魔岩》多处提及的山水之美便是很好的例子。文字干净，但丰厚沉实，毫无采丽竞繁、空虚华美之感。必要的时候又能适度地使用方言，凸显了每个角色的语言习性，切合角色的身份、地位。最重要的是，他不想以过分浅白的文字讨好读者，坚持以一般的文字水平来表达完整的意念。基本上，他没有高估也没有低估读者的阅读能力。他字斟句酌地叙述每个情节，极力展露每位角色的言行举止，让读者不知不觉感受到作品的张力。

上面的这些说法并不是说李潼的三部作品尽善尽美，毫无可挑剔之处，实际上，也有其不足之处。他在"台湾的儿女"系列书的总序中说："台湾多变的历史，坎坷且丰富的人文风貌，给写作人提供了不尽的题材。让稍不愚卤的作家，在俯视、仰望、远观、近看这些历史人文及最切身的生活周遭时，有了拾取不完的写作灵感。"以这三本成长故事来检视，便可以证明从历史中撷取创作题材这个方向绝对是正确的，但取材适宜并不能保证作品的质量。这三部小说的人物刻画、情节安排都合情合理，但也许是写作时间短促，想表达的范畴过广，总觉得有些地方稍嫌粗糙。原本可以写得更细致、更深入，常常一笔带过，十分可惜，例如对各个角色长相的刻画就不够细腻，或者欠缺。《白莲社板仔店》中的阿涂师是个有趣的角色，但读者似乎无法想起他的模样，因为作者没有充分描述他的长相。再如《寻找中央山脉的弟兄》中的沈俊孝与活张飞奉命赶去太鲁阁阻挡陈段长夫人入山，途中遇到三位活张飞的老伙伴，这种偶遇与他们之间的"欢乐休假"对话就显得突兀与多余。

其次，或许是受到篇幅的限制，作者无法尽情挥洒，这三本书都集中于外在世界的描绘，内心世界着墨较少。比较之下，作者对《我们的秘魔岩》的阿远的心理刻画较多，但依然不够细腻详尽。造成这种情形的另一种原因也可能是作者担心青少年的理解力。但作者可以加强人物的主观层面，钻探到人类本性中那更深的、更温暖的层次，使心理描写部分有更大的深度、更多的层次，更加细致入微地反映这三种不同年龄对同一年代的特殊内心感受，对生命本源便可作直逼内涵、缜密而扎实的探索。

六

李潼借由这三部作品，铺陈时代的动荡、荒谬与残酷，挖掘时代的某些真实面，但他同时也尝试倡导"新台湾人"的观念，希望凡是久居这块土地的人，能认同台湾，抛弃成见，让人人都成为新族群的一分子。依他看来，种族、肤色、家世等只不过是象征性的符码，必须舍弃，才能融入新的族群。1949年来台的大陆人约有200万，至今将近半世纪，在台湾这样典型的移民聚集的地方，早应该融入其中，成为这块土地的子民。这些人的子子孙孙，生于斯、长于斯，完全没有不融合的理由。依李潼的标准，所谓的"新台湾人"是曾经生活在这块土地上，而且认同台湾的人，不论原来的族群、肤色。这种广义、宽松的范畴在某些具有强烈省籍情结的人眼中，根本是一种无法接受的滥情，但深远辽阔的视野是伟大作家必备的条件之一。纯粹悲情的要求与空泛的呐喊不再是以文学表达政治实况的唯一利器，也不再适用。作家如果只知在狭隘的小圈子打转，极可能写不出感人的故事。李潼的作品本身尝试摆脱意识形态的束缚，抛弃"主题先行"的框框。这是作者的心意，值得读者思考一番。

"族群融合"只是这三部少年小说的表层意义，我们还可尝试深入探究，挖掘其深层意义。长久以来，台湾一直是个复杂的移民场所。由于历史的种种纠葛，台湾人的移民性格常常在不同的场合中展现出来。李潼在"台湾的儿女"这一系列作品中极力想借书中故事情节呈示台湾人的某些特殊性格。

如果我们按照这三本故事发生时间的先后来观照台湾人的移民性格、形象，可能会得到一种有趣的信息。这种信息不一定是作者故意安排的。他极可能只是无意中显示出来的。当然，也许是他隐隐约约在铺陈他的鹄的。《寻找中央山脉的弟兄》发生的时间最早，故事中那些在深山开路的英雄，大多数来自大陆，当他们面临整个局势的逆转，知道回故乡是个遥远的梦，他们所表现的便契合了早期拓荒者的正面形象：冒险、开拓、奋斗、创造、朴实、节俭，[17]生命在号声、爆破声、敲打声、吆喝声中耗尽了。有时候他们依旧展露了哀伤、自怜与无力感。[18]例如老吴在晚会中的哭喊，点明了背井离乡者的心酸处；陈日新难耐思亲之苦，离队逃亡，是他无力挣脱既定命运的写照；沈俊孝则兼有正负两种形象，正面的是他在路上的种种行为，但不知如何寻找失踪的哥哥却难免沉湎于悲哀与苦思中。

《我们的秘魔岩》中的阿远有如李乔笔下的"追寻的孤

儿"。⑲在他努力拼凑逝去父亲的形象过程中，他不时表现了懦弱、依赖、被迫害感、自卑等体质和心理上的弱点，毛毛亦是如此。当然，他们两人在寻父时，也展现了锲而不舍的精神。林桑、阿裕伯见到故友之子，在欣喜之余，仍然有余悸犹存之感，言语不够爽朗，吞吞吐吐，极可能是懦弱与被迫害感造成的。阿远的阿嬷与母亲在白色恐怖的威胁下，闭口不谈最挚爱的亲人的冤死，绝非懦弱，而是要保护阿远，心中之痛可想而知。

到了《白莲社板仔店》的年代，1967 年，随着时代的变迁，自由的尺度放宽，台湾人的潜在性格慢慢显现。台湾人热衷于选举，美其名曰民主层次的提高，但也凸显了"输人不输阵"的性格。贿选的盛行一部分要归咎于社会风气的败坏，另一部分则是台湾人的商人性格⑳造成的。参选者往往把选举当作生意的一种。选前贿选是投资，选后再捞本也就没什么好讶异了。

书中阿涂师的个性也值得探讨。他答应把丧家使用的灯笼改装，用在"国庆"游街上，证明他是个爽快利落的人，但也看出他并没有考虑后果。当时如果有人密告，在"国庆"的日子，竟然用送葬的灯笼游行，这个罪名可就不小了。我们不能随便猜测阿涂师有没有"反骨"意识，然而我们可看出阿涂师代表的部分台湾人性格：受到压制，表面上顺从，但一有机会，便会有反抗的小动作。㉑

上面的这几个例子只是对这三本成长故事的深层意义的一种探讨角度。实际上，台湾人的复杂性格并非三本书就能诠释清楚的，何况人在不同的时空，担任不同的角色，往往展现的是性格的不同层面。从宏观的角度来观照，我们不难看出，李潼想要呈现的台湾人性格是正面多于负面，毕竟他的作品主要的阅读对象是青少年。

这三篇故事均发生于花莲，时间上又有重叠之处，三位主角生活在同一时空，但由于命运的拨弄，面对的却是截然不同的情境。《寻找中央山脉的弟兄》中的沈俊孝对政治的认识一片空白，他甚至不懂母亲为什么要他的兄弟离开家乡。《我们的秘魔岩》中的阿远家人由于王医生的不幸，极力排斥政治。《白莲社板仔店》中的阿祥一家人完全投入政治，其狂热程度令人咋舌。在论文将结束时，笔者突发奇想，阿祥兴高采烈地在嘉年会式的"国庆"提灯游行队中伍吹着铜哨时，已经是高三学生的阿远会不会也夹在游行行列中，或者只是站在路边冷眼旁观？在化连洛籍超过十年的沈俊孝是否与沙蕈带着或抱着下一代在一旁看热闹？

【注释】

① 宋维村：《放眼世界少年文学——让孩子学习拇指精神》（序言），《汉声青少年拇指文库》，台北，汉声出版社，1994，第5版。

② Rebecca J. Lukens & Ruth K. J. Cline, *A Critical Handbook for Young Adults*（N.Y.: HarperCollins College Publishers, 1995）.

〔瑞贝卡·卢肯斯、露丝·克莱恩著：《青少年文学批评手册》，纽约，哈珀·柯林斯大学出版社，1995。〕

③ 陈祖彦主编：《"世界华文成长小说"征文得奖作品集》，台北，幼狮文化公司，1997。

④ 屠佳：《青青的岁月》（代序），《蓝蓝天上白云飘》，台北，九歌出版社，1997，第5页。

⑤ 这一系列作品包括《戏演春帆楼》《阿罩雾三少爷》《太平山情事》《夏日鹭鸶林》《火金姑来照路》《龙门峡的红叶》《开麦拉，救人地》《四海武馆》《无言战士》《少年云水僧》《头城狂人》《魔弦吉他族》《福音与拔牙钳》《我们的秘魔岩》《白莲社板仔店》与《寻找中央山脉的弟兄》等16册，由台北圆神出版社出版。

⑥ Carl M. Tomlinson & Carol Lynch-Brown, *Essentials of Children's Literature*, 2nd ed.,（Boston: Allyn & Bacon, 1996），p. 161.

〔卡尔·汤林逊、卡罗尔·林齐-布朗著：《儿童文学本质》，波士顿，艾林贝肯出版社，1996，第2版，第161页。〕

⑦ 李潼：《少年噶玛兰》，台北，天卫文化图书股份有限公司，1992。

⑧ 李乔：《小说入门》，台北，时报文化出版企业股份有限公司，1986，第 221 页。

⑨ 同⑧，第 222 页。

⑩ 这段话是郑树森教授在"世界华文成长小说"征文决审会议上引用新批评学者提出的"启蒙短篇"小说的观念。参阅《寻找书写的潜力和脉络——"世界华文成长小说"征文决审会议记录》，《幼狮文艺》第 510 期，1996 年 6 月，第 8 页。

⑪ 作者在《寻找中央山脉的弟兄》中一开始就指明："1957 年 10 月，台湾东西横贯公路破土开工一年。"《白莲社板仔店》是 1968 年台湾义务教育延长为九年前一年的故事。"二二八事件"发生于 1947 年，《我们的秘魔岩》的主角阿远是遗腹子，开始追寻他父亲的死因是在他 14 岁时，约为 1961 年或 1962 年。

⑫ 巴赫金（Bakhtin）在他的文化理论中提出狂欢节与狂欢化的观念。《白莲社板仔店》一书中描绘的"国庆"大会、提灯游行与政见发表会的情景，颇有狂欢化的味道。参阅刘康：《大众文化的狂欢节》，《对话的喧声》，台北，麦田出版社，1995，第 261~305 页。

⑬ 参考 Northrop Frye, *Anatomy of Criticism*（Princeton: Princeton UP, 1973）一书中对"英雄"（hero）类型与"探索"（quest）的说法。

⑭ 张子樟：《未知生，焉知死——谈少年小说中的死亡问题》，《儿童文学家》第 21 期，台北，海峡两岸儿童文学研究会，1997 年 6 月，第 31~43 页。

⑮ 李潼：《在小说的趣味中寻找人的温度和反省力——"台湾的儿女"系列小说总序》，《头城狂人》，台北，圆社出版社。

⑯ Rebecca J. Lukens & Ruth K. J. Cline, 'Preface', *A Critical Handbook of Literature for Young Adults*（N.Y.: HarperCollins College Publishers, 1995）.
〔卢肯斯、克莱恩著，《前言》，《青少年文学批评手册》，纽约，哈珀·柯林斯大学出版社，1995.〕
Louise Rosenblatt 认为，阅读除了"乐趣"（pleasure）与"了解"（understanding）的功能之外，还应加上 efferent。所谓的 efferent 是指"经由阅读获得信息"（the acquiring of information through the reading）。

⑰ 这是彭明敏对台湾先民卓越特性的正面说法。参阅徐宗懋：《务实的台湾人》，台北，天下文化出版公司，1995，第 7 页。

⑱ 张炎宪：《序》，李乔：《台湾人的丑陋面》，台北，前卫出版社，1988，第 10 页。

⑲ 李乔：《台湾人的丑陋面》，台北，前卫出版社，1988，第236页。李乔认为，台湾人的形象有三。最早的是"大地的苦难人"，拥有环绕贫穷而生的人性缺点：迷信、愚蠢、偏执、多疑、心胸狭窄、眼光短浅，只重视有形的事物、缺乏抽象的思考等。"追寻的孤儿"为第二种形象。"自觉自强的现代人"是李乔向往的第三种台湾人形象。参阅该书第234~238页。

⑳ 徐宗懋说："台湾本土的文学、音乐和艺术领域缺乏轻朗、明亮、跳跃、向大海挑战的色彩，反而是自闭自卑的衰怜。海洋文化中的政治扩张性格尽管没有，但海洋文化中重商意识却充分体现……诸如急功近利、投机骑墙、见风转舵等等（特性）来维护其利益。"见徐宗懋：《务实的台湾人》，台北，天下文化出版公司，1995，第207~208页。

㉑ 史明说："季风带来的容纳性和忍受性，以及热带、海岛、地震所促成的各种特性相互交织在一起，使台湾所呈现的风土性格，成为'不宽阔不大方，同时带有浓厚的顺从性，但有时也会突然起来猛烈地反抗一番，然后又是气短地忍受下去'。"见史明：《台湾人四百年》，台北，蓬岛出版社，1980，第9页。

谈问题少年小说中的问题

——以《嗑药》（*Smack*）为例

何谓问题小说

小说这种文类的呈现脱离不了"问题"。任何一部小说的主旨总以呈现某个问题或某些问题为主。作者可借角色的互动、情节的安排、高潮的构筑等，把"问题"呈现出来。作者可能设计问题，然后提出他认为最适当的解决方法，让小说的展现合情合理。作者也可能只提出他观察到的问题，或在文中为社会现象把脉，约略说出问题产生的原因与影响。然而，许多问题牵涉到现实复杂的社会结构、家庭或个人因素，作者极可能无力借箸代谋，提出理想的对策。这二者都是问题小说（problem novels）的基调。

美国著名作家罗克威尔（F. A. Rockwell）在《谈问题》一文中说：

> 小说写作一切都依问题而定——你所展现人物的外形与品格，你所应用的格调，发生的故事或活动，以及那常基于问题解决时所透露的基本真理或哲学教训而产生的前提。①

这段话中的"问题"是针对一般小说而言，接着他缩小范围，进一步指出少年的问题：

今日的少年问题不外乎：好出风头、孤独、忸怩、不合群的恐惧、身高体重问题、敏感、怯弱、过失的恐惧、犯罪、局促不安、白日梦、暴躁、为细故忧虑、性问题……②

　　这些少年问题正是"问题少年小说"的主要范畴。

　　基本上，问题小说是从当代写实主义（contemporary realism）衍生出来的，而当代写实主义依然不脱社会写实主义（social realism）的精神，作品的主轴经常集中于当前的社会事件，例如酒精中毒、种族问题、贫穷和无家可归等。当代写实主义作品论及孩童欢乐有趣的生活，但也描写他们辛酸及不快乐的日子，如虐待与忽略、同伴问题、父母离婚对孩童的影响、药物滥用、肢体与精神的残障、理想的幻灭与疏离等。③问题小说作者对这些问题一向最感兴趣。

　　上述这些问题具有时间性，而非一成不变，不同的年代有不同的问题。美国评论者密克罗维（Gloria D. Miklowitz）说："每个年代青少年的感受与梦想都相同，但问题相异。我的年代对孩童虐待、青少年性行为、未婚母亲、酗酒与自杀就所知不多。"④若以 20 世纪 60 年代末期问世的问题少年小说为例，由于社会变迁急速，问题范畴更加广泛多样，但其焦点则集中于青少年实时关切的问题，如双亲离婚、第一次约会、青春期开始、对新家的调适、未婚怀孕、吸毒、同性恋等。美国学者多内森（Kenneth L. Donelson）在他的名著《当代青少年文学》（*Literature for Today's Young Adults*）一书修订版本时就特别谈及"问题"内容的改变。他指出，在这本书的第一版，问题少年小说处理的三个"性"问题是强暴、同性恋和导致怀孕的婚前性行为，第二、三版增加了疾病、乱伦和虐待孩童，第五版更讨论到担任父母角色的青少年（teenagers as parents）。⑤但是几乎所有问题少年小说都有个共同处：作品中刻画的家庭不是无助的就是本身也是问题的一部分；这些作品充分反映现代家庭结构的破裂与解体。

多内森在这本书中对问题小说的说明相当详尽，除了详述这类严肃的启蒙作品被确认为新写实主义（new realism）或问题小说外，还列举实例说明他的观点（如问题小说的评估建议、问题小说的价值等）。他以美国心理协会（American Psychological Association）会议的讨论主题作为青少年当前面临的主要问题，即恐惧、约会与性、酒与毒品、金钱、学业、独立、心理疾病，[⑥]此外，又进一步剖析实际作品内容来诠释他的问题内容：家庭关系、朋友与社会、躯体与自我、与性相关的问题、生活在多元文化世界中。[⑦]他的讨论比较全面，几乎可以涵盖所有问题小说的内容。

综上所述，对青少年身心发展造成妨害的问题，是大家公认最严肃的问题，也是大家最关切的课题。这些年来问世的问题小说，大部分都是这个课题的延伸，只是强调的重点不同而已。有些作者只谈单一问题，企图心较强的作者则尝试将几个问题融会在一部作品中。本文将讨论1996年出版的英国少年小说《嗑药》（*Smack*）[⑧]，就是后者之一。作者伯吉斯（Melvin Burgess）为英国人，在《嗑药》出版之前，曾写过四五本书，其中以《婴儿和飞饼》（*The Baby and Fly Pie*）一书较引人注目。《嗑药》先后赢得"卡内基奖"（the Carnegie Medal）与"卫报小说奖"（the Guardian Fiction Award）。它首次在英国出版时，曾造成一阵骚动，褒贬两极化。它的内容曾引起部分父母、师长的公愤，但同时又被许多中学采用为毒品教育的教材。本文预备以这部争议性相当强的作品作为讨论"问题少年小说中的问题"的主要作品，先略述全书内容，再从故事呈现方式、同伴压力与吸毒作用、正面成人角色、阅读年龄层、法治观念、媒介应用等，及各种问题衍生出来的小问题层面加以剖析。

《嗑药》的故事

从书名来看，会以为《嗑药》只是讨论青少年吸毒问题，但作者伯吉斯却不想只谈论吸毒一个问题而已。虽然以《嗑药》为名，但全书一直到第 149 页才提到主角开始接触毒品。作者的野心不小，整本书呈现的问题范围十分广泛，直接或间接谈论酗酒、家庭成员（包括父子、母女、父女、母子）之间的冲突、犯罪、性问题、未婚怀孕、反抗权威、疏离、吸毒、贩毒等。这些问题并非单一事件，而是纠葛不清，彼此互相影响，互为因果。

《嗑药》的故事从男主角塔尔（Tar）准备出走启动。女主角洁美（Gemma）一向不太喜欢父母的严厉管教。她与塔尔认识后，同情他有家归不得的遭遇，便陪他一整夜。回家后父母重责她，并限制她的行动，因为父母不相信她与塔尔没有性关系，也不相信塔尔令人尊敬的教师父亲是个常打儿子的酒鬼。洁美失去父母的信任，决心与塔尔离家出走。

好心的烟商史卡力（Skolly）喜欢彬彬有礼的塔尔，帮他在李察（Richard）那儿找到免费住宿的地方。李察在废弃的房屋设立"蹲踞"（squatting）站，让离家出走或无家可归的孩子住下。塔尔接洁美来住后，洁美清楚地告诉他，她只是喜欢他，只是想玩。不久，她穿上朋克族的装束，与莉莉（Lily）、罗伯（Rob）结识，又被我行我素的莉莉迷住了，搬去与他们同住，后来又邀塔尔一起住。从此塔尔与洁美就万劫不复了，因为莉莉与罗伯既吸毒又贩毒。他们介绍洁美与塔尔"参与海洛因的喜悦"。四人都认为，无法抗拒海洛因是神话，洁美说："海洛因强，我们更强。"毒友亚伦（Alan）与海伦（Helen）服药过多身亡，也带给塔尔他们一些警惕，但不久他们又淡忘了。

　　洁美与塔尔的吸毒、贩毒生涯在莉莉怀孕后，一度曾有回头的希望。四人同意不再吸毒，但只有洁美当真。莉莉生下桑倪（Sunny），洁美发现这小孩甚至未出生前，经由母体传染，已经是个吸毒者。她觉得十分苦恼与不安。最令洁美与塔尔触目惊心的一幕是，莉莉一边喂奶，一边找寻胸部的血管要插针注射毒品，因为她的手臂上与膝盖后的血管已不能再注射。

　　吸毒者上瘾后，往往为了寻找购买毒品的钱，自己也开始贩毒，女的甚至还兼卖淫，莉莉与洁美也走上这条路。莉莉生产后，一日差点被上门的恩客勒死。罗伯情急之下，竟招来警察，莉莉只好躲到洁美住处。洁美要塔尔伸出援手，塔尔拒绝。洁美因照顾桑倪的方式与莉莉起误会，两人有了摩擦。这时洁美发现自己也怀孕，她深思后向警察告密，所有参与吸毒贩毒者都被捕。后来洁美回到父母身旁，生产后，在父母呵护下，终于脱离毒海。塔尔虽努力戒毒，也重拾书本，但力不从心。两人渐行渐远。

　　这本书读来令人不寒而栗。读者看着这些年轻人日日沉沦，会感觉万分无力。毒品不像海啸或飓风一下子就击溃人们，而是渐渐地从人们的个性与生活方式的缺口渗入。人们随之慢慢萎靡不振，终于步上绝路。塔尔因此无法摆脱毒品的纠缠，终生在毒海中沉浮。

《嗑药》的故事呈现方式

　　剖析《嗑药》这部作品可以从两个方向着手，一是整本书的表现形式问题，二是作品本身展示的现实社会问题。以下每节讨论主题就是针对形式与内容呈现的探讨。

　　就情节的安排而言，《嗑药》并不比其他涉及吸毒的故事更突出，但它的叙事观点及角色声音的调和值得一谈。全书共分32节。作者伯吉斯在第一节使用全知观点，介绍男女主角出场，第二节开始便使用多重叙事观点（multiple viewpoints）呈现故事，从内在的自我陈述与外在的彼此观察来构筑角色。32 节中，洁美占了 10 节，塔尔占 9 节，其余的 8 位男女配角占 12 节。作者对使用这种叙述法，曾加以解释，他说：

> 第一人称声音可生动地描写同一主题的不同观点，而不需用任何方法"过滤"之。我要我的角色自然呈现，最极端的也是一样。多重第一人称技巧不仅可彻底观照个别角色，也可彻底观照他们的圈子，与他们逐渐陷入毒瘾时，圈子改变的方式。⑨

青少年文学评论杂志《青少年倡导者之声》（Voice of Youth Advocates, 缩写为 VOYA）的评论者麦克雷（Cathi Dunn MacRae）指出：

> 伯吉斯一直很老练地调和角色的声音，塔尔与洁美轮流在主调上，其他的角色在必要的和声与不和谐中，冷酷无情地构筑这强烈的高潮。每一个声音深信他（她）自己对现实的领悟。只有读者把他们视为不同的人类经验与性格的重大不和谐音。⑩

书中角色众声喧哗，好像有些杂乱，但乱中有序，还是把想表达的意涵抒发得淋漓尽致。

全书传达的信息写实清晰。整篇叙述真事，不说教，呈现的各类问题常让读者陷入思考。尽管这种叙述法有叙述动人的优点，但结构略嫌松散，又缺少情节，常让读者觉得迷失。作者把叙述重点放在塔尔与洁美身上，这两人叙述清楚有力，读者容易分辨。配角莉莉说话时，个性清楚，史卡力也一样；但其他角色则有点模糊，可以互换。这并非角色个性极为相似，也不是他们对每日生活的感受相同，而是每个角色依据作者给予的标准对话，说必须说的。很显然的，作者说故事，角色只是作者说话的工具。因此，读者与书中角色就有了距离，甚至角色与自己也有距离。

就掌握读者的注意力而言，这本书的弱点在于让读者成为观察者，而非让他们进入与经历被毒品钩住的可怕的生命有如螺旋滑梯般遽降的状态。读者与观察者的差别在于距离；读者读（或欣赏）故事，但观察者观察（或喜爱）人们或角色。本书的读者变成只能在一旁观察角色的举止或心理转化，洞察与顿悟吸毒的可怕后果，但不太容易融入故事情节而有认同与移情的冲动。作者主要根据他兄弟的吸毒经验与自己的"蹲踞"体验来撰写这本书。他以超然的态度与叙述者保持距离，避免过分介入，结果使读者成为观察者，无法完全融入故事。因此，全书传达的信息似乎并不在于阅读书页之间，而在于阅读整本书后激起的思考中。

这本书与其他许多现代作品一样，作者给读者留下许多想象的空间，未说的与暗示的地方颇多，让读者去延续、填补。作者同时也给读者留下揣测角色未来的空间，例如洁美未来如何抚育她与塔尔的孩子？她将来是否会结婚？塔尔与另一女友卡罗（Carol）会有好结果吗？塔尔会如愿完成学业吗？莉莉与罗伯的下场如何？他们的孩子是否会继承父母的"遗传"，成为另一个吸毒兼贩毒者？由于故事题材特殊，读者还可联想到另一个冲击想象空间的问题：如果作者在本书中描绘更多的吸毒者可怕悲惨的下场情景，读者会不会可能把它视为骇人的作品而排斥呢？

同伴压力与吸毒作用

在作者的巧妙构思下，塔尔与洁美成为对比的角色。起初，塔尔羞怯、对自己缺乏信心，虽然离家出走，但丝毫没染上街上混混的各种恶习。洁美跟他出走，但塔尔不仅无法约束她的行动，反而几乎被她主宰了一切。塔尔吸毒、贩毒后，性格上起了变化，变得比较冷酷无情，一再说谎，被捕入戒毒中心，依然无法离开毒品，让人同情怜悯。洁美在故事开始时是最不吸引人的角色。她厌烦一切，又自以为是；她既自私又自行涉入吸毒；她近乎放荡，事事不在乎。但最后，我们悚然发现，她是唯一可能过正常人的生活的人，因为她有爱她的双亲为其后盾。但她报警与后来对塔尔的态度，却使她成为读者不甚喜爱的角色。

作者的成就之一在于描绘毒品对每个角色的不同延续效力，而毒品效力又与同伴压力有关。让塔尔深陷毒海的是洁美，她搬去与莉莉、罗伯同住后，就开始与他们一起吸毒。塔尔看他们在吸毒，极为惊慌，他说："你知道那种故事。你吸入少许，你一生就完了。为了下次注射的几镑钱，你在街道上抢老太太、把手放进老男人长裤里，了结一生。"但他抗拒不了洁美、莉莉与罗伯这几位损友不同形式的劝告，终于尝了一口，而他的感觉是："所有不舒服的事，所有的负面事物，所有的痛苦，都离我而去。"在同伴压力之下，他需要认同，他需要归属感，只得暂时麻醉自己，逃避现实。

从读者的角度来看，塔尔逃家的理由是可以了解的——基于保命的必要。塔尔是比较令人同情的角色，他在畸形的家庭无法生存，只得离家出走。吸食毒品被捕，送进戒毒中心管教，出来后依然无家可归（父亲失业，母亲依然酗酒不停）。虽然他有心脱离毒海，却"一日吸毒，终身难改"。这位可怜的男孩即将挣脱海洛因，却又发现自己不够坚强，只得继续为自己已控制住毒瘾的说法找借口，这种情形真让人心疼。他服用毒品时，确实比设法去克服生命中的痛苦感觉舒服多了。他借毒品来逃避现实，当他发现毒品可以带他到一处他能感觉舒适的地方时，对他来说，要他战胜戒毒和经历复原的痛苦是太不容易了。

此外，本书不像这种类型的一些问题小说，作者并没有让读者立即看到药物的负面。作者不仅写吸毒对身心的伤害，也写海洛因给主角带来的一时喜悦。洁美说："药是生命的一部分——喜悦与权利。药让你上山下海，使你觉得舒服。药有时带你到另一个星球，有时你必须自己找路回来。""追龙……就像中国龙。那股烟，那是你的中国龙。你把那条龙吸入，它在你静脉里卷曲着。你比任何人都爽。你比丘吉尔赢得大战还爽，你比穴居者发现火还爽，你感觉有如罗密欧最后跟朱丽叶上了床一般。"享受毒品，两位主角发现自己逐渐无法自拔，吸毒便成为生活的全部。最可悲的是：他们明知吸毒的害处，依然继续吸毒，并且贩卖毒品给他人。他们不再介意生命的长短，完全不抗拒地在毒海沉浮，正如塔尔说的："如果你不介意在 20 岁前死去的话，海洛因不错。"

正面成人角色的问题

《嗑药》中的父母角色，正是在第二次世界大战结束前后出生的男女。这种年龄的人夹在两代之间，扮演了最尴尬的角色。他们一方面受传统道德礼教的约束，要孝顺父母，一方面又得应付社会新观念的冲击，调适对子女的管教方式。诚如作家兼评论家佩克（Richard Peck）所说的："我年轻时，成人管理这世界；我长大成人时，年轻人正在管理这世界。"[11]两边不讨好是这种年龄的人的最大困境。

"正面成人角色"（positive adult characters）没有标准的定义与范畴，常常因人、因事、因时、因地而有所不同。随着经验的累积，子女对"正面成人角色"的定义会改变。14 岁的青少年，常认为朋友的父母比较合理、了解。他们期待的"好"

父母应该不吼叫、处罚轻，而且能了解子女的欲望。大部分青少年总认为别人的父母比自己的父母"好"，认为自己的父母不讲理、限制多、不与子女沟通。吊诡的是，只有等长大成人（或后来为人父母），才会了解自己父母的"好"。

因此，《嗑药》的两位主角对"正面"成人的期待不相同是可以理解的。塔尔只希望父母不虐待子女，洁美期待的是："大人给你自由并且了解你。"她认为接纳她和塔尔"蹲踞"的李察与范妮（Vonny）是一对"好"父母。她举例说："实际上，李察与范妮是一对十分合理的父母。我可以与男友过夜。他们把大麻香烟递给我。我可以用我喜爱的颜色装饰我的房间，在外面爱待多久就多久。他们是完美的父母。"洁美十分任性，她对父母的约束感到很厌烦，她向往的是完全没人管教的生活："我们可以熬夜到多晚都可以，只要我们喜欢，爱什么时候起床，就什么时候起床。"

在塔尔眼中，家中的两位长辈都是负面人物。父母彼此威胁对方、责怪对方。塔尔母亲整个早上都躺在床上，下午喝得醉醺醺的。塔尔为减轻父母之间的冲突，放学后要急忙回家帮助购物、煮茶、清扫。塔尔母亲承认自己不是贤妻良母。父亲在塔尔被捕后的自我告白中，也承认自己是失败的父亲。塔尔夹在父母当中，压力沉重，忍不住说出心中的话："我比较恨我妈妈，因为爸爸只是吓我，但妈妈让我觉得又脏又没用。"

在一般青少年文学作品中，正面的成人角色往往担任救赎角色，在子女或晚辈遇难时，伸出援手。《嗑药》全书就缺少正面的成人角色，即使洁美的父母也有他们性格上的缺陷。但加入正面的成人角色，又怕会变成说教性重、过于抽象、理想化的平面人物，而且会妨碍作者设计的背景、情节。或许这本书的作者就有这样的考虑。

真正的正面成人角色其实不一定能扭转失足者的生命方向。《嗑药》让我们想起20世纪70年代讨论吸毒危害青少年

的名著《去问艾丽斯》（*Go Ask Alice*）。⑫这本当年销售 300
万册以上的畅销少年小说，以日记形式叙述一位受同学无意中
陷害（在派对饮用的可乐中混入毒品）的女孩的悲惨生命历程。
她虽然有父母两位正面成人角色的协助，自己也曾努力挣扎过，
终究无法摆脱毒品，而死于非命（无法确定她的死亡是蓄意服
毒自杀还是无意中服用毒品过量）。

阅读年龄层

适读年龄常常是图书馆员与家长购买书籍最先考虑的条
件，教师也是以适读年龄作为推荐学生读物的主要标准。一般
不涉及暴力、性、毒品、酗酒等比较敏感尖锐元素的读物，根
本没有适读年龄的问题。相对地，《嗑药》是一本涉及吸毒、
煽动刺激的少年小说，它的内容在出版后一直是主要的争论
点。如果我们要评估它的影响力，则必须将读者的年龄列入考
虑。因此，大家相当关心它的适读年龄层。几本儿童文学专业
评论杂志在评析这本书时，提到它的适读年龄层如下：

《书单》（*Booklist*）：10~12 级（16~18 岁）。

《号角》（*Horn Book*）：较长者。

《克戈斯》（*Kirkus*）：13~16 岁。

《学校图书馆杂志》（*School Library Journal*）：10 级以上（16
岁以上）。

VOYA：7~12 级（13~18 岁）。⑬

从上述这几本杂志的推荐中，我们可以看出，《嗑药》这
本书的最适合阅读年龄应该至少在 13 岁以上。书中两位主角
的这段故事年龄为 14~18 岁。一般读者阅读与自己年龄相近的
青少年的故事，会觉得与自己的情境比较契合，也比较容易引
起共鸣。

适读年龄只是一种参考，图书馆员、家长和教师可以依此

作为推荐的根据。他们也可能细读《嗑药》这本书，才做出学生、儿女及一般社会阅读人士是否适合阅读这本书的决定。很显然，由于这本书特殊的主题与内容及获得大奖，许多成人都曾读过，这点可以从网络上的热烈讨论与购书网络的"顾客评析"得到证明。由网络上的讨论发现，其中绝大多数的图书馆员、家长和教师对于这本书有极为深刻的了解，都不反对让青少年接触这本小说。另一个值得思考的问题是：如果文学作品也依照电影、电视节目分成普遍、保护、辅导与限制四级，《嗑药》应归类为哪一级？

法治观念问题

依据《嗑药》的背景描述，20世纪80年代的英国朋克族自认是"无政府主义者"（anarchists），几乎没有法治的观念。他们常常未经屋主同意，随意进驻空屋，认为是理所当然的；他们把这种行为称之为"解放空屋"。蹲踞他人房屋在那个年代并不违法，大众也不全然反对蹲踞这种行为。不少人认为，许多人无屋可住，又有许多房屋、公寓空着，还不如让人进去住。蹲踞者以为，"蹲踞"不仅是找地方住而已，它已成为一种运动。⑭在这本书设定的时空里，英国布里斯托（Bristol）有多人参与"停止城市运作"活动。他们倡导"解放"（liberate）运动，解放商店里的食物、衣服，解放书店里的书，解放房东的房子。尽管如此，随意入侵他人房子总是有违常理，令人觉得不安。李察带着史卡力与塔尔去开发新的"蹲踞站"时，动作还是偷偷摸摸的，不敢过分招摇；李察撬开窗子时，也有点提心吊胆；他们不敢让别人发觉他们在屋内，所以不点灯，甚至不准史卡力抽烟。等待一段时间，"蹲踞站"便建立了。

等"蹲踞站"建立后，他们便开始另一次解放行动。一天夜里，李察、范妮、塔尔、洁美等人竟然要扮演"现代罗宾汉"，身穿奇装异服，有如参加嘉年华盛会。他们使用强力胶，悄悄喷入每家银行大门锁内，然后在门上写着"黏你"（stick you）的标语与"无政府者"的标志。他们一个晚上共跑了16家。第二天，每家银行的工作人员都被锁在外面，钱锁在里面，金融界的混乱情形便可想而知。所有参与者只有范妮一人有着罪恶感，她认为这样做会影响当地的财政金融，人们可能会丧失金钱，经济会有麻烦等。

"解放空屋"或许在20世纪80年代的英国不算违法，但用强力胶喷入银行大门锁内，使银行无法营业，至少应该有妨害他人营业之罪。这些人热衷于"解放"二字，连三餐的食物、生活的必需品也是解放来的。他们不认为"到书店窃书、到商店窃取货品（食物、酒等）"是不对的。罗伯从小就做这种事。莉莉更轻松地说："食物到处堆积着……你走进去。你四处看看，看你需要什么食物。你把你要的食物放在大衣下或购买袋里，然后带回家吃。"塔尔与他们为伍后，也做同样的事："我常常瘦瘦地走入超市，出来时胖胖的。"他们从来未曾失手过，也没有尝过坐牢的滋味。在他们眼里，把吸毒、贩毒也类同为解放的一种，没什么好大惊小怪的；他们游走于法律边缘，寻找乐趣与刺激，伤了别人，也毁了自己。

媒介应用问题

《嗑药》在媒介应用上引发出几个问题。这些问题包括如何使用媒介、评论者身份的分化与使用不同媒介的效果等。《嗑药》以印刷媒介与读者见面，最早的评论也是见诸文字。但随着议论这本书的读者（如学者、专家、一般教师、家长、一般读者等）日益增多，印刷媒介并不是唯一能出现评论意见的地方。计算机的普遍使用让评论者另辟天地，他们找到一处几乎能够立即回应的天堂，让人人畅其所言，参与感也更重，电子媒介充分发挥功能。一向担任类似职业评论者的学者、专家，面临这种突来的变化，一时不太能接受。但无可否认，这些临时起意的业余评论者，不受理论左右，常常语出惊人，在某些方面更胜一筹。

《嗑药》由于主题争论性大，出版后又连获两个大奖，因此评论性文字较多，相关的专业性杂志均将它列为评论对象。美国威斯康星大学（麦迪逊校区）的"儿童读物中心"（Cooperative Children's Book Center，简称 CCBC）不但将它列入该中心每月儿童读物讨论书籍之一，并且由虹妮（Kathleen T. Horning）教授担任负责站长，开放网络，邀请熟悉该书出版情形的专业人士提出说明，还让各界人士参与发表对这本书的看法。[15]这种类似电视"叩应"（call in）的表达方式，可以聆听社会上不同阶层的人对同一本书不同角度的看法。从"儿童读物中心"的尝试中，我们看到对《嗑药》一书的种种正反不同意见，讨论热烈，褒多于贬，肯定了这本书的价值与可读性。这类利用网络听取不同意见的方式，引发了一个有趣的问题：印刷媒介的介绍或评论，是否应借助于电子媒介而达到推广（或推销）的目的？效果如何？记得电视刚问世时，由于播出时间有限，分秒必争，一般节目很少讨论印刷媒介的良弊得失，但印刷媒介（如报纸、杂志）却有足够的篇幅来批评电视节目。半个世纪后的今天，有线电视几乎已进入每个家庭，媒介可彼此监督，借助电视或网络，或许有助于印刷媒介的生存。

与"儿童读物中心"的"上网"比较，"亚马逊购书网站"（amazon. com）对《嗑药》的处理方式，就显得商业气息重了些。它以推销书籍为主，在"评论"（Review）"顾客评语"（Customer Comment）与"与作者对谈"（Hooked on *Smack*）[16]项目中，对《嗑药》作了相当详细的介绍，使顾客在购买该书之前，能对全书的背景、内容有较清楚的概念。[17]"评论"摘录了《出版家周刊》（*Publishers Weekly*）、《克戈斯》（*Kirkus*）与《号角》（*Horn*

Book）这三本专业杂志的评论，褒贬俱有；"顾客评语"则列出 14 位分别来自美国、英国、以色列与加拿大的读者的简短评语。这 14 位读者都给予《嗑药》最高评价的"五颗星"。在"儿童读物中心"网络上的讨论正负都有，而"亚马逊购书网站"上却只见正面的肯定，若是负面评价完全被过滤掉，就难免有协助推销之嫌。

另一个印刷媒介与电子媒介互动的得失也发生在《嗑药》上。该书作者在上"亚马逊购书网站"的"与作者对谈"时，谈到这部作品将拍成电视连续剧，分级为 R 级（限制级），18 岁以上才能观赏，即这本书的青少年读者将看不到电视连续剧。[18]这未尝不是一种讽刺，因为看到这部连续剧的人，可能都是不会或不想吸毒的成年人，而可能走上歧途的青少年却反而没机会欣赏，连续剧的功能变成另一个值得探讨的问题。再一个问题是，欣赏一部连续剧花费的时间不能与阅读原著的时间相比。连续剧播出通常只有数小时，往往让观赏者产生错觉，以为任何难题都可在短短数小时内解决。这是电子媒介密集影像抑制思考的遗憾。阅读原著则不太可能一次看完。阅读后的思考与沉淀比单纯阅读复杂，这也就是多内森所说的："他们（读者）在阅读之间有时间去沉思角色的问题及解决方法。"[19]当然，沉思的功效远超过坐在电子媒介（包括电影、电视、计算机）前等候结果。

结　　论

在讨论《嗑药》的内容与形式衍生的几个问题后，我们不禁要问：少年小说只能写问题青少年的故事吗？写好孩子的故事就不吸引人吗？美国少年小说家亚瑟（Sandy Asher）提出另一个写作空间。她把她的作品集中在好孩子的身上，写他们的家庭与友情，写"他们学会处理悲伤、孤独、恐惧、嫉妒、愤怒、挫折、惶惑、爱——与缺乏爱——因为好孩子必须处理这些（情绪）"。[20]就广泛的范畴来说，问题少年小说的书写内容又何尝没有包括上述这些情绪的处理？这些情绪的转变可大可小，完全由作家掌控。他可以针对想强调的方面改变表达方式，他可以用夸张的手法来描述，他也可以用平铺直叙的技巧来刻画。所以，问题大小并不是唯一重要的。只要它的确暴露现实社会值得人们关心的一角，能丰富读者经验、冲击读者心灵，因此增加读者对问题的适当反应，它就是优秀作品，而不是一些人所界定的"没有深度、角色发展柔弱、情节不多的故事"，[21]或"提供一个逃避（孩童）问题数小时的绝妙方法"。[22]

尽管《嗑药》有许多不同论点的争议，但就总体看来，它算得上是一部杰出的少年小说（*VOYA* 的编者兼评论者麦克雷誉之为 20 世纪 90 年代的《去问艾丽斯》）。比较令人忧心的是，真正在毒海中沉浮的青少年不太可能、也不太愿意去阅读叙述他们悲惨遭遇的这样一本书。吸毒不是想戒就能戒得掉的。一旦接触毒品，毒瘾逐渐在体内散开，可能终生不得摆脱。就青少年读者来说，这本书可能可以劝告那些从未碰触毒品的人，不要去尝试毒品。英国的一位学生在回答《嗑药》会不会伤害年轻读者时，说："如果你读了《嗑药》，你就不必试着服用海洛因去发现有关毒品的一切。"另一位学生指出，读这本书"比老师训诫你有效多了"。学生珍尼斯（Janis）更直截了当地说："使人们堕落的不是书本，而是其他的人。"[23]书中主角塔尔的遭遇就是令人心疼的例证。他被朋友、爱侣与归属需要所左右，又无法培养自己的内在力量，终于走上沉沦之路。

阅读少年小说不但不会使青少年堕落，还能增加生命经验与意义的深度体会。阅读这部作品也许使青少年读者提早看到社会的阴暗面，但当代的青少年哪一个不是日日与电视为伍，时时接收社会阴暗面的报道？或许他们早已练成百毒不侵的绝世武功。纽约史岱文森中学（Stuyvesant High School）十年级学生罗森（Julie Rosen）的看法值得我们深思。她说："阅读'令人沮丧的书'帮助我们认清青少年真正面临哪些问题。这种书拓宽我们的前景，并协助我们对世界问题比较不会无动于衷。"㉔《嗑药》也是"令人沮丧的书"，但青少年有了抗体，它的副作用也就有限了。

《嗑药》里的青少年生活，没有饥饿的恐惧，没有战争的威胁。上一代人的生活压力，对他们来说，可能是天方夜谭。物质上没有欠缺，但心灵上觉得空虚茫然，他们活得并不快乐，他们有新的忧虑。在周遭环境的急速变迁中，旧的伦理道德逐渐衰微，新的为人处世标准尚未建立，他们不知如何拿捏取舍，很容易落入慌乱中。结果，他们与亲人、师友疏离，与社会疏离，甚至与自己疏离。原本预估不应该发生的事发生了，悲剧接二连三出现。《嗑药》的故事不过是其中之一。1998 年 6 月 14 日《纽约时报》书评专栏刊登的一篇短文，一针见血地给当代青少年作了最佳的描绘。作者芬尼根（Wm. Finnegan）说："我们见到这些年轻人如何与为何做了不幸的选择，也见到这件事的必然性：并不是年轻人的梦在他们能力掌握之外，而是他们全然不做梦。"㉕结果，年轻人追逐的是现实短暂的快乐、快餐式的欢乐，不想也不愿想到未来。当然，当代青少年也有他们的苦恼。他们正如佩克所说的："这是被迫在成年生命得具备竞争力与成功的一代，他们欠缺必需的连续性的注意力、个人规律与沟通技巧。这是具有新的理由畏惧未来的一代。"㉖或许成人还得继续扮演不讨人喜欢的正面角色，不忍在一旁冷眼旁观年轻一代步入歧途，就会积极地伸出援手，让他们知所进退。

《嗑药》出版后的媒介使用问题也值得作家与出版者三思。在电子媒介充斥整个传播市场后，印刷媒介日渐萎缩，甚至有被取代的可能。《嗑药》把握了种种不同的机会，在得到两项大奖后，先在印刷媒介上获得肯定，后立即与电子媒介结合，让一般大众注意到整本书的内涵与效果。无论是网络上的公开讨论、网络购书介绍还是改编成影视事宜的间接宣传，作家与出版者都懂得借力使力，达到宣传的最佳效果。即使是家长的批评、图书馆员的排斥、评论者的否定，也都发挥了一定程度的影响作用，使人人知道这本书的存在，想购买或借来阅读，印证所听所闻的一切。这种媒介的调适与运作说明媒介之间不完全是互相排挤，如果使用得当，还能造成双赢。所以，书的质量最为重要。被认定为值得一读的好书，电子媒介会主动推荐，形成一股阅读热潮。

问题少年小说问世于20世纪60年代末，至今已有数十年。它是少年小说类型中极为重要的一类，虽然它的争议性颇高。它的成长与发展都是自然形成，而不是某些作家刻意推动。无论时代如何演变，这类作品还是会继续存在，因为人世间的问题层出不穷，只是表达的方式可能不同。多内森谈到问题少年小说的未来时，特别强调作家的实验精神。他认为，问题少年小说已从写实主义转为后现代主义（postmodernism）。他列举一些极富想象的作品来支持他的论点。[27]或许我们应该特别注意他对于作家写作的看法。他说："许多今天的作家正在寻找新的手法来处理旧的问题。"[28]新颖的创作技巧也正是台湾少年小说作家最需要的。

上述的这些问题都是《嗑药》的表达形式与实质内容引发的。如果再深入思考，我们不能忽略另一个同样重要的问题：这本书对少年读者的负面影响。我们同意"使人们堕落的不是书本，而是其他的人"的说法，但也担心有些少年读者只信服书中的部分描述。假如有读者向往书中描绘接触海洛因的瞬间快乐，而不考虑上瘾后的悲惨下场，愿意吸一两口，追求忘我的境界，摆脱现实的烦恼，我们将如何劝止他们呢？单亲家庭或与父母失和的孩子、升学压力下的学子，极可能因一时的痛苦，寻求短暂的麻醉，而沾上终生难以去除的吸毒行为。这是一个既严重又严肃的问题。

在详论《嗑药》引发的不同问题之后，再回头省思。台湾的少年小说也有不少触及当前社会现实问题的作品，例如谈飙车的《白玫瑰》[29]、谈父子亲情的《一半亲情》[30]、谈亲子关系与同辈压力的《两本日记》[31]、谈父母关系的《我的爸爸是流氓》[32]、谈智障的《我是白痴》[33]等。另外，《幼狮少年》先后刊登不少有关青春阶段问题的短篇小说。这些作品的共同特色是只点到为止，作者不想再进一步深入挖掘。他们只是暴露了问题的表象，深层部分依然保留。或许是社情不同，作家对问题的认知不同，因此对实际问题的揭示态度也有所差异。但问题小说的出现，至少已彰显作家对社会现存实际问题的重视。作家只要在技巧上加强琢磨、作品的思想层次不断提升，问题少年小说在台湾还有很大的发展空间。

> 本文为静宜大学主办"第三届儿童文学与语言学术研讨会"论文，1999 年 4 月 30 日、5 月 1 日。《儿童文学家》第 25 期（1999 年 6 月）转载

【注释】

① 罗克威尔（F. A. Rockwell）著，丁树南译：《谈问题》，《写作浅谈》，台北，学生书局，1961，第 155~156 页。

② 同①。

③ Carl M. Tomlinson & Carol Lynch-Brown, *Essentials of Children's Literature*（Boston: Alleyn & Bacon, 1996）, pp.140~141.

〔卡尔·汤林逊、卡罗尔·林齐-布朗：《儿童文学本质》，波士顿，艾林贝肯出版公司，1996，第 40~141 页。〕

David L. Russell, *Literature for Children: A Short Introduction*（N.Y.: Longman,

1994），pp. 137~139.

〔大卫·罗素：《儿童文学：简论》，纽约，朗文出版社，1994，第137-139。〕

④ Gloria D. Miklowitz, "Writing the Teenage Problem Novel," *The VOYA Reader*, Dorothy M. Broderick, ed.（Metuchen, NJ: The Scarecrow Press, Inc. 1990），p. 264.

〔葛罗瑞亚·密克罗维：《书写青少年问题小说》，《青少年倡导者之声读本》，桃乐丝·布罗德瑞克编辑，新泽西州梅塔钦，稻草人出版公司，1990，第264页。〕

⑤ Kenneth L. Donelson & Alleen Pace Nilsen, *Literature for Today's Young Adults*, 5th edition（N.Y.: Longman, 1997），p. 97.

〔肯尼士·多内森、亚林·培斯·尼尔森：《当前青少年文学》，纽约，朗文出版社，1997，第97页。〕

⑥ 同⑤，第77~89页。

⑦ 同⑤，第89~104页。

⑧ 梅尔文·伯吉斯（Melvin Burgess），《磕药》（*Smack*）。这本书1996年在英国出版时，原名为*Junk*。1998年出现在美国市场时，却改名为*Smack*。junk与smack均为俚语，本意为麻醉毒品，尤指海洛因。另外，封面也重新设计。改名的主因是先前有一本与海洛因有关的成人书叫作*The Story of Junk*（《海洛因的故事》）。为了避免混淆与误认，出版商就把书名改为*Smack*，但里面的一切文字均维持不变。此书繁体中文版于2000年由台湾小鲁文化事业股份有限公司出版。

⑨ 这是《嗑药》作者伯吉斯（Melvin Burgess）接受"亚马逊购书网站"（amazon. com.）戴维斯（Brangien Davis）访问时的意见。

⑩ Cathi Dunn MacRae, "Fiction Reviews, " *VOYA*, February 1998. p.359.

〔麦克雷：《小说评论》，《青少年倡导者之声》，1998年2月号，第359页。〕

⑪ Richard Peck, "Problem Novels for Readers Without Any," Virginia R. Monseau & Gary M. Salvner, eds., *Reading Their World——The Young Adult Novel in the Classroom*（NH : Portsmouth, Boynton/Cook Publishers, Inc., 1992），p.72.

〔李察·佩克：《给所有读者的问题小说》，维吉尼亚·孟索与葛利·萨尔纳合编，《阅读孩子的世界：教室内的青少年小说》，新罕布什尔州，朴次茅斯，波恩顿/酷克出版公司，1992，第72页。〕

⑫ Anonymous, *Go Ask Alice*（N.J.: Prentice-Hall Inc., 1971）.

〔佚名：《去问艾丽丝》，纽泽西州，普林帝斯－霍尔公司，1971。〕
作者比阿特丽斯·斯帕克斯（Beatrice Sparks）原先匿名，但后来在 1979 年接受访问，承认为其作品。

⑬ 威斯康星大学（麦迪逊校区）的"儿童读物中心"（Cooperative Children's Book Center），将《嗑药》列入该中心 1998 年 6 月儿童读物讨论书籍之一，而且由虹妮（Kathleen T. Horning）教授担任负责站长，开放网络，让专业人士、不同类型的读者提出阅读经验与感想。开放时间长达一个月（1998 年 6 月 1 日至 7 月 1 日）。适读年龄表由虹妮教授整理。

⑭ Melvin Burgess, 'A note on Squatting', *Smack*, pp. 319~321.

〔马文·伯吉斯：《蹲踞摘记》，《嗑药》，第 319–321 页。〕

⑮ 同⑬。

⑯ "Hooked on *Smack*" 本意为"着迷于《嗑药》"或"对《嗑药》上瘾"，但全篇内容为《嗑药》作者伯吉斯接受"亚马逊购书网站"戴维斯的访问经过，因此译成"与作者对谈"。

⑰ 参看 www. amazon. com.

⑱ 这是《嗑药》作者伯吉斯（Melvin Burgess）接受"亚马逊购书网站"（amazon. com.）戴维斯（Brangien Davis）访问时的意见。

⑲ Kenneth L. Donelson & Alleen Pace Nilsen, *Literature for Today's Young Adults*, 5th edition（N.Y.: Longman, 1997），p. 85.

〔肯尼士·多内森、亚林培斯·尼尔森：《当前青少年文学》，纽约，朗文出版社，1997，第 5 版，第 85 页。〕

⑳ Sandy Asher, "What About Now? What About Here? What About Me?" Virginia R. Monseau & Gary M. Salvner, eds., *Reading Their World——The Young Adult Novel in the Classroom*, pp. 78~81.

〔桑迪·亚瑟：《现在怎么啦？这儿怎么啦？我怎么啦？》，维吉尼亚·孟索与葛利·萨尔那合编，《阅读孩子的世界：教室内的青少年小说》，新罕布什尔州，朴次茅斯，波恩顿／酷克出版公司，1992，第 78–81 页。〕

㉑ 同③，第 140 页。

㉒ Lou Willett Stanek, "Real People, Real Books: About YA Readers," *Young Adult Literature: Background & Criticism*, compiled by Millicent Lenz & Ramona M. Mahood（American Library Association, 1980），p. 54.

〔罗·威列特·史塔克：《真人，真书：关于青少年读者》，密利生特·伦兹、雷蒙娜·玛夫编，《背景与评论》，美国图书馆协会，1980，第 54 页。〕

㉓ Cathi Dunn MacRae, "Fiction Reviews", *VOYA*, February 1998. p.359.

〔麦克雷:《小说评论》,《青少年倡导者之声》,1998年2月号,第359页。〕

㉔ Julie Rosen, "Mature Young Adult Books are Given a Bad Reputation," "Notes from Teenage Underground", *VOYA*, December 1998. p.347.

〔茱莉·罗森:《成熟的青少年书籍获得坏名声》,《地下青年摘抄》,《青年倡导之声》,1998年12号,第347页。〕

作者罗森是纽约史岱文森高中学生。这篇短文是响应1998年8月2日刊登在《纽约时报周日杂志》(*The New York Times Sunday Magazine*)上 Sara Mosle 写的一篇批评问题少年小说的文字:《前景的阴郁》(*The Outlook's Bleak*)。罗森曾以"读者投书"方式寄给《纽约时报》一封信,但信中重要部分被删除了。*VOYA* 的这篇短文只字未删。

㉕ Wm. Finnegan, "Cold New World," *N.Y. Times* "Book Review",June 14, 1998.

〔芬尼根:《冷酷新世界》,《纽约时报》"书评"栏目,1998年6月14日。〕

㉖ 同⑪,第73页。

㉗ 同⑤,第106页。

例如维吉尼亚·汉密尔顿的《甜美的低语,拉什兄弟》(1982),安尼特·卡蒂斯·克劳斯的《银吻》(1990),劳伯·寇密尔的《凋落》(1988),布鲁斯·布鲁克斯的《一本正经》(1989),露易丝·劳瑞的《记忆受领员》(1993),彼得·狄金孙的《伊芙》(1989)等。

㉘ 同㉖。

㉙ 李潼:《白玫瑰》,李潼:《屏东姑丈》,台北,远流出版社,1991,第141~158页。

㉚ 陈升群:《一半亲情》,《一半亲情——台湾省第十一届儿童文学创作奖专辑》,1998。

㉛ 莫剑兰:《两本日记》,台北,九歌出版社,1996。

㉜ 张友渔:《我的爸爸是流氓》,台北,小兵出版社,1998。

㉝ 王淑芬:《我是白痴》,台北,《民生报》出版社,1997。

少年小说的功能与欣赏作用

——以"九歌现代儿童文学奖"得奖作品为例

前　言

"九歌现代儿童文学奖"于 1992 年创办。这个奖项是目前台湾硕果仅存的少年小说奖，前后得奖作品几乎全部出书。就台湾儿童文学创作而言，影响力不可说不大。它为不少热爱创作少年小说的人提供了挥洒的空间，陆续出版的得奖作品也带给青少年与阅读关系密切的故事，并从中得到某些启发，作为实际生活的参考。

以这个奖项作为学术研究的论文至今不多。由于得奖作者分散，而得奖较多的郑宗弦和王文华作品虽多，但仍不足以用"作家研究"的方式来剖析。虽然该奖得奖作品已有许多，但如果要选择研究方向，只能以作品中的共同现象来分析，才可以获得一些有关这个奖项的影响与功能的结论。

一般小读者翻阅儿童文学作品，最可能出自于"这本书好不好看"。换句话说，阅读重心在于作品的趣味性。但实际上，阅读过程并非如此单纯。任何读者都是以过去阅读的完整经验来阅读新的作品，也就是以所谓的"预存立场"（predisposition）来作为验证新作品的准则。卡勒（Jonathan Culler）说："把一部文本当作文学作品来阅读，并不是要把读者的脑子变一片空白，毫无先入之见地去读它。读者必定会带着他自己对文学论述作用的理解去读它，这种理解告诉读者应该去寻找什么。"[①]这段话是对读者阅读行为的最佳说明。

读者以自己的"预存立场"去阅读作品，作品本身的功能和欣赏作用与读者的关系往往就会变成是间接的，而非直接的，也就是说，作品的功能和欣赏作用应是潜移默化的过程，而不是直截了当的说教。

作品的功能分析

　　就少年小说的功能而言，约略可分为"提供乐趣""增进了解"和"获得信息"三种，其中又以"提供乐趣"最受专家学者肯定。"寓教于乐"的说法验证了"乐趣"不离教育，但绝非"说教"。"文以载道"的说法基本上常被视为"说教"，但在现代青少年心目中，几乎完全无法接受"说教"。然而，具有深厚"乐趣"的作品极可能同时具备"说教"的功能，因此，作者如果能不假痕迹将某个特殊主题融入，达成娱乐与教育双重作用，则即使作品具有浓烈的说教意味，读者还是乐意接受。当然，我们不难发现，许多作品是以"提供乐趣"为最主要功能的。

　　不论"提供乐趣""增进了解"还是"获得信息"，似乎完全以读者为出发点。这三种功能可以单独存在，也可互相影响。熟悉文学作品的人都知道，不管是何种年龄层的读者，"乐趣"往往是他们阅读作品首先考虑的目标。抛开"乐趣"，阅读就会变成一件乏味的事。即使读者阅读的重心在于寻找"信息"，他们寻找的也绝不是说教或教训，而是学习的乐趣。换言之，阅读文学作品时，读者寻找的是阅读的乐趣，甚至寻找借阅读逃入另一种生活或地方的乐趣。

　　总之，我们可以认定作品中的叙述过程必定拥有上述三种功能之一二或三者兼之。只要作者用心经营，便可以凭借作品中角色的互动，达成这三种功能，协助角色成长。这三种功能主要是针对读者，这是毋庸质疑的。下面这些取自"九歌现代儿童文学奖"的例子，便是最好的说明。

一、提供乐趣

"乐趣"是吸引青少年阅读的主要因素。现代青少年强调自我发展与寻找自我的重要，基本上不愿接受任何形式的约束，更急于摆脱教科书式的呆板乏味。因此，任何一部要激发青少年潜在阅读欲望的作品，首先必须把"乐趣"摆在第一位，才有可能使得青少年心甘情愿在翻开第一页后，继续阅读下去。

所谓"乐趣"并非提供低俗胡闹的故事来吸引与迎合青少年。作者在安排作品中的青少年的种种生活体验（包括内心和实质的探索过程）时，即使主角必须遭受严酷的考验，笔调依旧可维持幽默、懂得自我调侃，在严肃中不忘周遭一些趣味性的描绘，例如添加人生乐趣的偶发事件，这种安排不但不会伤害主角的成长，反而有助于读者对整篇故事的了解和融入。

铺陈青涩年少多坎坷也不一定要用沉重的笔法。有的少年小说叙述苦儿成长的过程，环境的艰辛固然是刻画的重点，但苦儿努力的经过依然可以有许许多多的乐趣之事作为点缀。幸福家庭亲情的描写更应以乐趣为主，才能引起读者的共鸣。家中成员的对话和动作，都可给读者带来不同程度的乐趣，这完全要仰赖作者的功力。

"提供乐趣"是少年小说最基本的功能。这个奖项的得奖作品绝大多数都能达成此项功能。例如《少年龙船队》（李潼）中青少年之间的言语、动作；《天才不老妈》（陈素宜）里的母子互动；《创意神猪》（吕绍澄）中的神猪突然死亡，家中如何应付变局；《魔法双眼皮》（黄秋芳）里的女生的异想天开等。另外，科幻作品的主题虽较严肃，但在"增加了解"的同时，也可提供不少乐趣。如《孪生国度》（陈慊仪）给予的新装饰品的运用；《七彩肥皂泡》（李志伟）在嘲讽之余又略带趣味；《图书馆精灵》（林佑儒）的身份转移时的特殊状况等。

二、增进了解

青少年无法拒绝成长，每个人迟早都得脱离温室期的儿童阶段，学习如何成为一个独立个体，学会照顾自己，不再仰赖他人。更重要的是，在连接儿童与成人阶段的青少年时期，同时也需要学会照顾他人。卢肯斯（Rebecca J. Lukens）指出："处于精力充沛状态的少年小说角色，提供了有趣的、有利的事物了解；优秀的文学作品提供了有关这个年龄层的最好线索。对青少年而言，文学可充当观察自我的一面镜子，因此更了解自己，同时也充当一盏灯，让他们去观察他人，不论是个体或团体。"②用镜子观察自己、用灯照亮别人的同时，也观察了别人，了解了别人。

少年小说的"增进了解"功能不仅仅是指单纯地了解自己、了解别人，还包括了解周遭的世界，了解大自然的运作。广义地说，这里所说的了解，实际上就是了解生命，了解生活。唯有了解生命、生活，才能充实自己的生命，添加生活的情趣。

人生有限，我们无法进入每个人的生活圈里，亲自去体验不同的生活。有了阅读，我们可以在短暂时间内，了解别人过去或当前的生活状态，甚至于了解他们的思维方式，汲取他们的经验，避免犯下同样的错误，在人生道路上，走得更顺畅些。

不论写实还是科幻，这些得奖作品确实做到了"增加了解"的功能。《老番王与小头目》（张淑美）让读者进一步了解排湾人的现实困境；《再见，大桥再见》（王文华）则说尽了赛德克人当前生活悲痛的一面。《青春跌进了迷宫》（林峻枫）借同性恋题材，说出了青少年对性别倾向的困惑；《又见寒烟壶》（郑宗弦）和《风与天使的故乡》（林佩蓉）告诉读者失母之痛；《下课钟响》（罗世孝）点出当前小学生同学之间的矛盾；《小子阿辛》（李丽申）、《两本日记》（莫剑兰）和《魔法双眼皮》（黄秋芳）等三部作品在质疑当前初中教育的种种缺失的同时，也点出问题之所在，让读者深思检讨。

三、获得信息

一向强调最好的文学作品应该是阅读基础的先驱者罗森布莱特（Louise Rosenblatt），在"提供乐趣"和"增进了解"这两大功能之外，又增加第三种功能"获得信息"（efferent）。所谓的"获得信息"是指"经由阅读得到信息"（the acquiring of information through the reading）。③优秀的文学作品不仅可以给读者带来阅读的乐趣、协助他们了解自己、了解别人和了解外在的世界，还可以让读者很自然地在阅读中从四面八方获得各种不同的信息，少年小说亦是如此。

在科技挂帅的年代，有关科技的信息可说是日新月异。青少年经由教科书得到的信息毕竟还是少数，必须通过其他渠道来补充，文学作品是其中之一。少年小说包含了人物、情节、冲突、语言风格等组成，阅读时不至于让人觉得乏味。在有趣的故事中加入各种相关的信息，读者在翻阅时，随着情节的逆转、冲突的升级等，可以在不知不觉中吸收许多有用的信息。

"获得信息"并非单一功能。作品往往在"提供乐趣"和"增加了解"的同时，也具备"获得信息"的功能。多部作品都强调了文化传承的重要，例如《少年龙船队》对传统民俗的关怀和《秀銮山上的金交椅》（陈素宜）对客家人习俗的刻画，《妈祖回娘家》（郑宗弦）对台湾信仰文化的追溯、对寻根过程的描绘，《南昌大街》（王文华）对主要空间妈祖庙的强调，《老番王与小头目》（张淑美）主角戈德对排湾人生活习俗从排斥到融入过程的叙述，都可让小读者获得相当丰富的信息。奇幻作品虽多以预测未来为主，但也提供了不少与科技有关的知识，如《二〇九九》（侯维玲）与《七彩肥皂泡》。动物保护知识也出现在《阿高斯失踪之谜》（卢振中）、《我爱绿蠵龟》（子安）等作品中。

从以上的分析中，我们可以看出，少年小说的三大功能"提供乐趣""增进了解"和"获得信息"之间，并没有十分鲜明的分野，重叠之处非常多，作品中的某段叙述往往在提供乐趣之余，同时也可拥有增进了解和获得信息的功能。因此，要把这三大功能划分清楚，不是一件简单的事。但划分清楚有其必要吗？

显然，三大功能是阅读作用的延伸。不论作用还是功能的说法均容易制式化、呆板化，只是方便研究而已。实际上，这也正是本研究的局限。如果从推广阅读的角度来看，阅读功能的研究只是一种角度的研究，不够全面。

另外，儿童文学作品在传递乐趣、增进了解和获得信息之余，是否还有其他的附带功能？实际上，上述的三种主要功能多少都涉及教育性。孩童在阅读时，会不会感受到作者在讲故事的同时，有意无意穿插进去的勇气、正义、道德、伦理、自律、爱心、责任、合作等少年人格成长的必备品德？

认同、洞察、移情、顿悟和净化

以青少年为主要阅读对象的小说作品可略分为两种：一种以青少年为主角，内容偏重于其成长及启蒙的过程，借成长及启蒙过程来铺陈青少年的成长的坎坷、成长的见闻、成长的喜悦、成长的苦恼、成长的困惑、成长的得失等。另一种作品主角并非青少年，但其感性语言及理性说理内容适合他们阅读。这两类作品虽各有千秋，目标却是一致的。青少年阅读良好读物，在身心成长与社会化的过程中，便能有所借鉴、明辨是非，进而产生认同、洞察、移情、顿悟、净化等潜移默化的作用。本文同样尝试以"九歌现代儿童文学奖"得奖作品为例，试论这五种欣赏作用。

一、认同

"认同"（identification）作用担任的是"情境相近，产生共鸣"的功能。在发现文本中角色的情境与自己过去、当前或未来可能的情境相近时，可能认同对方，并与对方产生共鸣。认同作用在少年小说中极为普遍。很多青少年对小说中主角的种种行为会有认同的冲动，例如主角如何挣脱困境、力争上游等，往往可给那些正徘徊在抉择关头的青少年一些启示，并认同其行为。例如少数民族青少年在读完《老番王与小头目》后，会认同主角戈德的选择。功课不理想的青少年会觉得《魔法双眼皮》里的男女主角的次文化行为可以认同，《小子阿辛》也是一样。曾在小学、初中阶段，受同学欺凌的青少年看了《两本日记》和《下课钟响》后，会觉得书中的两位主角不啻是自己的化身，而予以认同。青少年也许在《又见寒烟壶》《成长的日子》《南昌大街》《风与天使的故事》和《少年鼓王》（郑如晴）这几篇作品中，对主角的不幸遭遇，感同身受。《第一百面金牌》的主角愿意从事办桌的行为，是认同父亲的工作。《花糖纸》（饶雪漫）虽是描写一位任性、霸气、刁蛮的女孩的高一生活故事，但文中抒发的少女情怀却一样可以得到少女们的认同。王文华的《年少青春纪事》亦是如此。

二、洞察

少年小说中的角色常会因环境或能力无法与同伴相比时，情绪长期自我压抑，形成一时无法化解的结。作者必须安排适当情节舒解其情绪，使得角色的心智和情绪获得统整，并同时确认解决问题的方法。[④]这种统整和确认的过程是作品的"洞察"作用。如《LOVE》（赵映雪）中因车祸失去一只脚的女主角，《我爱绿蠵龟》里无法适应环境的小男生，以及《少年鼓王》中的兄弟，确实经过"洞察"的阶段，回到现实，重新出发。《青春跌入了迷宫》触及同性恋，作者想借"洞察"来为书中女主角解套，情节安排还算合理。陈素宜的《第三种选择》的女主角陷入求学中的情绪压抑，一度盲从同伴，最后靠父母伸出援手，洞察自己的能力，走出困境。这些故事中的主角都身历坎坷遭遇，经过一次突发事件，跳脱自设或外在环境给予的困境。

三、移情

"移情"（empathy）是"一种认同某一对象或目标的动作，并参与其身体上的或情绪上的感觉，甚至到了身体反应的阶段"。⑤它也暗示"对某人或某物的非自发的自我投射"。这种动作是双向的，因为它发生于故事中的角色身上，也会发生于读者身上。换句话说，读者幻想自己是小说中的某个角色或某物，最浅显的例子是阅读《红楼梦》的作用。有人看了《红楼梦》，幻想自己是贾宝玉或是林黛玉。比较起来，得奖作品中的"移情"现象并不是很多，《寻找蟋蟀王》（卢振中）里牵牛的生命完全受制于蟋蟀的生死，是一种相当恐怖的"移情"现象。在《妈祖回娘家》里，叙述者阿源在陪同阿嬷进香过程中，目睹阿嬷对宗教的狂热"移情"，还包含"认同"在内。而《兰花缘》（邹敦伶）和《寒冬中的报岁兰》（陈沛慈）两位男主角热衷于学习种植兰花，应是对长辈狂热于种植兰花的一种"认同"，不宜以"移情"诠释。

四、顿悟

依据乔伊斯（James Joyce）的说法，"顿悟"（epiphany）是"一种艺术上的启示和领悟"。⑥他说："对于所谓顿悟，是指心灵上突然的领悟。这种领悟或来自粗俗的谈话或姿态，或来自内心一个难忘的片断。"⑦"在这种顿悟中显露出来的通常是某种心灵上的缺陷；因此，这种顿悟在显露出事物的真相时，便具有强烈的讽刺性。"⑧顿悟常是一种刹那的感觉，人们看了某一种情景忽然间有所领悟，对自己人生以后的脚步会重新调整。顿悟作用往往出现于文本将要结束时，换句话说，也就是文中角色在经历一番不寻常的考验或刺激后，突然有所领悟。科幻和灾难作品常常可以带来启示和领悟。《又见寒烟壶》和《南昌大街》说明了台湾"九二一"大地震后，青少年对生命无常的领悟。《成长的日子》（蒙永丽）的男主角

在面临失去养父的危险时，顿悟到自己态度的不是，终于接受
新家庭成员给予的爱。《寒冬中的报岁兰》里的女主角一直不
原谅母亲的离去，等到了解母亲是因为患了癌症，才把她送给
父亲扶养，终于领悟母亲的真爱。《七彩肥皂泡》则是告诉我
们一个乌托邦不足以依靠，顿悟现实世界才是真正理想世界的
故事。《猫女》（刘碧玲）中母亲的顿悟稍许可以说服读者。

五、净化

"净化"（catharsis）出自亚里士多德的《诗学》（Poetics），
"意指一种由目睹悲剧动作而产生的有益的净化效果。"⑨"净
化"如何产生亦有不同说法。有人认为，由于观众亲自参与，
从悲剧英雄的命运得知，恐惧与怜悯深具破坏性，因此学会在
自己生活中避免之。有人认为，由于观众受制于恐惧与怜悯这
类令人困扰的情绪，有了亲自参与的机会，把恐惧与怜悯付诸
剧中英雄，矫正不安心情，并使忧虑平静下来。有人把悲剧英
雄视为代罪羔羊，观众的过度情绪可付诸英雄身上，使观众最
后安静下来。⑩人们常常在观赏悲剧之后，进入反思阶段，因
为"净化具有纯净和开发心智的作用……净化的对象包括肉体
和灵魂，净洗的目的是消除积弊，保留精华"。⑪整个过程就
好像洗了一个感情的"三温暖"，精神上好像脱胎换骨一样。
例如第二次世界大战之后，人类开始反思为什么世界上会发生
战争，战争结束后就出现很多浩劫小说。这些浩劫小说在读者
读完之后都会起作用。

依据上面这几种说法来检视这些得奖作品是否蕴含净化作
用，难度颇高，因为这些作品的悲剧性不够，不易合乎净化作
用的要求。台湾早期的少年小说一向强调光明面的展现，这些
作品亦是如此。勉强合乎净化作用要求的只有几部作品的部分
情节。"净化"以悲剧为主。得奖作品中虽不乏悲剧成分，但
真正能产生净化效果的可能只有《冬天里的童话》（冯杰）和
《少年鼓王》。前者以一个行走江湖的老者抚养孤儿为叙事主

轴，故事哀伤感人。后者，大江兄弟的不幸遭遇，也同样令人感伤，但恐惧与怜悯情绪之激发，似不如前者。因此，论及"净化"，困难较多。

关于少年小说欣赏作用的讨论文字并不多。施常花在《论少年小说欣赏的教育心理疗效功能》[12]一文中，曾提出"小说欣赏的层次"的看法。她的看法主要针对少年读者的阅读作用。她认为，少年读者阅读小说时必须历经认同、净化和洞察三个步骤。在她看来，这三步骤是有其顺序的，先认同，再净化，最后洞察。这完全是从心理疗效功能出发的一种观察角度。如果以文学作品的作用为观察角度，认同、净化、洞察不仅发生在读者身上，也同样呈现在文本中角色身上。微妙的是，作品在文中角色和读者身上产生的作用很可能不只这三种，有时还可加上移情和顿悟。

严格地说，探讨发生在读者身上的五种作用，并不是一件容易的工作，因为其作用时间常因读者背景、融入程度等不同因素而有所不同，不易检视或验证。这五种作用在文本中的角色呈现情形，经过作者的刻意详述或隐约点出，往往成为角色态度转变的关键之一，影响以后的情节安排。至于读者在阅读文本后产生的效应问题，只能依据常情，略作揣测，无法深入探讨。

基本上，每篇作品都具备某些欣赏作用，只是程度上的差异而已，"九歌现代儿童文学奖"少年小说得奖作品亦不例外。从上述的简略分析中，我们发现，这些少年小说得奖作品的作用似乎集中在认同、洞察、顿悟和移情上，净化作用较少，主要原因在于许多少年小说作品以呈现光明面为主，避开阴暗面，悲剧成分减少，净化作用自然不高。这种情形相当契合刚刚起步的台湾少年小说。

在小说作品中，认同、洞察、顿悟、移情和净化这五种作用是双向的，也就是说，这些作用发生在作品角色的身上，同时也会在读者身上起作用。由于作品叙述的文字是具体的，作者意图表现在作品角色上的作用就比较明显，研究者也容易按图索骥，把五种作用一一找出。而读者的欣赏作用就不甚明显，评论者或研究者只能根据一般常情去揣摩，约略说出一个大概，这方面当然也涉及读者反应问题。

接受美学学者伊瑟尔（Wolfgang Iser）指出："在阅读过程中，读者不仅要调动自己从生活世界中获得的经验，还要动员他的想象力。由于一部文学作品所描写的世界与读者的经验世界绝不会相同，作者与读者、读者与读者的想象也不会完全吻合。"[13]根据这段话，我们不难理解，不同读者对同一文本的欣赏作用不尽相同，因此，我们不可能找出所有读者共同拥有同一欣赏作用。所以，不论是认同、洞察、移情还是顿悟、净化，都是作者的一种期盼。

既然多数文学作品具有"多意义未定性"（sinnunbestmmtheit）和"意义空白"（sinnleerstellen）[14]，则读者的欣赏作用可能也会产生于作品意义的延伸或填补，甚至于在反叛或背离的过程中。随着延伸和填补，作品的欣赏作用极可能会遵循作者创作的原来意图。有趣的是，即使读者的意义诠释反叛或背离了作者的想法，欣赏作用也照样存在，因为欣赏作用并非完全来自读者对作品的正面反应，负面反应同样也会产生认同、洞察、顿悟、净化和移情作用，不同的只是作用的强弱程度。

结　语

少年小说的作者可能在创作时，并没有默认特定的功能或欣赏作用。他们极可能只是针对特定读者，根据作品主题进行创作。他们也许盼望能同时达成某些预期作用，但相当节制，因为他们熟知创作原则，如果执意把作品重心置于欣赏作用的安排，则可能赋予作品本身太多的教育性，甚至沦于说教，伤害到其文学艺术性。熟悉文学作品的读者也都深切了解，作者首要之务在于按照自己构想把作品写好，至于作品的功能和欣赏作用则有待读者细心品尝，评论者用心剖析。

以这三种功能和五种欣赏作用来剖析"九歌现代儿童文学奖"得奖作品，虽然难免因作品本身质量的问题与奖项既定方向的限制而不甚容易，或造成某些诠释困难，但还是需要有人做此工作，树立一些评析的准则。然而，期待从一些不够深入的评论中来判定这些作品是否合乎普遍性和恒久性，未免有点近乎苛求。从某种角度来看，本文是一种大胆的尝试。当然，在说明三种功能与五种欣赏作用时所举的例子和诠释的方法不尽理想，有待改进。

无可否认，所谓的"提供乐趣、增进了解和获得信息"这三种功能以及"认同、洞察、顿悟、净化和移情"这五种欣赏作用是借用自成人文学的。长期沉溺于少年文学欣赏及研究的人，在听到这些自成人文学转化而来的功能说法和欣赏作用时，或许会提出下列这些问题。

1. 三种功能如何排列？在成人文学方面，功能说法似乎并不很重要。成人常认为文学作品是一种逃避现实压力的工具。借阅读作品，他们可暂时解脱眼前困境。就小读者而言，他们必定会把"乐趣"摆在第一位。一本书欠缺乐趣，他们当然看不下去，更谈不上"增进了解"和"获得信息"了。所以三种功能的顺序排列还是以"提供乐趣"为先。换句话说，"增进了解"和"获得信息"成为"提供乐趣"的副功能。

2. 适用于成人文学的欣赏作用会同样适合于儿童文学吗？例如"净化"可能就是一个争论较多的作用。"净化"最早来自于希腊戏剧，其作用多由悲剧产生。小说作品以悲剧收场的不可谓不多，但并非所有的悲剧都会有"净化"作用。本身的悲剧韵味不足，当然就谈不上"净化"两字。"顿悟"亦可能面临同样窘境。

3. 五种作用各有各的空间，不至于重叠或排斥，但也不会发生在同一部作品中。成人作品的欣赏作用也多只能具有其中之二三；少年小说由于情节简化、角色性格比较稳定，多半的作品多能拥有其中之一二，最常见的是认同、洞察和移情，顿悟和净化不但攸关年龄、世面，而且常涉及当事人的修养水平。

不论是提供乐趣、增进了解和获得信息这三种功能，还是认同、洞察、顿悟、净化和移情这五种欣赏作用，都绝非是作者刻意安排的。换句话说，作者在撰写作品时，可能只一心一意想写好作品，完全从普遍性和恒久性考虑，从艺术性和文学性出发。如果作者以说教为主要目的，我们可以肯定地说，这种"主题先行"的作品绝不可能是好的作品、是读者想看的作品。因此，功能与欣赏作用往往是欣赏者、导读者或评论者所赋予的后知后觉式的意见。我们固然可以把功能与欣赏作用当作评估作品的一些标准，但绝不是绝对的标准。以这样的标准来评估"九歌现代儿童文学奖"的得奖作品，免不了要衍生一些有趣的问题。

检视这个奖项的作品，不难发现参赛者的心态跟其他文学奖参赛者没什么两样，都希望名利双收。因此，参赛者常常仔细阅读历年来的得奖作品，设法揣摩评审者的心态。他们当然也希望把作品写好，具有文学性和艺术性，但限于才情，境界往往无法提升，最后写成的作品与原先的期许落差很大。无论是评审或一般的读者都有一种共同的感觉：台湾少年小说内涵不够宽广深厚，视野、技巧上可以改进的空间相当大。其实，这种现象是台湾所有得奖作品的共同现象。

对美国少年小说颇有研究的多纳森（Kenneth L. Donelson）曾指出，优秀的少年小说有四个基本主题：人类基本的和永恒的孤独，爱与伴侣的需求，希望和寻找真理的需求以及欢乐的需求。[15]检视之下，"九歌现代儿童文学奖"得奖作品的主题与此四个基本主题十分接近，较少的是第四个。台湾地区作品常常写得十分严肃，容易掉入说教的范畴。我们期望的是，每个儿童有正常的儿童阶段，有欢乐的童年，而不因欠缺欢乐，长大后成为愤世嫉俗的人，成为社会的负担。借儿童文学的力量，教他们如何一起欢笑，而不是教他们如何彼此伤害。作家应该学习以轻盈的羽翼飞翔，将欢笑传递给热爱儿童文学作品的孩子。这种爱远胜过父母热衷于带着他们奔波于不同性质的才艺班的爱。

【注释】

① Jonathan Culler, "Literary Competence", Jane P. Tompkins, ed., *Reader–Response Criticism* （Batimore: The Johns Hopkins UP）, P. 101.
　〔乔纳森·卡勒：《文学能力》，简·汤普金斯主编，《读者反应批评》，巴尔的摩：约翰斯·霍普金斯大学出版社，第 101 页 。〕

② Rebecca J. Lukens & Ruth K. J. Cline, *A Critical Handbook of Literature for Young Adults* （N.Y.: Harpercollins College Publishers, 1995）Preface ix.
　〔瑞贝卡·卢肯斯、露丝·克莱恩：《青少年文学批评手册》，纽约，哈珀·柯林斯大学出版社，1995。〕

③ 同②。

④ 施常花：《论少年小说欣赏的教育心理疗效功能》，《认识少年小说》，台北，儿童文学学会，1986，第 23 页。

⑤ William Harmon & C. Hugh Holman, ed., *A Handbook to Literature*, 7th ed., N.J.: Prentice–Hall, Inc.1996. p. 181.
　〔威廉·哈蒙、休·何曼编：《文学手册》，新泽西：普伦蒂斯霍尔出版公司，1996，第七版，第 181 页。〕

⑥ 乔伊斯著、晨钟编辑部译：《都柏林人》，台北，晨钟出版社，1976，第 15~16 页。

⑦ 同⑥。

⑧ 同⑥。

⑨ 同⑤，第 82 页。

⑩ 同⑨。

⑪ 亚里士多德著、陈中梅译注:《诗学》,台北,商务印书馆,2001,第 227 页。

⑫ 同⑥,第 15~16 页。

⑬ 同⑫,第 351 页。

⑭ 同⑥,第 350 页。

⑮ Kenneth L. Donelson, "Growing Up Real: YA Literature Comes of Age", *Young Adult Literature: Background & Criticism*, compiled by Millicent Lenz & Ramona M. Mahood, American Library Association, 1986.

〔肯尼斯·多内森:《真实成长:青少年文学成年了》,密里升特·伦斯与雷蒙纳·玛夫合编,《青少年文学:背景与评论》,美国图书馆协会,1986。〕

台湾少年小说中的文化现象

——以"九歌现代儿童文学奖"得奖作品为例

序　言

英国人类学者泰勒（Edward B. Taylor）认为，文化为一复合体，包括知识、信仰、艺术、道德、法律、风俗和一切人类社会的能力与习惯。[①]威廉斯（Raymond Williams）也指出："文化是人们体验和处理社会生活的方式，是人类行为中包含的种种意义和价值，能够间接地体现在生活关系、政治等活动之中。"[②]依照这二位学者的说法，描绘与展现上述文化所涵盖的种种范畴的小说艺术，自然也是一种文化，而且是一种最为敏感的文化。换言之，即一般的文学形态总是以文化这一复合整体"同形同构"的形式出现，所以凡文学都是文化形态的直接的、综合的表现，因而按理说也就不复存在什么"文化小说"和"非文化小说"的区别了。[③]

文化可略分为精神文化与物质文化。前者为文化的深层结构（即软文化），后者为表层结构（即硬文化）。文学作品主要在于展现其深层结构。借用文学作品丰盈的表现方式与深入的挖掘手法，文化的具体内涵方得以体现。基于互动原则，文化也同时向文学提供了整体性的思维方式。莎白指出：

> 大文化思考纳入创作过程使作家的思维从线性和单向变为多线、全体；文化的眼光能使作家达到鸟瞰的高度，拓展更为宽阔的视野，引起文学时空观念的变化，使文学

不再为狭隘的具体领域或某些浅表层次所局囿，而能从更高的立足点，多角度、多层次地展示漫漫长途和茫茫大千世界运动着的人类灵魂和人类真理。文化意识不排斥和否定文学的社会、政治和阶级意识，却能将后者予以深化、强化、立体化和层面化。④

　　这段话已充分显示了文化意识在文学作品创作方面所占的分量。深化、强化、立体化与层面化皆为超越过程的诸般现象。换句话说，文学作品如果欠缺文化思考的内涵，则可能趋于肤浅与单面化。

　　近年来，台湾少年小说进步之快速，是众所公认的。在外来译本与大陆作品的冲击下，台湾少年小说逐渐舍弃传统的表层书写方式：有限的空间（学校与家庭）、单薄的主题（说教或企图传达某种美德）、简单的手法（传统的说书方式等）。取而代之的是百鸟争鸣和百花齐放的众声喧哗的热闹场面，使得作品的可读性日益增高，讨论与批评的空间也变得比从前宽阔。背景变得无限大、主题趋于多重化和变化多端的手法犹不足以完全说明本土少年小说的成长风貌，内涵的提升是作品深层化最关键的原因，呈现多种面向的文化现象书写更加速了此类作品的深化程度。

　　广义的文化现象书写界定不易。凡论及文化种种维护、变迁和宣扬，均属于此范畴。文化习俗、文化寻根和文化震荡的描绘与批判，突显了少年小说的文化意识的建构和传播。早期以此种面貌出现的并不多，即使有之，亦只是点点滴滴，不足以造成重大影响。20世纪90年代后，佳作频出，传承文化重任的作品日趋繁多，形成台湾少年小说创作主流之一，足以与校园小说、亲情小说、动物小说、科幻小说、问题小说等抗衡之。

　　"九歌现代儿童文学奖"创办至今已十余年。由于该奖项从不限制参选作品的内容和形式，因此，众多得奖作品中，确实详论文化二字者虽不多，但在叙述时依然不免触及，使其内容更丰盈。本文预备从中找出与文化现象有关的作品，加以综合归纳后，再一一举例说明。全文分为民俗、信仰、饮食、寻根和养兰等五种文化现象来探讨，结尾处再略述数点研究心得。

民 俗 文 化

一般人谈到有关文化习俗的维护与传递的作品时，总是会先想到《落鼻祖师》⑤和《少年噶玛兰》⑥这两部历史小说。《落鼻祖师》以艋舺祖师爷"落鼻示警"作为伏笔，描述漳州人和泉州人集体械斗的因果，并融入宗教信仰，间接告诉读者族群冲突的可怕。《少年噶玛兰》除了塑造一位深信"行万里路，胜读万卷书"，不畏艰险、身体力行的温文儒雅的萧竹友外，还详述何社商如何在"抢孤"中获胜，以及19世纪初，汉族人如何在宜兰、罗东一带讨生活的概况，给传统文化留下部分记录。类似这种对过去习俗的追忆与延续，在"九歌现代儿童文学奖"中最早出现的则是首届首奖《少年龙船队》⑦一书中。

在这本书里，作者李潼先以水龙、火龙的出现，协助解开二龙河上下两庄之间僵局，然后运用巧思，把相传已久的种种优良文化习俗融入不同的段落，凸显作者对传统民俗的关怀。在第三章里，作者以细腻手法描绘龙船赛：

> 那天一早，两艘龙船在锣鼓声中迎请出来，停在火炎伯公的大稻埕，供上下两庄的民众祭拜谢恩。两艘龙船上的彩漆，红红绿绿，船身的幡旗，在五月的和风里飘扬，比船身更艳丽。两庄民众提出的各式牲醴，摆了十二张圆

桌；鲜花、四果、罐头山、面桃山和冰雕，在蒙蒙的烟香里，非常好看。

这段文字间接点出民间的富裕。由于生活无虑，才有足够财力请来戏班演两出戏，嘈杂热闹的场面衬托出百姓对此延续数千年习俗的重视与偏爱。

第六章的牵罟亦是如此：

> 牵罟网鱼，除了把握鱼汛，备妥大渔网，还得人多势众，才能牵拉得起。这有些像和鱼群拔河，虽不一定每个人都孔武有力，重要的是，撑开的大渔网，在每个适当距离，必须有人拉住。只要能将渔网的边线拉出水面，不论男女老少都可以。这也有个老传统，旧规矩，但人人都不敢怀疑，牵罟鱼汛，不得藏私，谁要隐瞒不宣布，只邀自家人去网，爱热闹的鱼群，会跑得一条都不剩，信不信由你。

可惜的是，对"中元普度"和"放水灯"这两种习俗，作者着墨较少。

台湾居民由多种族群组合而成，习俗有所不同，但难免亦有重叠之处。《秀峦山上的金交椅》⑧告诉读者客家人的许多民俗，但其中也有一些与河洛人类似。这本书在描述主角秀秀的成长过程中，插入许多有趣的习俗，例如男女订婚戴戒指。秀秀的大姐郁梅订婚时，媒婆阿满姨特别吩咐准新娘：

> ……戴戒指的时候，手指不要伸直，要弯一点，别让新郎把戒指戴到底去。不然以后你什么都得听他的，自己都做不了主。千万记得，手指要弯呀！

结果，郁梅自己也搞不清楚手指有没有弯。这种婚前的习俗又延伸到金交椅的说法。秀秀家的姐妹虽不是十分相信，但"宁可信其有，不可信其无"的心态，使得郁梅跟未婚夫萧仲和有了误会之后，不得不求助于金交椅："阿婆说秀峦山上有一张金交椅，谁要是在那张椅子上坐过，将来他结婚以后，另一半就会什么都听他的。"

最后，一对冤家在秀峦山上碰了头，两人误会冰释，互相推辞："推来推去推了半天，最后是，仲和抱着郁梅一起坐了金交椅！"

文中提到的扫墓食物与祭拜方式没什么特别的，倒是"分借问"的习惯值得一提。书中的明立、明珠不懂，表哥仲和解释说：

> 我小的时候，一等人家扫墓祭拜结束的鞭炮响起，就和同伴冲过去排队，这些扫墓的人家会准备一些饭啊、零钱啊，来分给小孩子们，他"分借问"的孩子愈多，他们就愈发，我们也趁这个机会发点小财。

相较后来叙述的"唱山歌"，"分借问"就显得比较有趣和特殊。"中元普度"和"神猪"只是点到而已。"神猪"在吕绍澄的《创意神猪》[9]里面出现，对神猪饲养过程描绘得十分详尽、风趣，但在主题上，却是对神猪这种祭神方式提出质疑。

信 仰 文 化

台湾庙多，活动也多。随着社会环境的变迁、生活水平的提高，进香活动变得繁琐，过程拉长，金钱与时间投入多，甚至已成为某些人的生活主轴。虽然有些人不太能认同进香活动，但投入者往往能在精神方面获得一些慰藉，缓解生活压力，学会如何跟他人互动，让自己更有自信，未尝不是一项有益社会的活动。另外，这种特殊的信仰文化也同样传承了先人的敬天畏神心态，成为维系社会安定的一股稳定力量。郑宗弦的《妈祖回娘家》⑩不但铺陈了寻根过程，同时还记录了这类信仰文化的特殊层面。

故事一开始，作者就描绘七爷、八爷、千里眼和顺风耳出现的模样：

> ……在前头领队的是四大天王，分别拿着宝剑、琵琶、雨伞和小龙，威风凛凛地四面巡逻，接着是七爷、八爷，一个高一个矮，一个白一个黑，形成明显又有趣的对比，可是他们吐出长长的舌头，皱着眉头，拿着手镣脚铐到处吓人，在昏暗的夜色中，叫人害怕。

> 浓浓的烟雾后面出现一红一绿的千年妖精——千里眼和顺风耳，他们骄傲地抬起野兽一般的脸孔，甩动又粗又长的手臂，一头金纸粘贴起来的长头发随风飘荡，神气的模样，简直就像巷弄里横行霸道的小混混。

在这两段文字里，作者不仅刻画了人们所造之神的模样，同时也稍加批判他们与常人不同的长相带来的恐吓作用。作者这种夹叙夹论的笔法贯穿全书，使读者对于"妈祖回娘家"的整个进香活动有了彻底的了解，还能融入故事情节，十分同情故事中阿嬷悲惨的养女生涯。作者当然也顺便批评家中三代因为生活环境和教育程度造成的代沟。叙述者阿源的妈妈对于妈祖的诞生与特异功能都一律认为是传说，加以批判，希望能扭转阿源的想法：

思源哪！传说是传说，不是真实的，读一读好玩有趣，可不要当真，要不然就变成迷信了，像你阿嬷就太迷信了，动不动就要帮人家去算命、收惊、问神、改运，全被那些神棍骗得团团转。

妈祖显灵，你阿嬷已经讲过许多次了，每次都绘声绘影的，根本就是牵强附会加巧合，现在可是科学时代耶！我看哪，传说啦，神话啦，就是像阿嬷这种迷信的人编造出来的。唉，求神拜佛，不如求自己，相信自己最重要，不要去靠一些怪力乱神、妖魔鬼怪。

尽管妈妈言语犀利，但阿源在与阿嬷走完进香之路后，见到阿嬷"巧合"找到失散半个世纪的母亲，他对于宗教的看法，必定与妈妈有一定的差距。作者虽无意肯定宗教信仰的力量，但读者仍可感受到"在烟灰炮火中穿梭流连、茫然寻觅"的那股民间"纯朴古雅的风土民情"力量。

妈祖的威力不只出现在《妈祖回娘家》里，王文华的《南昌大街》⑪以描绘台湾"九二一"大地震前后一条大街的变迁，但主要空间依然是妈祖庙：

我们家外头，是这个小镇的外围一条街道底，街道没有打通，被妈祖庙的广场给占住了。这个广场很大，除了占了街道的出路，也是我们这条街上生活的重心，像夏天和冬天初期，谷子成熟了，成堆的谷没地方好去，金黄的谷粒饱含了水气，全曝晒在妈祖的门前，一堆一堆一行一行，金黄的色彩和庙前大红的石柱，盘顶的青龙，构成了一种绝对的美。

上述文字的内容述说了作者所强调的是妈祖庙的生活功

能。作者没有忽略庙的信仰功能，但他更注重的是它成为大街上所有凡夫俗子的共有生活空间："不论哪个神佛过生日、办庙会、庆丰年，我们这街道上的人总能听见那些木偶戏的木偶在广场上飞舞，歌仔戏的生旦在台上戏说从头。"人不能没有信仰，当信仰与生活密切结合时，内心无限宁静，生活可能更有质量，更踏实些。所以，这本书后半段描绘了大地震后，大街上居民如何应变、如何策划未来，仍然是围绕着妈祖庙，因为人们深信妈祖会给他们带来力量，让他们重新站起。

饮食文化

台湾少年小说论及台湾小吃美食的并不多。读者偶尔会在书中见到少许关于"吃"的描写，但都是附带性质的，并非以饮食为主题而尽情挥洒。郑宗弦的《第一百面金牌》[12]向我们展示了在许多喜庆场合中"办桌"的详细过程，使读者能深入体会这一种极为特别的行业的悲喜面。当然，在叙述中，作者仍然不忘展示他对于绘画、音乐方面的渊博知识，但基本上，全书还是以讲述台湾传统办桌为主调。

通过叙述者阿弘的耳目，读者听闻了许多关于菜色的处理典故，例如阿弘爸爸在办喜筵时，特别制作"鸾凤拼盘"：

……刚才用来组合冷盘的材料，这时变成七色羽毛，一层层重叠为一只彩凤头上的细毛，是拨成丝的鸡胸肉；大黄瓜皮刻出的长尾巴，装饰着鲜红色的小樱桃，自然地向外舒卷；而香菇切片模拟而成的上下眼睑，衬托着葡萄干假扮的眼珠子分外传神。

接着，爸爸又说出两只凤凰的不同：

母舅桌的凤是端坐着，尾巴向外散射，象征母舅威仪齐天，公正廉明，为出嫁的新娘主持公道。新娘桌的凤尾是弯曲飞翔的，代表新娘由娘家飞夫家，从此携手白头到老。

典故点出了台湾特殊的饮食文化，甚至在婚筵上担任证婚人的"国宝级办桌总铺师"阿禄师讲的闽南语也深具文化涵养："食鸡，会起家；食鱼丸，子孙中状元；食鱿鱼，生子好育饲；食芋，新郎好头路，新妇好大肚；食甜豆，夫妻食到老老老。"

在阿禄师心目中，中国菜的特色是：搭配不同材料，创造出新口味，材料很多很杂，变化千奇百怪。因此，阿禄说出中国人料理牛肉的方式：煎、煮、炒、炸、蒸、烩、留、烫、烤、焗、爆、煲、熬、煨、烧、焖、炖……也就不足为奇了。

阿弘和好友林大智到天帝大厦红荷园餐厅的冒险，衬托出另一种与办桌截然不同的饮食文化：摆场面的菜以菜名取胜。阿禄师指出："大餐厅里每个厨师只负责自己部分的工作，不像办桌的总铺师，十八般武艺样样要精通……餐厅讲究的是服务和排场，办桌重视的是真材实料和口味。"最后在市长的"拼桌"上，他更进一步点出"办桌"的评分标准：口味、美的联想、盘饰和整体感，使得读者对"办桌"有了完整的概念。

寻 根 文 化

台湾寻根少年小说从李潼的《少年噶玛兰》开始。他塑造了一位年轻的噶玛兰人潘新格，让他回到从前，与祖先一起生活，体验族群文化，了解族群日渐衰微的原因，再回到现在，并预测未来。作者以这本书表现他对少数民族生命力的追寻，挖掘逐渐丧失的少数民族文化宝库，展现并歌颂一种非汉文化的原始精神。

张淑美的《老蕃王与小头目》⑬继承了这种传统，但叙述的是排湾人。主角戈德寄养在白教授身边十五年，白教授带他重返故里，因为他是拉坝的小头目。已经城市化的戈德当然要吃许多苦头，才能认清自己的角色，承担起重任。老蕃王玛乐德不断地鞭策他，终于让戈德接受，并且细心学习。

书中多处介绍排湾人的生活习俗，融入时还算自然：

> 屋里漆黑一片，玛乐德走向用石板堆砌而成的炉灶，开始生火。火光很快地驱走了黑暗，照亮了石板屋的内部，戈德环顾屋内，屋子的中央有一根得两位大人环抱的中柱，柱子上用简单的线条雕刻着人像及百步蛇。屋里的三面墙其实是三幅大壁画，或是用大石板或是用木板雕刻了一排排的猎人图、鹿纹、百步蛇纹、陶壶及简单的人头图样；墙角各摆了三张石床……

排湾人百步蛇"图腾"出现，引出玛乐德向戈德说出排湾人与百步蛇之间的关系。接着作者借新拉坝村迁村的王年祭，介绍排湾人的祭典方式：

> 祭祀的第一天，村里的男男女女都集合在祭屋，男祭司朝大武山的方向大声呼喊"祖灵"，然后一起行供奉之礼，跳迎灵舞。之后，各家分别回到住屋内祭拜自家的祖灵……
>
> 玛乐德指着用树皮或万藤做成的球告诉戈德，每一个刺球都各有各的名称，分别是栗种、芋种、山猪、幸福、健康等等。祭司将球高高地抛向天空，得用竹枪刺住掉下来的球，这表示承受从天而降的各种幸福。另一种说法是，竹枪代表了梯子，幸福将会从天上沿着长枪降下来。

每一件事对戈德来说都是新颖的，他逐渐熟悉了排湾人的文化。读者在阅读时，也间接了解了排湾人的习俗。但玛乐德以强悍态度维护的族里古物，却被族人偷窃变卖一空。这是少数民族共同面临的困境，在现代化（或汉化）的过程中，族里的文化逐渐消失，无从维护。不肖子孙的急功近利，更加速了原始文化的崩溃。

王文华的《再见，大桥再见》[14]诠释另一族群赛德克人的现实困境。从小幻想盖百层摩天大楼的大山，带着家人流落在大城市，过着艰辛不稳定的生活，最后只好回到部落讨生活。整本书以凸显赛德克人现实生活面临的困难为主，中间插入部分该族群的生活习俗，例如筑屋、捕鱼、耕种等。关于耕种方面，文中提到的种植方式算是该族群的一种生活文化：

> 照我们赛德克人的习惯，一块地只要种个三五年，就会暂时让地休息几年，我们则转而去找另一块地，重新开垦耕种，这样病虫害较少，讨人厌的根瘤菌也不会染上那些辛苦种好的菜来。

实际上，这种"轮耕"方式并不突出，其他族群也应该会想到。实际上，书中最具文化色彩的可能是外婆讲的有关族里女巫苏米的故事。为族人治病、求雨的苏米，有一天飞上天，撞倒路过的撒马女神。女神手上的雅瓦莎水晶球一半以上掉落凡间，掉入赛德克人的曼蓝安溪，化成一条条蓝色又带点儿紫色的鱼，掉入部落里造成小米大丰收。鱼每年游回部落，听苏米唱歌，给赛德克人带来食物。这样的神话故事是属于比较务实的文化，因为故事说明了该族食物的来源。

寻根故事并非少数民族特有。《妈祖回娘家》也可归之为寻根故事。文中的阿冈市离乡五十多年后，返乡寻找年迈的双亲，当然是一种寻根行为。推而广之，郑宗弦《又见寒烟壶》[15]里提到的点香、品茗、插花、挂画，又何尝不是寻根文化？

养兰文化

物质生活水平提升到某种层次后，人们才有足够的金钱、时间顾及精神生活。每个人因生活环境的不同，兴趣的差异，追求的自然不同。在得奖作品里，有两本提到养兰，虽然只当作背景或起情节催化作用，然而其内容依然十分精致生动。邹敦怜的《兰花缘》[16]里的明杰父亲是"兰花疯子"，他凌晨三点把明杰叫醒，两人合作做"兰花授粉"：

> 每朵兰花中央的蕊柱，是进行授粉交配的舞台，我们要从预备当"父本"的纯白蝴蝶兰中，取出蕊柱下方半圆形花药的花粉块……爸爸扶着花朵，叫我用夹子轻轻夹出花粉块，再放到消毒过的汤匙上。我采集了三次，得到足够的花粉。爸爸接着扶住另一株的兰花，告诉我："小心地把花粉用牙签沾到这个蕊柱上头，一定要放在柱头"。有黏液的凹槽更小，要把花粉摆上去，几乎要暂时停止呼吸，才不会发抖。

这样细腻的过程描绘，作者一定要有相当的观察经验或亲手实验，才能做到。明杰父亲同时也教明杰如何调配稀释的除虫剂，怎样寻找衬托春节喜气、装盛报岁兰的花盆。同时不忘告诉明杰"补碗"的故事，说明前人如何节俭。由于加入这些枝枝节节的片段故事，整篇作品才没有显得单薄沉闷。

《寒冬中的报岁兰》[17]的作者陈沛慈是一位对培植报岁兰有相当心得的人。她以报岁兰的荣枯消长来比喻主角刘蕙兰的成长过程。全书分为新芽、分株、换盆、适应期、疾病、后明性、腐烂的兰根、生命力、开花等九节。每节适当描绘主角的心理变化，接续之处尚好。

文中多处谈到报岁兰的变化，全由蕙兰父亲的邻居将军爷爷担任叙述者：

> 我种的品种大部分是属于报岁兰……国兰除了花之外，还可以欣赏它叶片上的变化……我们称为线艺。线艺简单地分为"斑""缟""爪""冠""鹤""银"的形态；它的表现模式又分为"现明""后暗""后明"三种，再由这几种方式去排列、组合。

> 只有在叶尖部分有线条的就叫作"爪"，因为它像鸡爪一般把叶尖围起来；那种整个叶子从上到下都呈现细长线条的线艺就是"缟"……这种在光线透视下，呈现透明状，而且有线艺的地方比其他地方厚实的称为"冠"。

对于一般读者来说，上面的说明相当专业，但不令人乏味，因为这些都是文本不可缺少的，而且作者相当用心，说明尽量简洁，读者随着作者的叙述，对报岁兰的栽培过程也有了最基本的了解。但作者的用意不仅仅是如此，她除了通过报岁兰来比喻主角刘蕙兰外，还预告将军爷爷的孙子李家恩，也就是刘蕙兰在台北时的同班同学的出现。李家恩比喻自己是"后明"型的（亦即"笨鸟慢飞"型）。

接着将军爷爷要家恩示范分株的过程给蕙兰看：

> 家恩将兰株拿起来仔细地观察，并一边用剪刀将一些腐烂黑掉的根部剪掉，一边解释："'分株'就是当一盆兰花冒出新芽的时候，我们必须将幼芽和旧芽，也就是我们说的子株和母株割开，分别种在两个新盆子里……分割对母株和子株都好，这样双方才可以得到更好的成长空

间，也可以得到充分的养分。

家恩把子株和母株切开后，撒些消毒粉在切口上，然后又示范如何换盆的动作。关于报岁兰种植的相关常识，几乎都包括在内。作者所书写的并非是极少数人的嗜好，而是整个大社会环境允许许多中上层家庭去追逐某种风雅之事。

结　　语

上述的民俗文化、信仰文化、饮食文化、寻根文化和养兰文化，只是出现在"九歌现代儿童文学奖"中的部分获奖图书中。如用心细读，依旧可以归纳出更多种有趣的文化。由于这些不同事物的融入，使得文本更具可读性，因为它们结合了一般读者能亲自参与、触摸的事物，提升了读者的精神层次。

今日文学作品已成为各种知识整合的产物。各种学科知识的突飞猛进，逼使文学不能再孤居于温室中。孤芳自赏的年代早已成为过去。我们不否认少年小说的功能依然以趣味为主，但谁能否认"增进了解"和"获得信息"这两种功能的存在？何况读者极可能在充分了解作品，并得到全面信息后，趣味性会大大提高。文化既然是各种知识的一种整合现象，在作品中突显一两种特殊文化，自然不为过了。

文化现象书写可以使作品内涵更为丰盈、更为圆满，这是任何人都不会否认的，也是作家所追求的一种创作方向。但文化素材的取样与筛选之拿捏，常常会影响作品的完整性甚至于艺术性。这中间自然涉及几个相关层面。

首先，文化现象融入作品应该是自然形成的，而不是刻意强加插入的。作品书写到某个阶段，需要在情节或冲突中加入文化背景时，如果作者拿捏得准，自然而然把文化现象融入，不至于让读者读出是刻意加入的，便是成功的作品。如果让读者发现，有些段落是作者强行添加的，不但破坏了作品的完整性，而且也无法提升其艺术性，作品说不定会变成另一种文类，把小说写成一般的散文或报告文学。

其次，作者在动笔之前，常有详尽的构想，并且要考虑到自己的知识层次。文化现象是门大学问，并非每位作家都能充分掌握。作家如果执意要刻画某种文化现象，他必定要设法融入这种文化，不敌视、不排斥，才能逐渐拥有丰富的文化知识。他要非常用功，对某种文化现象要懂得比一般读者多，可以比美专家时，才敢动笔书写。最聪明的作者是撰写自己最熟悉的事物。千万不要强迫自己临时恶补。经过这样过程的作品才会令作者心安，才会对读者有帮助。

第三个层面涉及作家与读者的互动。作家在文本中书写某种文化现象，依照作者原来的设计，其主要传达对象应该是文本中的主角，然而阅读的受益者却是读者。通过作者的精心勾勒，读者在阅读时，对文本中相关的文化现象叙述，衷心接受且近乎沉溺其中，则潜移默化的影响是必然会发生的。当然，这种传递效果不是短时间内能够断定的，但阅读功能一向如此，渐进而持续，反而影响力更大。

文化学者萨依德（Edward W. Said）在《文化与帝国主义》（*Culture and Imperialism*）一书中说："文本是变化多端的事物，它们和周遭环境及政治事物多少有些关系，这些均需要留意和批判……但阅读与写作从来不可能是一种中立的活动：无论一部作品的美学及娱乐效果如何，总有利益、权力、情感、愉快内含于其间。"[18]如果我们同意萨依德的看法，则文本包含文化现象书写是非常正常的，既然与"周遭环境及政治事物"有关，当然免不了要"留意和批判"。他认为阅读与写作从来不可能是一种中立活动的说法，更说明了现代的读与写已经成为一种整合型行为。通过文本对不同文化现象的叙述，读者可以更进一步了解他所生活的世界，作适度的自我调适，让自己的生活更有质量、更快乐。

"华文世界儿童文学学术研讨会"，教育部门主办，台东师院儿研所协办，2002 年 11 月 1、2、3 日。《儿童文学学刊》第 8 期，2001 年 11 月

【注释】

① 陈奇禄：《民族与文化》，台北，黎明文化出版社，1981，第 20 页。

② 朱刚：《20 世纪西方文艺文化批评理论》，台北，扬智出版社，2002，第 221 页。

③ 徐俊西：《新时期"文化小说"漫谈》，《中国现代、当代文学研究》，北京，中国人民大学书报资料中心，1988 年 5 月，第 95 页。

④ 莎白：《中国当代小说的文化意识》，《中国现代、当代文学研究》，北京，中国人民大学书报资料中心，1989 年 3 月，第 119~120 页。

⑤ 余远弦：《落鼻祖师》，台北，小鲁文化事业股份有限公司，1994。

⑥ 李潼：《少年噶玛兰》，台北，小鲁文化事业股份有限公司，1992。

⑦ 李潼：《少年龙船队》，台北，小鲁文化事业股份有限公司，1993。

⑧ 陈素宜：《秀峦山上的金交椅》，台北，九歌出版社，1997。

⑨ 吕绍澄：《创意神猪》，"九歌儿童文学奖"第十届得奖作品。

⑩ 郑宗弦：《妈祖回娘家》，台北，九歌出版社，1999。

⑪ 王文华：《南昌大街》，台北，九歌出版社，2000。

⑫ 郑宗弦：《第一百面金牌》，台北，九歌出版社，1999。

⑬ 张淑美：《老蕃王与小头目》，台北，九歌出版社，1997。

⑭ 王文华：《大桥，再见大桥》，台北，九歌出版社，2001。

⑮ 郑宗弦：《又见寒烟壶》，台北，九歌出版社，2000。

⑯ 邹敦怜：《兰花缘》，台北，九歌出版社，2000。

⑰ 陈沛慈：《寒冬中的报岁兰》，"九歌儿童文学奖"第十届得奖作品。

⑱ 萨依德著、蔡源林译：《文化与帝国主义》，台北，立绪文化事业有限公司，2001，第 95 页。

真真假假的幻想世界

——漫谈奇幻文学

"奇幻"的定义与脉络

"奇幻"（fantasy）可以定义为任何不可能发生事件的故事，包含与自然世界法则相抵触事件的故事。奇幻的特性在于它与实际不会发生的事有关，或者是与不存在的人或生物有关，然而在每个故事的架构上，都有一种独立的逻辑，拥有自我真实理念的完整性，因此，大多数的奇幻故事似乎都是合理的。

追根究底，我们发现，"奇幻"起源于"民间故事"，但二者有所不同。在没有文字的年代，民间故事是口头传播的一部分，是一代一代的人认为值得记忆，值得传给子孙的"真实"。有了文字后，"民间故事"便以文字呈现，但它往往找不出作者，受制于无数的变化，同样的故事在不同的地区，因不同的说书人和作家，可能就有好多种不同的版本。相较于"民间故事"，奇幻是一种文学作品，由一个人或几个人书写而成。另外，奇幻缺乏民间文学的传统观点，奇幻作家在书写时，需要发明每件新的事物——背景、奇幻"法则"、角色的天性等。相较之下，奇幻结构比民间文学复杂多了，角色发展更深入、背景更详尽、情节更复杂难懂。

"民间故事"经有心人的整理、改编或筛选后，便成为神话或古典童话（如《格林童话》《意大利童话》等）。如果篇幅加大，内容稍加更改，故事更加复杂，就成为奇幻文学。广泛的奇幻文学尝试将科幻纳入其内，扩大其影响力量。

由于奇幻文学的脉络如此繁复，它展现的真实面不同于写实小说。现代写实小说展现了现代生活的真实面，当然不是有闻必录，而是依创作实际需要，只撷取部分；而奇幻文学则是现代作家展示另一种真相的艺术方式，想展示给孩子的是生命的真实面——不是物理的或社会的意义，而是心理的意义。

奇幻文学的一般角色不少与童话重叠，这当然涉及"拟人化"（personification）的问题。它的重要角色包括仙女、魔法师（女巫、巫师）、精灵、巨人（巨怪）、小小人、龙、独角兽或其他超自然的东西。上述的角色有其重要性，但最重要的角色还是人，因为所有这些"拟人化"的角色都是为了衬托人性、凸显人性。

奇幻文学的时空同样值得注意。时间在奇幻文学里往往是糅合在一起的，也就是说，过去、现在与未来打成一片，故事中的角色可以依据需要，在过去、现在与未来自由穿梭。至于空间的设计则视实际需要，作者把空间变成地球与其他星球的互动，或者虚拟一块魔土与另一个世界，让故事中的主角展开探索之旅。我们生活的现实世界也就成为托尔金（L. L. Toeiken）所谓的"第一世界"（the primary world），虚拟的魔土与世界是"第二世界"（the second world），《魔戒》（*The Lord of the Rings*）中的中土便是托尔金虚拟的"第二世界"。

"奇幻"的类型

所有的奇幻故事均具有某种魔法方式或一些非真实的成分，因此，依据魔法的支配形式来为奇幻分类，颇为合理。在所有奇幻元素中，夸张是奇幻中幽默成分不可或缺的元素；惊讶则是幽默的另一项元素。然而，奇幻与科幻一样，均拥有严肃的一面，虽然表面上有时候趋近于荒谬胡闹。

一、动物奇幻故事

动物奇幻描绘的是具有说话能力的动物的故事。儿童对动物特别着迷，认为动物具备人的特质，如喜爱家庭关系、经历人的情绪问题，甚至死后可以上动物天堂。这类故事以肯尼斯·格雷厄姆（Kenneth Grahame）的《柳林风声》（*The Wind in the Willows*）为代表。故事中的小动物言谈举止均与人类相似，它们住在有家具的屋里，开车、穿衣，甚至吃人类的食物。

休·洛夫廷（Hugh Lofting）的《杜立德医生》（*The Story of Dr. Dolittle*）及其系列故事是以杜立德医生为重心，动物扮演了配角；而布鲁克斯（Walter R. Brooks）的《小猪福瑞迪》（*Freddy the Pig*）中，猪则住在猪栏里，但它读书，有时候还会装扮一番——换句话说，它非常不像猪。故事里的人与动物交谈，但扮演的是次要的角色。

也许最著名的动物奇幻故事是怀特（E. B. White）的《夏洛的网》（*Charlotte's Web*），故事里的动物彼此可交谈，但不跟农场上的人交谈。这本书与《柳林风声》说明了动物奇幻的前提：动物具有人的感情。人对它们可以产生移情作用。我们可以从它们的行为学到一些关于我们自己和一般人性的事。这两本故事说明了友情的重要，为他人牺牲的不可缺少与简单生活的无限喜悦。动物奇幻创立了一种文学象征的说法。动物的性格象征人的相对想法，这类奇幻有助于探测人的情绪、价值和关系。

二、玩具奇幻

这类奇幻的主角是会说话的玩具，主要是洋娃娃或填塞动物。这类故事最常见的主题是玩具想变成真人的这种念头。科洛迪（Collodi）的《木偶奇遇记》（*Pinocchio*）是这种类型的经典代表作。故事中的木偶有了生命后，一心一意想成为一个真正活生生的男孩，他经历了许多悲痛的经验后，才达成此一目的。

　　另外一些玩具奇幻描写显然满足于当玩具的命运。文中的玩具很高兴彼此交往，或者与一位可爱的孩童照料者打交道。米尔恩（A. A. Milne）的《小熊维尼》（*Winnie-the-Pooh*）是这类故事的一个讨喜的例子。

三、古怪角色与荒诞不经的故事

　　以古怪角色为特色的奇幻故事深受孩童欢迎。他们喜爱阿丝特丽·林格伦（Astrid Lindgren）的《长袜子皮皮》（*Pippi Longstocking*）中长袜子皮皮的古怪和她不平凡的力量，他们也喜爱柏·林·特拉芙斯（P. L. Travers）《随风而来的玛丽阿姨》（*Mary Poppins*）中的玛丽阿姨和她的魔法。这种奇幻安置在真实世界里，但至少引介一位拥有奇特功能的角色。这类故事通常幽默有趣，建立在不协调、夸大、粗俗滑稽、荒谬、反讽上。故事本身十分逗趣。有时候，荒诞的语气使得作者可在真实世界的背景中引介魔法，但我们不应该认为作者不想处理严肃的主题。

　　罗尔德·达尔（Road Dahl）是这类奇幻角色中最受欢迎的作者，但他同时也是最具争论性的。他的作品尽是逗趣、古怪的角色。《查理和巧克力工厂》（*Charlie and the Chocolate Factory*）和《詹姆斯与大仙桃》（*James and the Giant Peach*）包含了暴力（常常是歹徒或不讨人喜爱的角色犯下的）。他天马行空般的奇幻想象力唤起梦幻诡异的特质，这种特质既迷人又扰人。然而，他是一位具有高度道德感的作家，他的角色具备了旧日的美德。

四、魔法旅程与魔土

　　旅程母题是文学中最老的母题之一。这类奇幻常把一个角色——几乎永远是个孩子——从真实世界丢入另一个世界，一个各式奇特的事会发生的理想世界。这类故事包括了最著名的童书：刘易斯·卡洛尔（Louis Carrol）的《爱丽丝漫游仙境》

（*Alice's Adventures in Wonderland*），莱曼·弗兰克·鲍姆（L. Frank Baum）的《绿野仙踪》（*The Wonderful Wizard of Oz*）和巴里（Tames Barrie）的《彼得潘》（*Peter Pan*）。魔法旅程开始于真实世界（称之为第一世界），接着由于某种设计——例如一场飓风或兔子洞——主角便得到许可，进入魔法空间（称之为第二世界）。这种旅程可能有某种目的，但此种目的常被发生在第二世界中的奇特事件所提供的刺激和喜悦所覆盖。这类故事的可信度总是得助于此一事实：这些富含幻想的事只能发生在第二世界，而不是在第一世界。故事情节常常十分松散，有时候不连贯，只是把一系列冒险故事串在一起。从另一角度来检视，读者似乎尝试仰赖故事中的主角成为他们现实生活的试金石。

　　另一种第二世界是极小人物的世界。斯威夫特（Jonather Swift）的《格列佛游记》（*Gulliver's Travels*）里的小人国是这种形式的典型。《绿野仙踪》的芒奇金人（Munchkins）也属于此类，《查理和巧克力工厂》中的小小人奥伯伦柏人亦是如此。小读者常被此种迷你世界所吸引，因为他们可以认同这种小小角色，因为这些故事常常描绘瘦弱角色可以战胜这世界中较大的、比较迟钝、喜欢欺凌弱小的人。

五、历史奇幻故事

　　历史奇幻有时候被称为时间虚构奇幻，叙述现代主角回到一个不同的时代，通过主角发现了较早年代的风土民情的过程，以及他对这些发现深表讶异，把不同时间的对比充分呈现在读者面前。历史奇幻必须完整如实地详述历史背景，有如历史小说一般呈现时间与空间。这类故事以李潼的《少年噶玛兰》作为例子，作者让噶玛兰少年重新回到从前，与祖先度过一段奇特的生活。

六、超自然与时间奇幻

　　超自然与时间奇幻也是奇幻故事中深受欢迎的，包括鬼和巫婆故事、神秘和无法解释事件的故事以及时光旅行的故事，全部安置在第一世界，幻想元素常被视为一种在故事结束之前必须更正的错乱失常。最刺激的超自然故事并非是那些以恐怖渲染来吸引人的，而是为我们的想象力留些东西的作品。

玩时间把戏的故事与超自然故事有关。《汤姆的午夜花园》（*Tom's Midnight Garden*）敏感严肃地处理了人与人的关系，并提出"时间不再"的永恒准则。

七、科幻小说与太空奇幻

科幻小说通常聚焦于未来在地球或某一个星球上生活的推测性写作，其主要类型包括来自外层空间的外星人的故事，其时间设置于当前或不久的未来，其主要内容是有关于在其他星球上未来的故事，或有关太空旅行与时间次元旅行的故事。

实际上，科幻小说与英雄奇幻十分相近，只是科技取代了魔法，情节经常揭露善恶力量之间的重大争斗以及安危未卜的文明命运。

背景设定在未来的遥远星球上的故事可以称之为太空奇幻，这些作品与科技的成就关系不大，未来背景只是作品架构，作者借此传达他对于人类文明发展的感觉，重心在社会和心理方面，而不是科幻方面。

另外，许多作品在科技超越我们身为人类的发展时，处理了面对人性的伦理难题。结果，科技发展是有益于人的福利还是毁灭的问题常常成为科幻的主题。

科幻小说不少以反乌托邦为主题，例如《记忆受领员》（*The Giver*）。这部作品说明，一个走样了的社会往往是个反人类的社会，人们的自由与个性全遭剥夺。这类书籍提供了年轻读者讨论他们的个人价值和他们所做的选择的绝佳机会。

英雄式或探索式的奇幻故事

在文学论述中，英雄（hero）或女英雄（heroine）的称呼泛指文中的主角。无论是哪种类型的英雄，最后都得走上探索（quest）的旅程，方能完成扮演的角色。此种探索也许是朝向某个远地的实质旅程，也可能是英雄内心深处的内在旅程。但无论是肉体上的还是心灵上的，也不论其长短远近，此一旅程必定艰巨、危险且无法规避。探索目标是放置在旅程终点的一件贵重物品。它的价值对英雄或依赖英雄的人极为重大。此一探索目标是推动与发挥英雄本色的原动力。英雄必须走完此段探索目标的旅程，方能说探索已告结束，目标是否达成并不十分重要。究竟哪些是英雄毕其一生探索的目标呢？可能是名誉（honor）、荣耀（glory）、胜利（victory）、社会秩序（social order）或爱（love）。古典奇幻都环绕着这类追寻。追寻可能有不同的动机——精神的、政治的、性的、物质的，但它出现在文本里是不可或缺的。追寻表达完成一件充满困难和危险的事情，并且似乎注定要失败。追寻同时使得奇幻作者处理成长仪式：主角随着追寻的发展，在生理与心理上皆有所成长。这段旅程总是充满魔法、象征和寓言，使主角内心挣扎。

英雄式奇幻故事中的英雄从事一场对抗一股似乎全能的恶的斗争，整个文明的命运常仰赖这场对抗的结果。这类奇幻通常结构紧密，所有的动作均朝往一个唯一的目标——善良胜过邪恶。

第一、第二世界在英雄式奇幻中有不同的处理方式。有时候，奇幻安置在第一世界里，这个世界正被恶势力威胁着。虽然大多数奇幻现象机械式地发生在第一世界，在某种心理层面上，只有故事中某些作者刻意"挑选过的"人才能理解。另一种英雄奇幻开始于第一世界，却包含通往第二世界的通道，例如：刘易斯（Clive Staples Lewis）的《纳尼亚传奇》（*The Chronicles of Narnia*）。最后，许多英雄探索奇幻完全发生在由虚构生物居住的第二世界里，例如乌苏拉·蕾昆（Ursula LeGuin）的《地海系列》（*Earthsea Cycle*）、托尔金（Tolkien）的《魔戒》（*The Lord of the Rings*）三部曲和克里斯托弗·鲍里尼（Christopher Paolini）的《龙骑士》（*Eragon*）三部曲。这些故事中的生物无法跟我们知道的世界相连。

英雄奇幻常常由男女主角的探索形成——这方面常常转变成身份的探寻，虽然男女主角起初并未发觉此点。国家或民族的命运常常仰赖探索的成败，男女主角便成为典型的利他主义者，然而在故事结束时，由于命运之神的爱怜，他们甚至还可得到王座。主角的举动具有决定性、利他性，最后成为人民的救世主。情节总是包括一系列杰出的冒险事迹——通常是主角必须克服的种种障碍，才能完成探索。由于主题严肃——善必须战胜恶，保护整个社会，寻找合法的君主等——在英雄奇幻中，幽默不是欠缺，就是决定性的第二元素。大多数英雄奇幻不规避悲剧，几乎常常是非有某种重大牺牲，善良才能完成。

探索故事是具有追寻母题的冒险故事。这种探索可能是高尚目标的追求，例如公正或爱，或者追求丰厚的报酬，例如魔力或宝藏。语调严肃的探索故事有人称之为高奇幻（high fantasy）。许多这类故事的时空都设定在中古世纪，使人想起圣杯的追寻。在这些高奇幻故事中，作者营造一个虚构的世界，并详尽描绘其社会、历史、家谱、地理位置、人口、宗教、风俗及传统。这些故事的冲突通常集中于善恶之挣扎。角色常常取自神话或民间传说。主角参与一场对抗邪恶之外力以及内在弱点的诱惑的斗争。因此，除了寻找报酬之外，经常展现主角的自我发现旅程与个人的成长。

追寻可能是受之于命令、要求，或偶尔自我决定的。主角也许会短暂地无法分辨善恶，但到头来还是会认清二者之不同。

当介乎善恶两股力量的强制性的战争来临时，争斗也许会延长，结果会令人怀疑，但最后善必定获胜，虽然胜利永远是短暂的。

追寻主题是生命模式中的强而有力的模拟：生命是一段漫长的旅程，在其旅途中，人们必然会有冒险、悲伤、喜悦、挫折、胜利。也许，由于运气不错，加上努力，主角可实现某一种主要目的。

这类追寻故事其实就是我们实际人生的投射。我们每个人一生都得展开追寻。在那段漫长的旅途里，我们寻找善，同时也被我们知道最后必须与之争斗的恶所诱惑。我们始终面对无数的障碍，希望在追寻中或追寻后，能找到满足和意义。我们的追寻也许不如奇幻英雄的那般惊天动地，但我们情绪上的和智慧上的搏斗会撼动我们个人的世界。奇幻英雄不仅是行动的执行者，而且他也在道德的架构中运作。他的怜悯之心与其勇气同等伟大——事实上，更为伟大。他的人性特质，比任何其他的特质更为重要，是这位英雄真正拥有的。这也许可提醒我们在自我身上最好的部分。

在这类奇幻故事中，读者往往会沉迷于文中的"侠客"风采。古典奇幻常常被视为"骑士"传奇的延伸或翻版。这些骑士身怀绝技，仗义行侠，但江湖路难行，难免时遭挫折，必须仰赖智慧长者不时伸出援手，才得以走完探索的路程。不论周遭环境如何恶劣，他们依然秉持善恶分明之态度。这种奇幻侠客可以《魔戒》或《龙骑士》中的主角为例。在作者细心安排下，这些勇者必定永远站在善的一端，一心一意要将恶拔除。他们坚守黑白不两立的原则，也因此忽略了灰色地带的存在。他们的执着凸显了勇者的坚持与选择，无法论断是对是错。从某个角度来看，这些传奇英雄也有几分类似中国的传统侠士。他们见义勇为、善恶判然的信念，往往使他们趋向于悲剧英雄的道路。故事结束时，他们不一定需要以死来证明自己坚守之信念是绝对正确的，但整个人生过程中，难免会沾染孤独色彩，仿佛有"众人皆向东，我独西行"的意味。他们的探索旅程虽非千古绝唱，但绝对不同于常人。在他们多姿多彩的旅途上，常会出现仙女、巫师、精灵、巨人（不论善恶）、恶龙（亦有善龙）、矮人，来衬托英雄探索旅程之艰巨与彷徨。为了凸显这些英雄的情感路上的波折不断，不少这类作品亦不乏感情方面的细腻刻画，使得这类故事更有"罗曼史"（romance，指通俗的爱情故事）的气息，更能吸引读者，暂时让读者进入另一时空，享受逃避现实世界的滋味。

奇幻的特质与评估

一、特质

奇幻小说至少要坚守两点：不胡扯与不要花样。作家设定在奇幻世界运作的一些规则后，自己就得遵守这些规则；在故事结尾时，奇幻部分应该保留，不应该完全拿走。

除了上述两点外，奇幻小说要满足一些特别的必要的条件：

1. 虚构的动物：龙也许是出现在童书中最受欢迎的虚构动物——神话亦是如此。独角兽排名第二，此种说法来自古代神话及说书。当代奇幻不再把龙或独角兽视之为配角或歹角，反而得到充分发展，成为主角之一。如派翠西亚·瑞德（Patricia C. Wrede）的《魔法森林》系列。

2. 小人或矮人：有些作者撰写有关小人居住的世界，他们在自己的世界里发展属于自己的文化，或者住在另一个世界。

除了必要条件外，奇幻故事依然强调新颖，内容要清新、大胆，但可信度要高。作者可以用大量的细节来刻画个性、背景和动作，故事首尾维持一致性，同时抑制怪诞，并植根于现实与人性。下面几个原则也是不可缺少的：

1. 奇幻故事歌颂我们需要的英雄人物，强调善良的重要以及对抗邪恶的永恒成功。

2. 奇幻允准甚至强迫我们变得比原来更强大，比我们希望的更强大。它使得我们遭遇人生中的双重性——善与恶、光明与黑暗、清白与有罪、内在与表面、英勇与懦弱、勤奋与懒惰、态度坚决与踌躇不定、次序井然与无政府状态。奇幻呈现所有这一切，并提供方法让读者思考二极性与中间的明暗之处。

3. 古典奇幻集中在探索上。探索各有不同动机——精神、政治、性、物质等。探索表达了想完成一件充满困难与危险的事的念头，这件事似乎注定会失败。它也有助于作家处理角色的成长，随着探索逐渐完成，主角在人生经历与成就方面有所增进。探索旅程总是充满魔法的、象征的和寓言式的事件，让英雄表达内心的挣扎。

4. 奇幻也处理变迁。主角在颠倒是非的世界里，在重大的战争和剧烈变动性质的事件中运作，可能的结果是开放的，变化是无穷无尽的。主角背负的责任十分重大。在奇幻中，想象的世界永远是个地球村，没有动作单独发生。主角所做的每个决定都会影响到其他的人，有时候影响到好多国家的命运。

二、"门槛"的意义与功能

现代奇幻故事的演示并非全是幻想，往往是写实与幻想的融合。融合的比例则视实际情节之安排而定。换句话说，故事中的主角常视需要而游走于第一世界及第二世界之间。第一世界与第二世界之交接或转换必须仰赖作者精心设计之"门槛"（threshold），方便书中角色在两个世界的进出。"门槛"亦可称为"过门"，其重要功能在于区隔第一世界与第二世界。通过门槛，故事中的角色便能从第一世界进入第二世界，或从第二世界进入第一世界。门槛具有"起点、开端"（the place or point of beginning）的意义，亦即跨过门槛，便进入另一个世界。

奇幻故事门槛的设计是作者想象力丰富的一种展现。有了奇特的门槛，作者更能深化故事的内涵，使故事更具吸引力与说服力。换句话说，门槛是奇幻故事不可或缺的道具，如《说不完的故事》（*The Neverending Story*）中的书、《哈利·波特》（*Harry Potter*）与《13号月台的秘密》中的月台、《地板下的怀表》中的怀表、《威尼斯传奇》中的魔镜、《纳尼亚传奇》中的衣橱、《绿野仙踪》中的龙卷风等。通过这些"过门"，故事中的主角得以从现实世界（第一世界）进入幻想世界（第二世界）去修炼功夫，了解事物的真相，破解心中久思不解的谜，增强自己的信心，等回到现实世界时，脱胎换骨，生理与心理更加成熟，足以担当重任。

有些奇幻故事始终在第二世界中进行，演示的是生存于奇幻世界中的转化，角色的性格特别明显，往往善恶分明，例如《魔戒》与《精灵战争》中，人与精灵相处，各有各的行事方式，冲突与否，端视作者安排。精灵角色的刻画，与人相同，善恶兼之，不同的只是比例问题。精灵人格化后，自然拥有善恶两端。比较特别的是，奇幻故事的角色往往善恶分明，黑白判然，绝少有灰色地带。非善即恶亦成为奇幻故事中人物的重要特征。

三、对奇幻文学的畏惧

奇幻一直被认为是简单、不成熟的读物，但事实上并非如此。奇幻常常是不易阅读的，它需要细读，毕竟书中一大堆怪物，还有具备神秘与道德寓意的模棱两可之处。

奇幻也被贴上逃避文学的标签。当然，在某些方面确实如此。奇幻可使得读者逃避世俗，在荣耀的冒险中行乐。对某些读者来说，逃避是他们所需要的。对其他的读者而言，冒险进行那些似乎无尽的追寻，遭遇所有那些令人无法相信的障碍，面对所有的那些显然不知疲倦地为善争战、击败邪恶的主角，不仅仅是打发时间的阅读而已。暂时从现实中逃开，可使那些读者在回归到他们自己有限的现实世界时，能勇敢去面对许多类似他们在奇幻中发现的难题。

奇幻也因使用魔法而被攻击，奇幻可能为年轻人对魔法的兴趣辩护。检查者往往遽下结论，邪恶只能来自于魔法，由于奇幻集中于善与恶之争——而邪恶在奇幻和现实生活中比善良几乎常常更为有趣——奇幻显然引诱人们远离善良，趋向于邪恶。这种迂回攻击继续不断。但当代青少年经年累月暴露在不同的媒体中，早已拥有相当程度的抗体，对他们来说，分辨善恶并非难事，只要他们心态正常。

在最不合乎逻辑的反对中，奇幻一直被攻击为不真实。这种说法有些牵强，因为真实的定义往往因人而异。在实际的成人世界里，多少事都是借真实二字而虚为之。因此，明智之士会发觉，所谓的"真实"世界实际上充塞着虚假的奇幻，不论言行；而奇幻世界里的生命却拥有真实的生命历程，他们懂得如何去分享、欣赏、鼓励、考验，他们具备哲学思考的能力，有宗教慰藉和需要尽责、努力去完成的目标。

四、评估奇幻

1. 奇幻元素必须是可信的。尽管奇幻是虚构的，但其元素的设计必须合情合理，亦即可信的。

2. 奇幻元素必须集中于故事。收集不相关的事件，不管如何有趣，不算是奇幻，而且可能会被认为是过度想象。

3. 细节必须与奇幻元素一致。作者确定情节中的奇幻元素后，所有细节的安排与叙述必须与奇幻元素一致，否则会让读者觉得细节与原先的架构不一致。

4. 不论故事如何奇幻，主角必须合理熟悉。奇幻故事中的最佳角色必须保持人模人样，即使他具有动物本质，被丢入奇异地方，或受制于魔法。

五、现代奇幻对孩子的价值

1. 经由从目前的世界进入一个不同世界的替代经验，孩子能发展想象力。经由阅读现代奇幻作品，孩子可设法去想象某一件实际不存在于现实的东西，并且替它加上形状、颜色（含色度）与声音。对孩子来说，这种过程不但好玩，而且深具挑战性。

2. 通过现代童话，孩子能增进思考的能力。在奇幻故事中，物质世界的正常"规则"暂时被终止了，或被保留了，小读者可对现实世界产生另一种新的视角。从新视角出发，孩子可以考虑其他的生活方式，也可考虑这个世界曾经有过或者也许这个世界可能变化的其他方式。

3. 现代奇幻给所有孩子提供了一个暂时的解闷方式。并非所有孩子的生活都是轻松愉快的。经历奇幻故事的严酷考验，这样的人造世界，使得孩子有拜访奇幻世界的机会。在奇幻世界里，善击败恶，公正最后获胜，书写的是一般人对实际生活的向往。年轻的读者沉迷于故事中，丢开日常生活及其包袱，借认同、洞察、移情、顿悟、净化等作用，至少变得更有信心、更优雅，当然也会变得成熟些——一个全新的人，另一个世界的参与者。

4. 现代奇幻通过幽默来助兴。悬疑性是奇幻的特征之一，借由悬疑，作者可以不慌不忙地制造幽默的情景。幽默的两个共同来源为夸张与荒谬，这两者常在奇幻故事中出现，如《木偶奇遇记》中的小木偶的鼻子不断增长，使得小读者在这种夸张与荒谬的情景里获得某种生活中的启迪。

5. 孩子可借由作者对严肃主题的处理，得到启示。在奇幻情景或角色的叙述中，现代奇幻的强烈信息似乎不像严肃的现实小说架构中所呈现的那般忧郁或说教。"爱"战胜"恶"的主题有时在奇幻故事中比在写实小说中更容易接受。

结　　论

当前的世界是一个图像挂帅的世界，任何人事物均可由具象的图像表达，任何世界的杰作都可用绘本呈现。抽象的文字节节败退，孩子的学习方式也起了重大变化，对抽象的文字从惧怕转为排斥，有识之士十分担心，孩子会误认图像是学习的唯一媒介，只存活在具象的图像中，而忽略了抽象文字的重要。这种具象的图像取代抽象的文字的情况日趋严重。如何把孩子从图像带回到文字的世界，便成为目前最引人关注的"希望"工程。

在所有儿童文学文类中，奇幻文学最受欢迎，老少咸宜，也最适合以其他媒体方式呈现。因此，我们看到不少奇幻佳作改编成动画、电影，非常卖座。或许我们可以借助奇幻的魅力让孩子重回文字的怀抱。出于商业行为的考虑，动画或电影的剧本都经过适度的改编，有时候甚至偏离原著精神。观赏者如果因对图像兴趣浓厚，或许会回头打开文本，细读一番也说不定。媒介之间的互动往往可以带来双赢，值得我们期待。

奇幻故事常以"探索"来刻画角色的成长历程，突显了生命中不同阶段的演化。由于"探索"是生命里的一股潜在振作力量，如果能发挥得淋漓尽致，生命的意义便得以充分展现，探索的最终目标是否达成反而变得不是十分重要，过程中的种种刻骨铭心的磨炼才是这类故事的重心。经由考验，故事中的角色明白自己的能力极限，适度地自我调整后，下一次的探索之路会更加顺畅。这是奇幻故事最能吸引人们的地方。好的作品会给读者带来不同程度的冲击，例如认同、洞察、顿悟、净化和移情。

奇幻故事的善恶分明的二元化往往会简化人性层面。黑白之间的灰色地带是我们应该特别注意的，因为世间绝大多数的人往往徘徊在善恶之间，择善去恶是共同的向往。除了趣味之外，奇幻故事应可以给大小读者某种程度的感召力量，在面对善恶时，懂得如何去抉择，乃至于懂得如何去保护自己。在阅读这类所谓的"逃避"文学时，常有意想不到的收获。

本文系演讲稿

注释:

① Tomlinson, Carl M.. & Lynch-Brown, Carol. *Essentials of Children's Literature*. 2nd ed.. Boston: Allyn & Bacon. 1996.

〔卡尔·汤林逊、卡罗尔·林齐-布朗:《儿童文学本质》,波士顿,艾林贝肯出版公司,1996,第2版。

② Russell, David L.. *Literature for Children: A Short Introduction*. N.Y.: Addison Wesley Longman, Inc.. 2001.

〔大卫·罗素:《儿童文学:简明导论》,纽约,朗文出版公司,2001。〕

③ Sutherland, Zena. *Children & Books*. 9th ed.. N.Y.: Addison-Wesley Educational Publishers Inc.. 1997.

〔季诺·苏遮兰:《儿童与书》,纽约,艾迪生-威斯利教育出版公司,1997,第9版。〕

④ Donelson, Kenneth L. & Nilsen, Allen Pace. 7th ed.. *Literature For Today's Young Adults*. Boston: Pearson Education, Inc.. 2005.

〔肯尼士·唐纳森、亚林培斯·尼尔逊:《当前青少年文学》,波士顿,皮尔森教育出版公司,2005,第7版。〕

少儿文学阅读之旅

——细读纽伯瑞奖小说

纽伯瑞奖的创立与规章

1921 年，美国图书馆协会（American Library Association，简称 ALA）依据梅尔彻（Frederic Melcher）的建议，创立了纽伯瑞奖（Newbery Medal），每年由该协会颁奖给前一年最杰出的童书和作者，作者限定为美国籍。这项奖项是为了纪念 18 世纪热心儿童读物发展的英国出版商兼书商纽伯瑞（John Newbery, 1713~1767）而设立的。它是全世界的第一项儿童文学奖，奖项的名称突显了美国图书馆协会成员深具国际观，就事论事，不以自己国家的名人命名。青少年文学能成为出版界重要的一支，该奖项的功劳不小。

纽伯瑞奖设立宗旨如下：鼓励为孩子书写童书范畴内具有创意的原作；向大众强调童书的贡献，与诗歌、戏剧、小说一样，都应得到同样的赞赏；给以服务孩童阅读趣味为终生事业的图书馆员一个机会，去鼓励在此领域内的优秀创作。

纽伯瑞奖的颁授条款一共只有三条：

1. 这项奖项的金牌奖每年授予前一年在美国出版、对美国童书文学最杰出贡献的作者。除了规定该书必须原著外，书的性质没有限制。可提名银牌奖得奖作品（不限名额），必须也是真正杰出的书。

2. 这项奖项只授予美国公民或居民。

3. 评审会在审议时将只考虑适合本奖项的作品，如本条款所列举。

为了避免不必要的误解，条款的重要文字均详加说明：

1."对美国文学贡献"指作品的文本，同时表示评审会应考虑所有写作的形式：小说、非小说与诗歌。重印与编纂均不适合。

2."对美国童书文学的一种贡献"应该是一本以孩子为潜在阅听人的书。这本书表现了对孩子的不同了解力、能力和欣赏力的尊敬。孩子限定为到 14 岁（含 14 岁）为止，为这整个年龄层书写的书将予以考虑。

3."杰出的"定义为：

（1）以卓越与优秀著称；以重大成就出名。

（2）以品质优秀著称。

（3）以出众的优秀或卓越著称。

（4）个别优秀。

（5）"作者"可包括合著者。作者可在去世后获奖。

（6）在为"原著"下定义时，评审团将考虑出处传统的书，书是富有创意的研究，而且重述与诠释是作者自己的。

（7）"在美国出版的美国文学"意思是说，原来在其他国家出版的书不合适。

（8）"前一年出版"意思是说，有前一年出版日期的书可在该年购买，而且版权日期不晚于该年。一本书可以有考虑中那年之前的版权日期，但基于不同的理由，一直到考虑的那一年才出版。

如果一本书早于书中陈述的版权年出版，那应该视为在书中陈述的版权年出版。此定义的意向是，每本书都适合考虑，但超过一年的不予考虑。

（9）"居民"指该作者已确实并继续住在美国，与偶然的访客有所区分。

（10）"只考虑适合本奖项的作品"条款指出，评审会将不考虑由一位原作者书写的作品全部，或作者先前已得奖。评审会将遵循有关指定的历年的那些书来做决定。

纽伯瑞奖的评选委员多为资深图书馆馆员，他们熟悉童书的各种文类。在评选作品时，必须考虑以下的条件：主题或观念的诠释、信息的呈现（包括精确、清晰、有组织）、情节发展、性格刻画、背景描写和适当的风格。评选委员决定得奖作品是以其对文学的贡献为主，主要考虑在于文本，插图、书的设计仅作参考。

通常每年得到纽伯瑞金牌奖（Newbery Medal Winner）的只有一名，荣誉奖（Newbery Honor Books）则不在此限。原先的第二名奖项在 1971 年改名为荣誉奖。台湾出版界习惯用金牌奖、银牌奖来区分这两项奖项。

奖项的多元性

读者细读纽伯瑞奖 90 多年来的得奖作品，会发现这项奖项的多元性。首先，虽然限制得奖作者必须为美国人，但其中不少为移民后裔，我们耳熟能详的华裔作家叶祥添（Laurence Yep）就以描写华人移民生活得奖两次：1976 年的《龙翼》（*Dragonwings*）与 1994 年的《龙门》（*Dragon's Gate*），华裔女作家林佩思（Grace Lin）于 2010 年以《月夜仙踪》（*Where the Mountain Meets the Moon*）得银牌奖。日裔作家辛西亚·角畑（Cynthia Kadohata）也以自传体作品《亮晶晶》（*Kira-Kira*）于 2005 年得奖，非裔作家泰勒（Taylor）专写涉及黑白种族的作品，获奖作品为《黑色棉花田》（*Roll of Thunder, Hear My Cry*）。有趣的是，部分作家以丰富的想象力，去描绘另一族群的生活而得奖。例如与中国有关的，就有《海神的故事》（*Shen of the Sea*, 1926）、《扬子江上游的小傅》（*Young Fu of the Upper Yangtze*, 1933）、《六十个父亲》（*The House of Sixty Fathers*,

1957）。这些作品的内容虽然部分夸张失真，但异国情调的张扬，多少也展现了童书的趣味性。《月夜仙踪》取材略似《海神的故事》，以中国民间故事为撰写样本，但内容及形式的展现，远远超过《海神的故事》。

得奖作品的主题，同样呈现了多元现象。例如谈死亡与亲情的《想念梅姨》（*Missing May*, 1993）、谈纳粹统治时代犹太后裔的逃亡故事《数星星》（*Number the Stars*, 1990）与《楼上的房间》（*The Upstairs Room*, 1973）、谈少男少女的奇特情感的《通往泰瑞西亚的桥》（*Bridge to Terabithia*, 1978）、谈种族问题的《海狸的记号》（*The Sign of the Beaver*, 1984）、谈人与动物的互动的《狼群中的朱莉》（*Julie of the Uolves*, 1973）、描写祖孙之情的《背井离乡的 365 天》（*A Year Down Yonder*, 2001）。

上述作品都是写实的，但纽伯瑞奖也容许奇幻与科幻，像《时代广场的蟋蟀》（*The Cricket in Times Square*, 1961）、谈科幻时代中亲情转变的《时间的皱纹》（*A Wrinkle in Time*, 1963)、谈乌托邦幻灭的《记忆受领员》（*The Giver*, 1994）、以怪诞手法书写的《坟场之书》（*The Graveyard Book*, 2009）、以魔幻写实展现的《木屋下的守护者》（*The Underneath*），给小读者开了另一扇窗。写实与奇幻的相融，足以证明美国对移民的说法已从"大熔炉"转变成"沙拉碗"，各有特色，但基调仍不脱启蒙与成长。

就文类来分，得奖作品最多的是小说，但传记类也不少，介绍华盛顿、林肯两位总统的作品得奖的不只一本，甘地、莱特兄弟、《小妇人》的作者路易莎·梅·奥尔科特（Louisa May Alcott）也在其内。以诗作得奖的也不在少数，例如《威廉·布莱克旅馆的一次访问》（*A Visit to William Blake's Inn: Poems for Innocent and Experienced Travelers*, 1982）。第一本得奖作品是房龙（Hendrik Willem Van Loon）的《人类的故事》（*The*

Story of Mankind, 1922），这本书就很难归类。总体来说，读者可以发觉得奖作品仍以文学性、艺术性为主，为了适合青少年阅读，再加上趣味性。

近百年来，纽伯瑞奖得奖作品数百册，每一本作品都是时代记忆的一部分。不分族群，从多元角度出发，关怀的是青少年成长问题，但不再以少男为主，少女的分量越来越重，两性平权的观念也因此突显。这些绚丽炫目的作品，通过不同语言的翻译，给全世界青少年以及家长、教师带来阅读的喜悦，同时也因内容的丰富，撞击到实际的人生，在喜悦之余，也给予省思的机会。

阅读对象的设定

纽伯瑞奖的设立宗旨点出：纽伯瑞奖鼓励为孩子书写童书范畴内具有创意的原作。这点包含了阅读对象与作品特色。任何作品都应具有创意才能独树一格、超越他作，这一点毋庸置疑，倒是阅读对象值得我们来深思。"为孩子书写童书"的范畴就涉及所谓的"适读年龄"。纽伯瑞奖的得奖作品应该不会以"本书适合 9~99 岁的人阅读"这种纯粹是广告话语的虚无文字来作为广告。虽然当初适读年龄限定到 14 岁为止，但如果我们细读得奖作品，会发现其中有不少是老少咸宜的作品，但绝大多数的作品是以青少年为主要阅读对象，也就是适合 13~19 岁青少年阅读。

实际上，根据学者专家的研究，每个人的阅读习惯及阅读量的多寡往往不是由年龄来决定的。个人的先天智慧和后天环境可以左右自我阅读习惯。因此，"适读年龄"只是一种可供参考的平均虚拟年龄，有它的局限性。我们都知道，每个人都是依据过去阅读经验的总和来接触陌生的作品，因此，同样年龄的读者对阅读同一本作品的感受与收获绝不会相同。对小读者来说，这种情形也是一样的。

任何一位作家在执笔行文时，他最介意的应该是如何把作品写好，自己作品的适读年龄并不是他最先考虑的。他只要把作品写好，至于适读年龄的限定，全由读者自行斟酌。不要忘记，适读年龄也随着大环境的变迁而改变。生活在 20 世纪末 21 世纪初的孩子在动画、电视、计算机、电子游戏等的冲击下，对不同媒体的内容展现，早有无限的抗体，不会被作品内容带着走的。况且，他们也不是容易被说服的。

少年小说的阅读对象并不只限于青少年，关心孩子语文能力的家长以及实际参与语文教学工作的老师也重视这种文类的功能。虽然部分家长因担心孩子阅读课外读物会花掉不少时间与精力，没有足够的精力去加强基础课业而坚决反对，然而，如果能让他们深切明了，以大量阅读来增强语文能力确实有助于其他学科的学习，还是可以扭转他们的想法，敞开胸襟让孩子接受多元文化的熏陶。热爱带领孩子阅读课外读物的老师当然难免会有赶课的压力，但事在人为，有心的老师还是可以设法调适的。

另一个可以阅读的对象是故事妈妈团体。故事妈妈对带动学子阅读绘本，为孩子打开一扇截然不同的文学窗口，增强孩子欣赏美的事物的能力，功不可没。但随着孩子年龄的增长，故事妈妈发现只有绘本是不够的，因为绘本是具象的图像，孩子的未来学习终究得仰赖抽象文字的应用。而带孩子进入抽象文字的世界，少年小说的趣味性与启发功能是最佳的选择。只是故事妈妈自己必须先进修，熟悉少年小说的相关知识，并且大量阅读优秀的作品，才能扮演好导航者的角色。

角色性别的变化

纽伯瑞奖得奖作品的角色性别变迁犹如成人文学女性角色

变迁一般。在 20 世纪 70 年代前期，受到批评的重点是作品中的妇女负面形象及男权／父权的压迫。到了 70 年代后期，女性主义者的研究重心在于重现被男性文化发展埋没的女性文学史和女性文学观。但青少年小说作家并没涉及上述的论述，而是直接在角色性别的变化上表达出来。

美国少年小说的角色性别在 20 世纪 60 年代之前十分单纯。不论作者的性别为何，总是喜欢设定小男孩为主角，小女孩永远是配角，纽伯瑞奖的得奖作品亦不例外，例如 1957 年的《六十个父亲》（*The House of Sixty Fathers*）。除非整本作品都是女孩的故事，如 1936 年与 1937 年的金牌奖得奖作品《伍德龙一家》（*Caddie Woodlawn*）、《滑轮女孩露欣达》（*Roller Skates*）就是两个明显的例子。这种情形常常归因于人类历史上长期的大男人主义，甚至于在成人小说亦有类似情形。20 世纪 60 年代后，女性主义勃然兴起，少年小说的角色性别也由男孩转为女孩，作者不论是男是女。有趣的是，由于角色性别的反转，近半世纪得奖作品中的主人公，女孩的比例越来越高。例如 2010 年的金牌奖《当你到达我》（*When You Reach Me*）、银牌奖《月夜仙踪》与《达尔文女孩》（*The Evolution of Calpurnia Tate*）这三部作品均以女孩为主角。

多元文化的阐扬

美国是个典型的移民国家，它的国民来自世界各国，带来不同的文化，是个多元化的国家。纽伯瑞奖的得奖作品呈现出的便是多元文化。多元文化强调互相尊重，从各说各话趋向于众声喧哗，热闹异常，民主的氛围十分浓厚。尽管如此，民主的形塑仍然需要多方的妥协，甚至牺牲。作者来自不同的国家，他们的得奖作品书写了不同族群与文化的撞击和冲突以及尝试调和。纽伯瑞奖的评审从不考虑作家原来的国籍、宗教，他们关注作品能否充分展现人性，也就是说，作家是否在描述作品中角色的喜怒哀乐时，让读者感受到人性的光辉。

多元文化的融合需要长期的互动与努力。美国原本自诩为"大熔炉"，凡是来自世界各地的移民在追求"美国梦"时，最后都会熔化于"大熔炉"里。所谓"大熔炉"并非只指"来自不同国家的人，住在同一国家里"，反而应是"来自不同国家的人，住在同一国家里，有共同的机会，做相同的事情，不分彼此地互动"。但多年来，"白人优先"的想法使得不同族群并没有共同的机会，也没有做相同的事情，不分彼此的互动更是少见，所以随后又产生"沙拉碗"的说法，不同族群、不同肤色的人生活在同一空间，各有各的特色，不会惨遭淹没。

现在、过去与未来

在时间的处理方面，少年小说与成人小说并没有什么特别不同的地方。在作者的巧思与巧笔下，少年小说的时间设定可以是现代，也可以是过去或未来。由于人性恒久不变，小说作品阐扬人性的功能自然不受时间的约束。不论现实还是奇幻的作品，它们的角色都一样可以悠游在不受制约的时间里。与作家虚拟的空间相比，时间已可省略掉烦琐的考据。

仔细翻阅所有的纽伯瑞奖得奖作品后，我们发觉，大部分写实作品都把时间设定在 20 世纪，也就是所谓的"现代"。由于这些写实作品的设定时间与读者的现实生活时间比较接近，读者阅读时，可以参照生活现实面。作品涉及的议题较为现代人所关切，现实感较重，契合现代人的大部分生活实况。

文学作品同样具有鉴往知来的作用，因此不少作家喜爱回到过去，架设空间，铺陈情节。由于美国建国至今只有两百多年，"回到过去"的故事多以垦荒故事居多，劳拉·英·怀尔德（Laura Ingalls Wilder）的垦荒系列先后在 1938 年、1940 年、

1941 年、1942 年、1944 年得奖，五次得奖纪录至今无人能破。斯皮尔（Elizabeth George Speare）的《黑鸟水塘的女巫》（*The Witch of Blackbird Pond*, 1959）与 1984 年的《海狸的记号》（*The Sign of the Beaver*）也是过去年代的故事。她在 1962 年得奖的《青铜弓》（*The Bronze Bow*）里的空间并非在美国本土。

即使到了 21 世纪，作家仍然乐此不疲。2002 年琳达·苏·帕克（Linda Sue Park）的《碎瓷片》（*A Single Shard*）、2003 年艾菲（Avi）的《铅十字架的秘密》（*Crispin: The Cross of Lead*）、2008 年劳拉·爱米·舒丽兹（Laura Amy Schlitz）的《好心的大爷，帮帮忙！》（*Good Masters! Sweet Ladies! Voices from a Medieval Village*）和 2010 年林佩思的《月夜仙踪》便是"回到过去"。

基于普遍人性的阐扬，作家常把故事空间设置于异国他乡。罗宾·麦金莉（Robin McKinley）的《蓝宝剑》（*The Blue Sword*, 1983）和《英雄的皇冠》（*The Hero and the Crown*, 1985）便是个明显的例子。

谁来说故事

识字率的提高促成印刷媒介的蓬勃发展。18 世纪起，阅读不再是皇室与贵族的专利，普罗大众除了仰赖报纸给予的相关知识及部分文学养分外，也有能力购买低廉的小说作品。这种读者群的转移，往往会影响作者的撰写角度，如空间与时间的更换、作品主人公社会地位的设定。我们阅读莎士比亚或托尔斯泰的作品时，在因其史诗型的叙述而震撼之余，会突然发现，这两位大师作品中的主角绝大部分都是皇室、上流社会贵族之流；一般出身卑微的人只能永远扮演可有可无的小角色，穿插其中，更加突显阶级设定的可怕。到了 19 世纪现实主义崛起时，作品中的人物与背景终于都起了重大变化。故事中的主要人物变成与你我一样的平凡角色，空间也成为大众熟悉的平常处所。如果作品的主角是低层社会的卑微人物，借由作者关怀怜悯的笔触，他们的不幸遭遇更会引起一般读者的共鸣。

为了引起共鸣，作者同时也关心作品中叙述者的设定。19世纪末，心理学的相关知识开始融入文学作品的书写，作家除了继续使用传统的全知观点外，也可使用所谓的第一人称、第二人称、第三人称观点来叙述。这种叙述观点的变迁，使得作家在形式方面有了更为广阔的叙述空间。这儿可以举几个例子来说明。

少年小说的创作手法与成人小说大同小异，在叙述观点方面也十分接近。较早的纽伯瑞奖得奖作品常用全知观点，但随着表现手法的纯熟与更新，我们看到了许多作者尝试用单一人称来讲故事。例如《繁梦大街26号的故事》（*26 Fairmount Avenue*）的作者汤米·狄波拉（Tonie dePaola）选了在1938年时只有四五岁的"我"担任叙述者。这种"思无邪"年龄阶段的孩子，有什么话都直说，绝不会闷在心里。正由于"我"的坦率、大胆与开朗，故事的趣味性也因此只增不减。细读之际，读者不禁会时时露出会心的微笑，因为"我"的行径有时候超乎一般人的想象。

1998年的金牌奖《风儿不要来》（*Out of the Dust*）的作者凯伦·海瑟（Karen Hesse）也是以主角比莉·乔令人难以忘怀的第一人称声音，非常出色地叙述篇篇短文。文字以诗行排列，或长或短，按照季节顺序陈述。浓烈的亲情与乡愁不断浮现。笔法细腻，情感天成，展现了绝望与希望、愤怒与宽恕，并且让这片大地与自然有如人的生命一般易于体认、观察。在充满诗意的字里行间有多处可让读者细细咀嚼、回味。这部作品以典雅、朴实的笔触阐释了大自然的威力，更颂扬人的不屈不挠的精神。比莉·乔在俄克拉荷马的尘暴中，度过了可怕悲惨的一年，但故事结束时，却含有希望再现的意味。

辛西亚·角畑（Cynthia Kadohata）的《亮晶晶》（*Kira-Kira*）在 2005 年获得金牌奖。整篇故事由"我"（凯蒂）担任叙述者，清新诚挚的声音带着浓烈的抒情诗特质，朴实地说出她家人的美丽凄凉故事。她写的是她 12 岁前的故事，以她的家族故事为主轴，记录了她在进入少女时代前的生活点滴。她家里的五个成员（爸、妈、姐姐琳、"我"和小弟山姆），再加上伯父胜久一家人，以及同时在孵化厂工作的日裔，形成整部小说的主配角。表面看来，这是一本日裔美籍人的奋斗故事，但实际上，它所代表的可说是全部有色人种移居美国后的实际生活写照。

2008 年获奖的加里·施密特（Gary D. Schmidt）的《星期三战争》（*The Wednesday Wars*）是一本男孩的成长故事。主角何令是一个早慧型的七年级学生，思考空间与逻辑观念远高于同年龄的孩子。这种年龄的孩子总是免不了要面对各式各样的冲突：如何与老师互动；如何应付霸凌型的孩子；如何跟父母兄弟姊妹相处等。这些对他来说都有某一种程度的困难。何令的父亲是一个大男人型的建筑师，只知道怎样赚钱，很少能够听进妻子儿女的话，所以跟家里成员的关系不是很理想，到最后甚至还逼得女儿离家出走。全书通过何令的眼睛，让读者看到了 20 世纪 60 年代美国社会的种种变迁，以及面对越战的冲击，人们如何自我调适。

1981 年获奖的《我和我的双胞胎妹妹》（*Jacob Have I Loved*）和 2007 年获奖的《幸运小铜板》（*Penny from Heaven*）也是以书中女主角为主要叙述者。相对地，1994 年洛伊丝·劳里（Lois Lowry）的《记忆受领员》（*The Giver*）、2000 年克里斯托福·保罗·柯蒂斯（Christopher Paul Curtis）的《我叫巴德，不叫巴弟》（*Bud, Not Buddy*）和 2003 年艾菲（Avi）的《铅十字架的秘密》（*Crispin: The Cross of Lead*）则是以小男生为叙述者。谁是叙述者完全由作者主导，而作者最在意的是如何以最佳方式叙说故事，读者最关心的是故事是否精彩，叙述者的性别应与男女平权问题关系不大。

以单线进行叙述的作品相当多，但也有作者尝试用双线来书写。2001 年获奖的沙伦·克里奇（Sharon Creech）的《少女苏菲的航海故事》（*The Wanderer*）便是最好的例子。作者以十分细腻的叙述来诠释主角苏菲的自我发现之旅。船上成员如何在恶水中挣扎，苏菲如何在往事噩梦中浮沉，都深具戏剧性。她的海上英勇探险不仅直接把她带入危险的浪潮中，也深入她隐藏的过去。通过对苏菲与柯迪深具洞察力的书写，我们同时看到船只与六位乘客的脆弱。他们的恐惧与懊恼终能如入港船只般的下锚定位，完完全全摆脱过去生活的重重阴影。同时，苏菲认真述说她的感情、想法与忧虑，往往让我们与她的真实、明示的海上航行保持一段距离，但最后，双线交叉，美好的结局缓缓呈现，终于让读者松了口气。

何处是儿家

纽伯瑞奖得奖的小说作品中有几册涉及华人。作者设计的空间有他乡（美国本土），也有直接以中国大陆为故事发生主要空间，叶添祥（Laurence Yep）的《龙门》（*Dragon's Gate*）与《龙翼》（*Dragonwings*）为前者代表作品，后者有伊丽莎白·刘易斯（Elizabeth Foreman Lewis）的《扬子江上游的小傅》（*Young Fu of the Upper Yangtze*）与迈德特·迪扬（Meindert De Jong）的《六十个父亲》（*The House of Sixty Fathers*），仅有少部分论及的作品不值得细谈。有趣的是，有两本是中国传统故事的改写本：克里斯曼（Arthur Bowie Chrisman）的《海神的故事》（*Shen of the Sea*）与林佩思的《月夜仙踪》（*Where the Mountain Meets the Moon*）。

清末，许多沿海地区的华人历尽艰辛，远赴美国以求温饱，却因为肤色不同而遭受歧视。叶添祥为华裔美籍人，他细心整理清末中国移民至新大陆的悲惨经历，为祖先立传。他爬梳各类相关资料，融合自己的想象，刻画华裔侨民的辛酸与苦难。《龙翼》亦是如此。

《海神的故事》（1926 年金牌奖）的作者借用了部分中国传说与民间故事，但扭曲了原意，又滥用典故来改写，中国味道似乎变了味。从插图中也可看出，作者对中国朝代的更迭与服饰、发型了解不多。对中国民间文学或传奇略有所知的读者，阅读此书，极可能会为作者海阔天空般的过度想象所折服。而熟悉中国传统民间故事的华人读者，对此书内容窜改、扭曲情形之严重，则可能不忍卒读。也许对中国传统文化一无所知的外国小读者会读得津津有味，因为书中不少逗趣胡闹的叙述颇具吸引力。如果小读者要借此书来了解真正的中国，根本不可能。

林佩思的《月夜仙踪》获 2010 年的银牌奖。此书亦有类似《海神的故事》的结构，但作者毕竟是华人，她对故事的筛选有她自主的原则。这本书能够结合许多与月亮相关的民间传说（如月下老人、吴刚伐桂、画龙点睛、订婚店等），相当不易，因为她熟悉自己的文化，并能细嚼慢咽，铺陈出华人读者也能接受的结构，用典细心，描写情节相当动人，熔写实与奇幻于一炉。作者擅长讲故事，她让书中每个角色都扮演不同程度的说书人，支撑情节的发展。全书只有女主角没说过故事，她担任了串接故事的重任，以不同的故事串起一系列冲突。故事的融入，调节了行文的节拍。

阅读后的反思

少年小说不同于儿童故事或儿童小说。专家学者认为，少年小说的适读年龄涵盖面较大，几乎是老少咸宜。在表达时，可以在文字叙述中加入优美动人的童诗；为了加强故事性，刺激青少年读者的想象力，可以适度地使用推理侦探的情节，也可以加入科幻小说的手法，使其内涵更为深广。一部少年小说是否成功，完全看作者如何经营构思而定。

就内容来说，少年小说与儿童小说不尽相同。适读年龄只是这二者的一种粗略划分法。有人认为，儿童小说适合于小学中、高年级学生阅读，少年小说的适读对象应该是初、高中学生。"适读年龄"这种分法当然有它的道理，因为年龄的差异，适读作品观照的范畴自然不同。三年级以上的小学学生，对于周遭的环境才刚刚有粗浅的认识与体验，阅读的作品最好是上进的、快乐的，强调人生中的光明面。风趣幽默的对白、乐观进取的情节与冒险犯难的精神，是儿童小说不可或缺的基调。如果作者在生动有趣的故事进展中，融入一些浅易的做人处事道理，这类小说的目的也就达到了。

少年小说由于阅读年龄层比儿童小说高，作品不仅在于展现人性中的光明面，也得显现出阴暗面。作家不能也不应该避开现实社会的种种矛盾、问题冲击及人世间的阴暗面，而只是一味在作品中塑造虚无空泛的美丽世界。作家应真实地呈现这些矛盾、问题与阴暗面对青少年心灵的影响和触动，以及它们造成的困惑、痛苦、不安、压力等。这样的少年小说才能与青少年的现实生活贴近，并且有浓烈的时代色彩。青少年读者在阅读这类与他们实际生活息息相关的作品时，不仅会感到十分亲切，心灵也会产生某种程度的契合，开始正确思考自己的种种切身问题，学习慎重言行与调整生活态度。由于适读年龄层的提高，作家不妨在作品中更进一步地加入一些哲理性的探讨，使青少年对生命的未来能有更深入的思考。

也许有人会质疑少年小说中的阴暗面是否必定多于光明面。实际上，少年小说并不刻意描绘阴暗面。反映部分社会真相的目的，是要让青少年在面对抉择时，能有所慎思、有所警惕。换句话说，少年小说的作者只是想借作品的阐释，给青少年读者一些适当的抗体，让他们知道，社会上危机重重，陷阱处处，行事必须小心翼翼，才能安然度过尴尬的青春期。所以明辨是非与善恶是少年小说的重要主题之一。

然而，好的少年小说即使负有明辨是非与善恶的教育重任，也绝不会在作品中直截了当地将是非与善恶二分，严加挞伐。相反，作家总是胸怀慈悲，俯瞰社会，开拓视野，然后才曲笔侧写，婉转道来，以巧思妙法不动声色地提供一幅幅细腻、逼真、可触可摸的感性画面。高超的艺术必须超越对善恶的裁定，不能落入类似好人好事表扬这类单纯惩恶扬善的拼凑故事中。

纽伯瑞奖创立于 1921 年，今年已逾百年。就人类来说，这已是老年期，人已日渐老化。但就漫长的文学史来说，这只能算是起步，要进入创作高峰期，还有一段很远的路要走。纽伯瑞奖从单纯的说故事开始，百年的岁月给予作品良好的酝酿期。细读这些精彩的作品后，依然有些问题值得深入讨论。

几 个 问 题

一、故事类型的欠缺

基本上，问题小说是从当代写实主义（contemporary realism）衍生出来的，而当代写实主义依然不脱社会写实主义（social realism）的精神，作品的主轴经常集中于当前的社会事件，例如酒精中毒、种族问题、贫穷和无家可归等。当代写实主义作品论及孩童欢乐有趣的生活，但也描写他们辛酸及不快乐的日子，如虐待与忽略、同伴问题、父母离婚对孩童的影响、药物滥用、肢体与精神的残障、理想的幻灭与疏离等。问题小说作者对这些问题一向最感兴趣。

上述这些问题具有时间性，而非一成不变，不同的年代有不同的问题。美国评论者密克罗维（Gloria D. Miklowitz）说：

"每个年代青少年的感受与梦想都相同，但问题相异。我的年代对孩童虐待、青少年性行为、未婚母亲、酗酒与自杀就所知不多。"若以 20 世纪 60 年代末期问世的问题少年小说为例，由于社会变迁急速，问题范畴更加广泛多样，但其焦点则集中于青少年实时关切的问题，如双亲离婚、第一次约会、青春期开始、对新家的调适、未婚怀孕、吸毒、同性恋等。美国学者多内森（Kenneth L. Donelson）在他的名著《当代青少年文学》（*Literature for Today's Young Adults*）一书修订版本时就特别谈及"问题"内容的改变。他指出，在这本书的第一版，问题少年小说处理的三个"性"问题是强暴、同性恋和导致怀孕的婚前性行为，第二、三版增加了疾病、乱伦和虐待孩童，第五版更讨论到担任父母角色的青少年（teenagers as parents）。但是几乎所有问题少年小说都有个共同处：作品中刻画的家庭不是无助的就是本身也是问题的一部分，这些作品充分反映现代家庭结构的破裂与解体。

多内森在这本书中对问题小说的说明相当详尽，除了详述这类严肃的启蒙作品被确认为新写实主义（new realism）或问题小说外，还列举实例说明他的观点（如问题小说的评估建议、问题小说的价值等）。他以美国心理协会（American Psychological Association）会议的讨论主题作为青少年当前面临的主要问题，即恐惧、约会与性、酒与毒品、金钱、学业、独立、心理疾病，此外，又进一步剖析实际作品内容来诠释他的问题内容：家庭关系、朋友与社会、躯体与自我、与性相关的问题、生活在多元文化世界中。他的讨论比较全面，几乎可以涵盖所有问题小说的内容。

资深图书馆馆员担任评审工作，心中自有一把尺，所以寇米尔（Robert Cormier）的作品如《巧克力战争》（*The Chocolate War*）、《我是奶酪》（*I Am the Cheese*）等，多涉及校园暴力、国家机密等的作品，当然会被排除在外。20 世纪 60 年代，以小女孩斯葛（Scott）为叙述者的《杀死一只知更鸟》（*To Kill A Mockingbird*）同样未能得到评审的青睐，因为这本书严重涉及种族问题，这可能是唯一的理由。但就其艺术性及文学性来说，它远远超过《黑色棉花田》（*Roll of Thunder, Hear My Cry*）。也许作者原先的阅读对象是成人，而不是青少年。这让我们联想到，如果马克·吐温（Mark Twain）的《哈克贝利·费恩历险记》（*The Adventures of Huckleberry Finn*）在1922年后才出版，可能也会落到跟《杀死一只知更鸟》同样的下场，因为这本书跟《杀死一只知更鸟》一样严重涉及种族问题。到目前为止，有些地方还把它列为禁书。

问题小说在纽伯瑞奖得奖作品中缺席可能的原因有二：第一，适读年龄。问题小说中的主角多半是以高中生为主，他们面临的特殊难题（如：强暴、同性恋、导致怀孕的婚前性行为、疾病、乱伦、虐待孩童与担任父母角色的青少年等）多偏向于小众问题，而非一般所谓"正常"的青少年必须面对的。这一点当然令人质疑，因为即使是"正常"的平凡学子，也会面对不同层次的"问题"的考验。第二，评审者的态度。检视得奖作品，我们不得不佩服这么多年来不同的资深图书馆馆员的坚持。他们可能得背负"保守、顽固"等污名，但他们坚持为青少年保存一块洁净的空间。他们认为，所有准备给青少年阅读的作品都应该是温馨的、光明的，故事结束时，会给小读者带来一些希望，认为这社会还是可期待的。

以谈论心理转化为主的作品，我们可以读到《出事的那一天》（*On My Honor*, 1987）、《疯狂的女士》（*Crazy Lady*, 1994）、《亚当舅舅》（*A Corner of The Universe*, 2003）、《乔伊失控了》（*Joey Pigza Loses Control*, 2001）与《卡彭老大帮我洗衬衫》（*Al Capone Does My Shirts*, 2005）等。但更深入的心理疾病探讨，至今仍未出现。

安德鲁·克莱门斯（Andrew Clements）"校园系列"（school

stories）在纽伯瑞奖得奖作品中的缺席，也颇令人不解。或许在掌握生死大权的评审眼中，这一系列作品比较接近大众文学、爱情小说（romance），如《暮光之城》（*Twilight*），遭遇同样的命运，也就可以理解了。

二、媒介的结合

在电子媒介蓬勃发展的今天，印刷媒介似乎节节败退，报纸与杂志的订阅率大不如从前，经营困难。电视、计算机与电子游戏占用了大多数人的时间，接触印刷媒介的时间大减。即使是印刷媒介的文类中，也是具象的图像的阅读率远远地超过抽象的文字，这种现象在儿童文学的文类中特别显著。图文并茂的绘本购买率与阅读率一直高于注重文字内涵的少年小说、童话或儿童散文，使得关心儿童及青少年阅读能力及书写能力的有心之士相当忧心。

真正了解抽象文字功能的人早就发现，抽象文字是一切媒介之本。电视、计算机与电子游戏的剧本书写还是得仰赖优秀的抽象文字的书写。电视剧的制作及电影的拍摄均免不了要先有文字的帮忙。因此，关心文字学习的教师、家长及学者专家均为当前学子的文字应用能力担心，希望能找出一些具体实用的方法把孩子从具象的图像世界带回到抽象的文字世界。当然，借用多元的电子媒介来加强学子对印刷媒介的学习，不失为抢救学子免于陷入图像媒介的方法之一。

在还没有进入 20 世纪末奇幻文学大兴之期前，已有不少影视界制片人预见少年小说在中学的影响力，尤其在高中，许多专为青少年书写的作品中的描绘与实际的高中生涯十分相近，拍摄成影片，对青少年与其家长具有同样的吸引力，如男女学生在校园发生的罗曼史故事。美国人口超过两亿，学子人数相当可观，校园故事或亲情故事，只要内容不要太离谱，自有固定的观看者，因此不需担心赔本。20 世纪末奇幻文学加入后，影迷人数更加稳定。

纽伯瑞奖得奖作品多是温馨的家庭成员互动的故事、鼓励青少年男女如何力争上游的成长故事，情节欠缺煽情，如果要改编为深具号召力的影片，从商品立场来考虑，必须添油加醋，甚至"洒狗血"，以吸引大小观众购票入场欣赏。这当然会招来不少批评，认为不忠于原著精神。但如果从一种较为宽广的角度来审视，不论影片内容是否完全符合原著，只要有机会能从文字转为图像，文字的力量已经得到释放，远比只有文字更具影响力。文字与图像互相结合，可以造成双赢的局面，影响力可以发挥到极点。但我们关注的是，图像的出现能否有助于提升印刷媒介的阅读率。

文学作品改编成影片公开放映，让一般大众有机会领略由文字之美转化的影像之美。优秀的文字作品通过电子媒介的转介，甚至有机会成为电子媒介的最佳代表作。这种双赢的情形是印刷和电子这两种媒介最乐见的。在少年小说方面，双赢也不少见。我们很想知道的是，去欣赏电子媒介的青少年，如果事先没先接触纸本，会不会因为影像十分迷人，再回头去阅读文本？事先已先接触纸本的读者，再领略图像之美后，会不会重新再把文本回味一次？

纽伯瑞奖创办以来，其中有些作品已改编成影片，例如《数星星》（*Number the stars*）、《黑色棉花田》（*Roll of Thunder, Hear My Cry*）、《狼群中的朱莉》（*Julie of the Wolves*）、《浪漫鼠德佩罗》（*The Tale of Despereaux*）、《洞》（*Holes*）、《天使雕像》（*From the Mixed-Up Files of Mrs. Basil E. Frankweiler*）、《我和我的双胞胎妹妹》（*Jacob Have I Loved*）等。这些由得奖作品改编的影片（含动画）的欣赏对象不仅仅是青少年，学校教师也把它们当成教材使用，其功效无法估计。当然，影片的制作是否提高这些书的销售量，也是一个值得研究的有趣问题。影片的内容是依据作品内容改编的，但更改的部分有多少，同样也是值得关切的，因为有些从名著改编的影片几乎等于编剧者的原创，只是借用书名而已。

青少年小说与一般的成人小说都是印刷媒介的产品。这些作品以文字为主，配上少许的插图。对于习惯具象媒介（如漫画、动画、电影、电视、计算机等）冲击的当代青少年来说，纯文本的作品刺激较少、负担较重，当然会影响阅读的意愿。

第二次世界大战后，电子媒介的发展逐渐凌驾于印刷媒介之上，媒介专业者便将大量内容丰富又适合改编为电影、电视的青少年小说以另一种媒介形态出现。经典奇幻作品《魔戒》（*The Lord of the Rings*）与《纳尼亚传奇》（*Chronicles of Narnia*）改编为电影，深受老少读者的欢迎，便足以证明这一类作品依然有另一种生存空间。印刷媒介有了电子媒介的加持，产生的效果应该是双赢的，所以我们看到不少纽伯瑞奖得奖作品改编为电影。这种类型的电影有时候会叫好不叫座，但美国青少年人数众多，自有其市场，不需烦恼盈亏的问题。

三、技巧的演示

纽伯瑞奖的颁授条款的第一条说："……对美国童书文学最杰出贡献……""对美国童书文学最杰出贡献"应该是指一本以孩子为潜在阅读者的书。孩子的年龄层限定为到 14 岁为止（含 14 岁）。一本好书能充分表现对孩子的不同了解力、能力和欣赏力的尊敬，才有机会入选为纽伯瑞奖的颁授对象。多年来，每年选出的金银牌奖作品也都没有偏离上述要求，但由于阅读对象年龄层的落差，在技巧演示方面，也有了距离。

纽伯瑞奖早期的得奖作品偏向于说故事模式。孩子喜爱听故事，阅读可说是自己用双眼来"看"故事，取代了"听"的动作。因为有了年龄层的限制，早期的得奖作品偏向于"看"故事，因此用字浅显易懂。即使是老少咸宜的《人类的故事》（*The Story of Mankind*）也是以说故事的方式来吸引不同年龄层的读者。另一个显著的例子是《繁梦大街 26 号的故事》（*26 Fairmount Avenue*），故事中的叙述者是只有四五岁的"我"。

这种"思无邪"年龄阶段的孩子，有什么话都直说，绝不会闷在心里。正由于"我"的坦率、大胆与开朗，故事的趣味性也因此只增不减。

随着社会形态的变迁，这个奖项得奖作品的文学性及艺术性逐渐提升，深度与广度兼具，并且让读者感动并思考。不少作者以写实手法展现当年祖先的开拓精神，如劳拉·英·怀尔德（Laura Ingalls Wilder）的垦荒系列、伊丽莎白·乔治·史毕尔（Elizabeth George Speare）的《海狸的记号》（*The Sign of the Beaver*）等，这些作品除了歌颂先人筚路蓝缕的脚踏实地及苦干精神外，还以成熟的笔触描绘人性不受时间影响的永恒性与普遍性。

部分得奖作品具有浓烈的童话色彩，颠覆传统童话，另起炉灶，等于在检视传统童话的技法，例如罗宾·麦金莉（Robin McKinley）的《英雄的皇冠》（*The Hero and the Crown*）、盖儿·卡森·乐文（Gail Carson Levine）的《魔法灰姑娘》（*Ella Enchanted*）。

与成人作品一样，纽伯瑞奖得奖作品中也有借由《圣经》（the Bible）中的人物及故事，来形塑青少年成长中的种种严酷考验和解脱之道。我们可以把《记忆受领员》（*The Giver*）诠释为一种基督神话。全书充满浓烈宗教气息，熟悉《圣经》的读者可以深刻体会作者的比喻及象征——乔纳思带着逃亡的加波，就像守望天使陪同耶稣进入死亡的白色世界。罗丝玛丽（Rosemary）亦具有厚重的象征意义。玛丽即耶稣之母，而Rose（玫瑰）则是但丁在《神曲》中用来代表多层象喻。语言丰富深厚的象征意义，突显了作者天马行空的非凡想象力，进一步协助读者了解"字"的深层意义。乌托邦真义的诠释与语言多层意义的呈现，是这本书最值得称许之处。

《我和我的双胞胎妹妹》（*Jacob Have I Loved*）是从《旧约》上以扫（Isau）与雅各（Jacob）这对孪生兄弟阋墙的故事转化

而来。以扫与雅各在母亲肚里就争着要出生。两人长大后，母亲偏袒雅各，以扫甚至被雅各捉弄，丧失了长子继承权。这段故事不仅点出书名的来由，更解释了为何莎拉听到奶奶的呢喃后，自信完全崩盘。

自从亚当与夏娃的长子该隐杀了弟弟埃布尔之后，人类历史上兄弟阋墙、姊妹争宠的故事便层出不穷。作者帕特森（Paterson）以熟练手法，将《旧约》中的片段转化为现代故事，提供不同角度的阅读方式，为读者带来各种层次的喜悦，且深刻了解作品的多元性。

2009年赢得金牌奖的作品《坟场之书》（The Graveyard Book）的作者尼尔·盖曼（Neil Gaiman）首先把怪诞手法带入此项奖项，银牌奖《木屋下的守护者》（The Underneath）的作者凯茜·阿贝特（Kathi Appelt）把魔幻写实手法应用到极致。纽伯瑞奖的得奖作品从说故事出发，但随着从事青少年小说的写作者人数激增，读者年龄层不受限制，资深读者会发现，得奖作者的笔法愈来愈像成人小说，技法日趋成熟，融入怪诞手法不会激起孩子的恐惧，魔幻写实的应用同样不会造成阅读的困难。

四、"家"与"爱"的向往

对获得纽伯瑞奖的少年小说有所偏爱的人，在长期细读作品后，一定会发现这个奖项的最基本主题在于播撒"家"与"爱"的向往。

"在家、离家、返家"（home-away-home）原先是童话（包括古典与现代）的固定模式，少年小说作者把它应用在少年小说的创作上，依然十分合用。关于这个模式，当代神话大师约瑟夫·坎贝尔（Joseph Campbell）在他的名著《千面英雄》（A Hero With A Thousand Faces）中谈到"英雄的历险"时，曾提出"启程、启蒙、回归"（departure, initiation & return）的说法。这两种模式导引出作品中主角必须得走上"追寻"（quest, 亦可译为"探索")的旅程，才能完成人生中某一阶段的成长。

依据"在家、离家、返家"这个模式，我们不难理解"家"在少年小说中扮演了何等重大的角色。青少年在家得到父母及其他家人的细心照料，处处方便。但不论是强调启蒙还是成长的过程，主角终究得离家出外闯荡一番，方知社会险恶，为人不易。等经历过无数次启蒙考验后，终于能回家，但这个家已变成新家，与当初离开的旧家截然不同。

许多文本的空间都在呼应这个模式：主人公先是出走他乡，饱受磨难，历经种种奇遇后，最后又回到家乡。家园是给人以归属和安全的空间，但同时也是一种囚禁。细读家园的空间结构，可以发现，起点几乎无一例外是家园的失落，回家的旅程则是围绕一个本原的失落点展开。有数不胜数的故事暗示，还乡不是没有问题，家园已失落，即便重得，也不复可能是它原来的模样了。

"家"是一个深受作家喜爱的少年小说题材，无论是大家庭、核心家庭、单亲家庭或外籍新娘家庭的描述，都会涉及"爱"——人性中亘古不变的善的展示或追寻。许多故事中动人的描述都是家人或家族之间的互动或纠葛，围绕着"爱"这个重大主题而衍变扩充。毕竟，"人间有爱"的境界是一般人所向往、所追求的，而"爱"的起点往往是"家"。"家"的召唤与向往是许多经典作品的主轴。

19世纪的苦儿和苦女的寻亲及流浪故事一直是适合儿童阅读的好作品。这些阐释"爱的追寻"的故事中主角的冒险经历与奋斗过程，常给小读者带来一些启示及激励的作用。这些主角的遭遇常常有一个固定的模式，他们往往必须历经各种艰巨的考验，才能与家人重逢，从此才能在正常家庭里过着有爱滋润的美好生活。《铅十字架的秘密》（*Crispin: The Cross of Lead*）与《我叫巴德，不叫巴弟》（*Bud, not Buddy*）也是这种类型的故事。

19 世纪中叶后期，不少美国垦荒者涌入西部，从事垦荒工作，期盼能在异乡成家立业。这些勇者除了要面对陌生的大自然四季转换的挑战外，还得学会与当地原住民相处之道。这类"拓荒之旅"明确宣扬垦荒者在新土地上的最终目标就是要建立新"家"。劳拉·怀尔德（Laura Ingalls Wilder）自传体《小木屋系列》（*The Little House*）是垦荒小说中相当受人欢迎的。她的一家人懂得如何在垦荒时期自我调适、步向成长。《海狸的记号》（*The Sign of the Beaver*）也是垦荒故事，只是主角麦特并不是只身前往，他父亲在荒地盖好房子后才返乡接麦特的妈妈与妹妹，与亲人重聚是可期待的。

"家"是深受作者喜爱的少年小说题材，不论哪部作品把"家的呼唤与向往"当成创作基调，都会涉及"爱"——人性中亘古不变的"善"的展示或追寻。《黑色棉花田》的黑人凭着"家"这股无形力量的维系，才能生存下来；尽管故事结尾时，他们为了解救一个同族男孩，放火烧了棉花田。《龙翼》与《龙门》中的中国人远离家乡，在异国过着卑微的生活，最终目标是有一天能改善家境。《亮晶晶》中一家人努力的动机，是希望有朝一日可以拥有完整的家，安心地定居下来。

尽管现代的家扮演了"空间转换"的媒介，然而少年小说仍旧以"念家"为创作主轴之一，纽伯瑞奖的得奖作品亦是如此，尤其是那些一直未获得家庭温暖的主角，对家更是向往。例如 2007 年纽伯瑞奖的三部得奖作品《乐琦的神奇力量》（*The Higher Power of Lucky*）、《幸运小铜板》（*Penny from Heaven*）与《海蒂的天空》（*Hattie Big Sky*）都以小女孩为主角，这三位早熟懂事的小女孩最关切的是追寻一个更好的家。相较之下，海蒂的命运最为悲惨。虽然担心照顾乐琦的布莉琪一走了之，但乐琦还有一个名义上的"缺席"父亲；小铜板即使父亲不在了，但父母亲双方的家族都真心接纳她，尤其是父亲的传统大家庭给她的温暖，更使她深刻体会"家"的真义。

家的功能不如往昔，亲子关系日趋疏离是当今社会里普遍存有的现象。一般青少年文学作品处理此议题时，往往以写实的笔法摹写这个现实的议题；2009 年金牌奖得主盖曼却屡屡在他的几部特意写给儿童、青少年的书籍里，甚至是电影剧本中，以魔幻怪诞的形式描绘这样的现实。这或许也可以提供给想要为少年写好看的故事，又想在无形中给他们一点道德教训、人生哲理的创作者，一个有趣又可行的途径。

从"阅读"到"文本研究"

——浅述文学理论与批评的应用

芝麻开门

儿童文学研究的范畴十分广泛。不论是中外儿童文学史的研究、不同文类文本的比较探讨、作家专论、儿童电影与戏剧、儿童文学与儿童文化关系的诠释，还是读者反应的剖析，均需仰赖文学批评理论的应用。有趣的是，虽然柯庆明对中国文学研究曾建议采取三种策略：一是更加自觉地应用传统的理论，二是设法理解20世纪以来的各种西方"理论"，三是依据中国文学甚至旁及其他的文学而自行发展出一套"理论"来，①但现当代的中国文学研究还是以借助西方文学批评理论为多，在英美攻读文学的更是如此。这方面郑树森在《西方理论与中国文学研究》一文中有详尽的说明。②

西方文学批评理论在研究应用方面的霸权现象，也间接说明了英美儿童文学理论几乎全由成人文学理论转化而来的原因，例如卢肯斯与克莱恩（Rebecca J. Lukens & Ruth K. J. Cline）的《青少年文学评论手册》（*A Critical Handbook of Literature for Young Adults*）③、汤林森与布朗（Carl M. Tomlinson & Carol Lynch-Brown）的《儿童文学要义》（*Essentials of Children's Literature*）④、罗素（David L. Russell）的《儿童文学：简明导论》（*Literature for Children: A Short Introduction*）⑤、多内森与尼尔森（Kenneth L. Donelson & Alleen Pace Nilsen）的《当代青少年文学》（*Literature for Today's Young Adults*）⑥等书中

对于儿童文学形式及内容的分析，均沿袭成人文学中的理论与定义。当然，文本的剖析并非依赖一家说法就可达成的，尤其在科际整合（interdisciplinary）的年代里，吸纳各类学科精华的理论，综合撰写成文，虽显得驳杂，却不失为一种展现广泛的阅读范畴的方法。

如果要引用各家说法，则必须经由大量阅读才能成事。研究者若对于各种理论有翔实的研究，又曾对相关经典作品有所涉猎，执笔为文时，便能随手拾来，旁征博引，立论卓绝，经常流露出引经据典般的书写，信心十足，笔下文字也深具说服性，则写出来的论文的争议空间也就不大了。

理论的取舍

借用西方文学理论来诠释华文作品并非完美无缺，仍有其局限性。如果我们认为"普遍性"和"恒久性"是评断作品优劣的两大基本标准，则这两个标准也可用来检视西方文学理论的适用性。无可否认，使用西方文学理论探讨华文作品常有"杂质"（impurity）之忧。基本上，并非所有外来的西方文学理论都可原封不动，搬来论述华文作品。除了时空问题外，理论叙述者的族群偏颇态度亦不可忽略，萨依德（Edward W. Said）的《东方主义》（*Orientalism*）⑦和《文化与帝国主义》（*Culture and Imperialism*）⑧两本书中所叙述的所有坚持传统东方主义的白人学者心态，便是最佳说明。

因此，撰写学术论文时，千万不可迷信外来理论是万能的，如何融会贯通才是最重要的。想要达到融会贯通、应用自如的境界，便得勤读诸书，不然的话，行文时极可能丢三落四的，甚至显露出消化不良、不知所云。这类不正常现象最常出现在初学者身上，读了几本理论书，行文之间，也不论是否恰当，便硬塞进去，弄得最后进退维谷，不知如何解套来让自己的文字更具有说服力。

其实，每种理论除了那些创造基本概念的大师的说法外，一定还有不少后起之秀的理论批评家撰文诠释或补充说明。研究者如果用心细读这些文字，仔细推敲其行文逻辑，对这些理论概念常会有豁然开朗、相见恨晚的感觉，引用起来，也比较顺手些，不会觉得心虚。

面对无数的理论，我们如何取舍？大部分人准备动笔撰写论文常有这种困惑，担心自己引用的理论不够理想，不能支撑自己对文本的分析。关于这一点，理论家卡勒（Jonathan Culler）提供了一个绝妙的暗喻。他说，我们就像面对摆满各种牌子的洗衣粉的架子，每种洗衣粉都强调它的洗涤功能，鼓励我们试用看看。我们要买哪种牌子？没有一种洗衣粉能做到广告上所说的夸张功能。同样，没有一种理论能达成我们诠释的所有需要，⑨因此，我们只能选取那些适合我们正在研究的材料的理论。

一个文本常有多种主题，再加上读者的不同阅读背景和"预存立场"，这间接提供了广阔的诠释空间。面对这样的文本，我们试着用不同的理论去诠释，去尽情挥洒。我们姑且把这种方法称之为"多元论"（pluralism）或"多元文化论"（multiculturalism）。摩尔（John Noell Moore）对《我和我的双胞胎妹妹》（*Jacob Have I Loved*）⑩的分析便是一个绝佳的例子。他把这本书的多重阅读（multiple readings）称为"棱镜理论"（theory as prism）。棱镜理论点出，不同的光线不会以相同的方式照亮同一文本。因此，他使用了"原型：姊妹竞争"（archetypes: sibling rivalry）、"女性主义"（feminism）、"文化研究"（cultural studies）、"阅读大众文化"（reading popular culture）和"形式主义：叙述循环"（formalism: the narrative circle）来详细剖析《我和我的双胞胎妹妹》一书。这种多重分析值得我们学习。但如果想引用这种方式，则细读文本与熟悉理论是不可或缺的。

　　研究者究竟应从何种角度出发来撰写论文？佩克（David Peck）提出他对文本想法的"妙方"。他说："要发现一本文本里的想法的最佳方法就是仔细阅读、慎重思考、全面讨论、明确书写。"[①]他还倡导以 3C 来取代 3R：批判性阅读、批判性书写和批判性思考（critical reading, critical writing & critical thinking）。[②]从批判角度出发，总是比较严谨。依照这 3C 来撰写论文也是一种可行的方法，只是顺序要稍作调整：先阅读，再思考，最后书写。当然，初稿完成后，作者也可能再重新调整顺序，依照自己的方式来调整。只要把论文写好，顺序并不是很重要，但这三个过程是可以让初学者深思、学习的。

纵线和横断面

　　研究者如果采用文本分析法，深入解析文本，可以以两种方式进行。一种是以单一作家的所有作品或重要作品作为剖析文本，为纵线的考察；另一种则撷取同一年代或相近年代的作品为研究文本，深究作品之间的共相与殊相，从中间接探讨社会的变迁，为横断面的考察。

　　以第一种方式（纵线）进行研究，常常要涉及作家本人的背景身世，整个研究就结合了作家与作品的探讨。这中间当然免不了论及作家的定位，也就是要考虑这位作家作品的量与质是否值得研究。如果作家刚刚出道，作品不多，则不应考虑。封笔或过世的作家作品应该是比较恰当的研究材料，因为他的整个创作过程及作品都已确定，研究者可以放手去做，即使他有未曾出版或刊出的作品也不会造成困扰，因为这类作品毕竟有限，现成出版的作品就够大费周章了，何况并非所有的作品都应列入研究文本，研究者还是应设定研究的范畴，从所有的作品中去找自己确实需要的作品。如果对李潼的作品有兴趣，

"台湾的儿女"⑬系列16册就足够分许多层面探讨一番了；从曹文轩的《山羊不吃天堂草》《草房子》《红瓦房》与《细米》⑭中，可以研究作者的行文风格以及"文革"前后大陆城乡变迁；沈石溪的动物小说和张之路的奇幻小说也是研究的好题材，只要能找到好的角度切入。

国外的儿童文学发展较早，作品琳琅满目，可研究的好题材俯拾皆是。对童话有兴趣，可从《格林童话故事全集》《卡尔维诺童话》《安徒生童话故事全集》《王尔德童话》找题目。少年小说方面，茱蒂·布伦（Judy Blume）⑮、钱伯斯（Aidan Chambers）⑯的作品出版了不少，当然适合作研究。约希·弗列德里（Joachim Friedrich）的"朋友四个半"（4 1/2 freundeund ratselhafte lehrerschwund）⑰系列、雷蒙尼·史尼奇（Lemony Snicket）的"波特莱尔大遇险"⑱系列也可列入考虑。

横断面研究涉及相关学科。这类研究在强调科际整合下显得特别重要。以文学研究为基调，如果论文想达成"既深又广"的目标，仍然需要许多其他人文学科的帮忙。这类研究以文学为骨干，讨论不同作品中的共同现象或相异现象为主，只讨论作品中书写文字的表象是不够的，必须借助语言学、社会学、人类学、心理学、伦理学、神话学、教育学、传播学、哲学等学科的专门知识来诠释，研究内容才会更加全面深入。以文本为基本骨架，融入上述学科的知识，成为血肉，研究会更有内涵。例如，谈不同作家在文本中对死亡诠释的不同角度，则宗教学、心理学、社会学、哲学、伦理学甚至教育学都可涉及，成为科际整合的作品。另外，以亲情、冒险、战争、生死、族群关系、同伴、作家作品比较、科幻作品内涵等来论述共同现象或相异现象，都可写成不错的论文。

"作家作品比较"涉及层面较广。如果同是华文作家作品，可以就其生活背景、作品意涵、用字遣词等，作详尽的分析，例如比较李潼和曹文轩的某些关于成长的作品，就可从上述的切入角度进去。先分开叙述，再比较相同、相异之处，会有相当不错的结论。如果尝试比较不同语言的作品，千万要避免分析文字，也不能以译文作为评论文字的依据。基本上，要具备某种程度的语言能力，才有资格以同一种语言去解析该语言结构。例如研究不同版本的《汤姆·索亚历险记》（*The Adventures of Tom Sawyer*）译本里的中文，来探讨作者马克·吐温（Mark Twain）的文字，完全没有意义，除非用英文书写，而且驾驭英文的功力不下于作者本人。

不论是纵线或横断面的考察，研究者的首要工作都是熟读文本，对于相关学科的专业书籍也必须大量阅读，勤做笔记（如影印数据或把数据导入计算机），只凭超人一等的记忆力是不够的。这种过程有如大量吃下桑叶的蚕，才有可能吐丝成茧。只仰赖少量的阅读，就想引经据典，根本是不可能的。做学问讲求扎实，勤读杂书就是扎实功夫之一。

如何决定采用纵线或横断面的考察则是见仁见智。基本上，作家作品的质和量常常可以左右研究方向。好的作品不需太多，照样可以作研究，只是担心"言无不尽"会有困难，因为限于文本不足，常常难以引用文本中之段落详加分析，除非研究者有罗兰·巴特（Roland Barthes）的本领，写出差不多200页的典范的研究，来详析巴尔扎克只有二十页的作品《沙哈辛》（*Sarrasine*）。[19]因此，不论纵线还是横断面的考察均需相当分量的文本。

文本与阅读

仔细检视西方近现代文学批评的发展过程，我们可发现其中呈现出明显的阶段性和连续性。浪漫主义时代和19世纪以专门研究作者为主；20世纪初和新批评派则专注于文本，20世纪六七十年代则从文本明显转向读者。也就是说，"研究的中心或侧重点从作品转到了读者以及作者、作品、读者三者之间的关系上。"⑳这种转向凸显了读者的重要，以"读者反应"为批评活动着眼点，自然是以"阅读"过程为中心。许多批评大家和杰出作家也提出他们对"阅读"的看法，试举数例加以说明。

但丁（Dante Alighieri）在《神曲》（The Divine Comedy）"天堂篇"（"Paradiso"）中说：

> 在那深处的终极，我看到"爱"如何把纸页
> 装订成一册书籍；页片缤纷，
> 原本散飞在宇宙间。�21

但丁的这几句话显然是以文本为焦点。麦可·潘恩（Michael Payne）则指出阅读对人的影响。他认为圣·奥古斯丁（St. Augustine）在《忏悔录》（The Confessions）中为生平划分阶段，所凭借的就是对一己心灵影响深刻的书籍的回忆。早期非裔美籍作家斐威丽（Phillis Wheatley）也在阅读特伦斯（Terence）和米尔顿（John Milton）时，找到奴隶枷锁的破除之道，"他们灵犀互通，都相信阅读的行为有变化与解放人心的力量。"�22

当代评论家托拓洛夫（Tzvetan Todorov）以"文学术"（poetics）来阐释"阅读"（reading）观念。他说：

> 文学术所关注的是文学的一般特征与普遍原则，它不以作品为心理或社会现象等非文学体系的"产品"（如"投射"观念的设想），作品是文学属性与机能融合运作而产生的东西。"文学术"研究的是普遍原则——如亚里士多德的"诗学"所讨论的并非个别作品而是悲剧与史诗的一般属性。但这并不否定个别作品的内涵，相反，它的基础是对作品的详细审视。�23

审视的方法，托氏名之为"阅读"。接着他又指出："阅读的目的并不只是在个别作品中寻出共通的概念以佐证文学理论，它的鹄的是作品本身，引用的工具与概念主要还是为作品服务，为了发掘、处理作品中自足的内在体系。"[24]既然阅读的目的是作品本身，以阅读的结果来"发掘、处理作品中自足的内在体系"，当然是可行的，因此，文本研究也就有其实际的意义与价值了。

现象学家殷格顿说："文学作品是他律的，它等待主体的活动来使它实现。"他又区分了"作品的四层次"：实质的符号、文辞的意义、表现的事物与想象的目标；这四个层次，各有一些意识活动与之相应，而这些意识活动所组成的系统，则构成阅读。阅读即"具体化"，使作品成为真正的作品，成为美的事物，成为与意识相联系的事物。在这种意义下，批评家、所有的读者亦是足以自豪的，他们促成作品的真正存在。[25]他的说法更清楚地点出文本与阅读的共存意义。

一 个 实 例

在简单叙述文本与阅读的关系后，可举一实例来说明如何应用文学理论与批评在论文的撰写上。检视美加出版的青少年文学作品，可发现其中部分作品曾述及华人在异乡的生活实录及形象的塑造。华裔加拿大籍的作家余保罗（Paul Yee）曾在《金山传奇》（*Tales from Gold Mountain*）、《玫瑰白雪》（*Roses Sing on the New Snow*）、《梦魂列车》（*Ghost Train*）和《阁楼上的鬼魂》（*Ghost in the Attic*）中谈到了中国人在加拿大的生活。前面三部作品集中于早期移民的实际生活，悲多于喜、苦多于乐。《阁楼上的鬼魂》则是"文革"后的移民故事。这四部作品均以绘本形式出现。如果要提及少年小说，则必须从纽伯瑞奖的得奖作品去找。描写中国的有《海神的故事》（*Shen of the Sea*）、《六十个父亲》（*The House of Sixty Fathers*）、《扬子江上的小傅》（*Young Fu of Upper Yangtze*）、《龙翼》（*Dragonwings*）和《龙门》（*Dragon's Gate*）等，前面三部仍然以中国大陆为主要背景，而叶祥添（Laurence Yep）的《龙翼》和《龙门》是真正以中国早期移民在美国的生活为背景。如果要深入探讨早期在美国的中国移民的形象，则这两部作品是很理想的素材。

论文重点只放在这两部作品上，必然会显得十分单薄。因此，有心研究的人必须大量阅读有关中国移民形象的重要作品，包括影视媒体对中国人形象的叙述。这类描述当然都离不开傅满州和陈查理这两位截然不同的典型人物。

在罗模（Sax Rohmer）笔下，傅满州残暴狡猾、精明邪恶，身后总是跟着一群华人歹徒。毕格斯（Earl Derr Biggers）创造的陈查理是位欠缺冷静与决心的侦探，他身躯肥胖、脸颊丰润，走起路像女子般扭捏，阴柔化的形象，态度又是逆来顺受、卑躬屈膝。这些都是《龙翼》和《龙门》的作者叶祥添最在意的。他说："我希望推翻以前呈现在媒体中的窠臼：傅满州大夫和他的部众、靠小聪明发财的陈查理、电视电影中的厨师、洗衣工及各种喜剧中的仆役，那都是美国白人心目中的中国人，不是真正的中国人。我希望借由这个刚到美国的中国小孩的所见所闻，以及他父亲为了追求理想而奋斗的故事，刻画出当年胼手胝足、流血流汗的中国人真正的形象。"[26]

上面这段话，叶祥添写在《龙翼》一书的后记中。他对于傅满州和陈查理的平面形象十分不满，认为在"文献分析"方面，必须回溯到影视中的中国形象，首先必须去阅读《好莱坞电影中的中国男性形象：1919~1961》（李金徽）[27]、《美国电影中的海外华人形象》（吴振明）[28]、《西方电影中华人的定型化问题》（史文鸿）[29]和陈儒修[30]所作的研究。

在期刊论文方面，我在《乡关梦已远》[31]一文中介绍了余保罗的《金山传奇》《玫瑰白雪》和《梦魂列车》三部作品。这三本书均以北美中国人的遭遇为背景。另一篇评析文字《〈海中仙〉的三种读法》[32]也提供了不同的切入角度。刘凤芯的《叶祥添少年／儿童小说中的华裔形象及儿童读者形象研究》[33]点出作家是重要的文化族裔形象塑造者，分析叶祥添的三部少年小说：《鹰之子》（*Child of the Owl*），*The Star Fisher* 和 *Ribbans*，并提出叶氏塑造的四种华裔主要形象：强调华裔间的母女关系、华裔的白人观点、强调次要角色的刻板印象以及成熟的华裔儿童主角。赵映雪的《从两本少年自传／小说看华人在美国、美人在中国的自我认同问题》[34]也是可以参考的文章。

其次，广泛阅读文本是必须做的严肃工作，华裔作家汤亭亭、谭恩美、朱路易、黄哲伦、赵健秀等人的作品中透露出的文化偏颇性问题，都是不可忽视的。进一步分析作家的身份、背景如何影响作品创作，并在种族、阶级、法律、政治、性别等方面进行广泛多样的议题。这方面的研究以台湾"中央研究院"欧美研究所所做的最为出色。这些研究提供丰富的数据，特殊的切入观点和论述方法均可成为后学者的参考。

这样的研究以文本分析和历史分析为主，扎伊尔德的《东方主义》和《文化与帝国主义》是论述的最佳接引观点。他在《东方主义》中提出一个观看世界的新角度，为第三世界发声。他同时指出东方学者如何与帝国主义挂钩。《文化与帝国主义》重心在于文本诠释帝国主义的文化侵略。这两本书所论述均以伊斯兰和阿拉伯世界为主，但是否适用于中国则有待商榷。朱耀伟在《当代西方批评论述中的中国图像》一书中有了详尽的讨论。因此，即使西方学者在建构、虚拟东方学时，中国与伊斯兰、阿拉伯世界同样是神秘的国度，不妨试用，再检验这样的论述是否适用。

背景问题同样不可忽略，因此，陈静瑜的《从落叶归根到落地生根——美国华人社会史论文集》[35]、刘伯骥的《美国华裔史》及其续编、刘志雄和杨静荣合著的《龙的身世》、郭洪记的《文化民族主义》、杰夫瑞·亚历山大和史蒂芬·谢德门的《文化与社会》均是必读的参考书。

研究者不可能把所有与自己论文题目相关的文字（包括专著、论文、期刊论述等）搜集齐全，原因有二：一是限于研究者语言能力、经济能力，相关文字搜集不易；二是研究者即使尽力搜集，也会有遗漏。然而，若以扎伊尔德的《东方主义》为论文理论基柱，则能找到的扎伊尔德作品和讨论他作品的文字都不应忽略，如《知识分子论》（*Representations of the Intellectual: The 1993 Reith Lectures*）、《乡关何处》（*Out of Place: A Memoir*）。同样，既然以叶祥添的作品为主要论述文本，则与他的相关文字也不能不读，例如在《纯真与经验》（*Innocence & Experience*）一书中找到一篇他叙述撰写《龙翼》经过的相关文字：《一种中国真实感》（*A Chinese Sense of Reality*）[36]，会有如获至宝的感觉。虽然在行文中不一定会引用，但对叶祥添为这些龙族立传的心态会有更深入的了解，却是事实。因此，研究者在搜集资料时，绝对不会嫌多。再多的资料经过筛选后，往往所剩无几。参考资料主要在于支撑研究者的立论，使得其论述更有力，更加清楚。

书 写 准 则

文本研究必须细读文本，而且只读一次是不够的。一部作品可以有不止一次的阅读，每次以某种关键因素为着眼点，从这个着眼点联系其他；不同着眼点的选择也就构成不同的阅读法。一部作品可用的着眼点几乎是无限的，因此阅读的方法也不计其数。这些当中，有某些可能比较"适当""切题"，或比较能使作品显得"繁富充实"，但我们不能说只有那一种才是唯一"正确"的读法，写论文亦复如此。因此，把初稿写完后，应该重读引用的文本。每读一次，总会有新的发现，新的领悟，可以补写入初稿。但发现与领悟不是单纯的添加文字，说不定得删减某些不理想的段落。这时候，"舍得"便是一种必要的手段。初学者常常喜爱把自己搜集不易的资料，强加入论文叙述中，不理会别人的文字对自己的论文有多少帮助。结果，冗长不宜的文字徒增整篇论文的负担，缺少了精简朴实的优点，往往造成阅读者的不耐，而摆置一旁，不想翻阅续读。

所谓"精简朴实"是写作逻辑上的问题。首先，论述中肯、确实能做到"批判性阅读、批判性思考、批判性写作"三种原则，不打高空、不说空话与废话，便是精简。其次，论文有其特殊语言，理性多于感性，散文般的雕琢、小说般的描述并不一定能适用于讲求严谨的论文中。当然，这方面见仁见智，但文字讲求清晰爽朗，不加一废字，是论文的基本要求。同样的，论文题目的选定也应该是"精简朴实"。基本上，学术论文应趋于"小题大做"，而非"大题小做"。与其"大题小做"，空言泛论，还不如"小题大做"，言简意赅。

论文贵在创新，而非纯粹资料的搜集与整理。搜集与整理资料大部分只是劳力，劳心较少。当然，数据的寻觅与检视还要仰赖敏锐的眼光与超人一等的筛选功夫。有了很好的数据，如果行文时，不懂得好好引用，那往往就会浪费花在搜集和整理资料上的宝贵时间。聪明的研究者不仅懂得如何从大量资料中找出自己想要的，更懂得将获得的数据加以发挥、无限延伸，让自己的论文处处有新意、处处有创见。人们看到这样的论文，常常会眼睛一亮，论文本身终于展现了研究者的潜力。

不论是引用文学理论或他人的研究成果，其主要目的在于支撑自己的研究论点，而非诠释引用之理论或研究成果。因此，千万不要失去论文重心，也就是立论的重心。研究者要懂得自己的书写方向，以逻辑的思考来论述自己的研究，夹杂着理论大师的说法或他人研究的结果，来突显自己论述的强度及可靠性。因此，所谓的"文献探讨"是否应另以一节甚至一章来介绍，就有待商榷了。我个人偏爱的方式是"夹叙夹论"。研究者应该把相关参考资料充分消化、融会贯通后，自自然然在叙述中融入，而不需套用固定模式，填充式地把相关文字填入。

依据固定模式书写，有人觉得四平八稳，蛮安全的，但容易趋于僵化、缺少创见。如果以"批判性阅读、批判性思考和批判性书写"来论述论文，则应舍弃固定模式，而在不同章节的叙述中，针对需要，将自己阅读理论和他人研究的发现，不动声色地带入自己的论文中，强化论述的可靠性与可信度，且不失其创意。这样的书写方式较具挑战性，但研究之收获必定较多。

研究发现

扎伊尔德的《东方主义》与《文化与帝国主义》以批评英法美对第三世界（包括阿拉伯世界、非洲、印度等曾经沦为殖民地的国家）的不公心态为主，但其基本精神却是普遍性的。有色人种生活在美国，同样也遭受到"东方主义"学说的影响，过着二等国民的生活。从叶祥添的《龙门》和《龙翼》的两部作品中，我们看到许多悲惨的故事，背负"原罪"（肤色）的赎罪方式竟然是必须接纳生命中无法忍受之重。

如果再深入研究，我们会讶然发觉，《东方主义》中的殖民心态永远潜伏在每个人内心深处。这种心态一旦有了发挥的空间，不知不觉就会展露出来。虽然说世界已经迈入"地球村"，但阶级观念仍然无法铲除。贫富差距、强弱高下之分，似乎举世皆然。因此，在详细陈述叶祥添这两部作品中中国早期移民的悲惨遭遇、文化差异、种族歧视后，研究者更应大胆推论，台湾的少数民族是否也受到"东方主义"之害，一直无法说出心中的真正感受。奥威尔（George Orwell）在《动物农庄》（*Animal Farm*）中说："所有的动物一律平等，但有些动物比其他人更平等。"所谓"更平等"自然是指新阶级的形成。我们几乎可以断言，阶级是人类永难摆脱的烙印，《东方主义》的说法更强调了阶级存在。

以西方文学理论检视作品，使用在《龙门》和《龙翼》两部作品上，绝对是合适的。文学作品反映了某个时代某种阶级的生活实况，极可能比正史所记载的更为真实。扎伊尔德说："小说是具体的历史叙述，被真实民族的真实历史所形塑。"[37]他提供给我们另一种新的检验文本的方法，使得我们的研究能更加全面、更具说服力。

在《文化与帝国主义》一书里，扎伊尔德提出"空间"的重要概念。他从重要文本中找出跳离英国遥远的殖民地上的殖民者，如何以劳役来为住在英国本土上的白人卖力。"空间"使得剖析更为深刻，扎伊尔德为后学者开了另一扇窗子。乍看之下，扎伊尔德笔下的文本，不论是简·奥斯汀（Jane Austen）的《曼思菲尔公园》（*Mansfield Park*）、康拉德（Conrad Joseph）的《黑暗的心》（*Heart of Darkness*）还是吉卜林（Rudyard Kipling）的《小吉姆》（*Kim*），均是殖民者如何利用殖民地过着高人一等的生活，而叶祥添的两部作品却是中国移民在异乡讨生活的辛酸记录，似乎以扎伊尔德的说法来诠释不甚理想，但书中的中国人满怀幻想，来到梦想的"金山"，遭受歧视、排挤、隔离、压迫、扭曲，未尝不是第三世界被殖民者遭遇的翻版。

相较之下，美国式的帝国主义在"空间"方面，与英法帝国主义截然不同。它有它的新殖民方式。首先，它把所有的战争都推往异国他乡，两次世界大战重要战役都在别人的领土上进行，"珍珠港事件"是仅有的例外。为了经济利益，它尽量采购他国石油，减少开采本土的油矿。它同时把英法的传统殖民空间从他国搬至自己土地上,尽情网罗世界各国的精英分子,为新殖民大帝国服务,然而不论是阿拉伯人、印度人还是黑人、黄种人均未得到该有的待遇,因为他们面对的是坚决认定白人文明优越价值的不公正社会结构。《龙门》和《龙翼》中的中国移民只不过是建立新罗马帝国的新奴隶而已。

结　语

如果我们相信"文本"的特性是"众声喧哗,各说各话"(multi-voiced),⑱则阅读文本后的反应同样亦是"众声喧哗,各说各话"。每个读者自有他的思考模式、阅读策略,阅读后的反应自然不可能是一致的。同样的,论文写作者一样是"众声喧哗,各说各话"。这里的"各说各话"并非巴别塔(Babel)式的众说纷纭,而是"各自表述",且能自圆其说。

即使使用相同的文本作为剖析依据,因为切入角度不同,写的内容也不可能相同。何况,阅读是一种"采集"的动作,"是丰收期的拾穗,是在藤蔓和泥土上采集果物"。因此,采集方式不同,笔下展露自然相异。引用扎伊尔德的《东方主义》和《文化与帝国主义》来诠释《龙门》与《龙翼》,只是许多研究方法中的一种而已。扎伊尔德的博学不但给后学者一种震撼作用,同时也指引了他们的学习方向,使他们明了做学问必须具有严谨、勤学的态度,才有希望在某个专门研究领域,有所突破,有所创新。尝试以扎伊尔德的几本著作,去阐释近代中国移民的悲怆点,是种冒险,但也不失为一种创举。研究者这样的写法本身就具有创新的意味。

文本不变,评析方式不一,则研究结果不会相同,也不应该相同。如果想从学术研究过程中得到阅读与书写的喜悦,则视个人先天智慧和后天努力的结果而定。先天智能可影响研究

角度、资料爬梳与撰写内涵；但后天努力在做研究的学习过程
最容易展现出来。"勤能补拙"是后天努力的一种说法，做学
术研究还是需要"勤"字。虽然与创作者相比，研究者的创意
不能算多（大师例外），然而，"创意"常常用来作为评析论
文优劣的一种标准。这种创意应该是指研究过程中的发现，从
中找到别的研究者没发现的，或者让他们觉得你的发现正是其
所寻求的，这些都是做研究的人的乐趣。既然已推开文学殿堂
的大门，如果发现自己创作无望，不妨另找空间，从文本出发，
尝试去领略做研究的乐趣。

【注释】

① 柯庆明：《从中国"文学"创造的一些"理论"思维》，台北，《联
合报》，2003 年 12 月 17 日。

② 郑树森：《西方理论与中国文学研究》，《从现代到当代》，台北，
三民书局，1994，第 131~168 页。

③ Rebecca J. Lukens & Ruth K. J. Cline, *A Critical Handbook of Literature for Young Adults*（N.Y.: Harpercollins College Publishers, 1995）.
〔瑞贝卡·卢肯斯、露丝·克莱恩：《青少年文学批评手册》，纽
约，哈珀·柯林斯大学出版社，1995。〕

④ Carl M. Tomlinson & Carol Lynch-Brown, *Essentials of Children's Literature*, 2nd ed.（Boston: Allyn & Bacon, 1996）.
〔卡尔·汤林森、卡罗尔·林齐-布朗：《儿童文学本质》，波士顿，
艾林与贝肯出版公司，1996，第 2 版。〕

⑤ David L. Russell, *Literature for Children: A Short Introduction*（N.Y.: Longman, 2001）.
〔大卫·罗素：《儿童文学：简明导论》，纽约，朗文出版公司，
2001。〕

⑥ Kenneth L. Donelson & Allen Pace Nilsen, *Literature for Today's Young Adults*, 5th ed.（N.Y.: Longman, 1997）.
〔肯尼士·多内森与亚林培斯·尼尔森合著：《当前青少年文学》，
艾迪生-威斯利教育出版公司，1997，第 5 版。〕

⑦ 爱德华·萨依德著、王志弘等译：《东方主义》，台北，立绪文化事业有限公司，2001。

⑧ 爱德华·萨依德著、蔡源林译：《文化与帝国主义》，台北，立绪文化事业有限公司，2001。

⑨ John Noell Moore, Interpreting Young Adult Literature: *Literary Theory in the Secondary Classroom*（Portsmouth, NH: Boynton/Cook Publishers, Inc., 1997），pp. 13~14.

〔约翰·诺尔·摩尔：《诠释青少年文学：中学生文学理论》，新罕布什尔州朴次茅斯，波恩顿/酷克出版公司，1997，第 13~14 页。〕

⑩ 同⑨，第 187~200 页。

⑪ David Peck, *Novels of Initiation: A Guidebook for Teaching Literature to Adolescents*（N.Y.: Teachers College Press, 1989）. pp. xiv~xv.

〔大卫·佩克：《成长小说：青少年文学教学指引》，纽约，师范学院出版社，1989，第 xiv~xv 页。〕

⑫ 同⑩，第 xiv 页。

⑬ 李潼的"台湾的儿女"系列共 16 册，1999 年由台北圆神出版社出版。

⑭ 曹文轩的《山羊不吃天堂草》与《草房子》由《民生报》出版社出版；《红瓦房》由小鲁文化事业股份有限公司出版；《细米》尚未在台湾出版。

⑮ 茱蒂·布伦的中译本作品包括《那段青涩的日子》（*Then Again Maybe I won't*，中华丛书 1985 年版）、《鲸脂》（*Blubber*，《民生报》出版社 1986 年版）、《虎眼》（*Tiger eye*，桂冠出版公司 1990 年版）、《狄妮》（*Dennie*，桂冠出版公司 1990 年版）、《神啊，你在吗？》（*Are You there God? It's Me Margarate*，幼狮文化事业公司 2002 年版）、《永远》（*Forever*，幼狮文化事业公司 2002 年版）、《一对活宝》（*Tales of A Fourth Grade Nothing*，《国语日报》出版社 1981 年版）、《超级糖浆》（*Superfudge*，九歌出版社 1985 年版）、《小妻子》（*Wifey*，皇冠文化出版有限公司）、《离婚的女人》（*Smart Women*，皇冠文化出版有限公司 1984 年版）、《夏日姐妹》（*Summer Sisters*，高宝国际有限公司 2003 年版）。

⑯ 艾登·钱伯斯的《在我坟上起舞》（*Dance on My Grave*）、《收费桥》（*The Toll Bridge*）、《来自无人地带的明信片》（*Postcards from No Man's Land*）、《休息时间》（*Break Time*）与《尼克的秘密笔记》

（*Now I Know*）均由小知堂文化事业有限公司出版。

⑰ "朋友四个半"系列已出版《神秘的洞穴》《失踪的生物老师》《圣诞老人集团》《妙探守则十条》《缉捕校长》《网络追追追》《老师在尖叫》《七根黄瓜的秘密》和《机警的花园小矮小》等9本，均由台北远流出版公司出版。

⑱ "波特莱尔大遇险"系列已出版《悲惨的开始》（*The Bad Beginning*）、《可怕的爬虫屋》（*The Reptile Room*）、《鬼魅的大窗子》（*The Wide Window*）、《糟糕的工厂》（*The Miserable Mill*）、《严酷的学校》（*The Austere Academy*）、《破烂的电梯》（*The Ersatz Elevator*）、《邪恶的村子》（*The Vile Village*）、《恐怖的医院》（*The Hostile Hospital*）、《吃人的游乐园》（*The Carnivorous Carnival*）等，均由台北天下远见出版股份有限公司出版。

⑲ 高辛勇：《形名学与叙事理论：结构主义的小说分析法》，台北，联经出版社，1987，第200页。

⑳ 刘锋：《读者反应批评：当代西方文艺批评的走向》（代序），《读者反应批评》，北京，文化艺术出版社，1989。

㉑ 麦可·潘恩（Michael Payne）著、李奭学译：《阅读理论——拉康、德希达与克丽丝蒂娃导读》（*Reading Theory – An Introduction to Lacan, Derrida and Kristeva*），台北，书林出版有限公司，1996，第 xiii 页。

㉒ 同㉑，第 xiv 页。

㉓ 同⑲，第 166 页。

㉔ 同⑲，第 166 页。

㉕ 杜夫润：《文学批评与现象学》，郑树森，《现象学与文学批评》，台北，东大图书公司，1984，第64页。

㉖ 叶祥添：《龙翼》，台北，智茂图书文化事业有限公司，1992，第284页。

㉗ 李金徽：《好莱坞电影中的中国男性形象：1919~1961》，辅仁大学大众传播研究所硕士论文，1999。

㉘ 吴振明：《美国电影中的海外华人形象》，《联合文学》第9卷第7期，1993年5月。

㉙ 史文鸿：《西方电影中华人的定型化问题》，《联合文学》第9卷第7期，1993年5月。

㉚ 陈儒修为美国南加州大学博士，撰写多篇中外电影相关论文。

㉛ 张子樟：《乡关梦已远》，《国语日报》"儿童文学"栏目，1998 年 5 月 31 日。

㉜ 张子樟：《〈海中仙〉的三种读法》。《海中仙》为《海神的故事》台版译名。

㉝ 刘凤芯：《叶祥添少年／儿童小说中的华裔形象及儿童读者形象研究》，《中外文学》第 323 期，1999 年 4 月。

㉞ 赵映雪：《从两本少年自传／小说看华人在美国、美人在中国的自我认同问题》，《儿童文学学刊》第 6 期下卷，2001 年 11 月。

㉟ 陈静瑜：《从落叶归根到落地生根——美国华人社会史论文集》，板桥，稻香出版社，2003。

㊱ *Innocence & Experience*：*Essays & Conventions on Children's Literature.* Compiled & edited by Barbara Harrison & Fregary Maquire from Programs presented at Simmons College Center for the study of Children's Literature（Boston, Massachusetts, 1987）.

〔《童真与经验：论儿童文学之论文与会议》，巴巴拉·哈瑞森与弗瑞格力·马奎尔依据西蒙斯学院中心提供之儿童文学研究计划合编，波士顿，马萨诸塞州，1987。〕

㊲ 爱德华·萨依德著、蔡源林译：《文化与帝国主义》，第 155 页。

㊳ 麦可·潘恩（Michael Payne）著、李奭学译：《阅读理论——拉康、德希达与克丽丝蒂娃导读》（*Reading Theory－An Introduction to Lacan, Derrida and Kristeva*），台北，书林出版有限公司，1996，第 131~159 页。

随笔

青少年小说的阅读与文本

阅读的变迁

在电子媒体还未蓬勃发展之前，传统的阅读媒介只有印刷的纸本，而且是独一无二的。它包括了不少文类，但依然仰赖最基本的"纸"传播，报纸、杂志、书籍是常见的媒体。比较有趣的是，一般人往往忽略了不同色彩印制的传单，因为这种媒体太过于轻薄短小，只有需要的人才会接触。

第二次世界大战后，随着科技的急速成长，电子媒介的发展日新月异。传统读者在电子媒体的冲击下，逐渐调整了阅读的步调与内容，一向以印刷媒介挂帅的狭义"阅读"不得不让位给广义的"阅读"，也就是人们同时透过电子媒体和印刷媒体，来观赏与聆听周遭的各项信息。同时动用听觉与视觉的计算机的应用与电影的欣赏，我们称之为"观赏"（viewing），传统读者也就变成"观赏者"（viewer）或"阅听人"（audience）；收听广播是透过双耳的心灵阅读，这种倾听（listening）也是现代的一种阅读方式，聆听者（listener）随之加入新读者的行列；至于收听音乐和欣赏名画是属于多样媒体的应用，欣赏者除了动动眼睛与双耳外，还得专注用心，才能达到阅读的最高境界。

人们总是依据过去阅读的总经验来接触全新的媒体，因此，每个人对于同一种媒体的反应不尽相同。同样一幅画，不同的观赏者自有不同的诠释空间，以凡高（Van Gogh）的名画《一双鞋子》（*Still Life of Shoes*）为例，观赏的人不计其数，但双眼注视一双破旧的鞋，然后能说出一番大道理的人并不多，德国哲学家海德格尔的一席话却能说出许多人心中的想法：

> 凡高尽力描绘出农鞋的象征意义，如从鞋具磨损的内部那黑洞洞的敞口中，凝聚着劳动步履的艰辛。这硬邦邦、沉甸甸的破旧农鞋里，聚积着那寒风料峭中，迈动在一望无际的永远单调的田垄上的步履的坚韧和滞缓。鞋皮上粘着湿润而肥沃的泥土，暮色降临，这双农鞋在田野小径上踽踽独行。在这鞋具里，回响着大地无声的召唤，显示着大地对成熟谷物的宁静的馈赠，表征着大地在冬闲的荒芜田野里朦胧的冬眠，这器具浸透着对面包的稳靠性的无怨无艾的焦虑，以及那战胜了贫困的无言的喜悦，隐含着分娩阵痛时的哆嗦，死亡逼近时的战栗。这器具属于大地，它在农妇的世界里得到保存，正是由于这种归属关系，器具本身才得以出现而自持，保持着原样。

同样，我们可以在蒙克（Edward Munch）的《呐喊》（The Scream）中找到不同的诠释。这幅作品是蒙克最为人所熟知的作品，同时也是他自己在绘画创作上的一种尝试，比较接近表现主义的作品。但是蒙克从不相信、也不接受主义或教条，他认为主宰创作的重要因素，是画家内在的情感。

仔细观赏，我们看出，画中人物如同存在主义小说的主角，对所存在的环境似乎除了呐喊找不到出口。画面呈现出高度的透视技法，码头伸向风景的深处，而画中的风景又被海上、陆地与空中波浪般的线条所掌控，呐喊的人物全身震颤着，背景中有两个刻意被拉长的人物，从前方走来。呐喊的主人仿佛受到惊吓，面色蜡黄，如同一具骷髅。画中的色彩代表画家当时的心理状态。空中强烈的红与黄，风景中的蓝、黄与绿，色彩与线条所产生的动感透露出不安。

这两幅画的欣赏感受当然是观赏者长期"阅读"名画的一

种反应。人生刚刚起步的青少年面对五花八门的媒体，要如何抉择呢？他们的选择空间是宽阔的，还是狭隘的？如果他们能够选择的只有印刷媒体，他们会选择哪一种文类？青少年小说会是他们的最爱吗？"青少年"的年龄层又是如何设定的？

阅读的重要

文字是人类最伟大的发明之一，影响整个人类文化与文明的演进。有了文字，人类得以沟通思想、记录言行、传递知识、探究人生等，因为文字带来阅读行为，而阅读是所有学科学习的基础。每个人在一生中必须不断地学习、不断地成长。不要忘记，一个自发的阅读者，最容易成为一个自发的学习者。

我们周遭有无数由文字书写的合适学习材料，我们要如何选择呢？根据国外学者的研究，故事性文体最为理想，因为这种文体能让孩子在知识与理解中成长，能将信息牢牢记住。它可以建构出自我的记忆，并且学习阅读与书写，能组织与诠释经验。

其实，阅读的好处不只如此。根据神经科学研究，每一种学习经验都是为未来的心智学习做准备，并且重复将想法、概念或经历暴露在学习经验中，这将能提升记忆力。如果我们按照阅读感受力来分类的话，通过阅读，我们可以感受乐趣、接收信息、学习知识，可以从书中获得学习典范，而且还可从书中情节得到情绪调节与宣泄。不要忘记，早期阅读的培养有利于孩子读写能力的增进，说得更确定些，阅读习惯愈早养成，自己的学习力、创造力愈早展现。

卡尔维诺（Italo Calvino）在《为什么要读经典》（*Why Read the Classics*）一书中指出青少年时期阅读的重要，他说：

在青少年时代，每一次阅读就像每一次经验，都会增添独特的滋味和意义……青少年的阅读可能（也许同时）具有形成性格的作用，理由是它赋予我们未来的经验一种形式或形状，为这些经验提供模式，提供处理这些经验的手段、比较的措辞、把这些经验加以归类的方法、价值的衡量标准、美的范例。

优秀作品的内容往往与青少年成长有关，或者以婉转的方式呈现世界的某些真实面，以独特、意想不到和新颖的内涵蕴藏人生旅程中的宝贵与丰富的经验。

优秀作品除了具有浓烈的故事滋味外，还十分讲究文学艺术性。作品的表面文字往往只表达了八分之一的意涵，其余的八分之七完全在文字底层，等待读者去领会。这就是海明威"冰山理论"（iceberg theory）的精髓所在，这也就是说，作品的"外延"（denotation）意义容易了解，"内涵"（connotation）意义还有待挖掘。他的说法也是一种阅读妙方。

接受美学学者伊瑟尔（Wolfgang Iser）对阅读也有他的独特说法。他指出："在阅读过程中，读者不仅要调动自己从生活世界中获得的经验，还要动员他的想象力。由于一部文学作品所描写的世界与读者的经验世界绝不会相同，作者与读者、读者与读者的想象也不会完全吻合。"

这些专家学者的想法充分验证了阅读在青少年成长生活时期是不可或缺的，但阅读哪一类作品最恰当呢？

阅读的选择

哪些书适合给青少年阅读？这十多年来，绘本风行台湾，台湾带领儿童阅读的重心几乎全以绘本为主。专家学者也认为绘本同样具有激发想象力与创造力的功能，但与文字的功能层次不同，特别是在逻辑分析、思考能力方面。就因为这种原因，绘本教学在学习过程中似乎有其局限性。况且，阅读绘本只是阅读人生这本大书的起步，比较适合学前教育与小学中低年级。如果我们仔细观察，一定会发现，相关的以小学生为阅读对象的课外阅读图书几乎满坑满谷、唾手可得，反而比较欠缺适合青少年阅读的好作品，尤其是近乎经典的优秀作品。

孩子总觉得自己生命无限，有段漫长的灿烂岁月可以尽情挥洒。这种想法很难评断其对错，但珍惜生命的每一分每一秒的想法绝对错不了，而且分分秒秒都应该用在提升自我的事物上，阅读也是如此。与其把许多时间花在大众休闲通俗读物上，不如一开始就大步迈入广阔的优秀作品空间，在名家想象力的高妙作品中徜徉，汲取他们以生命锤炼的思想精华。

青少年小说的范畴与影响

所谓的"青少年"（young adults）应该是指哪一个年龄层的孩子？众说纷纭，没有定论。细心思考之后，发现英文中有个单词相当具体实用：teenager。这个单词是指 13~19 岁的青少年，也就是中学阶段。这个年龄层的孩子心智逐渐趋于成熟，应该脱离以具象为主的文类，如绘本、漫画等，而专注于纯抽象文字的阅读。如果以文学作品来说，青少年小说是他们的最佳阅读选择文本。

20 世纪末奇幻小说的蓬勃发展，扩大了青少年小说的范畴。写实作品道尽青少年在成长过程中的悲欢离合，对过去的回顾、对现在的自我检视、对未来的期盼等，都一一呈现出来。然而，奇幻小说却不受时间的限制，因为借由作家想象力与创造力撞击而出的作品，一样可以在过去、现在与未来三个时间范畴内自由穿梭着，甚至于可以忽略时间这个主轴。

阅读青少年小说会给这些年轻的读者带来什么样的影响？优秀的作品往往可以"提供乐趣""增进了解"与"获得

信息"三种似乎完全以读者为出发点的功能。这三种功能可以单独存在，但也互相影响。熟悉文学作品的人都知道，不管是何种年龄层的读者，"乐趣"往往是他们阅读作品首先考虑的目标。抛开"乐趣"，阅读就会变成一件乏味的事。即使读者阅读的重心在于寻找"信息"，他们寻找的也绝不是说教或教训，而是学习的乐趣。换言之，阅读文学作品时，读者寻找的是阅读的乐趣，甚至寻找借阅读逃入另一种生活或地方的乐趣。

以青少年为主要阅读对象的小说作品可略分为两种：一种以青少年为主角，内容偏重于其成长及启蒙的过程，借成长及启蒙过程来铺陈青少年成长的坎坷、成长的见闻、成长的喜悦、成长的苦恼、成长的困惑、成长的得失等。另一种作品主角并非青少年，但其感性语言及理性说理内容适合他们阅读。这两类作品虽各有千秋，目标却是一致的。青少年阅读良好读物，在身心成长与社会化的过程中，便能有所借鉴、明辨是非，进而产生认同、洞察、移情、顿悟、净化等潜移默化的作用。这些作用则须仰赖作品中角色品德的展现。

美德的培养

哪些是孩子成长过程中应培养的美德？20世纪90年代初，美国里根时代的教育部长班奈特（William J. Bennett）发现现当代父母教育子女的方式有些偏差现象，只重视子女未来的成就，因此教养重心几乎全放在教导子女如何在学业、运动场或职业场上跟他人竞争，把子女的成就放在一切之上，忽略孩子的礼仪或品德。在他看来，父母只教育子女追求利益，而忽略了他们的道德教育，会使得子女未来必定会处在一个更不安全、更不幸福的社会中求生存。身为教育家，他特别重视品德教育，开始从世界经典名著中，搜集能让读者产生励志作用，从而展现和培养珍贵恒久的美德的故事，编印了《美德书》(The

Book of Virtues：A Treasury of Great Moral Stories）。全书分为十大主题：自律、怜悯、责任、友谊、工作、勇气、毅力、诚实、忠诚、信仰。

由于这本书过于厚重，出版社便请班奈特筛选成适合儿童阅读或聆听的 31 篇文字，成为《孩子的美德书》（*The Children's Book of Virtues*），原来的十大主题也变成勇气/毅力、责任/工作/自律、怜悯/信仰、诚实/忠诚/友谊四大类。

台湾大学精神科医师宋维村先生在为"汉声精选世界成长文学"系列撰写的序文中提到了少年人格成长的必备十大品德：勇气、正义、爱心、道德、伦理、友谊、自律、奋斗、责任、合作。对照之下，他的说法与班奈特的重叠颇多，这点足以证明中外学者都把文学作品当作品德教育的辅助工具，在潜移默化中，提升读者的品格。对美国少年小说颇有研究的多纳森（Kenneth L. Donelson）也指出，优秀的少年小说有四个基本主题：人类基本的和永恒的孤独、爱与伴侣的需求、希望和寻找真理的需求以及欢乐的需求。上述的各种品德同样可借这四个基本主题来展现。

关 于 文 本

一、回顾

回顾台湾少年小说的成长过程，我们不难发现，这项文类的历史几乎相当于台湾"少年小说奖"的演进史。从 1974 年创办的"洪建全儿童文学创作奖"（1974~1988）开始萌芽，历经"东方少年小说奖"（1976~1979）、"台湾省儿童文学创作奖"（1988~2001）、"幼狮青少年文学奖"（1998）、"台东大学少年小说奖"（2005~2007），到目前硕果仅存的"九歌现代儿童文学奖"（1992 至今），台湾地区少年小说就在无数译本和大陆作品的夹缝中苦苦挣扎着。已连续征文 19 年的台湾中篇少年小说奖已出版得奖作品近 160 册，不但为爱好写作的作者提供良好的创作空间，而且为台湾的成长历史留下记录。

上面提到的这些已成为过去或现存的奖项，给有志从事儿童文学创作的人，提供了不甚宽敞的创作空间。空间有限加上出版情形不乐观，更使得创作者止步不前。因此，台湾地区少年小说虽成长数十年，但作品的方向一直摇摆不定，不论短篇还是中篇，说教成分依然不低，部分作品又趋向大众化，如爱情故事（romance）、校园趣事，整个质的提升便显得十分缓慢。如果我们以较严格的标准来检视作品的质，会讶然发觉，李潼的作品一枝独秀。

二、短篇与中篇（华文）

目前在台湾出版的青少年小说文本，不论是本土创作还是国外作品译本，以中篇居多，短篇选集较少。洪文珍主编的《儿童文学小说选集》（1989）和张大春主编的《放鸟的一天——名家短篇小说选》（1989）是较早的两本短篇选集。前后举办六次、以少年小说为主的"台湾省第三届儿童文学创作奖"也出版六本得奖专辑：《带爷爷回家》（1990）、《画眉鸟风波》（1991）、《旋风阿达》（1994）、《冲天炮大使》（1995）、《一半亲情》（1998）、《两个兽皮袋》（1999）。另外，笔者于 1998、1999 连续两年帮幼狮文化公司编选《俄罗斯鼠尾草》和《冲天炮 V. S. 弹子王——儿童文学少年小说选（1988~1998）》，并在台东大学儿童文学研究所担任所长时，举办少年小说征文奖，出版《八家将》（2005）、《夏天》（2006）以及《风和云的青春纪事》（2007）三本书。另外，编译馆在 2006 年主编四册小说读本（"青少年台湾文库"）：《飞鱼的呼唤》《穿红衬衫的男孩》《弹子王》和《大头崁仔的木偶戏》。

大陆在台湾出版的短篇选集也不少，《民生报》先后出版了周晓与沈碧娟合编的三本《中国大陆少年小说选》、曹文轩的《白栅栏》《甜橙树》与《三角地》、沈石溪的《红奶羊》和《苦豺制度》、常新港的《土鸡的冒险》和《青春的十八场雨》、朱自强主编的两册《东北少年小说选》、金曾豪主编的《道具马》《奇猴》及《最后一头战象》等，给台湾少儿读者打开了另一扇窗子。

就量来说，台湾的中长篇青少年小说并不多。"洪建全儿童文学创作奖"设立后，台湾作家创作意愿口强。但这个奖项能留下来的作品很少，李潼是例外。他曾连续三年（1985~1987）以《电火溪风云——天鹰翱翔》《顺风耳的新香炉》和《再见天人菊》得到这个奖项的少年小说奖的头奖。这三部作品目前仍然由其他出版社续出。《少年噶玛兰》是最早穿梭于过去、现在与未来的作品，为丧失历史地位的少数民族寻找定位，熔写实与幻想于一炉。这本书为台湾历史少年小说开了路。"台湾的儿女"系列和《望天丘》与《鱼藤号列车长》都是不错的作品。

相形之下，大陆作家的中篇作品在台湾市场就显得十分蓬勃。尽管文字使用有落差，背景陌生，情节安排有相异之处，但不少作品深受欢迎，如曹文轩、张之路、沈石溪的中篇作品。曹文轩的"文革"经验、张之路的奇幻故事和沈石溪的动物小说是他们三者之间的重大区隔，但也因此各自展露特色，深获小读者喜爱，也成为撰写论文的好文本，同时也给台湾作家带来不同程度的冲击。

三、 题材的多样化

西方的少年小说与成人小说一样，敢于面对现实，揭发现实生活中的种种问题。这类作品以反映现实社会的阴暗面为主，成为所谓的"问题小说"，例如死亡、吸毒、酗酒、家庭冲突等，都成为很好的写作题材，这些故事不仅仅有煽动、惊悚、恐怖的特写，也有温馨感人的场面。作品的多样化让读者有更多的选择机会。

随着少数民族的觉醒与当权者的政治考虑,多元文化不仅成为现代社会的文化主流,也成为文学创作的主要课题。少年小说作家也不忽略这类课题。有关不同种族的少年故事纷纷出现在少年小说作品中,例如中国、日本、韩国、新加坡等亚裔移民的故事,都以不同叙述方式呈现。拉丁美洲的后代在新大陆的种种遭遇也成为少年小说的重要题材。另外,美国本土黑人的故事占了少年小说出版数量的不小比例。这种强调多元文化现象具有种族平等、和平融合的正面意义。如果细心分类剖析,我们会发现,目前在台湾出版的外来青少年小说呈现的是百花齐放、百鸟争鸣的多元化现象。外来作品约占台湾近十年出版的青少年小说的七成,多样化是这些作品深受欢迎的主要原因,作者、主题、背景、类别、形式等均展现不同层次的多样化。

长期以来,台湾地区的文学发展一直笼罩在英美文学底下,青少年小说也不例外,即使到今天,依然如此,英美作品占了大宗。近年来,由于社会开放,外语人才增多,不同语言的优秀作品借由译文纷纷问世,大大地拓宽了读者的视野。其中不同国家的作者都以本国语言书写本国的故事,如德文的《强盗与我》《阿非的青春心事》《苦涩巧克力》《快跑男孩》《狗儿沉睡时分》等,法文的《0~10的情书》《绿拇指男孩》《153天的寒冬》《托比大逃亡》《艾立莎的眼泪》等;不同国籍的作者用自己熟悉的语言写本国或异乡的故事,如以色列作者用英文写《天堂之星》、波兰作者用德文写《鸟街上的孤岛》、瑞典作者用德文写《看不见的访客》《爷爷与狼》与《火焰的秘密》(背景为莫桑比克)、奥地利作者用德文写《小黄瓜国王》与《伊尔莎离家出走》、南非作者用英文写尼日利亚人的故事《真相》,新西兰作家为族群立传,用英文写了《鲸骑士》与《吉卜赛之王》。

四、译本的风行

比起十年前，如今台湾出版的少年小说译作，不论质或量，都相当可观。出版社热衷印行的译本，除了经典作品重印外，主要重心都放在各国大奖的得奖作品。得奖等于质的保证，没有争论余地，但书中的风土民情并非均适合台湾读者阅读。阐扬人性和提升艺术性方面是译本最值得称赞之处，但如果出版社彼此争取版权过分激烈，往往会产生副作用——比如付出的版权费用过多。一书二卖，何乐而不为？另一种版权之"争"也是不宜。某家出版社买了一本好书的版权，却因种种原因一直未出版，这等于间接谋杀了这本好书，因为出版社继续付款，拥有优先权，其他出版社虽有意出价购买，也只能徒呼奈何。

出版社印制译本还有另一种考虑，希望这些译本不受适读年龄的限制。"少年小说"加上"少年"二字，不少出版社视之为重大忌讳，会影响销路，因此，有介乎青少年与成人之间的作品，出版社便命名为"轻文学""酷文学""维特书坊""Flyer系列""大奖小说""create""大奖特选""heroine""青春阅读""Mini & Max"等模糊的称呼。除了几家历史悠久的出版社出版的外，这些系列作品往往不加注音，以便与小学五六年级和初中生为主要阅读对象的注音本有所区隔，而且加上"适合 9~99 岁大、小朋友阅读的故事"的广告词。但"适读年龄"往往是个没有标准说法的概念。现代这些每日面对无数电子媒体和印刷媒体疲劳轰炸的青少年，早已少年老成，不是变成早慧型的，就是早熟型的，人世间的阴暗面早已接触不少。换句话说，适合当代青少年阅读的小说，只要是趣味性高，可当同伴沟通话题的作品，他们一定抢着阅读。当然，小说这样无声无色的平面媒体，只要内容精彩，再加上其他电子媒体的推波助澜，阅读群一定大增。《哈利·波特》（*Harry Potter*）和《魔戒》（*The Lord of the Rings*）这两册系列作品的抢购热潮，便是最好的说明。在电影和报纸的大力推介下，许多青少年都抢着先睹为快，谁会在意译文不是很理想，字数过多，字号太小，行距过分密集呢？

五 、写实与幻想

少年小说可略分为写实（realism）与幻想（fantasy）两种。不论写实还是幻想，总是脱离不了以下的这些范围：成长的坎坷、成长的见闻、成长的喜悦、成长的苦恼、成长的困惑、成长的得失等。作家截取成长过程的片断，编织题材，收纵凝融情思，以不同的悲喜表达手法，把一个典型的青少年成长过程，活灵活现地展现在读者面前。

写实与幻想各有不同的手法，游走于不同的时空，均深具刺激想象力的作用。但实际上，当前中外的重要作品并非只有这两种表达手法。作家为了融入冒险、悬疑的成分，常常融合写实与幻想，描写在现实世界遭遇困难或挫折的青少年，借某种通道（channel），如书本、镜子、暗门等，到另外一个时空的奇幻世界一游，解决现实世界无法解决的问题，例如《说不完的故事》（*The Neverending Story*）、《汤姆的午夜花园》（*Tom's Midnight Garden*）、《神偷》（*Herr Der Diebe*）以及《墨水心》系列等。这些作品的少年主角穿越于不同时空，经历现实世界欠缺的罕有刺激与考验，学习如何自我调适，在奇幻之旅结束后，终能脱胎换骨，变成一位信心十足的孩子。

图像世界的形塑间接刺激了幻想作品的盛行，青少年读者耽溺于奇幻世界，可以暂时逃避现实世界的困扰，但这种逃避毕竟是短暂的，他们还是得回归现实世界，面对挑战。这也是20世纪60年代后"问题小说"（problem novels）盛行的主因之一。作家认为，作品不能一味塑造温室或象牙塔，孩子终究得长大，得勇于面对困境。因此，描绘社会阴暗面的作品便纷纷问世，给成人与青少年某种警惕。问题少年小说的主题主要在于讨论飙车、吸毒、嗑药、帮派、自我认同、心理障碍、未婚怀孕、酗酒、父母离婚、同性恋、族群问题等。这些问题实际上存在于我们现实社会的某些角落里，作家不应逃避不谈。固然，我们不能期望作家在作品里提出问题的同时，也提出解决的方法。事实上，作家往往没有能力去解决任何问题，但是作家至少有责任把问题呈现出来，让每位读者了解这些是现存的社会现象，大家一起来思考，想出解决的办法。就问题少年小说而言，国外作品水平更高，例如《嗑药》（*Smack*）、《我是奶酪》（*I Am the Cheese*）等。这些书的作者勇于揭发现实阴暗面，给读者反思和检视的机会。

六、文学教育

少年小说滥觞于西方，当前又以美国最为蓬勃，因此，讨论少年小说，必须提到美国的少年小说。美国拥有许多作品质量兼优的少年小说作家，他们全力投入，关怀所有种族的青少年，以温柔的心、自由飞翔的想象力，传达青少年的喜怒哀乐。他们超越传统，不断实验新的技巧，挖掘新的题材，给青少年带来极佳的精神读物。

美国当前研究少年小说的专家学者，都十分关心少年小说在中学的接受程度。他们想尽方法要让少年小说作品能够与经典作品同样出现在青少年的阅读书单中。他们把少年小说中反映的主题与经典作品的主题并列，例如：自我、家庭、个人与社会、爱情、友情、死亡、残存、勇气与英雄主义等，希望学子能够把少年小说作品与经典作品并列阅读并作比较。

在文学教育方面，一般美国中学要求学生必须阅读经典作品。例如莎士比亚（Shakespeare）的《哈姆雷特》（*Hamlet*）与《罗密欧与朱丽叶》（*Romeo & Juliet*）、海明威（Ernest Hemingway）的《老人与海》（*The Old Man and the Sea*）、简·奥斯汀（Jane Austen）的《傲慢与偏见》（*Pride and Prejudice*）、勃朗特（Emily Bronte）的《呼啸山庄》（*Wuthering Heights*）、狄更斯（Charles Dickens）的《大卫·科波菲尔》（*David Copperfield*）、高汀（William Golding）的《蝇王》（*Lord of the*

Flies）等，都曾被列入必读书单。虽然这些经典作品的背景与展现的内涵和当代青少年的情境和期许出入颇多，妨碍了学生阅读，但其教学方式依然就文学论文学，文学教育的功能与成果已经远超我们。

如果仿照美国文学教育方式，我们的青少年应该阅读下列这些经典作品：吴承恩的《西游记》、罗贯中的《三国演义》、施耐庵的《水浒传》、曹雪芹的《红楼梦》等。但实际上，大家接触的往往只有上述这些作品的某些章回，要细读全书完全仰赖自己。至于现当代小说，例如鲁迅的短篇作品、某些台湾作家的乡土作品，也因意识形态与某些特殊理由的作祟，根本不可能出现在台湾青少年的书单上。借文学作品之陶冶而改变气质，进而关怀社会之说，更是远不可及。台湾奇特的文学教育现况是大家有目共睹的。目前为应付不同阶段的升学考试，语文教学几已沦为句读教育，学生整日在字词辨正中挣扎，鲜少机会细读上述古典文学或现当代文学的经典作品，少年小说更是次要。造成这种局面，除了制度的偏差之外，整个社会与个人（包括家长、教师与青少年本身）都有责任。

即使中学教师愿意接受少年小说为学生的辅助读物，大力鼓励青少年阅读少年小说，我们的情况同样不十分乐观，因为台湾少年小说创作作品量不足，质也相对受影响，学生可以选择的读物就比较受限制。在饥不择食的情形下，国外的少年小说翻译本极可能取而代之。这种变化并不是关心文学教育的专家学者所乐见的。因此，台湾少年小说能否发展茁壮，有待作家、研究者及出版者的携手合作。

只要有需求，少年小说译本就会存在。不论经典作品重印还是新书新译，都给青少年带来不同程度的文化冲击。倡导多元文化是正确的，但如果由于过分重视外国译本，而使得本土创作日见萎缩，则这种现象不能算是良好的文化交流。或许出版社必须从不同角度去评估得失、盈亏，然后再另作选择。

结　　论

　　"洪建全儿童文学创作奖"于 1974 年创办。半甲子的台湾社会变迁（包括民主化、思想开放、经济高度成长等），使得少年小说蓬勃发展，尤其近十年更是可观。台湾作品虽不是很多，但每年都在稳定增加中。比较令人担心的是，不甚宽敞的少年小说创作空间正遭受外国译本和本国大陆作品的压缩。我们不敢想象，未来会不会有一天，台湾本土作品完全被替代。尽管有这样的忧虑，台湾少年小说依然会继续往前迈进，我们期盼的是稳健前行，而非蹒跚独行。

　　奇幻小说原本在译本中就占了不低的比例，也有相当固定的大小读者。《哈利·波特》和《魔戒》借用印刷与电子两种媒介的力量，横扫全世界，也间接带动了奇幻小说的盛行。许多从前不易出版的好作品突然涌现，占去不少出版的空间，开拓了青少年读者的另一阅读领域，考验他们的幻想力和领悟力。这种市场转移给译者更多展露语言才华的机会，但同时也考验译者了解科幻知识的能力。这是我们必须面对的。

一、少年小说发展的隐忧

　　明眼人心知肚明，实际掌握书的生死大权的读者被忽略了。接受美学或读者反应论已经成为文学研究重要的一部分，但实际上，我们谈到读者，依然觉得十分陌生。以书的适读年龄的认定为例，这件工作几乎全由成人来决定，小读者无置喙余地，更说不上有没有想到以适当的方式去测出当代青少年的看法。这就是当前少年小说发展的隐忧之一。事事由成人代庖，选出的书不见得就是青少年想看的，或者根本不想看。不要忘记，成人还可能是少年小说的主要读者。

　　适读年龄的认定变成无意义，也就间接说明少年小说并非由青少年独享。许多成人现在不但看少年小说，也努力读绘本。

读者群增多，当然不是坏事，但如果因为图像世界日趋鲜明，造成名著绘本化、小说童话化，可能多少会给少年小说的创作与出版带来一些直接的冲击。

台湾地区作品的萎缩，上述说法只是原因之一。大陆作品的质和量不能忽略，因为使用同一种语文，就免不了有了较劲的意味。大陆名家作品登陆，实际上给台湾出版商和作家带来不少刺激，只是这些刺激一直无法转化成力量，优弱势也没改变，还可能继续存在一段相当长的时间。译本的多元化、多样化使得青少年读者大开眼界，一下子也拉走不少大读者。

从少年小说的本土创作与译作的出版量来评估，台湾并无所谓的文本不足的问题。目前最缺乏的是带领阅读的领航员。故事妈妈正在转型中，尝试把喜爱的文本从具象的绘本改为抽象的文字书，包括少年小说。至于优秀文本的来源也不成问题，每年台北市立图书馆举办的"好书大家读"活动选出的好书，便是最好的一种选书参考，只是目前上游工作就绪，中下游有待加把劲。

二、寻找读者

人们谈少年小说的未来，常把重点摆在出版者与作者的身上。人们以为，只要出版者肯出好书，作者认真写作，读者就会勤于阅读，少年小说的未来必定一片光明。其实，读者最难掌握。读者成千上万，出版者与作者常不知读者在哪里，更不用说如何说服他们接触作品。因此，掌控少年小说未来的应该是最不确定的读者。

由于多样化媒介的冲击，青少年读者的阅读习惯已经起了重大的变化。通过计算机，他们一样可以得到想要的信息，印刷媒介的功能逐渐退居幕后，甚至于变得全无。更令人伤心的是，部分青少年连"识字"都成问题，遑论接受文字传播的能耐。

或许当前最重要的工作是，重整青少年读者阅读抽象的习惯。这件重大"希望"工程不仅是学校教师与图书馆员的责任，更是家长不可推卸的重担。亲子教育可以拉近家长与子女的距离，也可使两者接受新知识的陶冶，因为对家长来说，作品中传达的知识很可能是十分新颖的。在互相激荡脑力的同时，家长能更了解自己子女的种种问题，进一步懂得如何协助他们克服人生旅途中可能遭遇的不同程度的困扰。

摆荡于图像与文字之间

——绘本教学功能的省思

从图像到绘本

电子媒介的陆续出现改变了人类传统以印刷媒介为主的阅读习惯。第二次世界大战后，电视、计算机的蓬勃发展加上原有的电影、广播的快速改良，人们的阅读范畴逐渐变得无限宽广，传统的读者（reader）已变成阅听人（audience），凡是涉及应用双眼双耳的媒介均可纳入阅读范畴，甚至连聆听名曲、观赏名画也是一种阅读。平面转为立体，抽象的文字节节败退，具象的图像逐步吞食阅听人的注意力，于是以图像为主的广义阅读形成了一股无法抗拒的力量，这种图像挂帅的巨变多少也促成"轻薄短小"这种急功近利的思维方式。

我们无法否认传统的抽象文字阅读近乎呆板乏味，又需要长期思考积淀，才能充分领会文字传达的滋味。它的趣味性绝对比不上幽默夸张、强调动作的漫画与动画，以及声光色俱全的电视、电影和计算机游戏。图像的魅力间接影响了孩子的阅读媒介选择。就印刷媒介而言，童书的图案之美、插图与种类之美最具吸引力。孩子虽然喜爱听大人朗读好书给他们听，但他们最想"看"（look at）的是书中的插画。他们一面"看"，一面学习如何欣赏线条、色彩、色度、大小、形状、幽默，以及观看图画说故事的特性。这些都是绘本能充分给予的，尤其无字绘本的无限诠释空间更能撞击带领者与接受者的想象力。

其次，孩子识字多寡当然影响到接触媒体的态度，再加上相关的"守门人"（包括师长、评论者、故事妈妈、出版商以及掌控购买权的父母）的长期介入与推动，绘本变成当前学前教育（托儿班、幼儿园）、小学和小区读书会阅读印刷媒介的首选。

目前在台湾坊间出售的中文绘本可略分为下列数种：一种是由出版社购买国外优秀作品（大部分是得奖作品）的图文版权，直接做横的移植，文字译成中文，例如罗伯·弗洛斯特（Robert Frost）的名诗《雪晚林边歇马》（*Stopping by Woods on A Snowy Evening*）；第二种是纯粹的本土品，文与图均由本地负责，例如杨唤的《春天在哪儿呀》《水果们的晚会》《家》与《夏夜》；第三种是将名著改为绘本，先改写中外经典名著，再聘请中外插画名家负责绘图，这部分包括短中长篇小说、童话、童诗等，涵盖不少中外古典及现当代文学作品，例如《西游记》《封神榜》《阿Q正传》《游园惊梦》《小气财神》《金银岛》等，根据玛莉·蓝姆（Mary Lamb）与查尔斯·蓝姆（Charles Lamb）姐弟的著作改写的《绘本莎士比亚》也可归入这一类。这些绘本作品深浅不一，部分具有相当难度，阅读的对象应该是成人，可以归类为"成人绘本"。以上三种以第二种的量最少，一、三两种自岛外大量涌入，说它是另一种形式的"殖民化"也不为过。色彩缤纷的绘本凸显了地球村混血特色的文化侵略。

故事妈妈与绘本

绘本阅读的推广，故事妈妈团体的功劳不小。故事妈妈的出现其实也是台湾当代社会变迁下的产物之一。由于家庭经济改善，多种家务工作可由机器代劳，生育率降低，家庭主妇闲暇时间较多，照顾子女便成为最重要的工作。孩子念托儿班、幼儿园后，进入小学，许多志同道合的妈妈除了担任导护外，还组成故事妈妈协会，到孩子上课的学校，讲故事给孩子听。大都市里，这个组织几乎已经制度化，以学校为单位或以小区为对象，一座城市里可能有若干个故事妈妈团体。她们利用老师参加晨间朝会或课程表特定的阅读课时，到每个班上为小朋友讲故事。她们不但要拨出时间，而且常常要自掏腰包，支付相关费用，出钱出力，令人敬佩。

许多故事妈妈几乎是与自己儿女同时进入学校。换句话说，她们讲故事的对象常常限于自己儿女就读的班级。故事妈妈一周数次面对同一群小朋友，就得准备多篇的故事。一个学期下来，故事的累积相当可观。笔者曾建议，如果听故事妈妈讲故事的对象不限于同一个班，同一个故事可跟同一年级不同的班讲的话，就不需要辛苦准备那么多的材料，而且一篇故事讲了几次后，技巧会更成熟。但这种建议并未得到共鸣，非常可惜。另一种类型的故事妈妈是自己的孩子已经在高中或大学就读，她们选定一间学校，跟与自己完全没有亲属关系的孩子讲故事，她们的奉献精神更令人钦佩。最近这三年，台湾教育部门推动"焦点300"，许多故事妈妈团体积极参与，已走出教室这一有限空间的限制，但带领孩子阅读的文类仍然以绘本为主。

实际上，并不是每位故事妈妈在担任讲故事工作之前，都有大量的文字阅读经验。她们原先专攻不同的学科，对文学作品内涵的了解也可能相当有限。喜欢听故事的孩子年幼单纯，故事妈妈便找了故事情节简单有趣的绘本，在自家的起居室或课堂上放声朗读，带孩子到书的花园里。这种讲授教材的选定跟当时整个大环境的阅读习惯的改变，以及童书出版与推广有密切的关系。

有限的绘本化教学空间

近十年来，由于绘本的风行以及大力推动童书阅读者的力荐，带领儿童阅读重心几乎全以绘本为主。大家都热衷于阅读绘本，自然给出版界带来无限商机。于是，"绘本化"便成为一种风行时尚。为了配合市场需求，任何一本世界名著都可以绘本形式出现，童话也不例外，《格林童话》《安徒生童话》和《王尔德童话》就有不少单篇作品改成绘本，甚至同一篇就有不同的绘本，例如《灰姑娘》《国王的新衣》《自私的巨人》等。一时之间，绘本成为许多家长、教师的主要话题之一。这股绘本热是有识者最担心的。对初学者来说，这种借图像与文字的结合来达到学习效果的方式，颇为有效。借助绘本的朗读方式，家长与老师可把孩子带到文学殿堂大门前，但是否能放步迈入，登堂入室，一窥文学之美，有待观察。然而，就学子的终生学习而言，绘本并非万能，而且似乎稍嫌不足。绘本同样具有激发想象力与创造力的功能，但与文字的功能层次不同，特别是在逻辑分析、思考能力方面。就因为这种原因，绘本教学在学习过程中似乎有其局限性。

在图像世界氛围的形塑之下，孩子"不喜欢"文字较多的书早已成为关心教育者的一种隐忧。"不喜欢"是种客气的说法。实际上，孩子对文字书的感觉已经从"不喜欢"变为"排斥"甚至"厌恶"。大家担心的是，如果孩子只能活在图像里，那他们以后在以文字为基本学习媒介的初中、高中（高职）甚至大学阶段，他们要如何去追求高深的学问？一个到处都是不喜欢文字的国民的国家，它的竞争力又在哪里？他们要如何去接受新的知识？与他人交往时，可能言之有物吗？将来他们又如何传承文化呢？

绘本有其阶段性的功能，然而它的适读年龄要如何设定？不要忘记，随着学习层次的提升，人们会豁然发现，我们终究得回到抽象的文字世界。随着年龄的增长与阅读层次的提升，早年的图像慢慢淡化，往后阅读的各种书可能只剩下插图甚至简单的表格。如果我们细心思考，或许可以认定绘本教学适合使用于学前教育以及中低年级。到了小学五年级，图像的教学应用应该逐渐由抽象的文字所取代。

我们来架一座桥

我们当然知道，一下子要孩子完全抽离具象的图像世界不是一件简单的事。因此，如何在具象的图像与抽象的文字之间架桥就变成一件重大工程。我们不需要完全舍弃绘本。我们可以先选取文字较多、内容较深的绘本来辅助教学，可以用精简的文字撰写趣味性较高的故事，来吸引孩子回到文字的世界。这里要特别强调"趣味"这两个字。现代聪慧明理的老师、家长绝不会要求孩子只去阅读正经八百乏味的说教读物。这种纯粹抽象理念的灌输手法早已过时、不切实际。

带领孩子回到抽象的文字世界需要优秀的领航员。绘本阅读经过多年的大力推广，成效颇多。但随着孩子的成长，约略到了小学四年级，只有绘本阅读不足以满足他们对于知识的渴望。到了这个阶段，带领孩子阅读的故事妈妈与老师会发现，他们原先具备的文学知识无法再引导孩子进入另一个文字较多的阅读空间。他们急需有人来辅导，增强对文字底层的领悟。这一点可以借助"冰山理论"的说法来说明。文学艺术性较高的作品的表面文字往往只表达了八分之一的意涵，其余的八分之七完全在文字底层，等待读者去领会。

这种领会过程所需要的时间常因人而异，如果有人带领，可以省去不少力气。许多故事妈妈与老师使用过"世界文学名著宝库"与"大师名作绘本"作为绘本教学教材。或许可以采用溯源方式来提升自我的文学程度。我们找出这些名著的原作，如果是短篇作品，当然应该逐字阅读，对照绘本的改写文字，再细看图像，领略图文之美；中长篇的作品则选择章节或段落，同样可以增强对文字的敏感度与了解其言外之意。

故事妈妈与老师也可以在阅读课上选用寓言、童诗、童话、儿童散文甚至少年小说。在这些文类中，寓言、童诗和童话的篇幅较短，趣味性也较高，孩子应该可以接受，可以立即融入。至于少年小说，在选择时则要斟酌孩子的阅读能力。然而，不论采用哪一种教材，不要忘记领航者先要阅读选定的教材，充分熟悉这些文字的外延及内涵意义，才有资格去带领孩子。换句话说，领航者一样要大量阅读，提升自己，让自己具备诠释作品的能力，才能够协助他人。

在架桥过程中，出版社反应最为灵敏，早已开始热衷筹划出版所谓的"桥梁书"：图像减少、文字增多的书。国外有许多这类出版物，如改写本或简易本，台湾的译本也不在少数，但也不必完全仰赖，因为许多出版社这次转了方向，有了新的构想。他们认识到本土化的重要，正在寻找擅长撰写桥梁书的本土作者。这方面的工作刚刚起步，只要作品质量不差，终有出版的机会。如果本土作者能以 1 万~1.5 万字叙述一篇有趣味有内涵的故事，再加上能深刻表达文字意涵的插图，一定可以造福不少学子。但好作品需要长期酝酿，"杀鸡取卵"或"出题作文"式地敦促本土作者加速创作，反而会适得其反，毁了"桥梁书"的质量。

依照上面的说法，现在孩子接触语文的学习过程似乎先是绘本，追求美的陶冶，接着借"桥梁书"把孩子带到文字较多的学习空间，等习惯于文字的思考方式后，最后回到完全只凭借抽象文字的书写媒介。这样的学习过程只是一种推断，并不一定适合每一个人，因为有的人从"桥梁书"阶段学习起，有的人会直接跳过"桥梁书"阶段，只是每个人最后都殊途同归，回到抽象文字的怀抱。令人担心的是会不会有孩子在半途中停下来，因为他认为经典绘本就是所有文学的经典，而拒绝只有抽象文字的作品。专家学者曾指出，图文并茂的绘本与纯粹抽象文字的文本对脑部的刺激是在不同的部位，激发不同的作用。这种说法值得所有的家长、老师和故事妈妈去深思一番。

担心孩子未来的每个有识之士面对图像世界的种种挑战时，都应该设法鼓励孩子阅读大量不同文类的文字书，充实自己。绘本既然已是学习工具之一，也不必刻意排斥，反而应该善加利用其优点，作为孩子回归抽象文字世界的起步。如何带领孩子阅读文字书已成为一项沉重的希望工程。如果当前的学习环境没有改善的话，说不定看到有孩子主动去翻阅纯粹文字的通俗作品或世界名著的改写本时，会有一种喜极而泣的莫名感动。当然我们并不期待会出现这种"情何以堪"的场面。

（原刊于《自由时报》副刊，2008 年 3 月 10 日）

图文小说的阅读和想象

2014 年 1 月，华盛顿大学传播研究所担任"数字媒介"课程的罗伯·萨尔科维茨教授（Rob Salkowitz），在《出版人周刊》（*Publishers Weekly*）发表了《阅读的未来：2014 年及之后的十大趋势》（*The Future of Reading: 10 Trends for 2014 and Beyond*）。文中第一个趋势就是"视觉文学的胜利"（The Triumph of Visual Literature）：在文学和娱乐的世界里，图文小说和漫画已经从文学和商业的边缘趋向于此二者的中心。很显然，布莱恩·赛兹尼克（Brian Selznick）的《造梦的雨果》（*The Invention of Hugo Cabret*）、《寂静中的惊奇》（*Wonderstruck*）和《奇迹之屋》（*The Marvels*）三部曲就是依循着这个趋势而生。如果我们接受萨尔科维茨的说法，来思索如何检视、建构与解构这三本图文并茂的新书，应该是一种趣味盎然的阅读过程。

这三本是老少咸宜的"大"书。所谓"大"并不单指它多达好几百页的篇幅（其中一半左右为图），而是感佩作者用心构思，先后参考了无数资料，再经筛选与过滤的创作过程；以及它的宗旨：人间恒久之爱的颂扬。虽然它是绘本的变型，但却可说是一种传统绘本的颠覆。它维持了图胜于文的绘本本质，然而又另有创新的意味。这三本书等于三部奇巧悬疑的纸上电影和三个精巧别致的童年梦幻。

布莱恩·塞兹尼克习惯用干净利落的文字去讲述一个悬疑十足的故事，他不用复杂的语法，仅用简短的表达方式就准确勾勒出了人物的心态，并且会将铅笔手绘的图画与精炼的文字合为一体，让文和图轮流讲述故事，带给读者仿佛在观看"纸上电影"的非凡体验。

《造梦的雨果》

《造梦的雨果》讲述了一个名叫雨果的孤儿与一代电影大师乔治·梅里耶（Georges Méliès, 1861–1938）之间发生的故事。是一个关于魔术、电影、梦想的故事，并以充满神奇与悬疑的气氛娓娓道来。故事一开始，作者就刻意把读者带进电影院，读者看到银幕上的影像由远至近、由小变大，然后聚焦在主角雨果身上。到了故事最后，电影演完了，影像逐渐变小，直至完全消失，黑底上也出现了"剧终"的字样。这种类比电影的做法，与小说的内容相互辉映。

这本以炭精笔素描和简洁文字交互穿插而成的小说，用以实带虚、以虚入实的手法写成，宛如电影情节一般，既写实又魔幻。它特殊的编排令人赞叹，先看一段文字，再看一段精彩的手绘图画，故事情节依次铺展。就像在看以前的卓别林默片一样，让人深深着迷于其中。文字与图像的结合成为有节奏的音符，有花边的黑边如同默剧的字卡，而当故事走到结尾时，黑底白字印上的"剧终"，使得阅读感受中多了许多动态与景深的变化。文字和图像一搭一唱，像相声般一来一往的演出，仿佛从页与页翻动之间听到了电影放映时"喀喀喀喀"的声响，就像是看了一部精彩的电影。写实的图片像放映中的电影，也佐证着那段岁月，那个机械、科技破土萌芽，一切都叫人欢欣雀跃的年代。

全书运用素描描绘，虽然景物都是以黑白呈现，但并不失它所具有的艺术气息，绘画的技巧真诚细心。看完书后，觉得作者热爱绘画的程度，就像故事里雨果的钟表匠父亲一样，死心塌地地爱着无数大小齿轮构成的小世界。能跟着作者的图画钻进阴暗的角落，分享雨果的遭遇和秘密，实在是一种难得的幸福。除了精美的图画，穿梭其中的文字也令人赏心悦目，图文并茂。简单地说，在这本书中就能享受到观影般的精彩体验。

如果我们在生活中也有机会像雨果那样有个改变命运的转折点，那么运转着的生活不知道会变成什么模样？雨果的转折点就是那个机器人。而我们的呢？深入阅读后，或许感觉到自己不像雨果，反而更像书中的机器人，需要雨果的修复，然后从中挖掘出一些物体本质所隐藏的意涵。

故事进行到雨果和伊莎贝儿拿起修复好的老鼠重新上好发条后说："或许，人也就是这样……一旦失去目标，就像坏了一样。"

1931年，就像书中跃过的一句台词："……火车进站，仿佛电影画面……"随着电影运镜般的铅笔画画面，故事穿插着魔术、电影、梦想；冒着煤气的火车头、发条玩具、专门调钟的守钟人；被收养的女孩、想完成父亲愿望而努力的男孩、因无法完成梦想而痛苦丧志的老板。当时的人们，如同此刻的你我，各自拥有最深沉、最不为人知的秘密，也相信自己拥有创造梦想的能力。文字、插画和照片交替上演，故事情节如同机器人的齿轮和机件，越来越错综复杂……

阅读故事，顺便检视自己的人生：年少时的众多梦想，哪些已经实现了？哪些被俗务所耽搁，现已残破不堪？现在的你正走在自己的梦想旅途中吗？对此生的人生目标了然于心了吗？你的心是否仍然和雨果一样，热烈地奔驰、跳动着呢？

《造梦的雨果》给大小读者开启了阅读的新体验，创造了小说书写的新形式之余，似乎也透露了我们自己人生的部分秘密……

《寂静中的惊奇》

作者在这本书中充分展现了他非凡的说书才华，描绘了一个奇妙美好的故事，绘图既用心又宜人。身为艺术家，他了解眼睛的重要。在每一幅出现角色的图中，读者会立即被其中的双眼吸引过去。书本身也反映了默片的影响，在一般默片中，表演者常用他们的眼睛说故事。另外，作者以两个不同的方式展开罗丝与班的故事。罗丝用图像，而班用文字。两个故事发生在不同的年代，作者巧妙地把第一个故事某部分结尾融合，似乎第二个故事就在相同的地点开始。

透过阅读，读者逐渐了解罗丝与班，也慢慢对耳聋及聋人文化有所了解。放声朗读原本是绘本的基本功能之一，但图像与文字的阅读也可由无声阅读进行。文字经由朗读变成有声，而无字图像如果不经引导者"看图说故事"，则纯然是种无声阅读。这本书的最大贡献之一在于作者以连续性的画面和部分文字，表达了一种残障经验的艺术措辞。

用连续性的画面来勾勒罗丝的故事，跟以文字为主描绘班的探索（quest）有所区分，虽然二者最后融合为一，其中默片式的插画令人有惊鸿一瞥之感，但使用无声图像的真正原因是这个故事大部分是与聋人或逐渐失聪的人有关。观看图像的说书方式会让读者站在主角的立场来思索问题。

许多现当代的儿童文学作品虽然不是童话，但依然遵循"在家→离家→返家"的基本模式，这本书也不例外。两位主角在不同的时空，走上寻亲的"追寻"之路。表面上，他们各有不同的追寻目标，然而最终的鹄的却是一致的：亲情的爱。罗丝要的是父母亲的关爱；班寻找的是从未谋面的父亲。

对罗丝和班来说，家园虽然给人以归属和安全的空间，但同时也是一种囚禁。细读他们家园的空间结构可以发现，起点几乎是家园的失落点，所以罗丝乏人照料，班思亲心切，回家的旅程还是围绕一个原本的失落点组构起来。有多不胜数的故事暗示，还乡不是没有问题，家园既经失落，即便重得，也不复它原来的模样了。所以罗丝和班返家后，必然得重建家园。

　　很显然，《寂静中的惊奇》也沿用了《苦儿寻亲记》的故事格式。班远从明尼苏达出发，到了人生地不熟的纽约市，只凭着些许模糊的线索，就想找到从未见过一面的父亲，几乎是一件不可能达成的愿望。作者陷落在自己设计的情节中，但他自有解套的妙方，让故事进行得顺畅合理，让读者心服口服。

　　在当前这个动荡不安、变化多端的现实世界里，苦儿的灾难故事永远不会嫌少，"未婚生子"的事例从不间断。任何人都没有选择父母的权利，何况班的母亲是一个自主性很强的女性，她一定考虑过她与丹尼的工作性质等，所以不愿意有任何承诺和要求。

　　这本书用双线进行，这种手法并不新颖，但一条以图、一条以文，却不多见。从故事的情节设计来看，罗丝和班似乎是两条不可能交集的线。相隔五十年，而且各有各的生活空间，如何才能相会？但作者巧妙地应用两人在不同时空下的追寻过程。他安排詹米出现，帮班在国家自然博物馆找了一处秘密基地（这令人想起《天使雕像》那对躲在大都会博物馆好几天的姐弟），在适当时空让他们巧会。

　　这本书把两篇故事编织在一起，一篇用文字，另一篇用专业的图像，作者不受绘本三十二页或四十页篇幅的影响，尽情挥洒。先是铺陈罗丝返乡过程的故事，继之再详述班失去母亲后的遭遇，等祖母孙儿重逢后，便改成图文穿插并用。

　　班与罗丝分开有五十年之久，但他们拥有不少共同点。两人都渴望见到失去的双亲，两人都丧失听力；故事发生时，两人年龄相当；两人都离家，走上各自的"追寻"之路。读者一路陪伴他们，发现他们如何在分离五十年后，占据了同一空间，并找到他们寻求的慰藉。

阅读这本书的图像不同于一般绘本。阅读一般绘本的速度快慢不至于影响阅读效果。而这本书的翻阅速度必须加快，才会有观赏默声电影的节奏感，这正是作者的巧妙安排，因为主角就是活在无声的世界里。

在优美精致的铅笔画中，作者用细微与朦胧暗示的完美组合创造了罗丝的世界，她脸上的表情，尤其是双眼，给人留下十分深刻的印象。作者利用 20 世纪三十年代的衣着、车辆、广告、博物馆和其他地标，来安排罗丝当年的生存空间，令人心生怀古忆旧之思。

《寂静中的惊奇》动人心魄，但作者并未坚持要求读者目不转睛，而是随兴快乐地阅读。读这本书就像在观赏日落，也像是耽溺于闪烁在夜空中的繁星之美。

《奇迹之屋》

布莱恩·赛兹尼克再一次以文字搭配插图，运用电影技巧，编织成这则扑朔诡谲、耐人寻味的悬疑故事。全书运用电影镜头推进、营造戏剧张力的效果。五百四十四页的内容、近五厘米的厚度、运用二百八十四页铅笔素描插画，铺陈出紧张的故事情节。

这本书的前半段，作者以插画生动地呈现了繁复的剧场和家族历史。我们先以欣赏无字绘本的方式来阅读。专家指出，细读绘本要孩子注意到每个画面的色彩、色度、线条、大小、形状、幽默等，因为这些阅读层次会带来不同的诠释。这本书全部以黑白呈现，要注意的反而是每一页类似无声电影胶卷的连续性和作者的运镜能力。如果说翻阅这本书的第一部分的过程，类似一种电影观赏经验或戏院看戏经验，或许更能凸显作者说故事的特殊能力。在仔细阅读第一部分，读者对奇迹戏剧世家的变迁有了不同程度的了解后，进入纯文字描述的第二部分。虽然间隔两百多年，诚如作者接受访问时所说的："至于《奇迹之屋》，插画和'回忆''说故事'有密切关联。当读者从第一个'插画故事'接到第二个'文字故事'，刚读完第一个故事的经验已成为记忆的一部分，而读者'回想'的这个动作将成为情节的一部分。"读者阅读第一部分后产生的种种揣测与亚伯特在第二部分的陈述自然成为有趣的对比，读者会深刻体会到图文两种阅读的乐趣。作者的"插画故事"在于激发读者参与写作，然而读者"按图思文"的揣测内容有多少合乎作者文字陈述内容，并不是很重要。亚伯特后来承认所有一切都是编造的故事，即使约瑟不愿接受，他最后还是得默认亚伯特说的是实话。第三部分的结尾也就令人欣然接受了。

其实不论写实或奇幻作品，即使部分是作者生命中曾经遭遇的事实或听闻，但多半是他虚构的故事，所以亚伯特说："……但这两者（故事跟事实）可以同样是真实的。"故事真假并非是最重要的，读者最在乎的是作者的说故事能力。当然，也有读者在乎作者留下多少空间让他们参与创作。至于比利和亚伯特之间的暧昧，作者则留下一片让读者思考的空间。

贯穿全书的"看见或者看不见"应该包括肉眼与心眼两个层次。每个人面对自己家族史自有不同的诠释与应对方式。并非所有人的家族史都是十分显赫、值得炫耀的。世间凡人基于需要，捏造家世在所难免，有时甚至采取"视而不见"来逃避。作者虚构了如此精彩的故事，同时提供了读者"信或不信"的充分选择空间。同样的，作者在行文时不断提及莎士比亚的名剧，并且把著名的青少年文学作品融入，是否在验证读者的"看见或者看不见"？

这本书的美妙和巧思之处，远远超过两种媒介的创意说故事方式和有趣味的情节。读这本书，免不了要接受下面这种挑战：说故事确实是人们不可或缺的经验和表达感情的方式。作者断言，一般的创造力和特殊的说故事能力可带来喜悦和亲密关系，甚至可成为一种强烈情感的救赎。结果我们发现，呈现在读者面前的是一本非凡奇特且能诱发思考的作品，叙述过程让人深刻印象，想象力更是令人赞叹。

谁来读这三本书呢？《造梦的雨果》和《寂静中的惊奇》原本设定的适读年龄为小学四年级到初中，也就是九至十五岁，《奇迹之屋》似乎比较适合高中生和成人阅读。实际上，这种设定只是一种参考，相信有许多成人也愿意读一读前面两本形式奇特的好书，因为三篇故事里尽是诚实的人、真挚的情感，成人们可以借此暂时逃避眼前的困境。人人都知道，能引发读者真正感情的书是那些早已不见，但依然深深存在读者记忆中的书。

赛兹尼克的三部曲带给我们的是融合了文字和图画、电影感十足的杰作。他先以《造梦的雨果》向一位默片导演致敬；再以《寂静中的惊奇》的实验性双线叙述、连续性的画面和部分文字，表达一种残障经验的艺术方式；《奇迹之屋》跨越很长一段时空来讲述一个错综复杂的亲情故事。描绘主角在不同空间不断冒险犯难的三部曲，均以主角对"家"的向往和追寻为主轴，这点正是青少年文学一向强调的。

是逃避，也是征服

——李潼的时间与叙事

逃避与征服

法国存在主义大师萨特在他的一篇重要文章《为什么写作》里说，艺术是一种逃避，也是一种征服手段。写作是艺术的一种，当然也是逃避，也是征服。人们可以以隐居、发疯、死亡作为逃避方式，可以用武器从事征服，为什么偏偏要写作，要通过写作来达到逃避和征服的目的呢？这是因为作者的各种意图背后还隐藏着一个更深的、更直接的、为大家所共有的抉择。以逃避和征服这样的说法来回顾李潼的一生，是一种客观的角度。依我看来，对作者来说，写作确实是一种逃避，逃避什么呢？逃避现实生活的压力。这种现实压力来自个人对于周遭环境的不满、家庭的压力，甚至编者和读者给予的压力。这种逃避并不是一种消极的行为，因为它往往可以转化成积极的创作力量。我这样说，并不是意指李潼的现实生活中有上述的这些压力。以我的观察来看，李潼的最大逃避只是想逃离时间老人的纠缠。他跟时间老人拔河，甚至低声下气过，希望能够逃避一切不必要的干扰（包括死亡），专心一意写作，因为写作是一种寂寞的行业，却能充分享受孤独的滋味。他逃避后的结果当然呈现在他的作品当中，不管是质或者是量都有相当的可看性。我相信这种逃避是各位所向往的，但向往并不代表就有能力，毕竟并非人人都具备天生的想象力与创造力，所以你我的逃避不能跟李潼的相提并论。

从成人文学逃开

李潼的逃避带来了许许多多让我们惊艳和惊喜的作品。他的第一种逃避是从成人文学逃开，回归到他认为最好的儿童文学世界。从民歌时代开始，他就写下不少脍炙人口的歌词，例如《散场电影》《庙会》《月琴》等等。我有时候难免会想，如果他没有从民歌世界逃开，现在会不会是一个老迈的民歌手，只有在回顾老歌的场合里出现？幸好他逃开了，他把书写歌词的能量转至文学作品的创作。他的成人短篇小说有好几篇得过大奖，其中《屏东姑丈》和《恭喜发财》这两篇"时报文学奖"得奖作品获得不少好评。他原本可以一直走下去，但他又逃开了，改走儿童文学的创作。他写童话，写儿童散文，也写童诗，但最值得我们怀念的是他的小说作品。当然，他的儿童文学创作有时是与成人作品同时并行的。

迈向少年小说创作之路

谈他的少年小说，我们不妨分几个阶段。他的三部洪健全儿童文学创作奖得奖作品——《天鹰翱翔》《再见天人菊》和《顺风耳的新香炉》，给我们青涩但清新的感觉。很多人认为这三部是他最好的作品，因为他在内容方面使尽浑身解数，反而让我们忽略了他对形式的讲究。这三部作品从乡土出发，但并不能证明他是一个本土意识很强的作家。可是我们想想，哪一位作家的作品不是从自己的乡土汲取写作的养分？因为写自己最熟悉的才能感人。这样一说，当年的乡土文学论战不就是一场荒谬的混战吗？《顺风耳的新香炉》是一篇童话化的少年小说，融入了幻想的成分，然而，《少年噶玛兰》才是他真正从写实迈向幻想的一部作品，当然也不全是幻想。我们仔细阅读，可以发现他的这部作品实际上是糅合了写实与幻想。他书写兰阳平原的平埔人，以同情怜悯的态度为基调，在批评中不乏关怀，这是好作品的首要条件。当然我们也很清楚，这部作品当年并没有入选"好书大家读"活动，李潼对此耿耿于怀。可是回想起来，这部作品已经销售五万本以上，译成多种外文，后来还拍成动画，虽然动画有所变形，但李潼也没有什么好埋怨的，法国结构主义大师、符号学大师罗兰巴特（Roland Barthes）的"作家之死"的说法，本来就是这个样子。

作品的意涵

"台湾的儿女"系列作品十六册，是奠定李潼少年小说创作地位的重要指标。在这些作品里，他撷取了台湾过去百年历史中的重要人物的片断事迹，然后深入挖掘基本人性，铺陈人在大动乱时代无奈的选择与挣扎。这一系列作品为台湾历史小说做了一个很好的示范，但也耗尽了李潼的心力。十六部作品并非每一部都无可挑剔，但他对于乡土之爱表露无遗。他关怀这片土地的未来，他倡导新台湾人的想法，是对是错有待未来历史的验证，但我们不得不承认他的确给我们很好的启示，包括写作与阅读这两方面。在这一系列作品中，他把玩各种不同的写作形式。或许有人会说这些作品过分注重形式却忽略了内容。这种说法同样有待商榷。阅读是个人的行为，面对同样一篇作品，各有各的阅读角度，见仁见智，难免落差不少，但众声喧哗的现象毕竟是我们所追求的。至于《鱼藤号列车长》这部没有完成的作品，从接受理论、读者反应来看，给了读者最好的机会去填补、延伸，甚至于偏离、背叛。

间 接 征 服

李潼以他的作品征服了读者，也征服了部分评论者。他的读者群并不限定于小读者。在适读年龄模糊的年代，许许多多的成人读者也喜爱阅读儿童文学作品。当前绘本的大红大卖，就是一个非常明显的证据。小读者从他的作品里得到不少乐趣，间接也得到一些对未来人生的启示；大读者阅读他的作品是一种回顾，也是一种补偿。大小读者在他的作品里各自找到他们的需要，在李潼的魔笔的召唤下，他们得到阅读的满足，虽然有时会免不了质疑：书中的一切曾经发生过吗？但小说的可爱就在想象力的无限延伸与创造力的不断爆发，这不就是我们热爱阅读的主要原因吗？激发想象力与提升创造力会使得我们活得更起劲，李潼终于达到了间接征服的目的。

从文本到研究

作品提供了研究的文本。李潼作品的质与量，一直是研究少年小说的人所热爱的。根据统计，目前以他的作品为研究文本所完成的硕士论文已有十三篇之多。论文强调"小题大做"，这些论文也都能遵循这个基本原则，但细读之后，总觉得意犹未尽。这些论文，每一篇都用心书写，找到一个很好的切入角度，但严格来说，论述分析的层次不够分明、深入。读这些论文，有如观赏嵌入墙内的浮雕一般，只见到一面，无法像欣赏有棱有角的雕像一样，可以从每个角度去观赏，得到不同程度的震撼。李潼的少年小说作品可以探讨的空间非常宽广，今后的研究如果从科际整合角度出发，从纯粹的文学研究转为文化研究，会有意想不到的收获。

"四好"与"四自"

李潼是一个具有"四好"和"四自"的人。他好读、好写、好说、好客。好写不必多说，说说他的好读。记得他完成"台湾的儿女"系列时，有一次打电话给我，说他最近比较闲。我忍不住问他："最近在做什么？"他告诉我他正在重读诺贝尔文学奖作品。"重读"也就是说他已经至少读过一遍。我想这是他汲取写作养分的秘诀之一。从经典中寻觅创作灵感最直接不过了。至于好说，那就更不用提了。李潼好出点子，这也是优秀作家的必备本事之一。在任何场合里，只要有他在场，说话最多的必定是他，天南地北、海阔天空都可以讲出一番道理来，八卦也逃不过。至于好客，有不少人在他家住过。他开着车子接送，带你到兰阳平原的每个角落走走，当然他的嘴巴一定动个不停，历史典故的讲解成为他的一件快事。客人离去时一定得带着当地的土特产满载而归，这就是李潼。"四自"是指自在、自信、自傲和自恋，一个作家如果缺少自在、没有自信，他的作品也就没有什么看头，然而过度的自在与自信难免会延伸成自傲，但李潼的自傲只是表现在与爱好写作的深交朋友中。至于自恋，可以这样说，是过度自信的结果，他像纳西瑟斯（Narcissus）水仙花故事中的一样，始终相信他的作品是一流的。但这点还是有可以批评的空间，许建崑老师和我都曾经不给面子，在公开场合里批评过他的作品。我也记得他当时的反应只有简简单单四个字："作者已死。"却忘记了他的基本台词：我是李潼。

被忽略的文类

在台湾社会里，儿童文学是个存在却又被忽视的文类，书店里有不少儿童文学作品，琳琅满目，每年本地的出版作品也相当可观，但它始终是台湾文学中的边缘文学，这是让我们感到比较遗憾的。不少大小读者都在接触儿童文学作品，但并非人人都把儿童文学看在眼里。举一个例子来说，九歌出版社在2003年10月出版了《中华现代文学大系——台湾1989–2003年》。这套书共12册，分为诗卷、散文卷、小说卷、戏剧卷、评论卷。细读这一套回顾过去15年来的台湾文学作品选集，发现只有两篇与儿童文学的作者与评论者有关，其中一篇就是李潼的成人小说《相思月娘》，另一篇是我的一篇评论《发现台湾人——试论李潼关于花莲的三部成长小说》，这三部成长小说其实是"台湾的儿女"中的三部：《寻找中央山脉的弟兄》《我们的秘魔岩》和《白莲社板仔店》。我们不得不感叹，台湾儿童文学这样不堪吗？我们不担心量，担心的是质。或许我们会感觉到，目前充斥在市场里有许许多多是轻薄短小的作品，给予小读者周星驰式的或金凯瑞式的刹那快感，但这绝非是整个台湾儿童文学作品的代表。回过头来，如果我们用心去细读李潼的作品，我们会发现台湾的儿童文学作品还是有可观的一面，但借用许建崑教授的一句话：谁是下一个鱼藤号列车长？谁来接棒？这个残酷的现实问题，让我们不得不担心。

感伤追怀之余

有了《少年噶玛兰》，有了《望天丘》，却少了《南澳公主》，三部曲没能完成，李潼不得不遗憾，但现实人生中美满的又有几个？李潼的一生轰轰烈烈，他留下不少让人怀念的作品，应该也没有什么遗憾了。在"民歌嘉年华会——永远的未央歌演唱会"上，李潼负责撰写歌词的《散场电影》《月琴》和《庙会》都被歌手演唱。李潼如果还在的话，这场盛会他不会缺席。我在这儿想重复《月琴》中的几句："感伤会消逝，

接续你的休止符，再唱一段思想起，再唱一段唐山谣。"然而
李潼毕竟不是手持月琴吟唱终日的陈达，也不是闪烁不定有如
流星的洪通。他留下许多值得我们细心推敲的好作品。我们追
怀李潼，不是来歌颂他，默念也只是一种消极的方式，相信李
潼最向往的应是《白莲社板仔店》中那样的嘉年华狂欢形式。
但我们在感伤追怀之余，难免会想到一个现在还没有答案的问
题："谁来接棒？"

在内容与形式之间摆荡

——检视李潼作品的另一种角度

一

李潼过世三年了。在我看来，沉淀一段时间后再来检视作家的部分作品，是一种极为理想的怀念方式。李潼的少年小说作品并不是他的全部，但其数量最多，影响可以说也最大。这篇短文的主要目的在于回顾他的少年小说作品的种种。

李潼写了几首脍炙人口的民歌歌词（如《月琴》《庙会》《散场电影》等）后，便开始写成人小说，《屏东姑丈》与《恭喜发财》先后得到"时报文学奖"的优等奖，后来与其他数篇作品汇集成册出版。李潼在这部小说集里，撷取了台湾社会的部分实况，以嘲讽笔触刻画当年台湾的点点滴滴，充分反映了当时台湾在强烈意识形态操控下的种种怪异现象，文字犀利，颇能针砭当时政治的部分奇特弊端。

二

近十年来，台湾地区儿童文学文类的发展以绘本及少年小说的成长最为蓬勃，但这种蓬勃现象完全是仰赖外文的中文译本，本土作品只能在夹缝中勉强过活。少年小说作者在不多的奖项中挣扎求生，空间十分有限，严格说来，本土作家能够出人头地的只有李潼一人。他在成人小说创作闯出名堂后，却转为专攻少年小说，以其敏感的文字、宽广的视角来刻画现实与幻想的世界。他揣摩青少年的心理，从周遭截取适当的材料，快笔畅写，终于成为台湾少年小说第一人。

李潼作品的质与量十分可观，得奖连连便是明证。他最先书写少数民族青少年的故事，他的《少年嘎玛兰》是最早穿梭于过去、现在与未来的作品，为丧失历史地位的少数民族寻找定位，熔写实与幻想于一炉。这本书为台湾历史少年小说开了路。"台湾的儿女"系列更奠定他在少年小说创作上的不朽地位。早期的得奖作品《顺风耳的新香炉》开了"少年小说童话化"风气之先，《再见天人菊》更将空间延伸到偏远的澎湖群岛。李潼游刃有余，除了撰写最爱的少年小说外，还偶尔写写散文、新诗，他确实是位全能型的作家。

评论作家的成就唯有从他的作品出发，谈李潼也不例外。研究他的作品，不难发现每一本都是以提供乐趣为主，接着增进了解，最后达成获得信息的目标。以《少年嘎玛兰》为例，他细心塑造了新嘎玛兰人潘新格，让他在对自己族群身份存疑时刻回到过去，与祖先过了一段难忘的日子。他与萧竹友、何社商同行，目睹了当时少数民族如何被欺压，并参与抢孤活动。回到加礼远社后，他又加入祖先的工作行列，参加牛车上以番茄、莲雾当作武器的一场混战，如何度过生死的考验等等。这些紧凑又不失有趣的冒险在不知不觉中给读者带来丰富的阅读功能。这种借作品传达文化寻根的理念同样出现在后来的九歌少年小说奖首奖的《少年龙船队》以及"台湾的儿女"系列里。

李潼以优美的文字、动人的情节把文化寻根理念灌输给小读者，他细密、多角度的书写方式为台湾新少年小说另创一种新风貌，他的作品是这种文类的新里程碑。但我们在喧哗的掌声过后，似乎也应回过头来，重新细心审视他所有作品隐藏的缺点。

三

作家应该书写他最熟悉的事物、描绘最熟悉的空间。凡是他最熟悉的就是最有把握的。我们察觉到，许多中外经典作家的作品往往聚焦于他们最熟悉的空间。乔伊斯（James Joyce）以都柏林为主要背景，写了《都柏林人》（The Dubliners）与《尤利西斯》（Ulysses）；马克·吐温（Mark Twain）大部分作品都绕着密西西比河打转；马尔克斯（Gabriel Garcia Marquez）的《百年孤独》（A Hundred Years of Solitude）中的马孔多镇是他家乡的化身；福克纳（William Faulkner）的《喧哗与骚动》（The Sound and the Fury）中的约克纳帕塔法也是以他的家乡为蓝本。"五四"名家鲁迅笔下尽是家乡绍兴人物志；沈从文写的是湘西老家的沧桑。台湾的王祯和写花莲、黄春明写宜兰时最得心应手。这些例子都在说明作家与其空间的关系。如果以此准则来审视李潼的少年小说作品，不难发现，他的作品背景与其作品有某种程度的关联。

李潼一生长年居住过的地方以花莲与宜兰两地为主。他在花莲读完高中，而宜兰、罗东是他教书时和成家后的生活空间。他的作品太多，无法一一列举其空间，但如果以"台湾的儿女"系列16部历史少年小说为例来说明，可以发现一个相当有趣的现象：花莲与宜兰为背景的占了将近三分之二。细读这16部系列作品的行家有一种共同的感觉：李潼玩形式玩得太凶了（他自己倒是玩得不亦乐乎！），几乎每一部都采取不同的叙述方式去书写。求新求变不是坏事，但读者总是希望每部作品有个好故事。把内容与形式并列，普通读者宁可选择内容深远的好作品，例如以故事性取胜的狄更斯和托尔斯泰的作品。李潼在玩技巧的同时，也表露他对每部作品背景的熟悉度。写到花莲和宜兰时，他便如鱼得水，能尽情挥洒，整个人融入故事，进出自如，如《白莲社板仔店》《我们的秘魔岩》《四海武馆》与《夏日鹭鸶林》；如果是历史人物故事或不甚熟悉空间的故事，常让人觉得虚幻，如《无言战士》《龙门峡的红叶》等。我们深信李潼在创作这些作品之前，曾费了不少精力与时间去阅读大量相关数据，先撷取、再过滤筛选，严格挑出作品不可或缺的背景，再一一写入作品最适合的位置。但不太熟悉的背景往往限制了作品的纯度，读者也只能读到作者的一些很不理想的片段文字。

作家在作品中展示的空间感是检视作品的一种方式而已。作家在时间方面同样可透露他在不同时段作品中的共通性。李潼曾连续三年（1985~1987）得到"洪建全儿童文学创作奖"的少年小说奖的头奖。他那时三十刚过，创作欲强，人物刻画与情节安排尚未达到炉火纯青的地步，然而不论《电火溪风云——天鹰翱翔》还是《顺风耳的新香炉》或《再见天人菊》都给我们一种清新的感觉，虽然部分文字与布局显得有些生涩，但故事中的角色似乎就生活在我们周遭，与我们同进同出，小读者在细读后，极可能会认同、顿悟或移情。这三部以规规矩矩的方式书写，不玩弄技巧，反而受到许多小读者的欢迎。另一个原因也不能忽略——这三部作品不需经过考证，也就是不需受到爬梳相关数据的限制，反而能随心所欲地挥洒一番。相对地，历史小说就使得李潼有点碍手碍脚了。

李潼也写了不少短篇作品，面临的还是同样问题：应该玩技巧吗？想玩又可以玩到什么程度？《白玫瑰》还好，虽然故事趋向于问题小说；《秋千上的鹦鹉》加入了传真性来补述情节，稍加说明还是不难理解；《斗牛王／德也》使用多重叙述，小读者刚阅读时或许不容易融入，需要有人帮忙诠释一番。李潼尝试以成人小说手法来写作给小学五年级到初三年龄层阅读的少年小说，绝对不是对错的问题，而是这样的写作方式适合不适合？在适读年龄说法逐渐模糊化，但又强调"桥梁书"来架桥的今天，他的写作方式或许影响了他的作品的阅读率。显然，他过世前的《望天丘》与《鱼藤号列车长》这两部作品对青少年读者也同样是一种挑战。

四

李潼对自己的作品很有信心，对创作也有不少特殊的看法。纵使他的作品忽略了年龄层的考虑，部分又过度玩弄技巧，但作品的成熟度是众所周知的，不然的话，绝不会有20多篇的硕士论文把他的作品当作研究的文本，甚至还有博士生准备研究他一生的所有作品来写博士论文。这些论文间接肯定了李潼作品的文学性。然而，绝少作品是十全十美的，好的作品必须经过时间的严酷考验。李潼曾在某次研讨会上说过："作者已死！"他的感叹契合了读者至上的说法。身为李潼作品的长期读者，我的意见只是抛砖引玉，期盼能带出更多的人去研究他的作品，也希望能对后起之秀会有些帮助。

亲情、伦理、人性

软硬兼施的科幻小说

科幻小说是欧洲工业革命后的一种文化现象。由于科技的突飞猛进彻底改变了传统农业生活的形态，关心人类未来命运的有心之士目睹新科技带来的种种冲击，开始反思科技的利弊。文艺题材在表现未来科学技术之余，无可避免地会谈到科技过度发展对人类不同生活层面的影响。

如果以 19 世纪末 20 世纪初欧洲的两位重要科幻小说家儒勒·凡尔纳（Jules Gabriel Verne, 1828~1905）和赫伯特·乔治·威尔斯（Herbert George Wells, 1866~1946）的作品为例，我们会发现一个有趣的对比。凡尔纳是"科学乐观主义"的信徒，他认为："有了科学，未来的世界会更加精彩。"他作品中的"预测性"很高，除了充满个人冒险、异国风情和神秘人物这些冒险小说的特点外，笔下的一些科学幻想后来都成为事实，如环游世界、人类登陆月球、大型潜水艇等。

相对之下，威尔斯的作品开创了"时间旅行"（如《时间机器》）、"外星人"（如《星球大战》）、"反乌托邦"（如《当睡者醒来时》）等重要科幻小说的话题。他认为，未来的大都市是资本主义胜利的噩梦，"人祸"是造成人类社会的未来更加邪恶与堕落的主因，而非技术因素。因此，在他笔下，"人祸"这个主题开创了另类空间。他的作品总是通过幻想社会来影射当时的社会和政治，充满对人类社会未来命运的观照。"科学到底给人类带来了什么"和"人类追求的是怎样的未来"的严肃主题间接提升了科幻小说的文学层次。

科幻小说一向有软硬之分。在硬科幻作品中，天文探索或物理、化学现象往往比刻画人物重要，故事情节则依靠技术来推动和解决。相对的，软科幻作品的情节和题材集中于哲学、心理学、政治学、社会学或考古学，降低科学技术和物理定律的重要性，探索社会对事件的反应，以及纯粹由自然现象或技术进步引发的灾难。依据这种标准来检视，凡尔纳作品偏向于硬，而威尔斯则倾向于软。20世纪末以来的青少年小说有不少涉及科技过度发展的疑虑，可以说是威尔斯作品的延伸。

学校不见了

当前的智能型教学机器已逐渐取代传统教师的功能。先知型的科幻作家早已观察到这种无法抗拒的事实，并预测不可知的未来，科幻大师阿西莫夫（Isaac Asimov, 1920~1992）的短篇小说《快乐时光》（*Happy Time*）便是最好的例子。

作者先回溯地球上有学校建筑、有师生互动的年代，再把时间设定为2155年。这个年代的孩子都在家靠机器学习，必要时再延请督学到家中指导，文中的小女生玛吉正面临这种窘境。隔壁的小男生汤米拿了一本从自家阁楼找到的书。这本黄渍起皱的旧书是将近两百年前的古董。汤米对于从前有学校、有老师、书本可以重复阅读情境的描绘，让玛吉不胜向往。

或许有人认为，这篇短文要强调的是：未来世界不再有所谓的学校建筑，也没有老师这种行业。这当然是一种阅读角度。我们也可以说，阿西莫夫最担心的莫过于：未来世界的孩子在自家学习，缺少与他人互动，不会有过团体生活的机会。但如果从阅读角度来观察，书的消失不就等于个性阅读的消失？这不等于另一类焚书，如同《华氏451度》里所描绘的？

自然生态的失衡

刘易斯·萨奇尔（Louis Sachar）通过《烂泥怪》（*Fuzzy Mud*）这本书讨论他对自然生态失衡的忧虑。科学的快速进步确实改善了人类的生活，但是科学的过度发展却往往扭曲了人性，这是任何人都无法否认的。作者明了人类追求幸福的需求，也见到人们为求进步，牺牲了赖以生存的自然生态。明眼人都可以看出，他在书中提到的"清净生质燃料"是虚构的，也许将来有可能出现，但至少目前是不存在的。但发明者强纳森·费兹曼只在乎自己研究的成败，不在乎清净生质燃料造成的灾难。作者刻意把他描绘成异于常人、只知热爱研究、不计后果的科学家。这点最让我们这些凡人畏惧，因为我们的未来似乎永远掌控在一些个性不甚稳定的高智商的人手里。

在这本书"尾声"里，作者回忆起没有核能电厂、没有电灯的年代："水是干净的，夜空中是亿万颗闪闪烁烁的繁星。"如果不是人类向大自然索取太多，大自然怎么会失衡？或许萨奇尔向往的是陶渊明笔下《桃花源记》那样的纯朴生活，而不是繁复喧闹、令人畏惧的全由高科技支配的未来。

复制人的影响

高智商的人往往喜爱挑战"不可能"的任务，"复制人"就是其中之一。"多莉羊"的复制马上让我们联想到人的复制，"复制人"等于人类直接向死神挑战，也是科技成就中最让人非议的话题。南希·法墨（Nancy Farmer）的《蝎子之家》（*The House of the Scorpion*）及其续集《鸦片王国》（*The Lord of Opium*）虽被定位为科幻小说，但重心却在社会学、心理学和伦理学上。同时它们还提到人的意义、生命的价值和社会的责任。

《蝎子之家》中的复制人马特不是自然法则的产品，却向往大自然的一切。书中宣传口号的叙述更让人回想《一九八四》《美丽新世界》的情节，确定它是一部反乌托邦小说。续集《鸦片王国》延续了"成长"主题，但变得更政治化、更伦理化，不再以幸存为题旨。马特成为鸦片王国的新主人后，努力要把这个"乌托邦"形式的国家解体，解救受到奴隶待遇的呆瓜。

空想的乌托邦

乌托邦一直是古今人类向往的理想社会，但实际生存的社会却始终与理想社会差距太远，于是一些先知先觉便把这种愿望寄托在创作中。中国的《桃花源记》和《镜花缘》（如"君子国"的说法）、西方的《理想国》《乌托邦》和《香格里拉》也给予我们相当程度的憧憬。但 20 世纪开始出现反乌托邦文学，例如《我们》《美丽新世界》《一九八四》和《动物农场》，这些作品强调的是：乌托邦社会只是一种虚幻的想望，不可期待。不少现当代少年小说也关注这个议题。上面讨论的《蝎子之家》系列包含在内。另外，《理想国》系列和《饥饿游戏》系列也突显反乌托邦精神。

优秀的少年小说总是以宣扬亲情、友情、爱情为主，洛伊丝·劳里的《理想国》四部曲尤其强调无父无母青少年对亲情的渴望与施受。《记忆受领员》中的主角乔纳斯、《历史刺绣人》的绮拉、《森林送信人》的麦迪均是如此。《儿子》的克莱儿，终其一生都在追寻自己的亲生儿加波。《蝎子之家》里的马特是复制人，但一直在追寻亲情的抚慰。《饥饿游戏》的主角凯妮丝自愿代替中签的妹妹参加猎杀游戏，同样是亲情作用在发酵。

虽然《饥饿游戏》三部曲中展现的新科技相当多，但强调的依旧是人性问题。作者勾勒的"施惠国"也是号称乌托邦的一个特殊国家。它建立在过去曾被称为北美洲的废墟大陆上，富饶的都城被十二个行政区围绕。专制残酷的都城统治者每年强迫每个行政区交出十二岁至十八岁的少男少女各一名，投入在一年一度的"饥饿游戏"当中，然后利用电视实况转播，强迫大众收看，以这种恐怖手段来维持其威权统治以及国家秩序。

代替妹妹参加猎杀游戏的十六岁主角凯妮丝曾经在死亡边缘挣扎，自然养成强悍的求生野性，因此她无意间成为游戏的有力竞争者。在通往生存的苦战之路上，她面临重重艰难的抉择，权衡生命、人性、亲情以及爱情之间，何者才是真正宝贵的。

软科幻作品的反思

作家借由作品检视乌托邦制度，《理想国》四部曲、《蝎子之家》及其续集《鸦片王国》和《饥饿游戏》系列在这方面均详加论述。在细读这些作品后，我们充分了解，无论我们如何努力，我们生存的空间永远有无数的难题等待我们去解决。这些小说和一般科幻小说不同，它们不刻意强调高科技的幻奇与毁灭性杀戮的场面，较少恐怖的争权夺利的描绘，没有对未来虚无渺茫的承诺。它告诉读者，人间天堂不是香格里拉，而是我们目前正生活其间的现实世界。纵然这世界并不完美，有太多的生死离别，依然是最理想的世界，不要畏惧，也不必排斥。

生态小说、复制人和未来国家形式的故事只是科幻小说的一小部分。如果未来世界的发展就像这些书中所描述的，则人类精神的沃土必定会变成虚无的荒原。这种世界也就是许多科幻大师极力要突显或强调的，提醒人们预防高科技发展的负面作用。人类对未来的不确定性十分畏惧，令人疑虑的物质文明四处流散充斥，最后必定会剥夺精神文明的提升机会。

是奇幻还是科幻

——台湾本土奇幻少年小说的发展

一

依据西方少年小说的演化，20 世纪 90 年代之前，完全是写实挂帅，奇幻作品不多，仅仅陪衬而已。20 世纪末，随着文学名著大量改编拍摄为奇幻电影，所有心情苦闷的世人似乎都可以在奇幻世界找到暂时性的解脱。学界人士也有根据弗莱（Northrop Frye）在《批评的解剖》（*Anatomy of Criticism: Four Essays*）一书中对于西方文学发展的说法来说明奇幻作品的高产量现象。弗莱认为，西方文学先有神话，接着是喜剧、浪漫故事、悲剧、反讽和讽刺，然后随着循环，又回到神话，而奇幻可归类为神话的一部分。当前奇幻当道，正是这种循环造成的。

何谓奇幻（fantasy）？"奇幻"可以定义为任何不可能发生之事的故事，包含与自然世界法则抵触的事件的故事。奇幻的特性在于它与实际不会发生的事有关，或者是与不存在的人或生物有关，然而在每个故事的架构上，都有一种独立的逻辑，拥有自我真实理念的完整性，因此，在杰出作家的生花妙笔下，大多数的奇幻故事似乎都是合理的。

尽管奇幻故事有其合理性，但它的范畴能否涵盖"科幻"（science fiction），始终是个争论不休的问题。有的学者认为"科幻"是"奇幻"的一部分，因为二者都在于激发人类那无穷无尽的想象力，虽然"科幻"具有预测未来的功能，如儒勒·凡尔纳（Jules Verne）的《海底两万里》（*Twenty Thousand Leagues Under the Sea*）预告潜水艇的问世等。另外，读者细读科幻作品，也会发觉许多这类幻想作品都在呈现人类对未来不确定性的畏惧，如外星人入侵、未来武器的恐怖故事等。本文不想详论"科幻"与"奇幻"的异同，但谈到台湾本土少年奇幻作品的成长，又无法不涉及科幻作品。

二

台湾本土少年奇幻作品的发展仍然与奖项的设立有关。台湾本土少年小说的发展十分迟缓。20 世纪五六十年代，青少年能够接触到的文学作品多半是西方文学的简译本或改写本，写实与幻想都在其内，也没有刻意区分。奖项的设立变成鼓励本土作家参与创作的原动力。借由外来优秀作品的刺激，本土作家起步前进，但作品量少，质量也不理想。不过有了开始，空间便会逐渐变大，奇幻作品便随之出现在读者面前。

"洪建全儿童文学创作奖"于 1974 年创办，1991 年停办，18 届中的第 9、16、17、18 这四届少了"少年小说"奖项，前后得奖作品共 35 篇，其中 18 篇由"书评书目"出版，7 篇由其他出版社出版，剩下来的 10 篇始终没有机会与一般读者见面。这 25 篇出版的作品以写实居多，奇幻作品只有《奇异的航行》（黄炳煌，即黄海）、《全自动暑假》（黄素华）、《美丽的家园》（陈玉珠）、《智慧鸟》（邱晞杰）和《顺风耳的新香炉》（赖西安）5 篇，前 4 篇奇幻的味道较重，《顺风耳的新香炉》则熔幻想与写实于一炉，童话的味道相当重。

1987 年创办的"东方少年小说奖"，黄海的《地球逃亡》得了其中的科幻小说奖，第二届从缺，邱杰的《地球人与鱼》及《划克斯人》分别获得第三、四届的科幻小说奖。上述的得奖作品全都属于科幻，奇幻的味道并不浓。

得奖的短篇奇幻少年小说作品数量同样不多。前后以少年小说为主要征稿文类有六届之久的"台湾省儿童文学创作奖"，得奖作品共计125篇，但在写实挂帅的年代里，真正涉及奇幻或科幻的并不多。即使后来的三届"台东大学文学奖"（2004~2006）得奖的26篇中，也只有《水灯》（邱慧敏）等四篇算是奇幻或科幻作品，幼狮出版社出版的选集《俄罗斯鼠尾草》中的《珍妮的画像》（张系国）和《朋友》（袁琼琼）则是科幻重于奇幻。

<h2 style="text-align:center">三</h2>

台湾地区非得奖的奇幻中长篇作品数量也不多。较早的黄海曾写过《秦始皇到台湾神秘事件》《时间魔术师》等，郑清文的《天灯·母亲》虽有部分对怪力乱神的批评，但还是有奇幻的味道。中期的李潼的《少年噶玛兰》《望天丘》和"台湾的儿女"系列中的《阿罩雾三少爷》是写实与幻想融合，均有历史少年小说的架势，余远炫的《落鼻祖师》也是一样。近期的哲也写了两部糅和古代传奇和现代科技的《晴空小侍郎》和《明星节度使》；王文华的"可能小学的历史任务"系列让当代学子回到从前中国盛世去探险；张友渔的"小头目优玛"系列描绘了少数民族传奇；张曼娟放下身段，帮少儿编了"张曼娟奇幻学堂"系列。

中长篇少年小说，不论写实还是幻想，都面临同一个问题：作家绞尽脑汁，终于把作品写完，却找不到愿意出版的出版社。放眼四望，作家如果不想浪费自己的才情与能力，不是自行出版，就得有参加文学奖的打算，这也就是台湾当前的唯一中篇少年小说奖项"九歌现代少儿文学奖"每年都有百篇以上的作品参选的主因。17年来，这项奖项得奖作品超过百篇。原来以写实居多，但随着外来奇幻作品的冲击，作家也改变呈现形式，先是写实与幻想融合，后来有不少作品完全用幻想展现，效果不差，例如侯维玲的《二〇九九》、卢振中（大陆作家）的《寻找蟋蟀王》、林佑儒的《图书馆精灵》、刘美瑶的《神秘的白塔》、萧逸清的《鲸海奇航》以及刘碧玲的《魔法三脚猫》等。年轻的一辈颇有创意，然而他们最需要的是作品完成后，有人给他们建议以及出版的机会。

四

　　台湾地区少儿文学的发展深受文化殖民的影响，这种现象在绘本与少年小说的出版上特别明显。目前在台湾出版的绘本将近九成是国外得奖作品的译本，少年小说则接近八成。这种残忍的现况主要是作品本身的质量所造成的。外来作品细论少儿阶段身心面临的种种问题，经严肃思考后，提出合理的解决方法，并同时呈现多种文化共同面临的难题，深度广度都具备了。相对的，台湾的少年小说长期以来陷于外来作品的挤压，作品少，质量也不佳，能够让人细读详论的文字不多。另外，面对十多年来绘本的大力推展，少年小说更是欲振乏力。

　　绘本的推广造成少儿对文字的排挤是不争的事实，这种隐忧浮现后，台湾出版界不约而同地推出"桥梁书"：图像减少、文字增多（略分为 5000、8000、12000 等字数）的文本。"桥梁书"的出现给台湾作家另一个创作空间。除了一向喜爱的校园故事外，作家受到外来奇幻作品与电影的刺激，也偏爱书写奇幻故事。几年下来，以"桥梁书"形式出现的少儿奇幻故事的创作量相当可观，其中也不乏佳作。目前大力推出"桥梁书"的出版社不少，带给台湾作家颇为丰厚的版税。

五

回溯过去半个世纪的台湾本土少年奇幻小说的创作，我们发现，台湾作家依然需要跋涉一条相当漫长的路。他们不但得对抗外来优秀作品的挑战，还得设法提升自己的创作层次，不只是给读者一个好的故事，还要讲究呈现故事的技巧与文字风格。

由于"桥梁书"的盛行，台湾作家变得十分抢手，出版社邀稿对象又集中在少数几位技巧比较成熟的作家身上，难免让人担心会有杀鸡取卵的现象。如果再回到"出版社命题，作家作文"的模式，则更令人担心"桥梁书"的寿命。如果奇幻只是魔法的展示，而不深入探讨人性，呈现作品的深度与广度，小读者终究有一天会逃开这种过度想象、固定模式书写的作品。同时，作家与出版社不要忘记，并非每个读者都需经过阅读"桥梁书"的阶段。有不少读者直接跳过"桥梁书"，进入少年小说的神奇世界。毕竟，"桥梁书"只是一种过渡期的作品，可有可无。

另外，台湾地区少年奇幻小说的形式与内容深受童话影响，但不论"童话少年小说化"还是"少年小说童话化"都不令人担心。因为读者在意的是作品有没有一个感人的故事，能不能在细读后，让读者深思片刻，借回忆故事情节与人物性格的形塑而激发自我生命的潜力，或纯粹把阅读当作一种休闲消遣的物品。这些当然也是评估作品成败的一种方式。

在《魔戒》（*The Lord of the Rings*）、《纳尼亚传奇》（*Narnia*）、《黑暗元素》（*His Dark Materials Trilogy*）、《地海传奇》（*Earthsea*）、《墨水世界》（*Inkworld*）和《哈利·波特》（*Harry Potter*）等重量级系列书及其相关电影"入侵"台湾的

时候，回过头来检视台湾作家的奇幻作品，我们会发觉，台湾奇幻作品的出版空间已变得越来越狭窄。由于全岛人口只有两千多万，同时家长与教师也并非十分乐于鼓励少儿学子阅读少年小说，台湾的奇幻作品根本没有与电子媒体合作的条件。台湾少年奇幻作品如何在如此有限的空间里力求突破，则有待作家与出版社好好思考一番。

我们只有一个地球

——生态文学的反思

工业革命后，人类为追求更舒适的生活，竭力开发地球上各种相关资源。经过一百多年，地球已变得千疮百孔。经济快速成长，但生态也被全面破坏，整个地球不再适合人类居住。有心之士体察到未来的生态危机，开始大声疾呼：人类如果再不重视生态环保问题，地球寿命将会提早结束。经济发展一刀两刃，如何避免因过度追求成长而危害生态，完全操控在人类手中。但绝大多数的人对于生态环保问题，多是一知半解。为了使地球生态能逐渐恢复正常，必须让孩子提早认识到这项工作的重要性。

说到国外的生态文学，爱默生（Ralph Waldo Emerson, 1803–1882）的《论自然》（*Nature*）、梭罗（Henry David Thoreau, 1817–1862）的《瓦尔登湖》（*Walden*）、利奥波德（Aldo Leopold, 1887–1949）的《沙乡年鉴》（*A Sand County Almanac*）、巴勒斯（John Burroughs, 1837–1921）的《醒来的森林》（*Wake-Robin*）等都是生态文学经典之作。现当代作品中也有不少适合青少年阅读的佳作，本文尝试一一介绍它们。

《生态小侦探》系列

借阅读来加强孩子的生态知识是当今父母与师长的重任。在各种文类中，小说一向最受读者欢迎。《生态小侦探》（*Ecological Mysteries*）系列借用小说文体，再加上推理情节，三本书谈到的不仅是环保问题，还包括人与动物、环境之间的互动。这类自然故事写作可使小读者容易从整体上了解生态观。其中最能让小朋友认同的是，故事中的大部分行动是青少年自主自发的，成人只是在一旁辅助引导而已。

曾经以《山居岁月》（*My Side of the Mountain*）及《狼群中的朱莉》（*Julie of the Wolves*）两本书先后于 1960 年及 1973 年得到纽伯瑞奖，作者珍·克雷赫德·乔治（Jean Craighead George）是位博物学家，她既是自然学者又是小说家，在这套《生态小侦探》系列里，尝试结合生态与文学，带给读者另一种冲击。作者的父亲是位昆虫学家，两位兄弟都是生态学家，在他们的引领下，她进入野生自然世界，以丰富的生态知识为背景，撰写适合青少年阅读的作品。生态文学的书写，如果刻意着墨于生态诠释，则易成为一种学术报告；如果着重文学渲染，则易于失真。两难之间如何拿捏，这考验着作者的真功夫。我们细读之后发觉，作者这一方面并没让人失望。她一流的描绘功力可把枯燥的片段转化为有趣的文字。她的设计情节，把了无生趣的文字，写成可读性颇高的生态小说。

知更鸟之死

《知更鸟事件簿》（*Who Really Killed Cock Robin?*）一开始便是触目惊心的画面："知更鸟先生躺在地上，四脚朝天。一根红色的胸羽在风中飘荡，丁香棕色的翅膀折得像一把舞者的扇子……他死了……"一只知更鸟之死竟然惹起一场影响马鞍市的大风波，因为这表示该市的污染防治出现了问题，整个生态系统都被破坏了。书中主角东尼关心生态的变化，便靠着一张被征召入伍的哥哥以希留给他的知更鸟领土地图，与平时跟着以希调查学到的有限知识，展开小侦探之旅。

作者从追查 DDT 杀虫剂开始，带着读者左转右弯。每次似乎快接近破案，但笔锋一转，又透过角色的详细说明，认为找到的证据不足以说服读者。这当然是有意的安排，来提高故事的趣味性。如此环环相扣，丰富的环保知识也随时融入故事情节，使小读者有兴趣继续追下去。PCB 和露水结合，伤了知更鸟的蛋，接着又吸收到 2,4,5-T 除草剂，结果"市长杀了沼泽，也杀了知更鸟的蛋……2,4,5-T 让马鞍市变得残缺不堪……"食物链出状况，生态因此失去平衡，一连串灾害紧跟而来。到底谁杀了知更鸟？在东尼与好友罗伯的主动追寻下，抽丝剥茧后的结果肯定会令读者大吃一惊。

整个故事空间追逐从市长花园开始，然后到蓝博第纺织厂、垃圾场，甚至遥远的佛罗里达州也无法幸免，全部有所牵连。人们为求方便，便不顾后果，使用毒性重的药剂，杀死了想要杀死的虫儿，却没想到同时污染了整个环境，让同一地区的其他物种也跟着遭殃，大地反扑是必然的，反扑力量必定与污染程度成正比，这是人类最不愿见到的结果。

弱者遭遇强者时

在"物竞天择，弱肉强食"的蛮荒丛林里，具有发明与创造能力的高智慧人类永远是强者、胜利者。相对之下，在《鳄鱼事件簿》（*The Missing 'Gator of Gumbo Limbo*）里，身长十二英尺、一向不伤人的大鳄鱼大俊面对手持利器（手枪）的鳄鱼杀手崔维斯，纵使它有吓人的体积与利牙，也顿时变成弱者。崔维斯赤手空拳极可能无法伤及大俊，但他是执法者，拥有合法的杀生武器，孰强孰弱一下子就清楚了。因此，逃避家暴的丽莎妈妈、始终被越战恶梦纠缠着的詹姆斯、曾经是个著名歌剧演唱家的卡罗斯老先生和梦想成为诗人却不懂得料理生活的蒲赛亚，也跟周遭的野生动物、昆虫一样，变成弱者。但实际上，他们不是弱智者，只是不了解如何与他人争权夺利、不理会世俗的虚伪应对。他们卑微地在大自然中讨生活，却眼睁睁地看着强者入侵这片沼泽地，不知如何去对抗。幸好大俊持续地躲避着，终于找到活下去的方法。

读者在翻阅本书正文之前，不妨先细读作者序文的第一段："织起生命之网的，并不是人类，我们只是网上的一股丝线。但由于我们滥伐雨林或灭绝了物种，而让这张网产生破洞，我们也深受其害，因为各种生命之间是环环相扣的。"她给了我们很好的比喻——"我们只是网上的一股丝线"，但我们凭着上天赋予的特殊智慧，拼命开掘破坏地球上的一切，只晓得如何改善眼前的现实生活，用奢华物质填补空虚的心灵。这一系列作品犹如当头棒喝，终究会唤醒有智慧、有良心的当代人，但更重要的是，青少年必须体认到，这些生态的转化与变迁是他们必备的生存知识。

学习如何自我调适

在《鳟鱼事件簿》（*The Case of the Missing Cutthroats*）里，作者带我们到周遭环境尚未被完全破坏的怀俄明州杰克逊荷尔山谷与蛇河，走一趟寻找割喉鳟原生地之旅。这是主角史宾娜（Spinner）的探索（quest）之旅。

十三岁的史宾娜为了回应热爱钓鱼的父亲的要求，从水泥丛林纽约来到偏远的怀俄明州。她宁愿身穿亮丽的舞衣，在舒适的舞池里旋转着身体，轻盈地翩翩起舞，也不愿在山中小溪钓鱼。但她爸爸是钓鱼家族成员，认为她应该暂时离开奢华的纽约，与家族齐聚一堂，领略钓鱼滋味。"史宾娜"这名字是取自她父亲最心爱的钓饵——旋饵。（但我们衍生其意，把 Spinner 当成在舞池中沉醉于手舞足蹈的舞者，何尝不可？）因此，钓鱼便成为她的"成长礼"。她与表哥艾尔出发去寻找割喉鳟谜样消失的真正原因的冒险旅程，当然就是她的成长之旅。

史宾娜没钓过鱼，没能钓上鱼是合理的。但千不该万不该，她钓了每位钓者都想要的割喉鳟。她不按牌理出牌的差劲钓术击败了长期愚弄钓鱼专家的割喉鳟。父亲没遵守诺言，把鱼放了，让她非常失望，父女之间的冲突更是雪上加霜。"冲突"就成为作品情节的主轴，尤其在寻找割喉鳟消失原因的成长旅程中，她与表哥艾尔之间的摩擦不断，冲突层次一再提升，几乎到无法收拾的地步。但在紧急状况中，两人又互相扶持，互救对方于危急之中。相处越久，了解越深。史宾娜的感受是："表哥永远是表哥，很亲近，却又很疏远；很温暖，却又很正直；可以忍受，却又无法忍受。"

等所有冲突消失后，她觉得自己是"瀑布里的那只摇蚊，池子里的那只获得重生的若虫"，"经由一条鱼的带领，她溯溪而上，进入瀑布，翻山越岭，现在该是参与人类事务的时候了"。她设法回到山里，把丢弃的小割喉鳟找回，放回溪中。虽然她爸爸说："现在你可以回到香水、紧身衣和舞蹈的世界了"，她却决定要待到开学时才离开，因为她"钓到的是一条鱼，拉起来的却是一座山"。

珍·乔琪最擅长描述她最熟悉的自然景象："太阳已经沉到水面下，池底闪闪发光，像一只银色的纺锤。""河水像间歇泉那样沸腾起来，水面上的泡沫被落日余晖染成红色和紫色，绚烂异常。""平静的池面被扰出一圈一圈的水波，每一圈水波中心都有个细小的黑点。他们向上猛冲，像是灰色的星星，接着这些星星聚成一团浓厚的云，朝岸边移动。"史宾娜身处大自然中，双眼所及尽是美景，虽然挫折不断、疲惫不堪，但自然的神秘力量轻轻抚慰着她受创的心，使她集中心力，在探索旅途上继续迈进。

"生态小侦探"系列比较偏重自然生态的诠释，一再强调维护大自然生态的重要性，早年虽曲高和寡，但近年来整个地球处处都面临生态失衡的状态，人们逐渐体会到她的苦心。如果孩子读了她的作品，有所领悟，愿意身体力行，成为环保生态守护者，她的作品也就有价值了。

追寻自然，反思自我：追踪汤姆·布朗

现代人生活中，总有许多违反自然的奇特景象。人们不断远离自然，又投入无数金钱与精力企图靠近它；在大自然中优闲地生活，被夸大成豪华享受。人们追求进步生活的同时，却拥有充裕的物质和空乏的心灵。因此在自然家园破败之际，人的内心仍希望通过保持自然性，建立安全感及归属感。

这种现象十分荒谬，人类原本就与自然休戚与共，却在文明进步的同时逐渐疏远、大肆破坏，之后又制造出各式各样的"假性自然"，假装与自然仍旧紧密相连。我们过着与自然及他人都疏离的生活，无视于外在环境的颓败，也不企图保护改善，只想用重金买到处于"自然"之中的安全感；种种不协调的现象是现代生活的剪影，也是造成心灵空洞的原因。

20世纪50年代出生的汤姆·布朗二世（Tom Brown, Jr.），是美国最受赞扬的户外生活家、追踪者、教师和作家。他八岁时在河边寻找化石，无意间遇见潜近狼（Stalking Wolf）。这位八十三岁的印第安灵医看他拿起"会说话的石头"，就知道此男孩为他的传人，因此开始教导汤姆追踪技巧、野外求生知识与自然感知能力。汤姆尊称他为祖父，与他亲生孙子瑞克为友，并以白人身份继承印第安阿帕契族传统，展开他至今将近半个世纪的学习生涯，以及与自然共存的追踪人生。

汤姆十七岁时潜近狼过世，在经历最终试炼后，继承潜近狼传承的印第安文化。他在以后十年遍访北美大陆各地，实践潜近狼教导的技巧，并在与自然独处中追寻自我。

其后他返回文明世界，企图提供所学所长，但一无所获，因此感到失落与困惑。直到一警长请他协助寻找失踪人口，他才找到自己的憧憬及定位！之后几年里，汤姆因为屡屡成功协助寻找失踪人口和逃犯，获得"追踪师"的美誉。他也与许多

执法机关合作，追寻被胁持的儿童、迷路的猎人、登山者和逃犯等，足迹遍布美国境内与世界各地。

大约三十年前，他将自身经验撰写成《追踪师》一书，并成立"追踪师学校"，不仅教导人们野外知识与追踪技巧，还带领群众体会大自然蕴藏的人生哲学，从中反观个人的生命样貌。

追踪师三部曲

"追踪师"系列三部曲以大自然为生活背景，用写实精致的散文笔触，道出他从童年跟随潜近狼学习到成年，后决定出走，终至找到自我定位、价值与人生方向的特殊历程。

首部曲《松林少年的追寻》（*The Search*）叙述祖父在最后的人生岁月里，将一生学习的知识技能及阿帕契族流传千年的文化精髓，全部传授给汤姆，由他继续将其发扬光大，广为传授，并运用在现代社会中。

此书记录汤姆十八岁以后独自展开追寻之旅，以及遍访荒野时的内心转折。旅行是成长的方式之一，借由汤姆习自潜近狼的阿帕契族人生哲理，加上他内心不时响起的自我对话及独白，读者在观看的同时，也觅得一条通往灵性自然世界的美丽途径。

《追踪师的足迹》（*The Tracker*）则是他八至十八岁的故事。书中记载的二十一个追踪故事里，汤姆和瑞克一同接受潜近狼的训练，接受古老印第安文化的智慧洗礼——除了进行犹如印第安战士的体力训练外，也学会观察及辨识足迹、安静潜行、克服寒冷、保持间歇性注意力与警觉，还得在黑暗中以触觉追踪、行进间不留下任何足迹等技术。

一个故事诉说一项追踪技巧，透过历险游戏，读者看到他们从孩子长成大人，长成勇敢无畏的男人；从学徒变成见习生，最后成为追踪师的蜕变过程。

《草原狼导师》（*Grandfather*）是最后一部。汤姆分享最钟爱的大地导师——潜近狼的故事,关于二十年的药灵师学习、六十三年流浪美洲的经历的十三则生命故事。在字里行间看到小男孩对祖父伟大事迹的孺慕之情,也看到老人家对孩子的守护及呵护之爱。

潜近狼以自身犹如《一千零一夜》般的真实故事代替教诲,以问题回答问题,给予印第安草原狼式教导,让学习变得刺激。此种方式不但激起汤姆的求知欲,更让他学会如何领悟问题的奥秘。每段故事都寓含灵性意义,例如从祖父和白人成为朋友、遇见神父的事迹,破解汤姆对于自己是白人及基督信仰的迷惘与冲突;从如何和酷热与寒冷相处,诱使汤姆勤于学习生命之道。每个故事都是人生的伟大洞见,并与我们内在永恒的灵魂对话。

传奇人生百般历练

作者在松林的冒险中,除了面对自己成长的困惑,还以他敏锐的双眼细看人类与自然的互动。他的书写扭转了主人公以自我为中心的既定模式。在真实经验中,读者仿佛是松林少年,潜入自己的内心荒原,体会内在与外在最原始的连结。

外在环境影响人的内心,追踪师孤独处境引发众多深层的哲思,并以融合多元文化的成长背景,外加旅途中的历险与思索,对于松林少年如何处理困惑,如何在自然中学习,让人产生想要一探究竟的好奇心。《追踪师》呈现的经验,亦能增进读者的模拟能力与想象力。

汤姆一生历经了艰难的试炼、冲突以及与死亡搏斗。在历程中,他不断打散原有的认知框架,重组对世界的看法。他的追踪学习经历实现了青少年对冒险的想象,与周遭的互动也引发青少年对自我与他人的环顾,在自然中的潜行姿态更给予现代人深层的映照。他寻得自己,建构完整的内在世界,也给予青少年最好的成长替代经验,并为我们展现充实心灵的美好愿景。

探索之旅寻找幸福

除了呈现少年走入自然的成长与回归，《追踪师》也让读者看到人类自然观的转变：整体态势是人往低处走，自然的地位渐渐升高，最后两者交会在同一条水平线上——人类终于了解，若要融入自然，就必须学会放下与缩小自我中心主义。以万物为师，自然中的物种是敌人更是友伴，甚至像智者一样透露出值得学习之处。人类唯有融入、倾听、学习，才能在每个生命交会点上获得成长与启蒙。

"自然"在此作品中呈现双重母性，残酷地掌握了生存主控权并适时反扑，却也十分脆弱，亟需人类维护。自然的真实面貌并非威胁生命的洪水猛兽，它喂养了人类的梦想，也是我们最终都会回归的家园。珍视自然并学习永续经营，自然才能与人类共依共存。不背离最原始的大地母亲，人类才会对自己的存在感到庆幸。

追踪师走向自然，花费半生找到自己，也希望读者找到回归母亲怀抱的途径，在生命的旅程中不至于迷失自己。松林少年传递的是在熙攘的现代生活中寻找幸福的钥匙。走入自然，人们才能获得安适，像回归到当初远离的家，让自然母亲抚慰、教导，反射心灵的盲点。

松林小径追踪性灵

这三部曲叙述了汤姆与自然疏离、与他人隔离的种种遭遇，经历了天真者、孤儿与追寻者的阶段，最终成为战士和照顾者的过程。

作为一个少年，汤姆追寻自我、勇往直前，获得丰美的人生经历。他听从生命的召唤，选择走上"未行之路"，一切将有所不同。愿青少年面对自我追寻时也能像他一样坚定，将坦途留给另一天，期待荒野小径为生命带来惊喜。作为一个猎人，汤姆温柔谦卑，往内心寻觅自我的缺陷，将自己与其他生命互动连结；向外秉持与万物和谐相处的信念。

　　追踪师给予的是印第安式的神话思维，教导我们摆脱理性逻辑的思考与分析，感同身受地体会周遭一切，所行之路皆有生命的蕴含与趣味。

　　全球的环境危机迫使人类重新检讨自己看待其他生物的想法和作为，松林少年教给现代人古老的生存之道，指向人类最渴望回归的乡土。在阅读与沉思之间，读者可以跨越鸿沟，对于个人生命灵境的追寻，也能有所依循。

橡树矮人传奇

　　英国诗人布莱克（William Blake, 1757–1827）在他的名诗《纯洁之兆示》（*Auguries of Innocence*）里曾说："在一粒沙子中看到一个世界（To see a world in a grain of sand）。"这句话一点也不夸张，因为法国新锐作家蒂莫泰·德·丰拜勒（Timothee de Fombelle）创作的《橡树上的逃亡》（*TobieLolnes*）一、二部（包括《逃离之路》及《秘密生存》），在一棵橡树里塑造一个迷你星球，而无数个身高不到两毫米高的"树人"就生活在这棵树中。只是橡树里这样微型的小小矮人，可能得借由显微镜才能看到他们活动营生的模样。

橡树男孩大冒险

　　橡树世界是十二岁男孩托比的生活空间。在这里，每根枝干都是一座微型市镇，许多小房子坐落其中，住有无数居民。对树上居民来说，橡树就是他们的一切，他们在附近的树枝工作、游玩、生活。但表面上如此平静的社会，却暗藏许多变数与危机。

　　正如现实世界的我们总是忽视自己如何摧残生存空间一样，这些住在高耸橡树里的微型人，也没觉察到橡树是有生命的！随着文明的发展与成熟，微型人认为自己已发现了一种取之不尽的新能源，可供应生活所需燃料。

但托比的爸爸桑·罗尔奈斯教授却发现，橡树是活的，取用所有的树液会毁了橡树与树人建立的文明。为了保护生态环境和避免过度开发，他拒绝公开撷取能源的技术，结果全家被流放到荒凉的大树底层。

后来，罗尔奈斯一家甚至入狱、被审判、等待死刑，只有托比在全家被逮捕的刹那，领悟到爸爸的话，侥倖逃脱。整个故事便是托比的逃亡及奋斗史——故事一开始，托比便走上逃亡之路，悬念不断；接着透过插叙、倒叙，使读者能够回溯、拼贴，串连起整个故事，领略托比冒险救人的滋味。逃亡期间，他三餐不继，滴水难寻，浑身是伤；张目四望，前面是险阻崎岖的道路，后面有无数追兵，但他从不退缩、绝望。他只有一个信念：一定要活下去，救出父母，证明全家人是清白的！

尽管大环境不利于托比（例如藏匿在被冰雪封困的洞穴，依靠角落不断繁殖的霉菌填饱肚子），而且随时有被信赖的人出卖的危险，但他的信念从未动摇。而这场从树梢到树根的大逃亡，也成为他的成年仪式。经过一连串惊天动地的历险旅程后，托比终于成长为勇敢、聪明、果断、有所坚持和爱恨分明的男孩。

在角色刻画方面，作者用细腻的笔触勾勒出托比、桑·罗尔奈斯教授等人的喜怒哀乐；而歹角的描绘趋近于卡通人物，举止笨拙、言语疯癫，常使读者会心一笑。但这是托比的故事，他是所有角色中最重要的。

托比是个让人佩服的小英雄，他没有魔法相助，也不会特异功能，凭着真爱和信念闯天涯。在历险过程中，托比并没有主动接受召唤；实际上，他是被迫走上历险这条路。他毫无"天将降大任于斯人也"的感觉，只是一心一意想救出家人，因此心甘情愿地承受种种折磨与酷验。他不但要面对追捕者的追逐与陷害，还得小心周遭天气的变化。他一路走来格外辛苦，但借由不同凡响的毅力与耐力，他终于获得启蒙并完成心中大愿，回归之路变得顺畅无阻。

环保意识藏其中

尽管作者强调《橡树上的逃亡》最重要的部分是冒险及情感铺陈，但年龄稍长又关心环境问题的人，最先提到的往往还是它隐含的生态概念，其他传播媒体所关切的亦如是。

美国前副总统戈尔（Albert Arnold Gore, Jr.）拍过《不愿面对的真相》（*An Inconvenient Truth*）纪录片，主题是关于全球变暖，讲述气温日益上升造成北极融冰，许多威力强大的台风频发，干燥的土地影响农作物收成，还有原本只在赤道地区出现的疾病往南北蔓延等多种问题，这些都对人类的生存带来新的危机。

近来，擅长拍摄飙车影片的法国著名导演卢贝松（Luc Besson），也制作《抢救地球》（*HOME Environmental Documentary*）纪录片。透过镜头，我们可以看到地球的美丽风貌及现在面临的问题，像地球变暖、水资源不均以及因为人类过度享受让资源面临短缺，甚至影响地球存亡。

与前述两部影片相比，读者会发现《橡树上的逃亡》触及的生态部分，并不那样直接、明显。原因有二：一是《橡树上的逃亡》出版年代较早（2001年），当时世人的生态环保意识不像现今这般敏锐；另外，作者虽然从小接触大自然，但撰写这部作品时，只想要用他喜爱的树为背景，创造一个脱离现实的世界。

但丰拜勒也慢慢了解，他虚构的橡树国度其实跟现实世界一样脆弱，心中充满了对人类世界及生态环境的忧虑和期待。因此，书中的奇幻现象并不多，勉强算来，只有橡树的微型世界及活动其上的微型人，其他的情节铺陈与冲突安排，就跟一般的写实作品没两样——原来作者是用微型国度来映照现实世界！

从陆地到海上

莫厄特（Farley Mowat, 1921–2014）是世上读者最多的加拿大文学家之一。长达半个世纪的写作生涯中，他写了三十余部、五十二种语言版本的作品。《与狼共度》（*Never Cry Wolf*）、《鹿之民》（*People of the Deer*）、《屠海》（*Sea of Slaughter*）、《被捕杀的困鲸》（*A Whale for the Killing*）等作品深受读者喜爱，继承和发扬了加拿大动物故事的传统。强烈的忧患意识使他的作品推陈出新，卓然不群，在加拿大文坛和世界文坛上独树一帜。

第二次世界大战后，加拿大政府派他到北部冻原地带考察狼群与驯鹿大量减少之间的关系，目的是为大规模屠杀狼获取证据和理由。他用近两年的时间在冰天雪地里与狼共存，摸清狼群习性，得出了是人类而非狼群造成驯鹿数量骤减的结论，同时写成著名的《与狼共度》。这本书引起了全世界的关注，扭转人们长期以来对狼的错误看法，在表现人、动物、环境的关系中，突破以人类为中心的沙文主义，克服传统行为惯性，批判人类在开发自然的过程中的霸主态度和殖民行为。它使读者在激动喜悦和增进知识的过程中，自然而然地步入迷人的动物王国。他笔下的狼不再是人类主观意念的定形类型，而是超越假说和偏见的鲜灵生命：它们的理性超过动物本性，它们的社会行为高于本能行为。它们情感丰富，不需要人类画蛇添足地注入世俗情感。莫厄特感叹："狼使我认识了它们，也使我认识了自己。"这是具有普遍意义的人类自省反思的一种声音。

《屠海》谴责人类在北大西洋上对海洋生物的灭绝性掠夺。1765 年，有一百二十多条新英格兰捕鲸船在外海捕鲸。他们捕杀抹香鲸、座头鲸还有黑色露脊鲸，且捕杀数量惊人。他们在南大西洋、南北太平洋和印度洋巡猎，无所不至。1804 年至 1807 年，他们共捕杀了二十多万头鲸。1851 年前后，整个资本主义世界血腥疯狂地征服海洋、围剿海洋生物，仅五十多年时间里，黑色露脊鲸几乎灭绝。按照作者考证，捕鲸人开始在外海捕杀抹香鲸后，新英格兰人变成真正的捕鲸者。依据分析，欧洲人首次到达北美大陆时，仅北大西洋中就有十五万头格陵兰鲸，巴斯克人、英格兰人、苏格兰人、荷兰人、德国人以及美国人，在百余年内造成了格陵兰鲸的灭绝。1847年前后，美国人成了捕鲸业后来居上的霸主，拥有三倍于欧洲的捕鲸船，多达七百艘，从事捕鲸的人超过两万，仅用五十年时间，就灭绝了太平洋中的弓头鲸。鲸鱼的脑、鬚、齿被视为昂贵的商品，成为资本和利润追逐的目标。

莫厄特对人与动物乃至人与整个自然的关系进行了深入思考，作品充满浓烈的生态意识。科学技术把人从愚昧中引导出来，推动人类社会发展，并为人类创造巨大的物质财富，但同时，它的每一次胜利都带来难以预料的后果，恶化人的生存环境，最后甚至可能把人类引向毁灭。他同时对现代科技文明与发展模式提出了质疑与批判。《鹿之民》表现北极原住民因纽特人的传统文化和生活方式被现代文明击溃的悲剧，提供了一则令人悲痛的实例。处于原始部落文化阶段的土著人，历代与野生动物相依而生，随自然之灵保持着同生共存的和谐生态。在掠夺性贸易的驱动下，由于现代武器和捕猎技术的输入，猎物和捕猎的限制被打破，造成物种种类和数量急剧下降，生态系统失去往昔的平衡，结果土著人失去生存基础，一个部族在大约半个世纪的岁月流逝中，人口从二千人减少至四十人。鹿之民的名誉原来包含的人与自然的和谐以及他们特定的文化，现在正从这个地球上消失。科学技术的重大突破常常违背发明与创造者的初衷，成为对付人类自身、威胁其生存的一种力量。《鹿之民》的悲剧意义在于，动物的厄运预示着人类自身的厄运，人类应该从中汲取教训。

他的动物故事的思想内涵是：通过描写动物的生活来表达

对人类的关心，宣导平等地对待所有的生命成员，强调整体、关注未来、追求和谐。他把源远流长的动物故事题裁与关于整个人类命运的思考联系起来，使传统的民族艺术形式在与当代的环境文学的接轨中大放异彩，这是他对当代加拿大文学的宝贵贡献，也是他在世界上受到读者普遍欢迎的原因之一。

他考察偏远地带的居民抛弃传统生活方式转入现代都市生活方式的利弊，反思传统与现代、生态与发展的矛盾，以期寻找到一种与自然和谐相处的当代生活和发展模式。《海下面这块礁石》（*This Rock Within the Sea*）《被捕杀的困鲸》《海湾的精神》（*Bay of Spirits*）等是这类作品的代表。

《被捕杀的困鲸》以写实的手法讲述了一头困鲸的悲惨遭遇，表达了作者对野生动物的同情以及对冷酷围观者的憎恶。小说中蕴含了丰富的生态哲学思想，在生态环境日益恶化的今天引发读者深刻的反思。

细读后的反思

细读这几册佳作后，读者会赫然发现，它们并非裹上糖衣的作品。但话说回来，十一二岁孩子的生活也不是餐餐都像野餐般美妙。这些作品都是有关成长、爱与友情的故事，同时也充满背叛、环境寓言与社会批判，人性的善恶并存，也都是情节动人、思想深刻的好书！

就文学的"提供乐趣""增进了解"和"获得资讯"三种功能来说，这几册作品做得最成功的是"获得资讯"，其次是"增进了解"，一般读者觉得最重要的"提供乐趣"摆在最后。给青少年阅读的文学作品一直强调乐趣第一，认为文学作品应以欣赏或调剂身心为主。对于具备像海绵吸水般求知能力的青少年来说，如果他（她）们想在这个强调科际整合的复杂世界中争得一席之地，偶尔读一些以"获得资讯"挂帅的书籍也是必需的。细细品味这几本书，读者照样可以读出味道来。不要忘记这四位作者都是杰出的作家，作品对于人性的刻画、景色的描述、情节的铺陈与高潮的设计，都令人叹服。

四百多年前，英国诗人约翰·多恩（John Donne, 1572-1631）在《丧钟为谁而鸣》一诗中便说："没有人是自成一体、与世隔绝的孤岛，每一个人都是广袤大陆的一部份。如果海浪冲掉了一块岩石，欧洲就减少。如同一个海岬失掉一角，如同你的朋友或者你自己的领地失掉一块……"当年这位诗人生活空间局限于欧洲，但已有人与人必须相惜的观念。用现代语来转换，这位先知已有地球村的想法。验证于当代，地球上任何一个角落，只要发生任何灾难，不论大小，人人都会受到不同程度的影响，战争、飓风、水灾、空中攻击等例子是最好的说明。破坏自然生态其实比前述的灾害更为严重，因为它的破坏力往往会延伸好几代，并蔓延到整个地球。四十多年前，雷切儿·卡森（Rachel Louise Carson, 1907-1964）在《寂静的春天》（Silent Spring）中，警告我们不要滥用杀虫剂；珍·克瑞赫德·乔琪追随她的脚步，写出一系列书，尝试用文学推理手法，把维持生态平衡的观念灌输给我们的下一代；汤姆·布朗二世散播他承继的印第安灵医的追踪技巧、野外求生知识与自然感知能力；丰拜勒运用奇幻想象构思微型社会，倡议环保知识之不可或缺；莫厄特细说人类的无知与海陆动物的悲惨下场，其用心良苦之处值得我们学习。

生态文学所持的生态整体观与大地完整性的主张，即不把人类作为自然界的中心、不把人类的利益作为价值判断的终极尺度，并不意味着生态文学蔑视人类。恰恰相反，生态的整体利益是人类的根本利益和最高价值。生态文学已经对人的言论、行为、价值观和思维方式产生了重要的影响。人类只有放弃或者矫正一些不当的行为，不把自己作为自然的中心，才有可能逐渐远离生态危机。我深信人类不仅有能力创造出高度的物质文明和技术文明，更应该有能力创造出面向未来的生态文明。

少年小说中的"他者"

——以纽伯瑞奖得奖作品为例

"弱者，你的名字是他者"

17世纪英国大文豪莎士比亚在他的著名剧作《哈姆雷特》（*Hamlet*）中，曾有一句名言："弱者，你的名字是女人！"（Frailty, thy name is woman!）检视18世纪以来的殖民现象，把这句名言改为"弱者，你的名字是他者！"也不为过。细读多部描绘美国移民生活的少年小说后加以对照，会发现这句话一点也不假。

就西方后殖民理论而言，西方人往往被称为主体性的"自我"（self），殖民地的人民则被称为"他者"（the other）。"他者"和"自我"是一对相对的概念，以"自我"自居的西方人将非西方的世界视为"他者"，把两者截然对立起来。所以，"他者"的概念实际上隐含着以西方为中心的意识形态，旨在为东西建立一个明显的分野，从而突出西方文化的优越性。广泛地说，"他者"就是一个与主体既有区别又有联系的参照，比如白人以黑人为"他者"，那样得出的结论，白人必然是文明的、聪明的、先进的、高雅的。经由选择和确立的"他者"，在一定程度上可以更好地确定和认识"自我"。

在论及"他者"的纽伯瑞奖少年小说中，"他者"与"自我"的对比首先来自肤色。白人在新大陆站稳脚步后，开始以主人自居，当年"五月花"号（the Mayflower）上的祖先曾经获得原住民印第安人的协助，但在寒冬中免于挨饿冻死的往事早已被抛于脑后，不复记忆。似乎有色人种注定要扮演"他者"的角色，永远无法翻身，难怪身穿白袍的精神科黑人医师弗兰兹·法农（Frantz Fanon）感慨万千。他的《黑皮肤，白面具》（*Black Skin, White Masks*）发表于 1952 年，而爱德华·萨义德（Edward Wadie Said）的《东方主义》（*Orientalism*）则于1978 年出版，这两本论及"他者"的专著问世相隔二十六年，但后者的"他者"已经不全然是肤色问题，殖民地域与国力强弱的差异形成另外的变量。

1776 年 7 月 4 日，由杰斐逊（Thomas Jefferson）负责起草的《独立宣言》（*Declaration of Independence*）中，有句千古不朽的名句："人人生而平等。"（All men are created equal.）但二百多年来，美国的种族纠纷仍然不断，这句名言所宣扬的理想，并未完全实现。

美国是一个由来自世界各地不同种族组成的移民国家，但有色人种始终处于卑微的地位，不同肤色的移民故事便是最好的见证。近年来，少数移民作者的细腻刻画，展现出百年来在美国讨生活的移民们面对的种种困境，这些深刻的感受便成为他们追求族群平等与社会正义的呐喊，这种逐渐累积的共识与延伸则形成了一股无法抗拒的力量。尽管这股力量的前进步伐缓慢沉重，但只要开始迈步，总有改善的可能。下面简介纽伯瑞奖，并列举几部得奖作品来说明"他者"现象。

近百岁的纽伯瑞奖

1921 年，美国图书馆协会（ALA）依据梅尔契尔（Frederic Melcher）的建议，创立了纽伯瑞奖，每年由该协会颁奖给前一年最杰出的童书和作者，作者限定为美国籍。这项奖项是为了纪念 18 世纪热心儿童读物发展的英国出版商兼书商纽伯瑞（John Newbery）而设立的，它是全世界的第一项儿童文学奖项。

得奖作品仍以文学性、艺术性为主，为了适合青少年阅读，再加上趣味性。至今得奖作品最多的是小说，主题呈现多元现象，例如谈死亡与亲情的《想念梅姨》（*Missing May*），谈纳粹统治时代犹太后裔的逃亡故事《数星星》（*Number the Stars*）与《楼上的房间》（*The Upstairs Room*），谈少男少女的奇特情感的《通往泰瑞西亚的桥》（*Bridge to Terabithia*），谈种族问题的《海狸的记号》（*The Sign of the Beaver*），谈人与动物的互动的《狼群中的朱莉》（*Julie of the Wolves*），描写祖孙之情的《背井离乡的 365 天》（*A Year Down Yonder*）。

上述作品都是写实的，但纽伯瑞奖也容许奇幻与科幻，像《时代广场的蟋蟀》（*The Cricket in Times Square*），谈科幻时代中亲情转变的《时间的皱纹》（*A Wrinkle in Time*），谈乌托邦的《记忆受领员》（*The Giver*），以怪诞手法书写的《坟场之书》（*The Graveyard Book*），以魔幻写实展现的《木屋下的守护者》（*The Underneath*），给小读者开了另一扇窗。

海峡两岸的少儿出版社相当重视这项奖项，中译本至今已超过两百册，对鼓励少儿阅读贡献不少。

作家如何诠释"他者"

细读纽伯瑞奖九十多年来的得奖作品，会发现这项奖项的多元性。首先，虽然限制得奖作者必须为美国人，但其中不少为移民后裔，于是我们在白人作家斯皮尔（Elizabeth George Speare）的《海狸的记号》中，读到白人如何企图改变印第安人历史、杀害印第安人、掠夺印第安人土地与猎物的部分描述。紧接着我们又在非裔女作家泰勒（Mildred Taylor）《黑色棉花田》（*Roll of Thunder, Hear My Cry*）中看到白人如何以不正当的手法对待黑人。随后又有来自亚洲的黄种移民，在华裔叶祥添（Laurence Yep）的《龙翼》（*Dragonwings*）和《龙门》

（*Dragon's Gate*）、日裔角畑（Cynthia Kadohata）的《亮晶晶》
（*Kira-Kira*）与越裔赖昙荷（Thanhha Lai）的《天翻地覆的
1975》（*Inside Out & Back Again*）里，在他乡异地落户，领略
不同程度的严酷考验，有说不完的悲惨故事。

这些作品都涉及"他者"角色的扮演。弱势的有色人种扮
演"他者"似乎是天经地义，因为在这个所谓"人生而平等"
的移民国度里，对"非我族类"的种族歧视和经济能力往往可
以决定社会地位。有趣的是，两次世界大战期间，也有部分白
人担任弱势的"他者"，这种现象确实验证了"弱者，你的名
字是他者"这句转化自莎士比亚名句的论断的真实性。

《海狸的记号》的白人作者斯皮尔为印第安人代言。由于
书中提到《鲁滨孙漂流记》这本名著，自然会涉及鲁滨孙与星
期五之间的主仆关系，谁是"他者"不说自明。书中主角麦特
一个人苦守与父亲合建的小木屋，有点类似遭遇海难、孤居荒
岛的鲁滨孙。但麦特绝对无意扮演鲁滨孙的角色，他也不敢把
印第安男孩阿汀当成星期五。两人的碰触纯属巧合，一种鲁滨
孙神话幻灭的见证。救了麦特的阿汀祖父沙克尼并没忘记白人
杀害族人与家人、霸占祖先土地这些事，然而他们一再忍让，
祖孙二人甚至联手救了麦特一命。他们的宽宏大量应该让白人
汗颜羞愧。

17、18 世纪，许多黑人在西非被绑架，卖入美国当奴隶。
19 世纪南北战争后，他们始获自由，但在社会经济地位上，
始终不如白人。直到 20 世纪中叶如火如荼般的民权运动后，黑、
白两族的平等地位才得到确定。《黑色棉花田》所描写的，就
是 20 世纪 30 年代经济不景气时，密西西比州黑人反抗白人长
期欺压的故事。整本书由一连串的抗争组合而成，描述黑人除
了长期受到欺辱与歧视外，更被白人以残忍手段对待：在黑人
身上涂满焦油、插上鸡毛，甚至倒上煤油，然后点火。此外，
白人还觊觎故事主角——卡西的祖父辛苦工作所购得的四百亩

土地，欺压动作不断。然而，苦难中的长辈不忘随时给孩子机会教育，让他们了解偏见与歧视对人的残酷伤害，更使他们继承了骄傲、自尊与威严！

清末，许多大陆沿海地区的华人历尽艰辛，远赴美国以求温饱，却因为肤色不同而遭受歧视。叶添祥是美裔华人，他的少年小说题材重心在于追溯及探讨早期到西部的中国移民的生活。他细心整理清末中国人移民至美国的悲惨经历，为祖先立传。他爬梳各类相关资料，融合自己的想象，刻画华裔侨民的辛酸与苦难，借《龙翼》中的父亲乘风和八岁孩子月影在旧金山的生活，描绘当年中国移民在他乡讨生活的种种困境。通过作者的叙述，读者可看到美国移民生活的种种：肤色和语言能力限制了工作范围；帮派的形成与吸食鸦片的恶习更促使当地白人歧视华人；在唐人街讨生活的华人常被白人赶来赶去，生活十分不如意。读者在阅读中必定能体会有色人种在白人社会中讨生活的种种辛酸之处。

另一本作品《龙门》讲述一个深远而感人的异乡客居故事。19世纪末，华人参与美国铁路兴建工程的悲欢离合是本篇的背景。主角癞皮目睹华人奴工的悲惨遭遇，又觉得中国人无法团结，本想参加炸雪的危险工作后便一走了之。但舅舅为保护他牺牲了生命，使他不得不扛起重担。在种族歧视与同族互相排挤之下，从逃避恐惧到勇敢面对恐惧、努力克服恐惧，主角性格的刚毅及心路历程的转折，为青少年做了很好的示范。

第二次世界大战期间，珍珠港事变后，美国被迫正式参战。当局怀疑日裔美籍人的忠贞程度，曾下令日裔美籍人只能生活在特定地区，限制其行动。这个举动涉及种族歧视问题。《亮晶晶》日裔作者角畑出生于第二次世界大战结束后六年，但她在20世纪五六十年代的遭遇，从她书中的描绘来看，改善的空间并不大。

表面看来，《亮晶晶》是一本日裔美籍人的奋斗故事，但实际上，它可以说代表了全部有色人种移居美国后实际生活的写照。在一座总共只有三十一个日本人的小镇上生活，叙述者凯蒂深刻体认有色人种的卑微与悲哀。接二连三发生的事情，都在描述日裔美籍人如何在残酷现实中努力存活的经过。我们看到南方小镇对外来有色移民的排斥举动，也看到日裔美籍人寄人篱下，忍气吞声只为求三餐温饱的无奈。

《天翻地覆的1975》以越战为故事背景，第一部"西贡"与第二部"海上生活"是这本半自传式小说的引言，因为如何在美国安居下来才是大难题、大考验。表面上，当他们到了美国，事情似乎有了转机，但他们必须学会一种新语言，应付一切不同的文化，而周遭的眼光时而敌视、时而慷慨。他们十分努力地去融入新环境、新文化，经历不同层次的考验与挫折。主角依然只是个孩子，却也必须学会去处理她的愤怒、顽固和对学校霸凌者的畏惧。她的非白非黑的肤色受到同学的辱骂、追逐与嘲笑。她深刻体会到陌生人在陌生大地上的孤独与无助。然而哥哥们知道他们没有退路，在善良的少数邻居的协助下，终于赢得自己应有的空间。

亚裔美籍作家得纽伯瑞奖的小说作品还有韩裔的琳达·苏·帕克（Linda Sue Park）的《碎瓷片》（*A Single Shard*）和台湾人林佩思（Grace Lin）的《月夜仙踪》（*Where the Mountain Meets the Moon*）。《碎瓷片》和《月夜仙踪》是东方故国文化的传递。他们的遭遇都和原生的民族性格以及新生的现实交融有绝对关系。

白人也是"他者"

在纽伯瑞奖少年小说中，弱势的有色人种扮演"他者"似乎是天经地义。然而惨遭歧视与排斥并非有色人种的"专利"，在特殊氛围下，就算是白人，有时也难逃被迫害的命运；特别是在两次世界大战期间，这种现象一再出现在美国社会。两次世界大战期间，德、意、日是美国的强敌。尽管这三国的移民已在美国生活多年，也向美国政府宣誓效忠，但基于不被信赖的地位，他们的后裔在战争期间仍吃尽苦头。有的失去人身自由，只能居住于某一特定地区，更没有迁居、旅游的自由；有的失去言论自由，不可随意批评时政；有的则被剥夺阅听自由，禁止阅读某些报纸杂志或任意听取广播——他们都在"白色恐怖"下过日子。具有这三国血统的后裔，成为"敌国侨民"。即使白种移民，也会因祖国选择不同阵营，就得跟着遭殃，例如德、意两国移民虽是白人，在两次世界大战中同样面临歧视与欺辱，《海蒂的天空》（*Hattie Big Sky*）和《幸运小铜板》（*Penny from Heaven*）就是最好的说明。这种部分白人担任弱势"他者"的现象确实验证了"弱者，你的名字是他者"这句转化自莎士比亚名句话的真实性。

在《海蒂的天空》中，十六岁的海蒂长年寄人篱下，看人脸色，她感到十分厌倦。因此，一听到从未见面的查斯特舅舅在蒙大拿留下大片土地等她继承，再加上赫特叔叔的鼓励，她便决心去找寻属于自己的家。在全然陌生的土地上建立一个新家，对正值青春年华的海蒂来说，是一项挑战性十分高的工作。幸好有德裔朋友卡尔·慕勒一家人的帮忙与几位善心人士的鼓励，使她有力气继续苦撑下去。除了冰雹、旱灾、大风雪等天灾外，她还得应付不定时发生的"排德"人祸。原来，当地部分与三K党持同样理念的反德人士，四处放火惹祸，并做出口头威胁，连德裔法官也难逃劫数。海蒂勉强苦撑了一年，最后不得不放弃。她的失败不全然是天灾造成，种族歧视也是主因之一。

《幸运小铜板》的主角——小铜板（芭芭拉），她的意大利裔爸爸因为拥有短波收音机被捕，死于狱中，这是她妈妈（纯种美国人）最大的悲痛，妈妈从此不愿再碰触过去的伤心往事。

但即将满十二岁的小铜板，却想要深入了解这段往事，因为它涉及自己最喜爱的叔叔多米尼克——她想知道他为什么自暴自弃地过日子。故事结尾时，小铜板终于从吉娜婶婶口中得知父亲的真正死因——他是荒诞年代的不幸牺牲者。

细读这些作品后，我们发现，作家关怀的并非某一特定族群，而是就史实的进程，让每一个在美洲大陆上曾受到歧视的族群都有机会表达自己受到的非人待遇。这些作品也是某种形式的抗议文学。

文字宣扬话语权

小说书写其实就是一种话语权（right of speech; power of discourse）的释放与诠释。话语权就是说话权、发言权，亦即说话和发言的资格和权力，往往同人们争取经济、政治、文化、社会地位和权益的话语表达密切相关。

随着人们对话语功能和本质的认识越来越深化，对话语权作用的认识也越来越深化。意大利共产党早期领导人葛兰西（Antonio Gramsci）倡导工人阶级可以通过夺取资产阶级的文化领导权（cultural hegemony），即话语权，来瓦解资产阶级的集体意志，从而为最终夺取资产阶级政治权力创造历史条件。法国哲学家福柯（Michel Foucaut）认为话语就是人们斗争的手段和目的。话语是权力，人通过话语赋予自己以权力。他认为话语不仅仅是思维符号，是交际工具，而且既是"手段"，也是"目的"，并能直接体现为"权力"。

出生在加勒比海马丁尼克岛的法农后来在法国完成学业，全用法文写作；扎伊尔德在耶路撒冷出生，但他在美国完成学业，著作以英文为主；倡导生态正义的印第安女作家霍根（Linda Hogan）的主要作品全用英文书写。他们三人的写作经历告诉我们，作品要有影响力，就必须使用世界当代的强势语言书写，这等于拥有一种无法抗拒的话语权，才能宣扬自己的理念，作品的影响力才能从自身延伸到想影响的人身上，包括敌人在内。

从上面分析的作品里，我们多少可以了解一二，甚至《海狸的记号》的沙克尼和阿汀祖孙二人也有这种体认。白人男孩麦特决定把唯一拥有的书《鲁滨孙漂流记》送给沙克尼祖孙，没想到沙克尼却要求阿汀把猎获的鸟和兔子送给麦特，来交换麦特教阿汀认识"白人的符号"，理由是印第安酋长看不懂白人符号，交易不公平，白人常轻而易举地占了印第安人的土地。沙克尼深刻体会文字的重要性，便强迫阿汀跟麦特学识字。他所关注的只是眼前土地买卖的问题而已，但如果深一层思考，印第安人不识白人文字，则白人可全由自己立场出发，以白人利益的角度去诠释印第安人的历史，因为没有文字，在历史上往往就失去了发言权。

对于第一代移民来说，获得话语权往往是一种"可望不可即"的奢望，只能耐心等待自己的子女完全融入当地社会，语言应用纯熟自如，才有希望争取该有的话语权。书写《龙翼》和《龙门》的作者叶祥添是第三代移民，《亮晶晶》的作者角畑是第二代移民，创作《月夜仙踪》的林佩思也一样。《天翻地覆的1975》的作者是越南难民，但小小年纪就与两位兄长被迫提前融入完全陌生的社会，为了生存，就得认真学习全新的语言。

美国虽然坚称自己是个自由平等的国家，但单凭"人生而平等"的理念并不见得能彻底解决肤色歧视、族群互斥的难题。呼喊族群融合的口号不停地更换，显示其效果并不理想。从"大熔炉"的口号出发演变为"沙拉碗"（不同人种各有特色地展现在同一个沙拉碗里）到所谓的"拼布"比喻（如《海蒂的天空》中，派瑞丽所说："拼布就像交朋友……越是不一样的布，越是不一样的人，放在一起才越美"），美国的族群问题仍然是个有待更进一步探讨与解决的问题。

　　九十多年来，纽伯瑞奖得奖作品将近四百册，每一部作品都是时代记忆的一部分。不分族群，从多元角度出发，关怀的是青少年成长问题。两次世界大战结束后，相当多的不同肤色的族群为了改善生活，纷纷移民美国。不同族群的会集，各有自己的故事。通过检视这些故事中不同种族的青少年，种族歧视问题被摊在阳光下，接受检验。借由这些动人的故事，后辈子孙也可知道先人的艰苦奋斗过程。这些绚丽炫目的作品，通过不同语言的翻译，给全世界青少年以及家长、教师带来阅读的喜悦，同时也因内容的丰富，撞击到实际的人生，在喜悦之余，给予大家省思的机会。

符码的撷取与积淀

——浅谈大陆儿童文学作品在台湾

文字是人类史上最伟大、最重要的发明之一。有了文字，每个种族都可以把自己的文化、历史传承下去；借由文字，不同的族群有了沟通思想的工具，即便得通过翻译的过程。文字在人类生活中扮演的角色分量之重，任何其他媒介不但无法替代，还得仰赖。剧本的书写、旁白的陈述等，都得先经由文字，再转化为画面或表情、动作。人类的进化，文字居功厥伟。

文字往往随着时间而有所变迁，一种文字在同一时间却也因空间的种种限制而有所不同。这些限制包括意识形态、当地方言的影响等。这种现象在半个世纪隔着台湾海峡各自发展的中文上再明显不过了。尽管如此，两岸的中文应用虽有繁简之别，但绝大多数的语意及用法依然相同。因此，交流一旦开放，两岸都得面对同一种文字的些微差别之处。近二十年来，台湾出版了不少大陆作家的作品，给本地作家与读者带来相当程度的冲击。本文将以儿童文学作品的出版现象为讨论重点。

一

大陆"文革"期间与"文革"之前的儿童文学作品差异性并不大，作品的文学性及艺术性大多乏善可陈。刘心武的《班主任》是伤痕文学作品，也被认为是青少年文学作品，虽然它并不全然以青少年读者为主要阅读对象。随着成人文学的开放，大陆的儿童文学也同时进入空前的蓬勃发展期，几乎每一种文类都有非常不错的作品问世。

回顾近二十年大陆儿童文学作品文类的出版情形，可以看出绘本成长相当缓慢，这几年来才开始大跃进，这一点与大陆经济发展有关。同样的，儿童戏剧出版的也不多，主要是因为需求量并不大。大陆儿童文学作品能够渡海赴台的主要集中在少年小说、儿童散文、童话、游记等。这些作品从简体字变成繁体字，从横排改为直排（有些作品依旧维持横排），文字的修饰无法避免，因为长期的隔绝，文字的使用习惯已经有所不同。

二

最早在台湾出版大陆儿童文学作品的出版社应该是"国际少年村"，它在1991年出版了董宏猷的《一百个中国孩子的梦》三册，接着是第二年张之路的两部作品：《第三军团》《霹雳贝贝》。1993年又出版了沈石溪的《老鹿王哈克》《盲童与狗》与《一只猎雕的遭遇》，程玮的《少女的红发卡》也在同一年出版。至于曹文轩的《埋在雪下的小屋》，并不是他在台湾出版的第一本小说，因为《民生报》出版社已经开始了有计划的出书行动了。

"民生报"可以说是出版大陆儿童文学作品最多的台湾出版社。1993年出版了桂文亚小姐主编的《大侠·少年·我——1992年海峡两岸少年小说征文作品集》上下两册后，便开始执行长期的系列出版计划。到2008年5月，它出版的作品已超过一百三十册，包括游记、童话、寓言、散文、小说、戏曲故事、少年诗、诗画集等，这些文类几乎网罗了所有重要的大陆儿童文学作家：张秋生、班马、孙建江、孙幼军、彭懿、张之路、陈丹燕、沈石溪、鲁兵、葛冰、秦文君、曹文轩、乔传藻、吴然、毕淑敏、韦伶、金曾豪、徐鲁、金波、周锐、常新港、梅子涵、冰波、樊发稼、黑鹤、葛竞等。

作家一出名，必定会成为许多出版社邀稿的对象，因此上述的这些作家的其他作品相继在其他出版社出现。沈石溪的动物小说一向深受岛上学生及家长的喜爱，其中《狼王梦》一书销售破万册时，还出了精装本。他的作品在"民生报"出版的就有十五册之多，后来国语日报出版社与幼狮文化公司又先后帮他出了五册与十册动物小说，他的出书量应该是高居第一名的。

另外出版大陆儿童文学作品较多的是小鲁出版社，但它从未出版过沈石溪的作品。除了几个大家熟悉的作家外（例如张秋生、彭懿、张之路、葛冰、金曾豪、曹文轩等），小鲁出版社还发掘了一些我们比较陌生的作家，如朱效文、刘兴诗、金逸铭、武玉桂、刘慧军、谷应、张成新、戎林、王晋康、梅思繁等人，各有风格技巧。小型的绘本也出现在小鲁出版计划里，包括张秋生的"张秋生森林故事集"系列五册以及任溶溶的"小鲁双语图画书"系列五册。最值得一提的是它还出版了"小鲁理论丛书"系列，包括韦苇的《世界童话史》、彭懿的《世界幻想儿童文学导论》以及曹文轩的《读小说》。这三本书对于儿童文学的研究帮助甚大。彭懿的另一本重要著作《图画书——阅读与经典》到了台湾就变成信谊基金出版社的《遇见图画书百年经典》。

三

由于大陆语言人才济济，童书的翻译也多借助大陆译者，在众多的大陆译者中，任溶溶就帮志文出版社译了九本之多，后来小鲁出版社的《木偶奇遇记》、时报文化出版公司的《伟大的小不点》和东方出版社的《看不见的访客》也是他负责翻译的。远流出版社的《骑鹅历险记》的三位译者高子英、李之义与杨永范,《基督山恩仇记》的译者郑克鲁,《一千零一夜》的译者李唯中,《福尔摩斯全集》的译者丁钟华等都是大陆人。东方出版社的少年小说系列一部分借用大陆译者的译文,新苗出版社的"少年阅读馆"系列不少是由大陆匿名译者负责的。就整个台湾现有的少年小说译本而言,大陆译者所占的比例不算高,但古典童话的翻译出版完全仰赖他们。

古典童话由于年代久远,都已成为公版,因此出版情形以"百花齐放、百鸟争鸣"来形容也不为过。不少中小型出版社以不列译者名字的方式出版了不少古典童话。2005年为庆祝安徒生诞生两百年,他的童话全集就有三种不同版本在台湾出版,译者都是大陆名家:远流出版社的《安徒生童话全集》,译者是叶君健;台湾麦克出版社的《安徒生童话全集》,译者为任溶溶;台湾联经出版公司的《安徒生故事全集》,译者是林桦。"民生报"的《安徒生童话选集》,一共四册:《卖火柴的女孩》《国王的新衣》《人鱼公主》《丑小鸭》,则是采用任溶溶的译文;远流出版社《格林童话全集》的译者为徐珞等;卡尔维诺编选的四册《意大利童话》,译者马箭飞等人都是大陆专家学者。这些书都强调全由原文(丹麦文、德文、意大利文)直接翻译。

四

上述在台湾出版的大陆儿童文学作品绝大多数都先在大陆相关单位出版,然后经台湾出版社挑选后,以另一种面貌在台湾出现,但也有部分是直接由台湾出版社负责的,这类作品全是征文比赛的成果。

这些年来,台湾主办的征文比赛吸引不少大陆作家参与。周锐的童话就得过国语日报出版社主办的"牧笛奖"。九歌出版社主办的"九歌现代少儿文学奖"已有十六年历史,不少大陆作家得奖：戎林、陈曙光、冯杰、卢振中、匡立杰、臧保琦、李志伟、饶雪漫、雪涅、孙昱等，其中多人曾数次得奖。得奖作品都由出版社直接出版，具有相当程度的影响力。

五

　　大陆童书作家的作品经过台湾各家出版社的梳理、筛选后再加以撷取，内容文字也有少许更改，适应台湾习惯用法。这些作品在台湾问世，等于给台湾的读者与作家开了另一扇窗子，让他们品尝新的阅读滋味。对于他们来说，优点比缺点多得太多了。作家可以从中借鉴，修补自己的创作缺陷，希望能更上一层楼。作家与读者由于大量的阅读，能深刻体会"天外有天、人上有人"的永恒真理。潜移默化效果的积淀是需要长时间观察的。把大陆作家的作品与译作当成是多元社会的恩赐，或许是增强我们阅读能力的有效工具。

　　　　（原刊于《儿童文学家》第 40 期，2008 年 6 月）

灯下的深思

——我的大陆儿童文学之旅

一

1993 年夏，我一时不慎，中了李潼的"蛊惑"，被卷入青少年文学广阔的空间，开始专注青少年文学的长期教学、研究与推广的工作，其中花在少年小说上的时间最多。我的教学、研究或推广，都涉及导读。从小读杂书，乱七八糟的作品看了不少，其中以小说最多。后来的博士论文、升职论文都是以大陆改革开放后的小说为主要研究文本，也曾写过几篇短篇作品，小说是最爱，转向研究少年小说并不难。但写导读不能嘴巴说说，总得有人邀请才行。

1996 年，桂文亚女士接任"中国海峡两岸儿童文学研究会"理事长，邀我担任秘书长，除了负责开办"少年小说研习班"外，还要我为"民生报"出版的曹文轩短篇小说集《红葫芦》中的两篇写写介绍。一千字左右的稿子并不好写，起头难，后来"读书人"与"开卷"要求我只能以四百字介绍大陆两位作家的作品，更是难上加难。幸好有机会磨炼，感觉愈写愈顺，但也愈写愈长。关于大陆儿童文学导读的撰写对象几乎全是"民生报"出版的，因为"民生报"介绍大陆儿童文学作品最多。后来又加上对幼狮公司的沈石溪作品介绍。

二

　　曹文轩在台湾出版的作品相当多，我前后写了五篇。先是《红葫芦》中的两篇，接着是长篇《山羊不吃天堂草》，我在导读中写道："他没有落入'善恶分明，黑白判然'的俗套，他也没有传达强烈的道德观。他只是尝试描绘一个成长中少年面临种种困境，在徘徊于善恶边缘时，如何做了正确的抉择。"写另一本长篇《草房子》的导读时，我在美国麦迪逊（Madison）做少年小说研究。三月时，窗外仍然飘着细雪，灯下展书读，想象《草房子》的场景，别有一番滋味。我在这部后来拍成影片的杰作中看到了冲突后的人生光明面，也读到了人生死问题的启示。

　　读曹文轩的作品，总觉得是一种压力，一种让你不得不去思考生命深层意义的压力。他笔下的人物多半活在现实压力下，但人的尊严往往使得文中的每个主人公奋力拼搏，为维持基本尊严而奋战。细读之后，我们常常得到这样的启示：人的生命虽脆弱，坚韧不屈的精神所谱成的却是一首可以放声高唱、意气飞扬的抗争之歌。另一本短篇小说集《甜橙树》中的十二篇作品，每篇都可以从这个角度来欣赏。其中亲情加上友情的细腻刻画，苦涩多于甘甜，轻轻触及读者的内心深处。经一番细心咀嚼后，读者终于浅尝到少许的甘甜滋味。

　　曹文轩的作品虽以故事取胜，但他的文字常常是很好的散文，尤其景色的描绘更是精致耐读。然而，他以精湛的文字凸显的意涵，更值得我们细究。他的作品让读者感受到苦儿成长的不易与无奈，触及沉重与幽深的人生内容，又深具历史感，"文革"背景意味特别浓厚。然而，他又心存真善美的信念，栩栩如生地刻画了那些名字十分乡土的淳朴乡人，如何面对艰困生活的挑战，永不屈服，苦苦地与命运搏斗。但作者绝非冷酷无情之人，在每篇令读者不禁泪下的作品结尾处，总会设法留下些微小的希望，让人们期盼与等待。我们大约可揣摩出作者的生命信念：不停的考验使得生命更为圆满。

三

我的导读工作写得较多的另一个作者是沈石溪。许多家台湾出版社都抢着帮他出动物小说，我的导读文字也尽在动物上打转。他的作品主要以动物为主，人为副。他以丰富的想象力勾勒了动物与动物、人与动物之间的永恒纠葛。他除了长期在西双版纳与动物生活，还在马戏团观察两个月，写了《黑熊舞蹈家》和《美女与雄狮》两本书。

沈石溪熟悉动物习性，观察入微、记录翔实。两本书八篇故事写了十一种动物：虎、狮、马、猴、羊、驼、豹、黑熊、狗、象和狼。在他的笔下，这十一种动物已远离丛林或来自动物园，历经马戏团驯兽员不断的威胁和讹诈，已渐失去原有的奔驰和争斗能耐，但兽性依然潜存，如经挑起，必会复发。故事的张力和可读性就在此处。作者细察这些动物的凶恶与柔弱本性，再添加内涵，丰富其故事性，使读者爱不释手。

另一部作品《疯羊血顶儿》叙说的是主角血顶儿灿烂一生的故事。血顶儿把羊角磨成直直的武器去对抗黑母狼。这种与众不同的动作当然会被族里的保守派归为异类，但血顶儿绝不退缩，坚持为母复仇。接连几次有意或无意与黑母狼的正面冲突赢得了族里年轻一辈的赞叹与模仿，也引来了长者的反感与忧心。也因为如此，在头羊绕花鼎的坚持与设计下，族里的众羊纷纷弃它而去，它便死在黑母狼的锐牙下。十分可笑的是，它的牺牲竟然使"羊天生是让狼吃的"这种"食物链"的运作恢复正常。读者不禁会怀疑它悲惨演出的意义与价值何在。类似的故事在人类历史里不断重演。沈石溪的这部杰作为人性的卑劣面再另加一个注释，以"拟人化"方法来反映人性的写作功能。

我也评析过沈石溪的写作告白书《闯入动物世界——我是怎么写作的》。我们发觉，他在写作的前几年，十分同意"人性折射"的说法，但后来有了新的体会："人们写东西一般都是从人的角度去理解动物，即使一些以动物为主角的作品，也是从人的角度去理解动物。但反过来从动物的角度去观察体验人类社会，或许会获得一些新鲜感觉。"于是，他认真研究动物行为学，从中汲取营养，后期作品的叙述方式有了转向，不全然从人的角度去理解动物。这是一种突破。

四

大陆儿童文学作家也有夫妻档的，班马与韦伶就是令人艳羡的一对。我先后帮他们两人的选集写了导读。好玩的是，班马的《野蛮的风》中的九篇短篇写的是男孩，而韦伶的《叶上花树》也是九篇短篇，写的全是女孩，当然会有阳刚或阴柔的感觉。

班马笔下的九个小男生都是孤寂者，其中数篇都有一位正面的慈祥老者，伸出援手协助文中遭遇困难的小主角。这些长者以漫长岁月换来的智慧和经验，启迪了少年男孩的种种困惑，使他们往后在面对其他挑战时，不需再浪费宝贵的青春去寻觅解决之道。精确的文字展示了无限宽广的想象力外，描绘大自然调和的色彩更是生动入画。叙述观点的应用同样令人赞许。班马斟酌实际需要，将第一、二、三人称替换使用，技巧纯熟，使读者通过叙述者的观察角度和心理反应，融入整个情节中，得到最佳阅读效果。另外，全书的每一篇均有浓烈的探索意味，启蒙作用十分明显。尽管每位主角的遭遇不同，但在故事结束时，也就是探索旅程告一段落时，他们对于人生都另有一种不同于从前的体认。这种极为宝贵的经验将协助他们迈过成长的门槛，了解生命的真义。

韦伶《叶上花树》的九篇作品可当成作者对周遭人、事、物消长荣辱的一种感觉。她把叙述重点摆在文中女主角的内心独白与感官印象上。通过这二者的交叉使用，作者正在构筑她心中寻觅的理想天堂。每篇作品都以"感觉"出发，淡淡的感觉全用淡雅、浅显易懂的文字述说，叙述速度极为缓慢，没有一个细节遗漏掉。几乎每篇都没有太鲜明的故事和情节，冲突和高潮也不多见。"散文化的小说"也许是比较接近这些作品的称呼。读来淡淡，读后却需一再深思，每种不同情境都需要思考再思考，才能隐约体会出它隐藏的韵味。

五

上海作家秦文君当年也曾卷入"文革"热潮中，但事过境迁，她避开一切不愉快的回忆，脑海中浮现的是人生中可爱、可取的一面。《开心女孩》呈现的是她童年中值得记忆的乐趣。书中的每一篇都以不到千字的篇幅、简洁明朗的文字，把她的童年趣事一一展现在读者面前，铺陈转折的技术一流。虽然是平常人家的小故事，却能充分传达人性的种种不凡信息。

秦文君的另一部《女生贾梅全传》是典型的大都会女孩的故事，而且是中上层家庭女孩的故事。她们的物质与精神生活绝非乡村女孩或生活条件较差的都市女孩所能比拟的。同时，书中所叙述的一切，已经全然摆脱了"文革"时期的口号文学，比较接近当前的实际生活。

阅读贾梅生活故事，读者在不知不觉中掉入处处弥漫着爱的氛围的可爱家庭的同时，会突然领悟到，人的短暂一生永远离不开家庭的关爱。人人都可以为了追求崇高的理想，暂时离家一阵子，但终究无法完全舍弃家，因为无论走到哪儿，耳中始终会响起家人爱的叮咛。世间任何一种爱都无法超越家庭之爱。拥有家庭永恒之爱的滋润，个人才有机会成长为健全的人。贾梅故事写出了作者的希望，也间接点明了读者的向往。

相较之下，陈丹燕的《一个女孩》并不避谈"文革"。她忠实展现了那个年代小学与初中的真貌，铭记那些痛苦回忆。作者秉持"真实"的理念，因此笔下多是阴暗面的展示，不论是描述自己的家居生活还是四邻的抄家焚书，均是无所隐藏，坦荡荡地呈现出来。

在写作方面曾得到陈丹燕提携的殷健灵在《画框里的猫·出逃》这本短篇小说中告诉读者，跟她同一年代的作家已经远离"文革"的一切，不再回头苦思，他们已完完全全回归到自己掌控的思路，写出确实是自己想写的故事。

这本小说集共有五个短篇，各有各的故事，但在某些方面却又有交集之处。细读这些精雕细琢的短篇作品，不难发现作者想要展现的依然不离"成长"二字。成长的坎坷、喜悦、苦恼、见闻、得失、困惑等均在其中。有趣的是，"爸爸"角色在这五篇作品中几乎完全模糊掉。"妈妈"成为与文中少男少女角色分庭抗礼的不可或缺的要角。作品中的少男少女都不是来自上流社会的豪门巨室，这些中下层阶级的子女在现实社会中沉浮着，幸亏有家人之爱力挺着，才不至于走上歧途，即便是再平常的家人之爱，在重要时刻仍然会发挥它的作用。作者以成熟的笔法、精准的文字，勾勒了几个生活在你我周遭的平常少男少女的成长历程，读来另有一番新的感受。平常人家的故事，显得格外新颖清爽。作者曾写过诗歌和散文，用字遣词相当讲究，这点可以从她的叙述中看出来。

六

上面谈的都是少年小说的导读随想。我还介绍过冰波《梨子提琴》和张之路《一个哭出来的故事》这两本童话集。《梨子提琴》中二十五篇童话里，几乎每个角色都是善良的、可爱的，根本找不到任何邪恶的化身。在趣味盎然的叙述中，"真、善、美"的理念不知不觉灌输给未来的主人翁，孩子可以暂时逃脱现实世界的丑恶与压力，疏解一再遭受压抑的情绪。

冰波这本书的主要角色以小动物为主，重心摆在小动物与自然界星体、植物之间的互动，反而走出另一条路来。作者又喜欢把非自然的东西用自然的东西来转化。他对文字相当敏感，用字遣词恰到好处，勾勒精致细腻，有如散文，我们不妨认定这些作品为"散文化的童话"。这些作品技巧亦无故弄玄虚之处。

张之路这位北国汉子写了不少精彩的少年小说，例如《第三军团》《空箱子》《惩罚》《蝉为谁鸣》和《非法智能》等，其中我曾为《第三军团》写了篇短文，替他的这本知识童话说了些话，一直没机会帮他的其他作品写篇导读。他专攻物理，自然知识比一般作家丰富，但创作手法、用字遣词又不输给一流作家，再加上丰富的想象力，撰写这方面的童话自然得心应手，轻松愉快。二十二篇长短不一的童话展现了我们周遭这生趣蓬勃的世界，人与动物的互动、动物与动物之间的纠葛等，一一呈现在读者的面前。说故事是张之路的专长，但在趣味性颇高的故事叙述中，他又不慌不忙地把某一阶段儿童必须知道的科学常识，以浅显的文字融入，这种手法是其他作家模仿不来的。每篇故事都充分凸显了作者非凡的构思与丰富的想象力。

阅 读 的 反 思

古登堡革命的变奏曲

1

谈起印刷革命，中国人总是喜欢提起毕昇（990~1051）的丰功伟绩。但西方人似乎只认识古登堡（Johannes Gutenberg, 1398~1468）。或许毕昇的年代正是西方所谓的"黑暗时代"，大部分的罗马文明遭受破坏，被蛮族文化所取代（这种说法在19世纪后被许多专家学者所质疑），因此西方人忽略了他的创举，古登堡反而后来居上、一枝独秀了。

古登堡造出使用合金活字的印刷机，并研制出了印刷用的印油和铸字的字模。他启动了一场前所未有的信息爆炸。他引发的印刷革命确实带动了西方的社会革命，老百姓得以用便宜的成本获得知识，间接促成哥伦布发现新大陆。毋庸讳言，它在欧洲文艺复兴、宗教革命、启蒙时代和科学革命等运动中都扮演了重要角色，为现代的知识经济和知识传播奠定了物质性的基础，甚至带动了日后检索系统的精进。阅读检索工具的突飞猛进大大影响了阅读的方式和内容。

2

对于阅读，不同年代的专家学者依据当时的实际状况，有不同的看法，除了陈述他们的观察结果外，还以先知者身份直言对阅读的展望与忧虑。表面上看起来，他们似乎是各说各话，但经过仔细分析与对比后，他们的说法还是有其脉络可寻。

第二次世界大战结束后，虽然武器竞赛并未停止，但有利于民生的科技进步神速，除了改善世人的生活之外，对提升精神层次的传统阅读习惯冲击甚大，尤其是电子媒介日新月异的发展甚至颠覆了原有的文本阅读方式。

许多先知型的专家先后发表有关文字，论述阅读习惯的变迁以及预测未来可能遭受到的冲击。把这些文字（包括预言型的小说等）稍加整理，我们可以约略看出相关的变迁。

1941 年，阿根廷文学大师博尔赫斯（Jorge Luis Borges, 1899~1986）写了一篇短篇小说《巴别图书馆》（*Library of Babel*）。文中的图书馆实际上是指无穷无尽、周而复始的宇宙。这是一篇不易阅读的预言小说，依据后来的电子媒介发展，作者等于预告了日后阅读习惯的改变。如果认定宇宙就是一间庞大无比的大图书馆，则只要我们睁开双眼，目光所及之处，无一不是一种阅读的过程。甚至于紧闭双眼，用心聆听喜爱的音乐，也是一种心灵层次的阅读。欣赏名画亦是如此。当代阅读不再拘泥于文本的形式阅读，范畴的无限扩展，是福是祸有待观察与细究。下面概略介绍人们常用的网络。

3

具备开放性、实时性、交互性、无中介性、交流成本低廉、信息海量这些交流特点的互联网（Internet）是连接网络的网络，是目前世界上最大的计算机网络。互联网以信息爆炸形式形成信息数据的洪流。互联网精神是共享，不少网络图书馆以公益性质运营着，无须任何限制即可网上取阅。此类图书馆的馆藏更多的是公共版权领域内的书籍，较古旧的资源，但也因如此，许多珍贵而难得的古籍都可以找寻得到，且当中许多都具有学术研究价值。

1996 年创办的互联网档案馆（archive.org）是一个公益性质的计划。它定期收录和抓取全球网站的信息，并进行保存。截至目前，已经保存从 1996 年至今的数千亿个过往的网络页面或者网页快照。为了更细分它所保存的资源，它的主页中可分类查看网页、电子书与文本、视频、音频、图像等内容。

世界数字图书馆（The World Digital Library）网站于 2009 年 4 月 21 日在联合国教科文组织总部所在地巴黎正式启用，提供全球读者免费使用珍贵的图书、地图、手抄本、影片与照片等服务。世界数字图书馆馆藏包罗万象，从图书到档案都有，使用者可利用阿拉伯文、中文、英文、法文、葡萄牙文、俄文与西班牙文搜寻，其他的语言工具也适用。

书格（Shuge.org）建立于 2013 年 5 月 22 日，是一个自由开放的在线古籍图书馆。它致力于开放式分享、介绍、推荐有价值的古籍善本，并鼓励将文化艺术作品数字化归档。分享内容限定为公共版权领域的书籍，最大限度地还原书籍品貌、内容，借此计划让大家自由免费欣赏到那些难以现世的书籍，并从中感受到人类文明进程。

除了上述的网站外，当代年轻人过度使用手机阅读电子书，欣赏影片、聊天、听音乐等，都属于阅读的转化。图像远远超越文字，更令那些热心鼓励青少年大量阅读文字的有心之士忧心忡忡，但大势所趋，任何人都挡不住。然而，传统阅读方式仍有其存在价值，值得进一步讨论。

从浏览检索到细读文图

1

互联网、互联网档案馆、世界数字图书馆、书格并非是当今仅有的检索工具，由谷歌（google）开发的网页浏览器和网络搜索引擎必应（Bing）也是行家们喜爱的。美国国会图书馆、大英图书馆、大都会博物馆、芝加哥美术馆等也有自己的网站，方便有心之士上网搜索使用。这些日新月异、以图像为主文字为辅并以瞬间检索、通讯或文物保存为主要功能的机械文明，直接冲击并彻底颠覆了传统阅读的方式、场域和内容，而这三者又以场域最为重要，因为它会直接影响阅读的方式和内容。

2

传统阅读的最佳场域应该是家庭与学校。然而经过多年观察，学者专家却发现"亲子阅读"纯粹是一种理想，不易达成，因为每个家庭的社会、经济地位不尽相同，对子女的期望也不会一样，甚至有些为人父母的根本不赞成课外阅读。1985年，著名教育家作家乔治·斯坦纳（George Steiner, 1929~2020）写了一篇讨论阅读的短文《阅读的未来》（*The Future of Reading*），直截了当地指出他对阅读未来的悲观看法。这篇短文曾被选入《短篇散文读本》（*The Short Prose Reader*），列为"论阅读"专栏的主题文章。他说，中产阶级读者群不愿提供安静的空间和家庭生活、时间与注意力等这些传统阅读必备的"奢侈品"。他还指出，20世纪90年代的阅读行为显示出，几乎80%的识字青少年，如果背景没有伴随着嘈杂声（音乐，例如重金属摇滚音乐），或者在他们知觉范围角落里没有电视屏幕闪烁着，他们就无法阅读。今天，这一切作用已全由手机或平板电脑代劳。人人都知道，环绕在我们四周这类强势浏览器的主要功能在于"告知"，不需要像用心去学习心爱的散文诗词那样还得经历欣赏、反刍、深思和积淀等过程。

台湾地区学校的阅读教学一向由语文老师掌控。课内阅读与课外阅读并不冲突。但如果任课老师只知以课本上的文章来设计题目，让学生反复练习，就很容易陷入句读式阅读。如果希望学生能借由阅读来拓宽视野，为成为未来的地球村公民做准备，则大量的不同类型题材的课外阅读是不可或缺的。

3

斯坦纳在同一篇文字里说，阅读艺术可略分为三种明确的类型。第一种是为了消遣，为了瞬间娱乐的大量且毫无章法的阅读，如翻看机场提供的书刊。这类阅读还包括了廉价的平装书和家庭屏幕上的有线传输。第二种是为信息（information）而阅读，也就是所谓的"知识文学"（literature of knowledge）。这种阅读必须通过微电路、硅芯片和激光影碟。我们可以随时"召唤"它出现在屏幕上，但是阅读的注意力和了解力结构基本上已起了变化。今天，各式各样的网页浏览器提供的检索功能也属于这一种。

斯坦纳是学者，想法常超越一般人。他的第三种阅读是寺院内隐士般的阅读。他向往中世纪前期在寺院内专注于整理、誊写与保存重量级大书的那类阅读。僧侣们在微弱烛光下孜孜不倦地整理古籍的情景令人钦佩，但这种古老、私人和宁静状态下的阅读已成为近乎专业的技巧和副业，只是半甲子前的想法，并不适合于当前青少年。即使是以阅读小说、诗歌、散文和戏剧作品为主的"动力文学"（literature of power）也必须经过适度的筛选与带动，才能引导孩子去快乐地阅读。

4

在孩子使用手机近乎泛滥的年代，他们十分熟悉如何使用检索功能，根本不需师长和家长费神，思考如何协助他们。如果想把孩子带入文学殿堂，提升他们的欣赏层次，并养成一生的阅读习惯，则不妨考虑使用经典作品。"经典"二字并不意味着艰深难懂。实际上，许多文学大师的经典之作简单易懂，趣味性又高，足以让小读者一再回味。如果担心太多的文字把孩子吓坏了，在刚开始时也可使用名著改编的绘本（包括电子书）当作一起阅读、一起讨论的起点。毕竟孩子已经有了不少使用网页浏览器的经验，并习惯于图胜于文的图像文学。如何善加利用现有的资源则视教学者对于学子能力的了解程度而定。当然，我们最想把孩子带回到纯文本的阅读世界，为自己未来的生活增添些趣味。

徘徊在娱乐、信息与文学之间

1

斯坦纳教授在《阅读的未来》一文中提到的"消遣（娱乐）阅读"（reading for distraction or entertainment）、"信息阅读"（reading for information）以及"纯文学阅读"（英国散文家迪昆西把小说、诗歌和戏剧等称之为动力文学（literature of power），在任何年代都是并存的。三者场域与内容的不同所造成的区隔，会促使人们在不同的时空作相异的选择。然而，深究之后，我们会发现，个人习惯的养成才是选择差异的主因。即使在车站或机场等候时，只要有心，一样可以避开"轻阅读"，正襟危坐，专心细读严肃的文学作品。至于"信息阅读"几乎是人人无法避免的，都需要在当代检索工具中截取自己急需的信息，协助改善自己的生活。如果想从事第三类阅读，则必须过滤掉不适当的数据，只留下可以增强阅读"动力文学"不可欠缺的成分。至于三者的比例多寡则全视个人的需求而定。

2

关于三种阅读的互动，不妨以著名的读者反应理论家露伊丝·罗森布莱特（Louise Rosenblatt, 1904~2005）的说法来补充。她认为阅读有三种功能：提供乐趣、增进了解和获得信息与意义。如果我们不进一步深究其内容，常常会误以为她的功能说必定是偏向于检索作用。实际上，她把所有的阅读处理过程放置在介于"审美"（aesthetic）和"输出"（efferent）之间。

罗森布莱特特别重视审美式阅读（aesthetic reading）的理念，她认为在以往的阅读教学中，读者对文本的理解依赖于教师或评论者的解读，是一种以获取信息为主要目的的阅读方式，她称之为输出式阅读（efferent reading）。这种阅读也是用来搜集事实、数字以及其他形式的真实信息（如说明书、教科书和其他手册）。她提倡的审美式阅读更加注重读者在阅读过程中被激发出来的来自个人的阅读体验、情感、态度与想法，并允许读者在文本和文本内创造意义，关注读者在阅读活动中所获得的生命体验。换句话说，任何文本的意义不在于作品本身，而在于读者与文本的相互影响。她有一句最能代表读者与文本的密切关系的名言："文本在读者出现并给予它生命之前，只不过是在纸页上的墨水而已。"

3

现代检索工具使用方便的结果难免会形塑出某种特殊的"新人类"：只知在不同的检索利器中得到充分告知和瞬间满足，不想在细读文学经典作品后反思与积淀过程中，逐渐提升自我的精神层次。这方面可以以 2007 年荣获诺贝尔文学奖的英国大作家多丽丝·莱辛（Doris Lessing, 1919~2013）的话来说明。有一次她在接受采访时，十分恳切地指出，只有读文学作品才是上策。她先举了一个十分有趣的例子："有一种现象我称之为受过教育的野蛮人（the educated barbarians）。有这样一种人，他曾上过学或念过大学好多年，由于成绩优秀得过奖，到头来什么也没读过，对历史一无所知，尤其毫无好奇心。我的许多年轻朋友都像这个样子。他们都是十足讨人喜欢的孩子。我们一起玩得很高兴。我们闲聊，一起去购物，谈论我们的朋友，但只要稍微提到任何与文学有关的，他们的眼睛便变得呆滞无神。"她接着又说："在英国，有高学历的'野蛮人'越来越多。这些野蛮人懂得最先进的科技知识，能操作最复杂的机器，却缺乏情感，缺乏情趣，缺乏宽容博爱的精神。造成他们'野蛮'的原因，是他们不读文学作品。"

她的发现让我们心生警惕：新的世代竟然如此排斥阅读文学作品。他们属于地球村的成员，更应通过阅读优秀作品，进一步了解他们周遭的世界，并从作品的精辟描绘中领悟到，只要他们有心阅读，他们可以从中了解自律、同情、负责、友谊、勇气、坚忍、诚实、忠心、信仰、正义、爱心、友谊、奋斗、合作等美德的意涵，成就自己的品德要求。

4

走笔至此，突然间想起 16 世纪散文大家培根（Francis Bacon, 1561~1626）那篇《论读书》（*Of Studies*）中的劝学段落："有些书可浅尝辄止，有些书可囫囵吞枣，但有少量书则须细细咀嚼，慢慢消化；换言之，有些书可只读其章节，有些书可大致浏览，有少量书则须通篇细读并认真领悟……"

这些话依旧可以作为在进行三类阅读时的参考与取舍。只是，在轻轻点击便可检索世间所有人、事、物时，有多少青少年愿意避开外在的诱惑与喧哗，如古寺僧侣般静下心来，逐页细读经典名著？或者宁愿戴着耳机，一边聆听重金属音乐，一边低头不停滑动手机，准备成为"龙虾族"（聋瞎族）（phubber，牛津英语大辞典的新词，意为"低头族"）的一员？

附录一:

参 考 书 目

中文部分

1. 柏斯曼（Neil Postman）著、萧昭君译：《童年的消失》（*The Disapperance of Childhood*），台北，远流出版社，1994。

   编者注：即大陆版：尼尔·波兹曼著、吴燕莛译：《童年的消逝》，北京，中信出版社，2015。

2. 大卫·白金汉（David Buckingham）著，杨雅婷译：《童年之死：在电子媒体时代下长大的儿童》（*The Death of Childhood*），台北，巨流出版社，2003。

   编者注：即大陆版：大卫·帕金翰著、张建中译：《童年之死：在电子媒体时代下长大的儿童》，北京，华夏出版社，2005。

3. 培利·诺德曼（Perry Nodelman）：《阅读儿童文学的乐趣》（*The Pleasure of Children's Literature*），台北，天卫文化图书股份有限公司。

4. 芮渝萍：《成长的风景：当代美国成长小说研究》，商务印书馆，2012。

5. 黛博拉·柯更·塞格（Deborah Cogan Thacker）、珍·韦柏（Jean Webb）：《儿童文学导论》（*Introducing Children's Literature*），台北，天卫文化图书股份有限公司，2005。

6. 约翰·洛·汤森（John Rowe Townsend）：《英语儿童文学史纲》（*Written for Children: An Outline of English-Language Children's Literature*），台北，天卫文化图书股份有限公司，2003。

英文部分

1. Donelson, Kenneth L. & Nilsen, Alleen Pace. *Literature for Today's Young Adults.* 5th edition. Addison–Wesley Educational Publishers Inc.. 1997.

〔肯尼士·唐纳森、亚林培斯·尼尔逊：《当前青少年文学》，艾迪生－威斯利教育出版公司，1997，第 5 版。〕

2. Luckens, Rebecca J.. & Cline, Ruth K. J.. *A Critical Handbook of Literature for Young Adults.* N.Y.: Harper Collins College Publishers. 1995.

〔瑞贝卡·卢肯斯、露丝·克莱恩：《青少年文学批评手册》，纽约，哈珀·柯林斯大学出版社，1995。〕

3. Moore, John Noell. *Interpreting Young Adult Literature: Literary Theory in the Secondary Classroom.* Portsmouth. NH: Boynton/Cook Publishers, Inc.. 1997.

〔约翰·诺尔·莫尔：《诠释青少年文学：中学生文学理论》，新罕布什尔州，朴次茅斯，波恩顿/酷克出版公司，1997。〕

4. Monseau, Virginia R.. *Responding to Young Adult Literature.* Portsmouth, NH: Boynton/Cook Publishers, Inc..1996.

〔约翰·诺尔·莫尔：《回应青少年文学》，新罕布什尔州，朴次茅斯，波恩顿/酷克出版公司，1996。〕

5. Monseau, Virginia R.. & Salvner, Gary M.. eds.. *Reading Their World: The Young Adult Novel in the Classroom.* Portsmouth, NH: Boynton/ Cook Publishers, Inc.. 1997.

〔维吉尼亚·孟索、葛利·萨尔那：《阅读孩子的世界：教室里的青少年小说》，新罕布什尔州，朴次茅斯，波恩顿/酷克出版公司，1997。〕

6. Rochman, Hazel. *Tales of Love and Terror:Booktalking the Classics, Old and New.* Chicago & London: American Library Association. 1987.

〔海诺·罗契曼：《爱情与惊骇之故事：书谈新旧经典》，芝加哥、

伦敦，美国图书协会，1987。〕

7. Rochman, Hazel. *Against Borders:* Promoting Books for a Multicultural World. ALA. 1993.

〔海诺·罗契曼：《对抗疆界：为多元文化世界推书》，美国图书馆协会，1993。〕

8. Russell, David L.. *Literature for Children: A Short Introduction.* N.Y.: Longman.1994.

〔大卫·罗素：《儿童文学：简明导论》，纽约，朗文出版公司，1994。〕

9. Stringer, Sharon A.. *Conflict and Connection:The Psychology of Young Adult Literature.* Portsmouth, NH: Boynton/Cook Publishers, Inc.. 1997.

〔沙仑·史凖尔：《冲突与连合：青少年文学心理学》，新罕布什尔州，朴次茅斯，波恩顿 / 库克出版公司，1997。〕

10. Sutherland, Zena. *Children & Books*, 9th edition. Addison –Wesley Educational Publishers Inc.. 1996.

〔季诺·苏遮兰：《儿童与书》，艾迪生－威斯利教育出版公司，1996，第 9 版。〕

11. Tomlinson, Carl M. & Lynch–Brown, Carol. *Essentials of Children's Literature.* 2nd ed.. Boston: Allyn & Bacon. 1996.

〔卡尔·汤林逊、卡罗尔·林齐－布朗：《儿童文学本质》，波士顿，艾林贝肯出版公司，1996，第 2 版。〕

12. David Buckingham. *After the Death of Childhood.*

〔大卫·贝克：《童年之死以后》，纽约，师范学院出版社，1989。〕

附录二：

一百本青少年必读的外国经典作品

1. 卡尔洛·科洛迪（Carlo Collodi），《木偶奇遇记》（*Pinocchio*）。

2. 巴利（J.M. Barrie），《彼得·潘》（*Peter Pan*）。

3. 莱曼·弗兰克·鲍姆（Lyman Frank Baum），《绿野仙踪》（*The Wonderful Wizard of Oz*）。

4. 刘易斯·卡洛儿（Lewis Carroll），《爱丽丝梦游仙境》（*Alice's Adventures in Wonderland*）。

5. 肯尼斯·格雷厄姆（Kenneth Grahame），《柳林风声》（*The Wind in the Willows*）。

6. 弗兰西斯·伯纳特（Frances Hodgson Burnett），《秘密花园》（*The Secret Garden*）。

7. 笛福（Daniel Defoe），《鲁滨孙漂流记》（*Robinson Crusoe*）。

8. 斯威夫特（Jonathan Swift），《格列佛游记》（*Gulliver's Travels*）。

9. 安东尼·德·圣埃克苏佩里（Antoine de Saint-Exupéry），《小王子》（*The Little Prince*）。

10. 斯蒂文森（Robert Louis Balfour Stevenson），《金银岛》（*Treasure Island*）。

11. 斯蒂文森（Robert Louis Balfour Stevenson），《化身博士》（*Strange Case of Dr. Jekyll and Mr. Hyde*）。

12. 杰克·伦敦（Jack London），《野性的呼唤》（*The Call of the Wild*）。

13. 杰克·伦敦（Jack London），《白牙》（*The White Fang*）。

14. 娜塔莉·巴比特（Natalie Babbitt），《不老泉》（*Tuck Everlasting*）。

15. 艾萨克·阿西莫夫（Issac Asimov），《银河帝国：基地》（*Foundation*）。

16. 莫里斯·梅特林克（Maurice Maeterlink），《青鸟》（*The Blue*

Bird ）。

17. 约瑟夫·鲁迪亚德·吉卜林（Joseph Rudyard Kipling），《丛林之书》（*The Jungle Book*）。

18. 卡勒德·胡赛尼（Khaled Hosseini），《追风筝的人》（*The Kite Runner*）。

19. 佛瑞斯特·卡特（Forrest Carter），《少年小树之歌》（*The Education of Little Tree*）。

20. 马克·吐温（Mark Twain），《汤姆·索亚历险记》（*The Adventures of Tom Sawyer*）。

21. 马克·吐温（Mark Twain），《哈克贝利·费恩历险记》（*Huckleberry Finn*）。

22. 约翰娜·施皮里（Johanna Spyri），《海蒂》（*Heidi*）。

23. 玛·金·罗琳斯（Marjorie Kinnan Rawlings），《鹿苑长春》（*The Yearling*）。

24. 哈珀·李（Harper Lee），《杀死一只知更鸟》（*To Kill A Mockingbird*）。

25. 帕梅拉·林登·特拉芙斯（Pamela Lyndon Travers），《玛丽阿姨在樱桃树胡同》（*Mary Poppins in Cherry Tree Lane. Mary Poppins & the House Next Door*）。

26. 帕梅拉·林登·特拉芙斯（Pamela Lyndon Travers），《玛丽阿姨的神怪故事》（*Mary Poppins in the Park*）。

27. 帕梅拉·林登·特拉芙斯（Pamela Lyndon Travers），《玛丽阿姨打开虚幻的门》（*Mary Poppins Opens the Door*）。

28. 帕梅拉·林登·特拉芙斯（Pamela Lyndon Travers），《玛丽阿姨回来了》（*Mary Poppins Comes Back*）。

29. 帕梅拉·林登·特拉芙斯（Pamela Lyndon Travers），《随风而来的玛丽阿姨》（*Mary Poppins*）。

30. 大仲马（Alexandre Dumas），《黑色郁金香》（*The Black Tulip*）。

31. 威尔斯（Herbert George Wells），《时间机器》（*The Time Machine*）。

32. 威尔斯（Herbert George Wells），《隐身人》（*The Invisible Man*）。

33. 威尔斯（Herbert George Wells），《世界大战》（*The War of the Worlds*）。

34. 刘易斯（C. S. Lewis），《狮子·女巫·魔衣柜》（*The Lion, the Witch and the Wardrobe*）。

35. 刘易斯（C. S. Lewis），《凯斯宾王子》（*Prince Caspian: The Return to Narnia*）。

36. 刘易斯（C. S. Lewis），《黎明踏浪号》（*The Voyage of the Dawn Treader*）。

37. 刘易斯（C. S. Lewis），《银椅》（*The Silver Chair*）。

38. 刘易斯（C. S. Lewis），《能言马与男孩》（*The Horse and His Boy*）。

39. 刘易斯（C. S. Lewis），《魔法师的外甥》（*The Magician's Nephew*）。

40. 刘易斯（C. S. Lewis），《最后一战》（*The Last Battle*）。

41. 儒勒·凡尔纳（Jules Verne），《地心游记》（*Journey to the Center of the Earth*）。

42. 儒勒·凡尔纳（Jules Verne），《海底两万里》（*Twenty Thousand Leagues Under the Sea*）。

43. 儒勒·凡尔纳（Jules Verne），《八十天环游地球》（*Around the World in Eighty Days*）。

44. 戈尔丁（Williams Golding），《蝇王》（*Lord of the Flies*）。

45. 菲利普·普尔曼（Philip Pullman），《黄金罗盘》（*The Golden Compass*）。

46. 菲利普·普尔曼（Philip Pullman），《奥秘匕首》（*The Subtle Knife*）。

47. 菲利普·普尔曼（Philip Pullman），《琥珀望远镜》（*The Amber Spyglass*）。

48. 萨曼·鲁西迪（Salman Rushdie），《哈乐与故事之海》（*Haroun and the Sea of Stories*）。

49. 萨曼·鲁西迪（Salman Rushdie），《鲁卡与生命之火》（*Luka and the Fire of Life*）。

50. 米切尔·恩德（Michael Ende），《火车头大旅行》（*Jim Button and Luke the Engine Driver*）。

51. 米切尔·恩德(Michael Ende),《十三海盗》(*Jim Button and the Wild 13*)。

52. 米切尔·恩德(Michael Ende),《毛毛》(*Momo*)。

53. 米切尔·恩德(Michael Ende),《永远讲不完的故事》(*The Neverending Story*)。

54. 厄休·拉勒古恩(Ursula K Le Guin),《地海巫师》(*A Wizard of Earthsea*)。

55. 厄休·拉勒古恩(Ursula K Le Guin),《地海古墓》(*The Tombs of Atuan*)。

56. 厄休·拉勒古恩(Ursula K Le Guin),《地海彼岸》(*The Farthest Shore*)。

57. 厄休·拉勒古恩(Ursula K Le Guin),《地海孤儿》(*Tehanu: The Last Book of Earthsea*)。

58. 厄休·拉勒古恩(Ursula K Le Guin),《地海奇风》(*The Other Wind*)。

59. 罗尔德·达尔(Roald Dahl),《詹姆斯与大仙桃》(*James and the Giant Peach*)。

60. 罗尔德·达尔(Roald Dahl),《查理和巧克力工厂》(*Charlie and the Chocolate Factory*)。

61. 罗尔德·达尔(Roald Dahl),《了不起的狐狸爸爸》(*Fantastic Mr Fox*)。

62. 罗尔德·达尔(Roald Dahl),《查理和大玻璃升降机》(*Charlie and the Great Glass Elevator*)。

63. 罗尔德·达尔(Roald Dahl),《世界冠军丹尼》(*Danny the Champion of the World*)。

64. 罗尔德·达尔(Roald Dahl),《蠢特夫妇》(*The Twits*)。

65. 罗尔德·达尔(Roald Dahl),《小乔治的神奇魔药》(*George's Marvelous Medicine*)。

66. 罗尔德·达尔(Roald Dahl),《好心眼的巨人》(*The BFG*)。

67. 罗尔德·达尔（Roald Dahl），《女巫》（*The Witches*）。

68. 罗尔德·达尔（Roald Dahl），《玛蒂尔达》（*Matilda*）。

69. 斯皮尔（Elizabeth George Speare）；《黑鸟水塘的女巫》（*The Witch of Blackbird Pond*）。

70. 珍·乔治（Jean Craighead George），《狼群中的朱莉》（*Julie of the Wolves*）。

71. 柯尼斯伯格（E. L. Konigsburg），《天使雕像》（*From the Mixed–Up Files of Mrs. Basil E. Frankweiler*）。

72. 凯瑟琳·佩特森（Katherine Paterson），《通向特雷比西亚的桥》（*Bridge to Terabithia*）。

73. 凯瑟琳·佩特森（Katherine Paterson），《我和我的双胞胎妹妹》（*Jacob Have I Loved*）。

74. 贝芙莉·克莱瑞（Beverly Cleary），《亲爱的汉修先生》（*Dear Mr. Henshaw*）。

75. 盖瑞·伯森（Gary Paulsen），《手斧男孩》（*Hatchet*）。

76. 洛伊丝·劳里（Lois Lowry），《数星星》（*Number the Stars*）。

77. 洛伊丝·劳里（Lois Lowry），《记忆受领员》（*The Giver*）。

78. 凯特·迪卡米洛（Kate DiCamillo），《浪漫鼠德佩罗》（*The Tale of Despereaux*）。

79. 南希·法墨（Nancy Farmer），《蝎子之家》（*The House of the Scorpion*）。

80. 南希·法墨（Nancy Farmer），《鸦片之王》（*The Lord of Opium*）。

81. 艾非·沃提斯（Avi Wortis），《一名女水手的自白》（*The True Confessions of Charlotte Doyle*）。

82. 加里·施密特（Gary D. Schmidt），《星期三的战争》（*The Wednesday Wars*）。

83. 莎伦·克里奇（Sharon Creech），《少女苏菲的航海故事》（*The Wanderer*）。

84. 柯奈莉亚·芳珂（Comelia Funke），《墨水世界三部曲》。

85. 怀特（E. B. White），《夏洛特的网》（*Charlotte's Web*）。

86. 乔治·赛尔登（George Selden），《时代广场的蟋蟀》（*The Cricket In Times Square*）。

87. 马德琳·英格（Madeleine L'Engle），《时间的皱纹》（*A Wrinkle in Time*）。

88. 米尔德里德·泰勒（Mildred D. Taylor），《黑色棉花田》（*Roll of Thunder, Hear My Cry*）。

89. 伊丽莎白·乔治·斯皮尔（Elizabeth George Speare），《海狸的记号》（*The Sign of the Beaver*）。

90. 辛西亚·赖伦特（Cynthia Rylant），《想念梅姨》（*Missing May*）。

91. 尼尔·盖曼（Neil Gaiman），《坟场之书》（The Graveyard Book）。

92. 罗伯特·科米尔（Robert Cormier），《巧克力战争》（*The Chocolate War*）。

93. 路易莎·梅·奥尔科特（Louisa May Alcott），《小妇人》（*Little Women*）。

94. 凯莉·巴恩希尔（Kelly Barnhill），《喝月亮的女孩》（*The Girl Who Drank the Moon*）。

95. 奥台尔（Scott O'Dell），《野花的脚印》（*Stream to the River, River to the Sea*）。

96. 伊娃·伊博森（Eva Ibbotson），《海勒姆的困扰》（*The Haunting of Hiram*）。

97. 丹·格迈因哈特（Dan Gemeinhart），《马克的完美计画》（*The Honest Truth*）。

98. 林珮思（Grace Lin），《月夜仙踪》（*Where the Mountain Meets the Moon*）。

99. 迭戈·阿尔伯雷达（Diego Arboleda Rodriguez），《嘘！别提爱丽丝》（*Prohibodo leer a Lewis Carroll*）。

100. 加里·布莱克伍德（Gary Blackwood），《偷莎士比亚的贼》（*The Shakespeare Stealer*）。